21世纪美国小说的多模态叙事研究

Multimodal Narratives of American Novels in the 21st Century

李顺春 李 寒◎著

燕山大学出版社

·秦皇岛·

图书在版编目（CIP）数据

21世纪美国小说的多模态叙事研究 / 李顺春，李寒
著． -- 秦皇岛：燕山大学出版社，2024. 10. -- ISBN
978-7-5761-0725-8

Ⅰ．Ⅰ712.074

中国国家版本馆CIP数据核字第2024702SL1号

21世纪美国小说的多模态叙事研究

21 SHIJI MEIGUO XIAOSHUO DE DUO MOTAI XUSHI YANJIU

李顺春　李寒　著

出 版 人：陈　玉		责任编辑：柯亚莉	
封面设计：方志强		责任印制：吴　波	
出版发行：燕山大学出版社		地　　址：河北省秦皇岛市河北大街西段438号	
邮政编码：066004		电　　话：0335-8387555	
印　　刷：廊坊市印艺阁数字科技有限公司		经　　销：全国新华书店	

开　　本：710mm×1000mm　1/16		印　　张：27	字　　数：370千字
版　　次：2024年10月第1版		印　　次：2024年10月第1次印刷	
书　　号：ISBN 978-7-5761-0725-8			
定　　价：99.00元			

目 录

绪　　论

　　20 世纪是一个伟大的世纪，它对人类产生了巨大的影响，并继续影响着 21 世纪的人类社会。在这个世纪里，人文社会科学中的"语言转向""文化转向""视觉转向""图像转向""空间转向"等使人类在世纪末便进入了"读图时代"。弗雷德里克·詹姆逊（Fredric Jameson，1934—　）认为，"……以视觉为中心的文化将改变人们的感受和经验方式，从而改变人们的思维方式"①。图像转向乃视觉文化之典型表征，亦说明以视觉图像为代表的多模态叙事乃成视觉时代的自觉命题。② 法国媒介学家雷吉斯·德布雷（Régis Debray，1940—　）的《媒介学引论》（*Introduction à la médiologie*，2000）将人类社会分为书写、印刷与视听三个时代。③ 在 21 世纪这个视听的时代，视觉性乃成社会文化之主因，亦标志其在当代生活中所占之主导地位④。如果说视觉转向与图像转向使人类在 20 世纪末进入了图像霸权时代，那么，21 世纪的多模态转向则使人类进入了另一个绚烂

----

① 弗雷德里克·詹姆逊：《快感：文化与政治》，王逢振，译. 北京：中国社会科学出版社 1998 年，第 2—3 页。

② 张伟：《符号、辞格与语境——图像修辞的现代图式及其意指逻辑》，《社会科学》2020 年第 8 期，第 171—181 页。

③ 雷吉斯·德布雷：《媒介学引论》，刘文玲，陈卫星，译. 北京：中国传媒大学出版社 2014 年。

④ 周宪：《视觉文化：从传统到现代》，《文学评论》2003 年第 6 期，第 147—155 页。

多彩的时代——多模态时代。

多模态研究乃人文社会科学、自然科学、工程技术和数学等众多领域的共同话题。在人文社会科学中，凡综合利用符号的、感官的与社会行动整合的模态则为多模态。以此而言，人类一切皆由不同模态组合而成，故而是多模态的。作为人类文化重要组成部分的文学（尤其是小说）亦是多模态的。传统的叙事研究聚焦语言模态而忽视非语言模态，而多模态叙事则将非语言模态纳入文学研究，并研究不同模态的功能与意义、不同模态之间的互动关系以及它们对小说文本意义建构的协同作用。因此，多模态叙事乃成 21 世纪文学研究之重要课题。

2008 年，艾莉森·吉本斯（Alison Gibbons）提出"多模态文学"（multi-modal literature）概念。[①] 次年，沃尔夫冈·哈勒特（Wolfgang Hallet，1951— ）提出"多模态小说"（multimodal novel）概念。[②] "多模态叙事"（multimodal narrative）则是戴维·赫尔曼（David Herman，1962— ）2009 年在《叙事的基本要素》（*Basic Elements of Narrative*）一书中首次提出的概念。[③] 此后，多模态叙事研究逐渐引发学界的广泛关注。露丝·佩奇（Ruth Page）的《叙事与多模态研究的新视角》（*New Perspectives on Narrative and Multimodality*，2010）、艾莉森·吉本斯的《多模态认知诗学和实验文学》（*Multimodality, Cognition, and Experimental Literature*，2012）等不仅研究作家的具体作品，还丰富和发展了多模态叙事理论。玛丽－劳

---

① Gibbons, Alison. "Multimodal Literature 'Moves' Us: Dynamic Movement and Embodiment in *VAS: An Opera in Flatland*."*HERMES-Journal of Language & Communication Studies*, 2008 (41), pp. 107−124.

② Hallet, Wolfgang. "The Multimodal Novel: The Integration of Modes and Media in Novelistic Narration." Sandra Heinen & Roy Sommer, eds. *Narratology in the Age of Cross-Disciplinary Narrative Research*. Berlin: de Gruyter, 2009, pp. 129−153.

③ Herman, David. *Basic Elements of Narrative*. Oxford: Wiley-Blackwell, 2009, p. 189.

尔·瑞安（Marie-Laure Ryan，1946—　）的《跨越媒介的叙事：故事讲述的多重语言》（*Narrative across Media: The Languages of Storytelling*，2004）及其与玛丽娜·格里沙科瓦（Marina Grishakova）合编的《跨媒介性与故事讲述》（*Intermediality and Storytelling*，2010），以及她与简 – 诺尔·索恩（Jan-Noël Thon）编著的《跨媒介故事世界》（*Storyworlds across Media: Toward a Media-Conscious Narratology*，2014）等著作是跨媒介的亦是多模态的研究。它们拓宽了多模态叙事研究的对象与领域，丰富了多模态叙事的相关理论和方法。2010 年，尼娜·诺加德（Nina Nørgaard）提出 "多模态文体学"（multimodal stylistics）概念，并具体分析了乔纳森·萨福兰·弗尔（Jonathan Safran Foer，1977—　）小说《特别响，非常近》（*Extremely Loud and Incredibly Close*，2005）的多模态文体特征。其著作《小说的多模态文体学》（*Multimodal Stylistics of the Novel: More than Words*，2018）进一步分析了小说的排版、布局、图像和书页等多模态文体特征，为多模态叙事增添了一个新的研究视角。

多模态叙事乃图像转向与多模态转向后的一种新型叙事，也是一种后经典叙事。后经典叙事具有跨学科、跨媒介、跨文类、跨国界与交叉融合等特点，既在文学内部催生出众多新的文学叙事类型，又超越文学并与其他学科或媒介结合而形成诸多跨学科、跨媒介的新型叙事。在这些繁多的新型叙事中，多模态叙事 "皎若太阳升朝霞"（魏晋·曹植《洛神赋》），遂成 21 世纪璀璨夺目的一颗明星。

本书主要研究 21 世纪美国小说的语象叙事、图像叙事、（绘本小说的）绘本叙事和副文本叙事（包括多模态文体叙事）。这些叙事皆涉及多种不同模态，故以多模态叙事统摄而论之。语象叙事指用文字生动描写视觉艺术品、真实或虚构的人物形象及行为、事物或场景等，即 "视觉再现的文字再现"①，或"视觉或图像再现的语言再现"②。这涉及语言、图像、意象、色彩、构图等不同模态。图像叙事指以图像视觉呈现并与文字结合而完成的叙事。本书研究的对象是小说插图及其与文字协同对小说意义之建构。绘本叙事指以图为主、文为辅以及其他模态（如色彩、声音、音乐等）共同完成（无字绘本则全凭图画完成叙事）的叙事，其研究对象是绘本小说（包括无字绘本）。语言和非语言模态的副文本均是多模态的，故副文本叙事亦是一种多模态叙事。它与正文本叙事一起构建小说的故事世界与完整意义。副文本的突出特征可成为小说多模态文体的组成部分。故本书将这些带文体特征的模态称为"多模态文体叙事"，并归入副文本叙事。多模态叙事是一种"出位之思"。钱锺书③、叶维廉④和龙迪勇⑤等均认为，文学艺术之跨媒介乃一种"出位之思"。其实，媒介亦可理解为模态，因二者相互交织且相互转化。故本书将模态与媒介一视同仁。

　　本书注重多模态元素以体现其多模态特征。第一，图文并茂，相得益彰。本书除文字外，还插入相关图像 102 幅（见附录一）。第二，字体排印（typography）丰富多变，充分体现多模态特色。第三，跨越多种语言，凸显后语言时代的文学研究新特点。本书涉及 10 余种语言文字，如英语、法语、日语、韩语、德语、俄语、荷兰语、拉丁语、西班牙语和古希腊语等。第四，以副文本完善正文本，共同完成研究成果。本书正文本有主体

---

① Heffernan, James A. W. "Ekphrasis and Representation." *New Literary History*, 1991 (2), pp. 297–316.

② W. J. T. 米歇尔：《图像理论》，陈永国，胡文征，译. 北京：北京大学出版社 2006 年，第 28—29 页，第 96 页。

③ 潘建伟：《论艺术的"出位之思"——从钱锺书〈中国诗与中国画〉的结论谈起》，《文学评论》2020 年第 5 期，第 216—224 页。

④ 叶维廉：《"出位之思"：媒体及超媒体的美学》，《中国诗学》，北京：生活·读书·新知三联书店 1992 年，第 147 页。

⑤ 龙迪勇：《"出位之思"与跨媒介叙事》，《文艺理论研究》2019 年第 3 期，第 184—196 页。

五章以及绪论与结语，而副文本则包括目录、夹注、脚注、参考文献、附录以及后记等。

　　本书主要研究 21 世纪普利策奖（The Pulitzer Prize）获奖小说（见附录三）、美国国家图书奖（American Book Award）获奖小说（见附录四）与凯迪克金奖（The Caldecott Medal）绘本小说（见第四章第一节）以及其他代表性作品。普利策奖获奖小说有裘帕·拉希莉（Jhumpha Lahiri，1967—　）的《解说疾病的人》（*Interpreter of Maladies*，1999）、迈克尔·夏邦（Michael Chabon，1963—　）的《卡瓦利与克雷的神奇冒险》（*The Amazing Adventures of Kavalier and Clay*，2000）、杰弗里·尤金尼德斯（Jeffrey Kent Eugenides，1960—　）的《中性》（*Middlesex*，2002）、朱诺·迪亚斯（Junot Diaz，1968—　）的《奥斯卡·瓦奥短暂而奇妙的一生》（*The Brief Wondrous Life of Oscar Wao*，2008）、保罗·哈丁（Paul Harding，1967—　）的《修补匠》（*Tinkers*，2009）、珍妮弗·伊根（Jennifer Egan，1962—　）的《恶棍来访》（*A Visit from the Goon Squad*，2010）、唐娜·塔特（Donna Tartt，1963—　）的《金翅雀》（*The Goldfinch*，2013）、安东尼·多尔（Anthony Doerr，1973—　）的《所有我们看不见的光》（*All the Light We Cannot See*，2015）以及理查德·鲍尔斯（Richard Powers，1957—　）的《树语》（*The Overstory*，2019，又译《上层林冠》）等。美国国家图书奖获奖小说有苏珊·桑塔格（Susan Sontag，1933—2004）的《在美国》（*In America*，2000）、朱莉亚·格拉丝（Julia Glass，1956—　）的《三个六月》（*Three Junes*，2002）、利莉·塔克（Lily Tuck，1938—　）的《巴拉圭消息》（*The News from Paraguay*，2004）、理查德·鲍尔斯的《回声制造者》（*The Echo Maker*，2006）、科伦·麦凯恩（Colum McCann，1965—　）的《转吧，这伟大的世界》（*Let the Great World Spin*，2009）、杰丝米妮·瓦德（Jesmyn Ward，1977—　）的《拾骨》（*Salvage the*

Bones，2011）、詹姆斯·麦克布莱德（James McBride，1957— ）的《上帝鸟》（*The Good Lord Bird*，2013）、亚当·约翰逊（Adam Johnson，1967— ）的《有趣的事实》（*Fortune Smiles*，2015）以及西格丽德·努涅斯（Sigrid Nunez，1952— ）的《朋友》（*The Friend*，2018）等。凯迪克金奖绘本小说有大卫·威斯纳（David Wiesner，1956— ）的《海底的秘密》（*Flotsam*，2006）及其《疯狂星期二》（*Tuesday*，1991）与《三只小猪》（*The Three Pigs*，2001）、布莱恩·塞兹尼克（Brian Selznick，1966— ）的《造梦的雨果》（*The Invention of Hugo Cabret: A Novel in Words and Pictures*，2007）等。另外，还有乔纳森·萨福兰·弗尔的《特别响，非常近》、唐·德里罗（Don DeLillo，1936— ）的《坠落的人》（*Falling Man*，2007）、珍妮弗·伊根的《糖果屋》（*The Candy House*，2022）、玛丽莎·西尔弗（Marisa Silver，1960— ）的《玛丽·考恩》（*Mary Coin: A Novel*，2013）等文字小说，以及大卫·威斯纳的《艺术与马克斯》（*Art and Max*，2010）、戴维·斯摩尔（David Small，1945— ）的《缝不起来的童年》（*Stitches: A Memoir*，2009）等绘本小说。

本书由绪论、一至五章、结语以及副文本组成。第一章稽考并概述了叙事与多模态叙事的相关概念与理论。第二至五章分别论述了21世纪美国小说的语象叙事、图像叙事、（绘本小说的）绘本叙事和副文本叙事（包括多模态文体叙事）。副文本（目录、夹注、脚注、参考文献与附录等）则提供了淹博而翔实的资料或补充信息。

第一章概述叙事与多模态叙事的相关概念及其发展源流。叙事乃人类的交际手段与知识形式，亦是人类创造生存与生命意义的有效方式。目前，西方学界对叙事的界定有事件再现、文本类型与跨学科等三种方法。然而，学界普遍将叙事视为一个开放的、未完成的、动态的编织过程。1997年，戴维·赫尔曼首次提出"后经典叙事学"（postclassical narratology）概念。后经典叙事学所具有的跨学科、跨媒介、跨文类、跨国界和交叉融合等特点，催生出诸多不同的叙事新类型，如图像叙事、跨媒介叙事、绘本叙事等，许多新兴叙事皆可归入多模态叙事的范畴。在多模态文学、多模态小说等概念相继提出后，2009 年，戴维·赫尔曼首次提出"多模态叙事"概念。多模态叙事指利用语言模态与非语言模态共同完成的叙事，可分静态多模态叙事与动态多模态叙事。

第二章浅析语象叙事的相关概念及其历史沿革，阐述 21 世纪美国小说中静态图像（照片、摄影、绘画和雕塑等）与动态图像（实验短片与家庭电影等）的语象叙事，最后论述唐娜·塔特《金翅雀》的语象叙事。语象叙事指"视觉再现的文字再现"，或"视觉或图像再现的语言再现"。语象叙事经历了三个阶段，即从古希腊的修辞技巧到文艺复兴的文体风格，再到 1965 年的文学原理。20 世纪 90 年代，语象叙事发展成一个跨学科、跨媒介与跨模态的通用术语。21 世纪以来，语象叙事已成为一种多模态叙事。

静态图像、动态艺术抑或一种意象既可激发作家的创作灵感，又可成为文学再现的对象。21 世纪美国小说对照片的语象叙事将历史与现实、虚构与真实结合起来，或揭示文学艺术之真实性，或承载族裔的文化记忆，或使主人公认知并领悟死亡的真正含义。小说对摄影的生动描写揭示出小说人物之关系，或揭开摄影背后的家庭伦理。动态的实验短片或家庭电影则可促使小说人物采取行动或为小说发展进行铺垫。小说对静物画的文字再现既成为连接小说人物的纽带，又有助于揭示人物的内心世界，亦可营造并烘托幽暗或死亡的氛围，或蕴含毁灭与死亡的同时亦成为主人公成长之媒介。小说对雕塑的生动描述则将历史、小说与现实融为一体，或令人沉思，或激起主人公内心的情感波澜而引发对爱情的思索。唐娜·塔特的《金翅雀》以荷兰画家卡雷尔·法布里蒂乌斯同名画作为书名，还以"金翅雀"作为主线贯穿全书，使之成为小说结构的组成部分。小说涉及 7 个国家 40 余位画家的 50 多幅作品，主要描写了荷兰画家弗兰斯·哈尔斯（Frans Hals，约 1580—1666）的《手持骷髅的少年》（*Young Man Holding a Skull*，1626）、伦勃朗（Rembrandt，1606—1669）的《解剖课》（*The Anatomy Lesson of Dr. Nicolaes Tulp*，1632）以及埃格伯特·范德珀尔（Egbert van der Poel，1621—1664）"三幅可怕的风景画"。作为小说主线的画作《金翅雀》或意象"金翅雀"则将小说人物连接起来，还推动故事情节的发展。塔特用文字再现视觉艺术品，使语言图像化亦使视觉艺术可读化，超越从视觉到文学的单向转换，从而建构文学与视觉艺术的多模态互动与互释关系。

　　第三章综述图像叙事概念与欧美图像史，论述乔纳森·萨福兰·弗尔《特别响，非常近》的图像叙事和珍妮弗·伊根《恶棍来访》的 PPT 叙事。图像叙事是以图像视觉呈现文本或故事的叙事方式。图像叙事虽是最古老、最普遍之叙事形态，却是 W. J. T. 米歇尔（W. J. T. Mitchell，1942—　）在 20 世纪 90 年代提出"图像转向"（pictorial turn）后才成为一个学术概念。14 世纪以来，欧洲的书籍插图经历了从手绘到木刻再到印刷等发展阶段。欧美小说图像叙事以劳伦斯·斯特恩（Laurence Sterne，1713—1768）的《项狄传》（*The Life and Opinion of Tristram Shandy, Gentleman*，1759—1767）为分水岭。此后，小说插图编入页码而成为文本的组成部分。20 世纪下半叶，美国后现代小说家开始采用图－文融合的创作手法。21 世纪以来，美国作家更加注重语言模态与非语言模态结合的多模态叙事，尤以乔纳森·萨福兰·弗尔为小说创新之代表。他在《特别响，非常近》中共插入 63 幅图，且穿插于小说文本之中，亦编入页码之内。该小说中既有单幅图像叙事亦有系列图像叙事。单幅图像虽缺少叙事性，但与文字结合后，便产生图－文叙事的堆叠效果。系列图像叙事串联起整个故事而成为小说结构的组成部分，从而推动故事情节的发展。这些图像皆与文字形成互文关系，既弥补文字无法言传的情感与思想，构成图－文叙事叠加的复调叙事，又互相阐发、解释或延伸，最终共同建构小说的文本意义。珍妮弗·伊根在《恶棍来访》中采用 PPT 叙事，乃成当代世界文坛最新颖别致而大获成功之典范。PPT 叙事是语言、图像、图示、图标等有机结合而成的多模态叙事。该小说第 12 章用 76 张 PPT 记录林肯对音乐休止符的热爱，回忆萨莎以及其他 X 一代的故事，讲述萨莎一家四口的家庭生活。PPT 叙事与文字以及其他模态结合的多模态叙事不仅使小说产生复调的叙事效果，还使小说突破传统的单一的文字叙事，从而体现出电子技术时代的文学创作指向，并折射出数字多媒体对文学创作的巨大影响。

第四章简述绘本的概念及其发展流变、欧洲绘本史与美国绘本小说的历史分期，分析大卫·威斯纳《海底的秘密》的无字绘本叙事、布莱恩·塞兹尼克《造梦的雨果》的图文双线叙事及其与 3D 电影《雨果》之比较，最后剖析戴维·斯摩尔《缝不起来的童年》的自传绘本叙事。在 21 世纪，美国的绘本小说与传统的文字小说并驾齐驱。故而专章论述绘本叙事。绘本小说是以图为主、文为辅以及其他模态共同完成叙事之文学艺术形式。绘本叙事指通过图、文以及其他模态共同完成的叙事。绘本源于欧洲，早期绘本从插图本《圣经》演变而来，现代绘本则诞生于 19 世纪后半叶之欧美。绘本小说始于 20 世纪上半叶而形成于 20 世纪六七十年代。1978 年，威尔·艾斯纳（Will Eisner，1917—2005）正式确定这一文学新形式。考之于史，美国绘本小说可分三个时期：20 世纪 70 年代前的孕育萌芽期、20 世纪 70 年代到 20 世纪末的形成发展期以及 21 世纪的流行繁荣期。

无字绘本是一种依靠图画叙事的多模态文学形式。大卫·威斯纳的无字绘本主题多样，充满奇思妙想，梦幻而神秘。在《海底的秘密》中，封面封底突出主题，亦引导读者发现绘本之奥秘。环衬、前奏页与扉页乃内页之组成要素，又具有叙事性，提示人物或营造意境，为正文埋下伏笔。跨页展现宏大的场景，创造神奇的视觉效果。不同视角的构图增加了无字绘本的视觉魅力与艺术张力，而蒙太奇与景别则既表现故事情节，亦构建故事的全新意义。布莱恩·塞兹尼克的《造梦的雨果》是绘本、小说与电影结合的综合艺术。绘本小说有两条叙事线，即雨果的虚构故事与电影大师乔治·梅里爱的真实故事。塞兹尼克采用独特的图文双线叙事，即图与文各自独立又相互联系，有交织亦有重叠，有互补亦有扩充。图文双线叙事充分诠释了日本绘本之父松居直（まつい ただし，1926—2022）关于"文×图＝绘本"的理论。据此改编的 3D 电影《雨果》在故事结构、人物关系、故事情节等方面与绘本小说基本一致。这说明二者之间的互媒与互文关系。然而，电影呈现的是视觉、娱乐与流行元素，绘本小说在人物刻画、视角乃至叙事等方面更为深刻。戴维·斯摩尔的自传绘本小说《缝不起来的童年》以图为主、文为辅并按时间顺序叙事。空镜既渲染环境气氛，又借景抒情，引人联想，从而烘托和揭示人物的内心世界与感情变化。分镜、重复画面与特写等表现出人物的性格，亦揭示绘本小说的主题意义。"缺失的眼睛"这一意象贯穿绘本小说始终，揭示出作者童年创伤的真正原因。同时，文字等其他模态亦参与自传绘本小说的叙事。

第五章稽考副文本相关概念及其理论，分别论述21世纪美国小说封面的多模态叙事与乔纳森·萨福兰·弗尔《特别响，非常近》的多模态文体叙事。热拉尔·热奈特（Gérard Genette，1930—2018）提出副文本概念后，副文本理论渐成一种新的文学批评方法。凡围绕正文的边缘性或补充性资料或辅助性文本因素（包括文本外的领域等）皆可视为副文本。在国内学界，副文本理论已历三个阶段，即从引介到发展再到重构。1997 年以来，副文本理论已从文学扩展到其他学科而成一个跨学科的概念。小说封面是由多种模态组成的副文本，是纸质文学作品的有机组成部分，亦参与小说文本意义之建构。21 世纪美国小说的封面以人物或身体部位，以自然植物或动物，以历史事件或抽象艺术等图像作为封面的主要内容，结合文字、色彩、布局、排版、结构等形成封面多模态叙事。乔纳森·萨福兰·弗尔《特别响，非常近》中的红笔圈点，标点偏离或变异，字号、加粗和空格等区别性文本特征，既是副文本又是小说多模态文体的组成部分。这些不同文体特征构成小说的多模态文体叙事。它们在小说文本中起着突出、强调、补充或解释等不同的作用，并与正文本以及其他模态一起构建小说的整体意义。

本书力求做到学术性与通俗性、专业性与通识性、知识性与趣味性、理性与感性并重。总体而言，本书具有以下特点：

第一，将语言模态与非语言模态、静态模态与动态模态纳入文学研究，拓宽文学研究的维度，开拓文学研究的新视野。传统文学研究重语言模态，而轻排版、色彩、图像、字体字号、标点符号等非语言模态。本书既研究语言模态与非语言模态，还将静态模态（图像、颜色、排版、布局、字体字号、标点符号等）与动态模态（家庭电影、电影改编等）纳入文学研究，分析不同模态的特征与功能、模态之间的相互关系以及各种模态协同叙事对文本意义的建构作用。

第二，引入语言学、语相学、多模态文体学、副文本等相关理论，丰富多模态叙事理论。尚必武指出，在后经典叙事转向后，叙事既是研究对象亦是研究方法。学界引入相邻学科的研究成果以创新叙事研究的工具，还将叙事引入其他学科以开辟叙事研究的新领域。[①] 本书引入多模态话语

---

① 尚必武：《从"两个转向"到"两种批评"——论叙事学和文学伦理学的兴起、发展与交叉愿景》，《学术论坛》2017 年第 2 期，第 7—12 页。

分析、语相学（graphology）、多模态文体学与副文本等相关理论与方法，研究 21 世纪美国小说的多模态叙事，进一步丰富和完善多模态叙事理论。

第三，将历史文献与文学作品、整体观照与具体分析相结合，并在文学研究中观照现实。第一章综论叙事与多模态叙事的相关理论，第二至五章的第一节皆概述相关概念与理论，再将文本分析与宏观的社会历史文献相结合，在文本细读的基础上对小说文本进行解读和阐释，研究语言模态与非语言模态以及各种模态协同构建小说文本意义的作用。本书既历时稽考相关文献，又共时援引相关的研究成果；既结合相关理论进行理性思考，又将自我领悟融入论述之中。文学研究以文本为旨归，还应观照现实，本书揭示出视觉转向与多模态转向不仅改变了我们对世界的思维模式与认识方式，亦表明了现代数字技术对文学创作与文学研究的巨大影响。

第四，融入中国文化、文学与文艺理论等元素，体现外国文学研究的中国话语特色。本书在国际视野中融入诸多中国元素，如论述时兼顾中国图像叙事的发展、中国绘本小说的沿革，如利用中国古代的评点（圈点之学）分析《特别响，非常近》中的红笔圈点，又如援引中国诗论、古典诗词与经典文献等，既将中国文化、文学与文艺理论等元素融入研究，又在一定程度上体现中国文艺理论（如中国诗论、圈点之学等）对外国文学研究的价值。这对构建中国的外国文学研究话语体系具有一定参考意义。

第五，注重跨学科、跨媒介、跨文类、跨国界和交叉融合的多模态叙事，凸显多模态转向后的文学研究新方向。本书研究的语象叙事、图像叙事、（绘本小说的）绘本叙事与副文本叙事（包括多模态文体叙事）等皆具上述特点，故而归入多模态叙事范畴。本书突破传统的文学研究，将语言模态与非语言模态、静态模态与动态模态等皆纳入文学研究，不仅可弥补传统文学研究之不足，还可成为 21 世纪外国文学研究之新方向。

第六，研究 21 世纪获奖小说和当代文学经典，彰显外国文学研究的时代性与现实性。本书论及 21 世纪美国小说 30 余部，且大多是荣获美国普利策奖、美国国家图书奖和凯迪克金奖的作品。最新著作有 2023 年 5 月 8 日公布的普利策奖获奖小说芭芭拉·金索勒（Barbara Kingsolver，1955—　）的《恶魔铜头蛇》（*Demon Copperhead*，2022）和埃尔南·迪亚斯（Hernan Diaz，1973—　）的《信任》（*Trust*，2022），以及 11 月 15 日晚公布的美国国家图书奖获奖小说贾斯廷·托雷斯（Justin Torres，1980—　）的《黑幕》（*Blackouts*，2023）。《特别响，非常近》《坠落的人》《缝不起来的童年》等虽未获上述奖项，却是 21 世纪美国经典作品，故亦成为本书论述之重点。因此，研究 21 世纪美国小说的多模态叙事可揭示出文学与艺术、文学与其他学科或媒介以及文学与社会的关系，体现出文学研究的时代性与现实性。

第一章　叙事与多模态叙事

　　叙事存在于历时与共时之中，生生不息，为全人类所共有。人类有语言伊始，叙事就成为至关重要的交际方式。叙事超越国家、民族、历史和文化，恰似生命般永存。[①] 就叙事概念而言，学界主要从事件再现、文本类型和跨学科等方面进行界定，故叙事难有统一之定义。1969 年，茨维坦·托多罗夫（Tzvetan Todorov，1939—2017）提出"叙事学"（narratologie）概念。1997 年，戴维·赫尔曼正式提出"后经典叙事学"概念。21 世纪，后经典叙事学"裂变"出诸多新的叙事类型。其中，多模态叙事乃成炙手可热的研究课题。2008 年，艾莉森·吉本斯提出"多模态文学"概念。2009 年，沃尔夫冈·哈勒特提出"多模态小说"概念，而戴维·赫尔曼则提出"多模态叙事"概念。多模态叙事是一种新型的文学叙事。它将语言模态与非语言模态皆纳入文学研究，并探索不同模态对文本意义的建构作用。

---

① 罗兰·巴特：《叙事作品结构分析导论》，张寅德，译. 张寅德，编选：《叙述学研究》，北京：中国社会科学出版社 1989 年，第 2—42 页。

第一节　叙事

叙事是人类的交际手段和知识形式，亦是人类的认知模式，更是人类创造生存与生命意义的有效方式。目前，西方学界对叙事的界定一般采用以下三种方法，即事件再现、文本类型和跨学科。叙事学家对叙事的定义各有洞见，却尚未给出统一的定义，故21世纪是一个开放的、未完成的、动态的"泛叙事"时代。

关键词：叙事；叙事界定法；泛叙事

叙事（narrative）的拉丁词源是 narrāre 与 gnārus，意为"讲述""知道"。叙事存在于历时与共时之中，生生不息，为全人类所共有。人类有语言伊始，叙事就成为不可或缺的交际方式。古今中外的口语或书面语概莫能外。人文社会科学如此，自然科学亦然。罗兰·巴特（Roland Barthes，1915—1980）在《叙事作品结构分析导论》（"Introduction to the Structural Analysis of Narrative Writings"）一文中指出，任何材料皆适合叙事，口语或书面语、固定或活动画面，甚至是手势等皆可叙事。

叙事遍布于神话、传说、寓言、民间故事、小说、史诗、历史、悲剧、正剧、喜剧、哑剧、绘画、彩色玻璃窗、电影、连环画、社会杂闻、会话。而且，以这些几乎无限的形式出现的叙事遍存于一切时代、一切地方、一切社会。……叙事作品……超越国度，超越历史，超越文化，犹如生命那样永存着。①

　　叙事无时不在、无处不在。它是我们理解事物、了解世界的重要手段。叙事是我们感知个体存在的重要门径，影响我们生存的价值与意义。难怪保罗·利科（Paul Ricoeur，2013—2005）、彼得·布鲁克斯（Peter Brooks，1938—　）将叙事视为人类存在的基本模式。汉学家浦安迪（Andrew H. Plaks，1945—　）亦云："叙事是在人类开蒙、发明语言之后才出现的一种超越历史、超越文化的古老现象。"② 语言是叙事之媒介，绘画、电影和雕塑等亦然。不同媒介的混合同样可作为叙事之媒介。因此，若无叙事，便无语言，亦无人类社会。大卫·鲁德姆（David Rudrum，1974—　）亦指出可通过舞蹈、音乐、图像、口头语或书面语等进行叙事。在人类社会中，凡文本皆生产出某种叙事，叙事可谓无时不在，无处不有。③ 叙事既是人类的交际手段与知识形式，也是人类的认知模式；叙事既是自我与世界及他人之中介，亦是人类创造生存与生命意义之有效途径。

　　考之于史，叙事的定义众说纷纭，尚无统一界说。目前，西方学界对叙事的界定有事件再现、文本类型和跨学科等三种方法。

　　第一，叙事即事件的再现。叙事是一个或一系列事件的再现，是一或

---

① 罗兰·巴特：《叙事作品结构分析导论》，张寅德，译. 张寅德，编选：《叙述学研究》，北京：中国社会科学出版社 1989 年，第 2—42 页。

② 浦安迪：《中国叙事学》，陈珏，译. 北京：北京大学出版社 1996 年，第 5 页。

③ Rudrum, David. "From Narrative Representation to Narrative Use: Towards the Limits of Definition." *Narrative*, 2005 (2), pp. 195–204.

多个真实或虚构事件的再现，或是对虚构事件的连续性叙述。① 如果说上述界定尚未体现出叙事与被再现事件之关系，那么，以下叙事概念则既注重再现亦强调其与事件之关系。叙事是一序列事件的象征再现，而事件则由主题与时间连接。米克·巴尔（Mick Bal, 1946— ）认为，一个故事是一系列在逻辑或时间上相关的事件。② 叙事是一系列按时间与因果关系连接而产生意义的事件，或一系列被感知并存在一定连接关系的事件。甚至有学者认为，凡读者认为连接而产生意义的事件即为叙事。

第二，文本类型界定叙事。西摩·查特曼（Symour Chatman, 1928—2015）、莫妮卡·弗鲁德尼克（Monika Fludernik, 1957— ）和戴维·赫尔曼等乃其代表。有学者将文本分成叙事和描述，或提出文本类型——叙事、描述、指导、说明与议论。西摩·查特曼区分了叙事、议论和描述三种文本类型。③ 弗鲁德尼克提出三层次文本类型：宏观文类层次、文类层次和文本表层话语模式，并重点区分了叙事、议论、反思、对话与教导等文本类型。④ 在赫尔曼看来，叙事是一种文本类型，被符号媒介（书面、口语、漫画、电影、电视、计算机和绘本小说等）生产和阐释。他还提出研究文本类型的两种方法：横向法和纵向法，并从认知科学角度对叙事、描述与解释作出了界定。⑤

---

① Genette, Gérard. *Figures of Literary Discourse*. Trans. Marie-Rose Logan. New York: Columbia UP, 1982, p. 127. Abbott, H. Porter. *The Cambridge Introduction to Narrative*. Cambridge: CUP, 2002, p. 16. Rimmon-Kenan, Shlomith. *Narrative Fiction: Contemporary Poetics*. London and New York: Routledge, 2002, p. 2.

② Bal, Mick. *Narratology: An Introduction to the Theory of Narrative*. Trans. Christine van Boheemen. Toronto: Toronto UP, 1985, p. 5.

③ Chatman, Symour. *Coming to Terms: The Rhetoric of Narrative in Fiction and Film*. Ithaca: Cornell UP, 1990, p. 9.

④ Fludernik, Monika. *Towards a "Natural" Narratology*. London: Routledge, 1996, pp. 356-358.

⑤ Herman, David. *Basic Elements of Narrative*. Oxford: Wiley Blackwell, 2009, p. 7, p. 92.

第三，跨学科界定叙事。除文学外，此法还可用于哲学、历史学、精神分析、法律研究等诸多学科。从其概念推知，叙事的这种概念已然泛化。叙事是一种认知模式，亦是一种建构意义的方式。詹姆斯·费伦（James Phelan, 1951—　）认为，叙事是人在某种场合中讲述的已发生之事，包括时间、地点、人物和事件等因素。① 韦恩·布思（Wayne C. Booth, 1921—2005）亦将叙事视为某种言语行为。戴维·赫尔曼则将叙事视为一种认知工具。

叙事的定义异彩纷呈，其潜在意义也是模糊的。后经典叙事学家玛丽－劳尔·瑞安指出，经典叙事学家对于叙事的定义各有洞见，却仍未能给叙事一个完整且充分的定义。因此，她在《走向叙事的定义》（"Toward a Definition of Narrative", 2007）一文中提出了满足叙事的八大条件。② 这体现出其后经典叙事学的"泛叙事观"。在尚必武看来，叙事是以媒介为基础且具有一定意义之序列，媒介、意义与序列等乃其基本要件。③ 谭君强和陈芳则指出，叙事是这样一个过程，是开放的、未完成的，亦是动态的。他们从社会与文化的视角提出创建"审美文化叙事学"（cultural aesthetic narratology）理论的构想，主张"将形式与语境，与历史、文化，与审美判断和审美价值意义等多方面要素连接起来"④。

---

① Phelan, James. *Living to Tell about It: The Rhetoric and Ethics of Character Narration*. Ithaca: Cornell UP, 2005, p. 217.

② Ryan, Marie-Laure. "Toward a Definition of Narrative." David Herman, ed. *The Cambridge Companion to Narrative*. Cambridge: CUP, 2007, pp. 22—38.

③ 尚必武：《什么是"叙事"？概念的流变、争论与重新界定》，《山东外语教学》2016 年第 2 期，第 65—73 页。

④ 谭君强，陈芳：《叙事学的文化研究与审美文化研究》，《江西社会科学》2009 年第 4 期，第 29—38 页。

第二节　经典叙事到后经典叙事

1997 年，戴维·赫尔曼提出"后经典叙事学"概念。在 21 世纪，后经典叙事已呈现出研究方法的多元化、研究范式的动态化和语境化局面。它表现出跨学科、跨媒介、跨文类、跨国界和义义融合等新特点。后经典叙事是一种泛叙事，呈现出一种"叙事学＋X"的研究模式，且逐渐成为文学研究之"通用语"（lingua franca）。

关键词：经典叙事；后经典叙事；文学研究通用语

就文艺理论而言，柏拉图（Plato，前 427—前 347）的模仿（mimesis）／叙事（diegesis）二分说开启了叙事讨论之肇端。然而，直到 20 世纪六七十年代，叙事学才成为一门独立的学科。1969 年，茨维坦·托多罗夫在《〈十日谈〉语法》（*Grammaire du Décaméron*）一书中正式提出现代意义上的"叙事学"概念。[①] 叙事学由拉丁词根 narrato（叙述、叙事）和希腊词尾 logie（科学）构成，即叙事学是作为一种叙事的科学而提出的概念。正如莫妮卡·弗鲁德尼克所言，"叙事学既是关于叙事文本的一门应用科学，也是一种理论"。[②]

学界对于叙事学分期或发展阶段有二分法和三分法之说。托多洛夫、

---

① Todorov, Tzvetan. *Grammaire du Décaméron*. The Hague: Mouton, 1969, p. 10.

② 莫妮卡·弗鲁德尼克：《叙事理论的历史（下）：从结构主义到现在》，詹姆斯·费伦，彼得·J. 拉比诺维茨：《当代叙事理论指南》，申丹等，译. 北京：北京大学出版社 2007 年，第 27 页。

西摩·查特曼、克劳德·布雷蒙（Claude Bremond，1929—2021）等坚持二分法，热拉尔·热奈特、里蒙·凯南（S. Rimmon-Kenan，1942—　）、瑞克·奥特曼（Rick Altman，1945—　）、罗兰·巴特等则倡三分法。国际学界大多采用戴维·赫尔曼的二分法，即经典叙事学与后经典叙事学。安斯加尔·纽宁（Ansgar Nünning，1959—　）沿用赫尔曼之法，还就经典叙事学与后经典叙事学之差异绘制了详尽图表，深受学界认可。①

考之于西方叙事理论发展史，经典叙事学发轫于索绪尔（Ferdinand de Saussure，1857—1913）语言学、布拉格语言学派、俄国形式主义等②，还包括英美新批评、法国结构主义、特拉维夫诗学和现象阅读学等③。20 世纪 60 年代以来，叙事学已历经了研究范式的重大转移：从关注故事/话语的经典叙事学转向后经典叙事学。马克·柯里（Mark Currie）将 1987 年作为界定经典叙事学与后经典叙事学之分界线。④ 这种划分似已被国际学界所公认。

其实，"后经典叙事学"概念是赫尔曼 1997 年首次提出的。1999 年，其《作为复数的后经典叙事学：叙事分析新视野》（*Narratologies: New Perspectives on Narrative Analysis*）的出版标志后经典叙事学正式诞生。在借鉴修辞学、语篇分析、解构主义、女性主义、历史主义、电影理论、（心理）语言学、计算机科学、精神分析学、巴赫金对话理论、读者 – 反应批评等

---

① Nünning, Ansgar. "Narratology or Narratologies? Taking Stock of Recent Developments, Critique and Modest Proposals for Future Usages of the Term." Tom Kindt & Hans-Harold Müller, eds. *What Is Narratology? Questions and Answers regarding the Status of a Theory*. Berlin: de Gryuter, 2003, pp. 239-275.

② Sommer, Roy. "Beyond (Classical) Narratology: New Approaches to Narrative Theory." *European Journal of English Studies*, 2004 (1), pp. 3-11.

③ Rimmon-Kenan, Shlomith. *Narrative Fiction: Contemporary Poetics*. London and New York: Methuen, 1983, p. 5.

④ Currie, Mark. *Postmodern Narrative Theory*. New York: St. Martin's Press, 1998, p. 6.

其他理论与方法后，叙事学从单数裂变成复数。[①] 进入 21 世纪，叙事学的后经典转向已成学界共识。2002 年，里蒙－凯南在《叙事虚构作品：当代诗学》（*Narrative Fiction: Contemporary Poetics*）一书中亦使用后经典叙事学概念。2005 年，后经典叙事学一词入选《劳特利奇叙事理论百科全书》（*Routledge Encyclopedia of Narrative Theory*）词条。2010 年，杨·阿尔贝（Jan Alber，1973—　）和莫妮卡·弗鲁德尼克所编的《后经典叙事学：方法与分析》（*Postclassical Narratology: Approaches and Analyses*）探讨了 21 世纪第一个十年的后经典叙事学的发展状况。[②]

后经典叙事学"将叙事作品视为文化语境中的产物，关注作品与其创作语境和接受语境的关联"[③]。它突破经典叙事学仅关注文本内部之局限，其研究领域已深入文学与文字外的诸多领域，如日常语言叙事、心理认知叙事、历史讲述与历史建构叙事等。同时，法律文本以及影视、音乐、图像、广告等作品皆纳入后经典叙事的研究范畴。

后经典叙事学已走向研究方法的多元化、研究范式的动态化和语境化。与经典叙事学相比，后经典叙事学有五大转向：从作品转向读者；从文学叙事转向文学外的叙事；从单一叙事转向跨学科叙事，并借鉴其他学科的理论与方法；从共时转向历时，关注社会历史语境对叙事之影响；从形式结构转向形式结构与意识形态的关联[④]。

后经典叙事表现出跨学科、跨媒介、跨文类、跨国界和交叉融合等全

---

① 戴卫·赫尔曼：《新叙事学》，马海良，译. 北京：北京大学出版社 2002 年，第 1 页。

② Alber, Jan & Monika Fludernik. *Postclassical Narratolgy: Approaches and Analyses*. Columbus: The Ohio State UP, 2010.

③ 申丹，王丽亚：《西方叙事学：经典与后经典》，北京：北京大学出版社 2010 年，第 6 页。

④ 申丹，韩加明，王丽亚：《英美小说叙事理论研究》，北京：北京大学出版社 2005 年，第 209—210 页。

新特征。其跨学科性表现在将叙事理论与阐释学、语言学、认知理论和其他学科理论之结合。其跨媒介性表现在超越文学叙事（尤其是小说叙事），结合其他媒介而诞生了诸如法律叙事、新闻叙事、音乐叙事、电影叙事、数字叙事、视觉叙事和心理咨询叙事等。其跨模态性表现在不同模态的交叉融合而形成的多模态叙事。其跨文类性表现在超越小说叙事，催生新的文学叙事，如诗歌叙事、戏剧叙事和非自然叙事等；而小说叙事中亦出现新的文学叙事，如绘本叙事、漫画叙事和多模态叙事等。其"跨国界转向"在于加强国际不同叙事学家的合作，如建构一种跨时空的文学叙事和跨国界的叙事理论，重新概念化叙事理论，以及探讨跨国界框架与跨国界文学叙事的普遍规则等①。后经典叙事的这些特点决定了它们之间的互相借鉴与交叉整合，如认知叙事与跨媒介叙事或与非自然叙事之整合，传记叙事、认知叙事与跨媒介叙事之整合，以及修辞叙事、认知叙事、跨媒介叙事与非自然叙事之间的融合等。

如果说经典叙事所解决的是叙事学的内涵，那么，后经典叙事则更多聚焦于叙事学的外延，故而被解读为"泛叙事"。杜·普鲁伊（H. J. G. du Plooy，1947— ）将当下的后经典叙事学发展现状及趋势概括为三：语境叙事学研究、认知叙事学研究以及叙事学研究中的跨文类与跨媒介叙事方法。②戴维·赫尔曼提出六种后经典叙事学，即认知叙事学、修辞叙事学、哲学叙事学、语言学叙事学、女性主义叙事学和后现代主义叙事学。安斯加尔·纽宁提出的八种叙事学中，包括主题、语境与意识形态的叙事研究方法。他还增加跨性别与跨媒介研究，并设想融合赛博时代叙事学与精神分析叙事学的叙事研究门类。格雷塔·奥尔森（Greta Olson，1963— ）

---

① Friedman, Susan S. "Towards a Transnational Turn in Narrative Theory: Literary Narratives, Traveling Tropes and the Case of Virginian Woolf and the Tagores. " *Narrative*, 2011 (1), pp. 1-32.

② du Plooy, H. J. G. "Narratology and the Study of Lyric Poetry. " *Literator*, 2010 (3), pp. 1-15.

在《叙事学的当代潮流》（*Current Trends in Narratology*，2011）中提出了后经典叙事学研究的三种方法：1）认知方法，关注叙事被感知和被识别时读者的心理过程，而非语言叙事；2）跨媒介、跨文类和跨学科的叙事分析；3）比较叙事学（comparative narratology）或叙事学谱系（genealogy of narratology）。①

如果说"任何故事都具有永无止境向前发展的潜能"②，那么，叙事的意义就始终处于不断叠加、不断延伸和不断重构的动态发展之中。赫尔曼在《叙事的基本要件》中论述了叙事的工作定义，他从三方面审视叙事，即叙事是一种认知结构、文本类型和交际手段。③布莱恩·理查森（Brian Richardson）指出，叙事研究也用于其他学科或领域之中，如在哲学、法律、表演艺术与超文本研究中，叙事起着越来越重要的作用。④在网络和信息化时代，电影叙事、社会叙事、音乐叙事、电子叙事、女性主义叙事、电子网络叙事等皆成后经典叙事学的有机组成部分。

后经典叙事概念的范畴非常广泛，包括符号、行为与文化现象，还包括性别、历史、民族与地球引力等各种叙事。马克·柯里坦言，当今的叙事委实无处不在。⑤可见，后经典叙事乃是一种泛叙事，涵盖了人类文明和文化的一切方面。正如美国叙事学者曼弗雷德·杰恩（Manfred Jahn，

① Fludernik, Monika & Greta Olson. "Introduction."Greta Olson, ed. *Current Trends in Narratology*. Berlin: de Gruyter, 2011, pp. 1–33.
② J. 希利斯·米勒：《解读叙事》，申丹，译. 北京：北京大学出版社2002年，第225页。
③ Herman, David. *Basic Elements of Narrative*. Oxford: Wiley-Blackwell, 2009, p. 2.
④ Richardson, Brian. "Recent Concepts of Narrative and the Narratives of Narrative Theory." *Style*, 2000 (2), pp. 168–175.
⑤ Currie, Mark. *Postmodern Narrative Theory*. New York: St. Martin's Press, 1998, p. 1.

1943— ） 所言，今天的叙事学是叙事学 + X 的研究模式。① 后经典叙事学涉及的内容由原来的文本内世界延伸到其他诸多非文学领域，如医学、历史学、人类学、政治学、新闻学、戏剧学、电影学、社会学、心理学、心理分析、认知科学、社会语言学等诸多学科。因此，后经典叙事学已成为继现象学、符号学后又一种跨国界、跨学科的"批评元语言"（critical metalanguage），并逐渐发展成为文学以及众多学科研究的通用语②。

---

① Jahn, Manfred. "Poems, Plays and Prose: A Guide to the Theory of Literary Genres. "Cologne: University of Cologne, 2002.

② Sommer, Roy. "Beyond (Classical) Narratology: New Approaches to Narrative Theory." *European Journal of English Studies*, 2004 (1), pp. 3–11.

第三节　多模态叙事

在语言学中，多种不同模态组成的语篇称多模态语篇。为分析此类语篇，20世纪90年代多模态话语分析便应时而生。在文学中，艾莉森·吉本斯和沃尔夫冈·哈勒特分别于2008年和2009年率先提出"多模态文学""多模态小说"概念。2009年，戴维·赫尔曼在《叙事的基本要素》一书中首次提出"多模态叙事"概念。多模态叙事是一种新型的文学叙事，它是利用多种模态来唤起故事世界之叙事实践形式。它关注语言模态与非语言模态，并探索不同模态对小说文本意义的建构作用。诚如艾莉森·吉本斯所言，"21世纪是多模态的时代，因此，研究该时代多模态艺术作品具有重要的意义和价值"。[①]

关键词：多模态；多模态话语分析；多模态文学；多模态小说；多模态叙事

一

在人文社会科学中，模态（mode）指符号模态、感官模态和行动整合而成的模态。[②] 露丝·佩奇认为，模态的范畴是开放的，涵盖语言、手势、

---

① 艾莉森·吉本斯：《多模态认知诗学和实验文学》，赵秀凤，徐方富，译. 北京：外语教学与研究出版社2022年，第3页。

② Kress, Gunther R. "What Is Mode." Carey Jewitt, ed. *The Routledge Handbook of Multimodal Analysis*. London and New York: Routledge, 2009, pp. 54-67.

图像、版式、颜色、着装、美食、香水、音乐、声音质量与空间资源等诸多符号系统。① 西格丽德·诺里斯（Sigrid Norris，1961—　）则反对将模态概念化和具体化，并认为模态是一个开放且具有启发意义的概念，也是一种分析工具和看待语篇的方式。②

　　多模态（multimodal）是由多种不同模态组合而成的。该术语可追溯到 20 世纪初，但直到 20 世纪 60 年代，研究人员才发现交际中存在大量非语言或非言语的交际方式。20 世纪 90 年代，多模态研究才引起语言学界的关注。冈瑟·R. 克雷斯（Gunther R. Kress，1940—2019）和凡·利文（Theo van Leeuwen，1947—　）定义曰：多模态是运用多种符号模态，或综合使用若干符号模态强化同一意义表达，或行使补充功能，或进行有层次的排序。③ K. L. 欧哈罗兰（Kay L. O' Halloran，1958—　）认为，多模态是一种理论分析与实践，它综合语言模态与非语言模态来构建纸质文本、数字媒体以及日常生活文本。④ 艾莉森·吉本斯指出，多模态指两种及两种以上的符号模态，不仅存在于日常生活之中，还构成我们的生活经验，甚至成为我们认知世界的一种方式。⑤ 人文和传播学强调符号资源的多样性，这些符号资源以协同与整合的方式共同发挥作用。有学者认为多

----

① Page, Ruth. *New Perspectives on Narrative and Multimodality*. London and New York: Routledge, 2009, pp. 1–13.

② Norris, Sigrid. *Analyzing Multimodal Interaction: A Methodological Framework*. London: Routledge, 2004, p. 152.

③ Kress, Gunther R. & Theo van Leeuwen. *Multimodal Discourse: The Modes and Media of Contemporary Communication*. London: Hodder Arnold, 2001, p. 20.

④ O' Halloran, Kay L. "Inter-Semiotic Expansion of Experiential Meaning: Hierarchical Scales and Metaphor in Mathematics Discourse."Garys Jones & Eija Ventola. *From Language to Multimodality: New Developments in the Study of Ideational Meaning*. London: Equinox, 2008, p. 231.

⑤ 艾莉森·吉本斯：《多模态认知诗学和实验文学》，赵秀凤，徐方富，译. 北京：外语教学与研究出版社 2022 年，第 7 页。

模态指多种符号系统（模态）相结合的交际产物或交际过程。露丝·佩奇指出，多种符号资源系统构成一个整合体——多模态，它是人们用以交流与互动的手段。① 也有学者从实用角度将多模态描述为多用途工具包（multipurpose toolkit），或从不同视角定义：在冈瑟·R. 克雷斯看来，多模态指一类文本类型，亦指一个有待理论建构的研究领域;② 凯里·朱维特（Carey Jewitt）则认为，多模态指一个应用领域，而非一种理论。③ 括而言之，多模态指多种符号资源或系统（语言、文字、图像、色彩、线条、声音、动作、触觉、手势、体态和空间布局等）的融合，其作用是建构语篇以表达或传递意义，最终实现有效交际的目的。因此，凡能综合利用多种感官，通过多种符号资源或系统创造并传达意义的方式就是多模态。

多模态语篇是 21 世纪最为普遍的交际形式。冈瑟·R. 克雷斯和凡·利文认为，多模态语篇指融合语言文字、视觉图像、图表、颜色、排版等静态模态，以及动画、声音、音乐等动态模态的语篇，或由两种及两种以上的符号模态来实现意义的语篇。艾莉森·吉本斯从多模态文学的视角指出，多模态语篇是一种新型的文学文本形式，它融合多种符号模态并在文本中相互作用，既各具特点又共同完成小说文本的叙事。

为分析多模态语篇中的语言与非语言模态，多模态话语分析（multimodal discourse analysis）便应运而生。多模态话语分析乃兴于 20 世纪 90 年代的一种新型的话语分析方法。其分析的对象是多模态语篇或文本。它

---

① Page, Ruth. *New Perspectives on Narrative and Multimodality*. London and New York: Routledge, 2010, p. 6.

② Baldry, Anthony & Paul Thibault. *Multimodal Transcription and Text Analysis: A Multimedia Toolkit and Coursebook*. London: Equinox. 2006, p, xv. Kress, Gunther R. *Multimodality: A Social Semiotic Approach to Contemporary Communication*. London: Routledge, 2010, p. 54.

③ Jewitt, Carey. *The Routledge Handbook of Multimodal Analysis*. London and New York: Routledge, 2009, p. 2.

分析交际中的多种模态（语言、图像、声音、音乐、舞蹈、图表、音频和视频等）的特征与功能、不同模态之关系以及多种模态构成的整体意义。胡壮麟认为，多模态话语分析整合语言和其他符号资源，旨在通过考察符号各自所体现的意义与符号之间的互动意义，分析和解释各种模态共同协作的过程，创造出一个完整的语篇或交际事件。① 多模态话语分析将语言模态与非语言模态（如图像、声音、颜色和动作等）皆纳入其分析之中，平等对待语言模态与非语言模态，分析它们在交流与实践中共同建构意义的作用。这就打破了语言一统天下的局面，也突破了语言霸权的传统思维定式。这有利于从更宽广的视角探索意义的生成，更全面而准确地解读话语的意义，进而发现人类如何综合使用多模态以实现交际的目的。②

目前，多模态话语分析主要有三种范式，即以系统功能语言学、认知语言学的概念隐喻与交互社会学等为理论基础而形成的多模态话语分析。另外，还有其他范式，如多模态感知分析、多模态教学分析、多模态民族志分析和多模态语料库分析等。多模态话语分析理论在与相邻或其他学科结合后，便催生出众多新兴学科。就相邻学科而言，它就催生出了多模态修辞学、多模态文体学③以及多模态语用学④等新兴学科。

2003 年，多模态话语方始进入国内学界。李战子最先发表《多模式话

---

① 胡壮麟：《社会符号学研究中的多模态化》，《外语教学与研究》2007 年第 1 期，第 2—3 页。

② 朱永生：《多模态话语分析的理论基础与研究方法》，《外语学刊》2007 年第 5 期，第 82—86 页。

③ 张德禄：《多模态论辩修辞框架探索》，《当代修辞学》2017 年第 1 期，第 1—8 页。黄立鹤：《多模态修辞学的构建与研究——兼论修辞学与语用学的连接》，《当代语言学》2018 年第 1 期，第 117—132 页。Nørgaard, Nina. "Multimodal Stylistics: The Happy Marriage of Stylistics and Semiotics." Steven C. Hamel, ed. *Semiotics: Theory and Applications.* New York: Nova Science Publishers, Inc., 2011, pp. 255−274.

④ 黄立鹤：《多模态语用学视域下的言语行为与情感因素：兼论在老年语言学中的应用》，《当代修辞学》2019 年第 6 期，第 42—52 页。

语的社会符号学分析》一文，引入多模态话语分析的概念与相关理论，开创了我国多模态话语分析研究之先河。[①] 此后，胡壮麟、朱永生、张德禄、黄立鹤、顾曰国、曾蕾、雷茜等从不同视角研究多模态与其他学科的关系，或建构多模态的理论框架，为我国多模态话语分析做出了贡献。多模态话语分析不断将其他学科和领域纳入其彀中。许多学者将不同学科或领域（如文化、美学、戏剧、民族志、人类学等）的理论融入多模态话语分析理论，或关注社会符号学和其他语言学的相互借鉴与融合，如西格丽德·诺里斯、罗恩·斯科隆（Ron Scollon，1939—2009）和苏珊·斯科隆（Suzanne W. Scollon，1946—　）、查尔斯·福塞维尔（Charles Forceville）和乌里奥斯-阿帕里西（Eduardo Urios-Aparisi）等融合语体学、交互社会学、认知语言学等理论，对多模态互动分析进行全新的研究。[②] 同时，我国学者亦关注不同学科之间的融合，并进行了深入探索。[③] 纵览国内外学界，多模态与不同学科的融合研究充分体现出多模态研究的跨学科性及其海纳百川的融合性等特点。

21 世纪以来，各种多模态话语层出不穷，单从语言学角度分析多模态话语已捉襟见肘，这给多模态话语研究带来了全新的机遇和更大的挑战。从迈克尔·奥图尔（Michael O' Toole，1963—2018）的《展示艺术的语言》（*The Language of Displayed Art*，1994）、冈瑟·R. 克雷斯和凡·利文的《阅读图像》（*Reading Images: The Grammar of Visual Design*，1996）创

① 李战子：《多模式话语的社会符号学分析》，《外语研究》2003 年第 5 期，第 1—8 页。

② Norris, Sigrid. *Analyzing Multimodal Interaction: A Methodological Framework*. London: Routledge, 2004. Scollon, Ron & Suzanne W. Scollon. *Intercultural Communication: A Discourse Approach*. Oxford: Blackwell Publishers Ltd., 1995. Forceville, Charles & Eduardo Urios-Aparisi. *Multimodal Metaphor*. Berlin: de Gruyer, 2009.

③ 冯德正，邢春燕：《空间隐喻与多模态意义建构》，《外国语》2011 年第 3 期，第 58—64 页。

建该领域以来，多模态话语分析早已超越语言学而扩展到其他众多学科，如社会学、新闻学、心理学、哲学、法学和医学等，其研究对象也从语言文字扩展到其他符号系统。如今，多模态话语分析呈现出跨学科、多视角的特点，并形成交叉、融合与整合的发展态势。①

二

多模态叙事属于后经典叙事学范畴。它既超越文学叙事，与其他学科或媒介融合而形成不同学科或媒介的多模态叙事，又在文学内部发展并孕育出新的叙事形式。因此，多模态叙事是跨学科、跨媒介和跨文类等交叉融合而产生的一种新型文学叙事。

经典叙事虽承认电影、舞蹈、戏剧、音乐、绘画、照片等不同媒介或模态皆有叙事功能，但其聚焦的仍是语言模态，几不关注非语言模态。在叙事转向之后，文本中的非语言模态逐渐成为叙事研究所关注的对象。后经典叙事突破了经典叙事只关注文本内部的局限，其研究领域已深入到文学与语言文字外的众多学科领域，而呈现出多样性、跨学科性、跨媒介性与跨文类性等全新的特点。纵览中外后经典叙事学论著，或以叙事媒介为基准，或以研究方法为原则。以叙事媒介论之，有玛丽-劳尔·瑞安的《跨越媒介的叙事：故事讲述的多重语言》及其与玛丽娜·格里沙科瓦合编的《跨媒介性与故事讲述》等跨媒介叙事研究，也有电影叙事、音乐叙事、绘画叙事等以具体叙事媒介为分析对象的研究著作。他们既研究语言模态，亦探索非语言模态对于文本的建构作用。当叙事无处不在时，叙事性乃成一切媒介共有之特征。② 因此，这些研究不仅重审和定义经典叙事

---

① 朱永生：《多模态话语分析的理论基础与研究方法》，《外语学刊》2007 年第 5 期，第 82—86 页。

② 尚必武：《当代西方后经典叙事学研究》，北京：人民文学出版社 2014 年，第 117 页。

学概念，还包含挖掘和探索不同媒介/模态的叙事潜能及其表现方式。不同媒介属不同符号系统，而不同符号系统均由不同模态组成。因此，跨学科、跨媒介抑或跨文类所构成的叙事，均可视为多模态叙事。在研究方法上，后经典叙事学引入其他学科之新方法，诞生了修辞叙事学、认知叙事学、语料库叙事学、女性主义叙事学、后殖民主义叙事学等。诚如安斯加尔·纽宁所言，"后经典叙事学已经走向研究方法的多元化、研究范式的动态化、语境化"。① 就跨学科而言，仅以赫尔曼的认知叙事学为例，此乃叙事学与认知科学结合之产物。它关注作品的阐释与接受过程，从读者认知与阐释心理视角重审叙事，其"故事逻辑"（story logic）是关注人的心理如何构建和理解世界②，其故事包含口头叙事、图－文叙事等。可见，认知叙事学关注的是跨媒介与跨模态的认知叙事。

　　同样，戴维·赫尔曼的"故事世界"（storyworld）也是多模态叙事的世界。其"故事世界"可追溯到《故事逻辑：叙事的问题与可能性》（*Story Logic: Problems and Possibilities of Narrative*，2002）一书。这个"故事世界"由叙事引发，如电影、电视、文字小说、绘本小说，甚至是尚未成为具体艺术的故事等。"故事世界"是一个多模态共同叙事而建构的世界。在印刷文本中，书面语言、排版布局、图示图表等为"故事世界"提供蓝图。在绘本小说中，图画等非语言模态更加重要，除无字绘本外，图、文两种模态协同传达出"故事世界"。赫尔曼主编的《故事世界：叙事研究学刊》（*Storyworlds: A Journal of Narrative Studies*）曾发表跨媒介叙事的研究成果，展示各种叙事的分析与阐释方法。故事讲述囊括戏剧、歌剧、新闻、摄像、编年史、文学写作、电影电视、虚拟环境、绘本小说以及面对

---

① 尚必武：《当代西方后经典叙事学研究》，北京：人民文学出版社 2014 年，第 11 页。

② Herman, David. "Story Logic in Conversational and Literary Narratives." *Narrative*, 2001 (2), pp. 130 – 137.

面交际互动等不同的媒介和模态。该期刊还用不同方法研究叙事，如法学、哲学、认知、医学、话语分析、人工智能、文学理论和社会心理学等。总之，《故事世界：叙事研究学刊》为世界学界的跨学科、跨媒介和跨模态的叙事研究提供了一个可以探索与交流的平台。①

新技术、新媒介改变了文学创作也改变了阅读体验，还"呼唤语言和文学形式的创新"②。"在大众传媒时代，故事诞生为文学，成长为影视，终结为游戏。"③ 21 世纪，网络数字媒介正取代印刷媒介而成为主流，叙事已渗入超文本诗学（如互动小说）、虚拟现实（如全息小说）、电子游戏（如角色扮演）等各种领域。这些叙事皆离不开多种模态的协同叙事。

2008 年，艾莉森·吉本斯就提出"多模态文学"概念。④ 多模态文学充分凸显文学文本的物质形式和阅读的具身本质，但任何文学经验皆包含读者的视觉或听觉想象力，以及具身化的与物性的阅读情景，故而具有多模态之特征。⑤ 2012 年，她在《多模态认知诗学和实验文学》中进一步指出，多模态文学指叙事内容、字体、排版、图形设计及图像等在创建叙事意义的过程中不断相互影响、相互作用的一种文学类型。⑥ 在她看来，多模态文学有广狭之分，狭义专指多模态印刷文学，广义则指印刷文学外的

---

① 尚必武：《叙事学研究的新发展——戴维·赫尔曼访谈录》，《外国文学》2009 年第 5 期，第 97—105 页。

② van Peer, Willie. "Typographical Foregrounding." *Language and Literature*, 1993 (1), pp. 49–61.

③ 张新军：《叙事学的跨学科线路》，《江西社会科学》2008 年第 10 期，第 38—42 页。

④ Gibbons, Alison. "Multimodal Literature 'Moves' Us: Dynamic Movement and Embodiment in *VAS: An Opera in Flatland*." *HERMES-Journal of Language & Communication Studies*, 2008 (41), pp. 107–124.

⑤ Gibbons, Alison. "'I Contain Multitudes': Narrative Multimodality and the Book That Bleeds." Ruth Page. *New Perspectives on Narrative and Multimodality*. New York: Routledge, 2009, pp. 99–114.

⑥ 艾莉森·吉本斯：《多模态认知诗学和实验文学》，赵秀凤，徐方富，译. 北京：外语教学与研究出版社 2022 年，第 2 页。

其他文学类型。2009 年，沃尔夫冈·哈勒特提出一种新的小说类型，即整合语言模态与非语言模态的"多模态小说"。①

"多模态叙事"概念是戴维·赫尔曼在 2009 年出版的《叙事的基本要素》一书中首次提出的。他指出，根据所用的符号媒介，叙事过程涉及不同渠道（视觉、听觉、触觉、嗅觉和味觉等）的复杂组合，而形成多模态叙事或单模态叙事。② 他在该书序言中指出，海明威（Ernest M. Hemingway，1899—1961）的短篇小说《白象似的群山》 （*Hills like White Elephants*，1927）只用文字叙事，是单模态的。相比之下，丹尼尔·克洛维斯（Daniel Clowes，1961—　）的绘本小说《幽灵世界》 （*Ghost World*，1997）是印刷文本，却采用多模态叙事方式，因小说利用语言和视觉模态叙事来创造一个"故事世界"。当小说改编成电影或动画时，静态的多模态文本就转变成了有图像、动作和声音等的动态多模态文本——电影或动画。比如，泰利·茨威戈夫（Terry Zwigoff，1949—　）改编的同名电影《幽灵世界》（2001）是多模态的，因为电影将文字－图像组合转换成两种不同符号，即电影图像和录制的声音。同时，在最初讲述 UFO 或魔鬼的语境中，也涉及多模态叙事，因为莫妮卡讲述她和蕾妮的经历时，不仅用口头话语表达，还用手势等提供进一步的信息。③ 在对比分析的基础上，他明确定义说："多模态叙事指利用多种符号渠道（如文字和图像，或话语和手势等）来唤起故事世界的叙事实践形式。"④ 尚必武在对赫尔曼

---

① Hallet, Wolfgang. "The Multimodal Novel: The Integration of Modes and Media in Novelistic Narration." Sandra Heinen & Roy Sommer, eds. *Narratology in the Age of Cross-Disciplinary Narrative Research*. Berlin: de Gruyter, 2009, pp. 129−153.

② Herman, David. *Basic Elements of Narrative*. Oxford: Wiley-Blackwell, 2009, p. 189.

③ Herman, David. *Basic Elements of Narrative*. Oxford: Wiley-Blackwell, 2009, p. xii.

④ Herman, David. *Basic Elements of Narrative*. Oxford: Wiley-Blackwell, 2009, p. 189.

进行访谈后亦总结道：多模态叙事使用两个及两个以上的符号模态，创造出一个个"故事世界"，如绘本小说中的图与文、文字小说中的语言与非语言模态等。[①] 赫尔曼曾研究文学作品中的图文关系，探讨图文如何激发读者解读"故事世界"中的人物。他说，开创叙事学时，叙事学家并未提出故事指称或创造世界的潜力和故事讲述的方式（包括创造世界的方式）。两个维度皆受特定符号资源的影响。他还提出如何探讨多模态叙事的指称维度。赫尔曼所言的媒介即模态。在多模态叙事中，不同媒介或符号模态相互作用。[②] 在此，多种符号媒介即多种模态，它们在"故事世界"中相互作用，共同完成叙事。也就是说，跨媒介叙事就是一种多模态叙事。

同年，露丝·佩奇在《叙事与多模态的新视角》中提出的多模态叙事指多模态印刷文学，包括数字文学和表演文学以及非文学叙事（如电子游戏、网络视频与漫画等）。其多模态叙事的范围甚广，指所有模态参与的叙事类型。[③] 可见，多模态在文学研究中最初是作为文类或叙事类型使用的。[④] 她还提出诸多新的术语，如电子多模态叙事（electronic multimodal narrative）、高科技多模态叙事（high-tech 或 high-technology multimodal narrative）、数码技术多模态叙事（digital technology multimodal narratives）和超文本多模态叙事（hypertext multimodal narratives）等。在其分析过程中，多模态叙事分析、多模态叙事经验、多模态叙事文本、多模态叙事视角、多模态叙事表征和多模态叙事意义等概念屡屡出现。她说："多模态原则

① 尚必武：《叙事学研究的新发展——戴维·赫尔曼访谈录》，《外国文学》2009 年第 5 期，第 97—105 页。

② 尚必武：《叙事学研究的新发展——戴维·赫尔曼访谈录》，《外国文学》2009 年第 5 期，第 97—105 页。

③ Page, Ruth. "Introduction." Ruth Page. *New Perspectives on Narrative and Multimodality.* New York: Routledge, 2009, pp. 1—13.

④ 张昊臣：《多模态》，《外国文学》2020 年第 3 期，第 110—122 页。

为当代叙事学的拓展提供了重要的手段。"① 她还提出多模态叙事分析的四大目的：1）探讨不同模态组合在叙事生产或接受中的使能和约束属性；2）叙事和多模态之间的关系是如何受特定语境影响的；3）批判叙事的现有定义，并构建交际中多模态本质的替代方案；4）拓展叙事的跨媒介研究，探讨媒介与模态之间的关系。② 玛丽－劳尔·瑞安和简－诺尔·索恩编著的《跨媒介故事世界》考察了跨媒介的有效性、叙事文本的多模态、媒介融合新语境中的跨媒介故事讲述和跨媒介世界等问题。从理论建构观之，《跨媒介故事世界》将《跨越媒介的叙事：故事讲述的多重语言》的叙事性思想概括为"故事世界"，补充了多模态与媒介间性（intermediality）等概念。此后，多模态叙事研究逐渐引发关注，如伊·瓦格纳（Elizabeth A. Wagoner）博士论文《解读多模态小说：文本研究的新方法》（"Interpreting the Multimodal Novel: A New Method for Textual Scholarship"，2014）从书籍设计、叙事学和新媒体等方面研究多模态小说，并认为多模态叙事是一种更系统的研究方法。③ 艾丽萨·波旁内（Alissa S. Bourbonnais）博士论文《记忆的编排：多模态叙事的表现与体现》（"Choreographing Memory: Performance and Embodiment in Multimodal Narrative"，2016）分析21世纪书写和阅读多模态文本的具体维度与内在表现。④ 塔蒂亚娜·梅尔尼楚克（Tatiana Melnichuk）等在会议论文《图像小说多模态叙事中的语言和视觉语义策略》（"Verbal and Visual

---

① Page, Ruth. *New Perspectives on Narrative and Multimodality*. London and New York: Routledge, 2010, p. 5.

② Page, Ruth. *New Perspectives on Narrative and Multimodality*. London and New York: Routledge, 2010, p. 11.

③ Wagoner, Elizabeth A. "Interpreting the Multimodal Novel: A New Method for Textual Scholarship."Kent: Kent State University, 2014.

④ Bourbonnais, Alissa S. "Choreographing Memory: Performance and Embodiment in Multimodal Narrative." Seattle: University of Washington, 2016.

Semantic Strategies in the Multimodal Narrative of a Graphic Novel", 2016) 中提出,图像小说中的多模态叙事对语言 – 视觉的语义策略产生巨大的影响。[①]

尼娜·诺加德认为,小说皆是多模态的,故其叙事亦然。[②] 戴维·赫尔曼认为只用文字叙事的作品是单模态的,而在诺加德看来,传统的纯文字小说是由字体、字号、排版、布局和色彩等不同模态组成,故而也是多模态的。她将多模态小说分成两类:一是相对传统地使用各种视觉图像,如传记文学、插图本小说等;二是打破常规而使用不同模态,以传达更多的意义而不仅是插图的作用。第二类即超越传统的多模态小说。[③] 这与萨多基尔斯基(Zoë Sadokierski)的"混合小说"(hybrid novels)[④] 颇为相似。艾莉森·吉本斯在《多模态认知诗学和实验文学》中研究以语言和视觉模态为主的"多模态印刷文学",包括漫画小说、绘本小说和具象诗等有形文本(shaped texts)。她从认知诗学视角研究多模态文学作品,揭示多模态意义的生成策略和读者解读多模态文本的过程与方式。她指出多模态小说的八个典型特征:1)布局与页面别具匠心;2)排版印刷花样翻新;3)有图有文有色彩;4)文字图像化或具象化;5)注重文本的物质属性;6)采用副文本形式;7)使用翻页书技巧设计章节;8)混搭不同

---

① Melnichuk, Tatiana & O. Melnichuk. "Verbal and Visual Semantic Strategies in the Multimodal Narrative of a Graphic Novel." *3rd International Multidisciplinary Scientific Conference on Social Sciences and Arts SGEM*, 2016, pp. 1235−1242.

② Nørgaard, Nina. *Multimodal Stylistics of the Novel: More than Words*. New York and London: Routledge, 2019, p. 35.

③ Nørgaard, Nina. *Multimodal Stylistics of the Novel: More than Words*. New York and London: Routledge, 2019, p. 35.

④ Sadokierski, Zoë. "Visual Writing: A Critique of Graphic Devices in Hybrid Novels, from a Visual Communication Design Perspective." Sydney: University of Technology Sydney, 2010, p. 3, pp. 49−51.

文类。① 同时，她还分析了马克·丹尼利斯基（Mark Z. Danielewski，1966—　）的《书页之屋》（*House of Leaves*，2000）、史蒂夫·托马苏拉（Steve Tomasula）的《VAS：平地上的歌剧》（*VAS: An Opera in Flatland*，2002）和弗尔的《特别响，非常近》等多模态小说。《书页之屋》用三种不同字体（Bookman，Courier，Times Roman）分别代表匿名编辑、约翰尼·特鲁安特和藏帕诺三个叙事声音。②《特别响，非常近》则通过标点等印刷手段代表三个叙事声音：奥斯卡叙述用正确标点，老托马斯叙述无标点，而奥斯卡奶奶叙述则在句中用加长的间距和空白。弗尔在该小说中使用多模态"创造了一种叙述深度"③。艾莉森·吉本斯称《VAS：平地上的歌剧》为"图文小说"（imagetext novel），其图形设计甚为独特而吸人眼球，使人既关注其文字与图片，又将书本当作一件可欣赏可把玩的艺术珍品④。萨多基尔斯基认为，多模态小说的不同模态之间具有补充与整合的作用，如传记中的多种模态是对语言叙事的补充。然而，多种模态在乔纳森·萨福兰·弗尔的《特别响，非常近》和史蒂文·霍尔（Stenven Hall，1975—　）的《蚀忆之鲨》（*The Raw Shark Texts: A Novel*，2007）中起着更为完整且不可或缺的作用。⑤ 在尼娜·诺加德看米，所谓"补充"似意

---

① 艾莉森·吉本斯：《多模态认知诗学和实验文学》，赵秀凤，徐方富，译. 北京：外语教学与研究出版社 2022 年，第 2 页。

② 艾莉森·吉本斯：《多模态认知诗学和实验文学》，赵秀凤，徐方富，译. 北京：外语教学与研究出版社 2022 年，第 39 页。

③ 艾莉森·吉本斯：《多模态认知诗学和实验文学》，赵秀凤，徐方富，译. 北京：外语教学与研究出版社 2022 年，第 133 页。

④ 艾莉森·吉本斯：《多模态认知诗学和实验文学》，赵秀凤，徐方富，译. 北京：外语教学与研究出版社 2022 年，第 72 页。

⑤ Nørgaard, Nina. *Multimodal Stylistics of the Novel: More than Words*. New York and London: Routledge, 2019, p. 35.

味着，插入语言叙事中的图像相对来说是不重要的，因此，在此意义上而言，丹·布朗（Dan Brown，1964— ）《达·芬奇密码》（*The Da Vinci Code*，2003）的纯文字（word-only）版的意义与插图版（illustrated version）的意义基本相同。但她相信作者对于不同模态的选择总会产生不同的意义。①

从文学视角而言，文学作品既然是多种模态融合的结果，那么，这些模态不仅各自作用于文本，更重要的是，它们相互作用，共同构建文本意义。文学作品之所以是多模态的，乃因我们所体验的真实世界就是一个由多种不同媒介或模态构成的大杂烩，是由各种图像、景观、声音和信息等拼贴而成的。② 21 世纪以来，越来越多的作者采用多模态叙事策略进行创作。因此，与其说所有文本都具有多模态特征，倒不如说所有文本都是多模态的。诺加德认为，图像、排版、布局和颜色等在小说中将具有越来越重要的作用。事实上，许多文学作品中已出现愈来愈多的图像实验。这说明众多读者，尤其是科幻小说（science fiction）、惊悚小说（thrillers）和女性文学（women's literature）的读者将比其他题材的读者更加习惯阅读多模态小说文本。③ 正如吉本斯所言，"21 世纪是多模态的时代，因此，研究该时代多模态艺术作品具有重要的意义和价值"。④

---

① Nørgaard, Nina. *Multimodal Stylistics of the Novel: More than Words*. New York and London: Routledge, 2019, pp. 35−36.

② 艾莉森·吉本斯：《多模态认知诗学和实验文学》，赵秀凤，徐方富，译. 北京：外语教学与研究出版社 2022 年，第 103 页。

③ Levenston, Edward A. *The Stuff of Literature: Physical Aspects of Texts and Their Relation to Literary Meaning*. New York: SUNY Press, 1992, p. 92.

④ 艾莉森·吉本斯：《多模态认知诗学和实验文学》，赵秀凤，徐方富，译. 北京：外语教学与研究出版社 2022 年，第 3 页。

第二章　21 世纪美国小说的语象叙事

　　语象叙事是一种多模态的文学表现形式。最经典的定义是詹姆斯·赫弗南（James A. W. Heffernan，1939—　）的"视觉再现的文字再现"与 W. J. T. 米歇尔的"视觉或图像再现的语言再现"，即用语言文字描写视觉艺术品（包括静态图像如照片、摄影、绘画和雕塑等，以及动态图像如电影与电视等）、真实或虚构的人物形象与行为、事物及场景等。语言文字模态与其他视觉模态结合而形成多模态叙事。因此，"语象叙事是一种多模态叙事，它在图像时代更受关注亦更有研究价值"①。文字对于视觉艺术的再现不仅将历史与现实、虚构与真实结合起来，而且这些具有意义潜势的模态还共同参与小说文本意义之建构。

---

① 李顺春，王维倩：《〈坠落的人〉中的语象叙事》，《当代外国文学》2021 年第 1 期，第 21—29 页。

第一节　语象叙事

在众多语象叙事的概念中，詹姆斯·赫弗南的"视觉再现的文字再现"与 W. J. T. 米歇尔的"视觉或图像再现的语言再现"最为学界所称道。语象叙事概念虽众说纷纭，却都关注文字与视觉（意象或图像）之关系。语象叙事经历了从修辞技巧到文体风格再到文学原理的发展历程。20 世纪中叶以来，语象叙事不仅成为文学研究的热点之一，还成为诸多学科共同研究的课题。语象叙事跨学科、跨艺术、跨媒介的"出位之思"使之成为典型的跨媒介叙事，更成为文字模态与其他视觉艺术结合而成的多模态叙事。

关键词：语象叙事；概念；发展；"出位之思"

一

"语象叙事"（ekphrasis / ecphrasis）一词源于希腊语 ekphrazein，意为"说出或描述"或"充分讲述"①，可上溯至古希腊的修辞和演讲术。作为古典修辞技巧，该词指对可见事物的语言再现，其对于人物、事件或物体的描述特别注重生动性。迄今，语象叙事尚无统一定义。恩斯特·库尔提乌斯（Ernst R. Curtius, 1886—1956）认为，语象叙事指活灵活现地描述

---

① Heffernan, James A. W. *Museum of Words: The Poetics of Ekphrasis from Homer to Ashbery*. Chicago: The U of Chicago P, 1993, p. 191.

人物、地点、建筑物和艺术作品，比如近古与中世纪的诗中甚是多见。[①]
利奥·斯皮泽（Leo Spitzer，1887—1960）指出，语象叙事是对艺术作品
的语言描述。[②] 乔治·森茨伯里（George Saintsbury，1845—1933）认为，
语象叙事指将人物、场所和图像等生动地呈现于人们想象中的描述。[③] 在
露丝·韦伯（Ruth Webb，1918—2006）看来，语象叙事指以生动的语言
描述人、地点、绘画、雕塑和建筑物以及战斗场景。[④] 1991 年，詹姆斯·
赫弗南《语象叙事与再现》（"Ekphrasis and Representation"）一文将语象
叙事定义为"视觉再现的文字再现（the verbal representation of visual repre-
sentation）"。后来，他又在《词汇博物馆：从荷马到阿什贝里的语象叙事
诗学》（*Museum of Words: The Poetics of Ekphrasis from Homer to Ashbery*，
1993）中重申此定义。[⑤] 默里·克里格（Murray Krieger，1923—2000）则
将语象叙事定义为文学对于造型艺术的模仿。[⑥] 比较而言，默里·克里格
定义过宽，而詹姆斯·赫弗南定义最经典，深为世人所称道。W. J. T. 米
歇尔在《图像理论》（*Picture Theory*，1990）中指出，语象叙事指图像或视

---

① Curtius, Ernst R. *European Literature and the Latin Middle Ages*. New York: Pantheon Books, 1953, p. 69.

② Spitzer, Leo. "The 'Ode on a Grecian Urn', or Content vs. Metagrammar." Anna Hatcher, ed. *Essays on English and American Literature*. Princeton: Princeton UP, 1962, pp. 67−97.

③ Saintsbury, George. *A History of Criticism and Literary Taste in Europe from the Earliest Texts to the Present Day*. New York: Blackwood and Sons, 1902, p. 491.

④ Webb, Ruth. "Ekphrasis Ancient and Modern: The Invention of a Genre." *Word & Image*, 1999 (1), pp. 7 −18.

⑤ Heffernan, James A. W. "Ekphrasis and Representation." *New Literary History*, 1991 (2), pp. 297−316. Heffernan, James A. W. *Museum of Words: The Poetics of Ekphrasis from Homer to Ashbery*. Chicago: The U of Chicago P, 1993, p. 3.

⑥ Krieger, Murray. *Ekphrasis: The Illusion of the Natural Sign*. Baltimore: John Hopkins UP, 1992, p. 264.

觉再现之语言再现。① 若将詹姆斯·赫弗南和 W. J. T. 米歇尔做一比较，则可发现前者重文学，后者重文化。另外，尚有诸多其他定义：语象叙事能将事物生动地展现于眼前，旨在将听众变成观众；语象叙事指用语言描述视觉艺术品，或呈现自然或人造的场景；语象叙事指用文字再现视觉的再现；语象叙事是对某幅绘画的文字再创造，是对某个以非文字符号构成的真实或虚构文本的文字再现。

从文学和叙事学角度观之，语象叙事指用文字再现视觉艺术品，如绘画、摄影与雕塑等，或用文字生动描述人物形象及行为、自然或人造的场景等。也就是说，语象叙事是一种用文字再现视觉艺术或意象的文学形式，其所描述的对象是艺术作品，也可以是人物、地点或想象的场景。马里奥·克莱尔（Mario Clarer, 1962—　）认为，语象叙事是对真实或想象的视觉艺术作品的文学性描述②，是对文学作品中图像意象和视觉形象的空间性阐释与文字性再现。

上述定义从修辞学、艺术史、图像学、符号学、叙事学、文学体裁或语与象的关系等不同角度切入，故而有关定义众说纷纭。露丝·韦伯总结认为，语象叙事古今定义之间有一种系谱关系，即视觉居首位。其差异在于：在古代，语象叙事重在视觉形象，给人以身临其境之感；而现代定义则认为，视觉乃所指对象的品质，甚至是现实的再现。③ 语象叙事的定义虽言人人殊，但所有定义皆有一个共同点，即关注文字与视觉（意象或图

---

① W. J. T. 米歇尔：《图像理论》，陈永国，胡文征，译. 北京：北京大学出版社 2006 年，第 28—29 页，第 96 页。

② Clarer, Mario. "Ekphrasis." David Herman, et al. eds. *Routledge Encyclopedia of Narrative Theory.* London: Routledge, 2005, pp. 133−134.

③ Webb, Ruth. *Ekphrasis, Imagination and Persuasion in Ancient Rhetorical Theory and Practice.* Surrey: Ashgate, 2009, pp. 37−38.

像）之间的关系。

如果说"所有媒介皆混合媒介"（米歇尔语），所有再现皆文字与意象的异质融合，那么，所有艺术都是由不同媒介混合而成的。这就突破了文学、文化、语言、符号学等的界限，而呈现出跨艺术、跨媒介和跨模态的特点，从而体现出更深层次的文化内涵。艺术作品或意象等视觉经验转换成文字，如小说对于场景或普通事物的描述，皆属语象叙事。德国学者潘惜兰（Siglind Bruhn, 1951— ）说，语象叙事指甲媒介中真实或虚构的文本在乙媒介中的再现，如音乐语象叙事等。[1] 钱兆明则将语象叙事界定为"艺术转换再创作"[2]。语象叙事指不同艺术媒介或文本之间的转换或改写，如图像转换为语言，语言转换为图像，图像转换为音乐以及语言转换为舞蹈等。欧荣等也认为，语象叙事是"不同艺术文本之间的转换或改写、互动与交织"[3]。在考察那些根据文学作品而创作的绘画后，大卫·罗桑德（David Rosand, 1938— ）提出语象叙事是画家以视觉艺术再现作家对意象的文字描述。[4]

默里·克里格将语象叙事视为各类文学题材的普遍现象，并将之上升为文学的基本准则。然而，詹姆斯·赫弗南、W. J. T. 米歇尔等却认为默里·克里格定义趋于泛化，故而将文本描述对象限定为视觉艺术品。随着文本边界的不断扩大（如音乐、电影、舞蹈等），克劳斯·克鲁维尔

---

① Bruhn, Siglind. "A Concert of Painting: 'Musical Ekphrasis' in the Twentieth Century." *Poetics Today*, 2001 (3), pp. 551-605.

② 钱兆明：《艺术转换再创作批评：解析史蒂文斯的跨艺术诗〈六帧有趣的风景〉其一》，《外国文学研究》2012 年第 3 期，第 104—110 页。

③ 欧荣，柳小芳：《"丽达与天鹅"：姊妹艺术之间的"艺格符换"》，《外国文学研究》2017 年第 1 期，第 108—118 页。

④ Rosand, David. "Ekphrasis and the Generation of Images." *Arion: A Journal of Humanities and Classics*, 1990 (1), pp. 61-105.

（Claus Clüver，1932—　　）①、露丝·韦伯、潘惜兰等因不满詹姆斯·赫弗南等的狭隘界定而再次扩展语象叙事的适用范围。迄今，语象叙事的概念一直在变化之中，其边界仍无定论。语象叙事概念虽古老，却仍不断引发新的阐释，给人以新的启示。这恰恰赋予了那些沉默而无声的艺术品以声音，令其言说，从而实现视觉艺术与语言艺术，甚至不同艺术之间的转换、改写和相互影响。因此，从某种意义上而言，"语象叙事的概念几乎是没有边界的，其核心内容是语言艺术的图像效果（iconicity），意义被视作广义的范畴"②。

一

语象叙事最初出现于古希腊修辞著作，与对艺术品的描述无关。塞翁（Theon of Smyrna）将之界定为一种将生动可见的形象传递给听者的描述性讲述。其修辞在于增强说服力，使听众或观众产生身临其境之感，以达到征服听众或观众之目的。③ 经昆体良（Quintilian，约 35—约 100）、普卢塔克（Plutarch，约 46—119）等学界巨擘的发展，语象叙事逐渐发展成为一门独立的修辞学。

语象叙事对于视觉对象的生动描述在美术史论中极为典型，如古希腊菲洛斯特拉托斯（Philostratos，约 170—245）《画记》（Imagines / Εόκνες）对于神话题材艺术品的描述，4 世纪时卡利斯特拉托斯（Kallistratos）对于

---

① Clüver, Claus. "Ekphrasis Reconsidered: On Verbal Representations of Non-Verbal Texts." Ulla-Britta Lagerroth, et al. eds. *Interarts Poetics: Essays on the Interrelations of the Arts and Media.* Amsterdam: Rodopi, 1997, pp. 19−33.

② 王安，罗怿，程锡麟：《语象叙事研究》，北京：科学出版社 2019 年，第 117 页。

③ Francis, James A. "Metal Maidens, Achilles' s Shield and Pandora: Beginnings of ' Ekphrasis' ." *American Journal of Philology,* 2009 (1), pp. 1−23. Goldhill, Simon. "What Is Ekphrasis for?" *Classical Philology,* 2007 (1), pp. 1−19.

14 座雕像的生动描绘，6 世纪时索里希乌斯（Choricius of Gaza）对于教堂装饰的鲜活描写以及希伦提亚里奥斯（Paulos Silentiarios）对于索菲亚大教堂的独特赞美等。该修辞传统在拜占庭时进一步发展，文艺复兴时传播到欧洲。之后，语象叙事对生动描述视觉对象的方式用于艺术理论与美术史论，其风格既具文学性又有艺术的生动性。1395 年，曼努埃尔·赫里索罗拉斯（Manuel Chrysoloras，约 1355—1415）将这种写作风格传至意大利。此后不久，语象叙事就成为西方文艺复兴时期艺术理论的写作风格。意大利的乔治奥·瓦萨利（Giorgio Vasari，1511—1574）、法国的狄德罗（Denis Diderot，1713—1784）和波德莱尔（Charles P. Baudelaire，1821—1867）等对于沙龙画展的评论，以及其他描绘视觉艺术的文学作品，皆可视为语象叙事。

随着希腊文字的文学化，语象叙事逐渐变成用文字描述视觉对象的文体，指惟妙惟肖地描述人物、地点、建筑物与艺术作品。在近古和中世纪，西方诗歌中曾大量使用语象叙事，便是明证。[1] 语象叙事最早用于文学，可追溯至荷马（Homer，约前 900—前 800）史诗《伊利亚特》（*The Iliad*，前 800—前 600）第 18 章第 478—608 行对阿喀琉斯之盾（Achilles' shield）栩栩如生的描写，包括星辰、城市、市民、农夫和牛羊等静态景物，以及婚礼、争执、诉讼等动态场景，这种"形象再现"的视觉效果令人惊叹，进而衍生出独特的审美观照与美学体验。因此，学界公认荷马对阿喀琉斯之盾的描写开启了语象叙事之滥觞。西方艺术家曾数次按荷马文字描述，还原成实物。如英国艺术家约翰·弗拉克斯曼（John Flaxman，1755—1826）、意大利画家安吉洛·蒙蒂塞利（Angelo Monticelli，1778—1837）等都曾据荷马文字描述而设计出阿喀琉斯之盾。1952 年，W. H.

---

① Curtius, Ernst R. *European Literature and the Latin Middle Ages*. New York: Pantheon Books, 1953, p. 69.

奥登（Wystan Hugh Auden，1907—1973）以荷马史诗为题而创作《阿喀琉斯之盾》（"The Shield of Achilles"）一诗。在此，文字与图像超越了媒介或模态的限制，而在时空中相互应和，使西方文化的血脉得以传承，如瓦伦丁·卡宁汉姆（Valentine Cunningham，1944—　）所言，这种重现使西方的精神体系与文化传统生生不息，亦形成语象叙事的传承模式。[1] 由此可见，古希腊时代，语象叙事乃一种修辞，亦是演说宝典，以使言说生动形象，给人身临其境之感而引发共鸣，最终赢得听众或观众的支持。此时，这种语言对于形象或形态的描摹，是以口头形式出现的。同时，各种视觉对象的书面描述亦随之出现。古罗马诗人维吉尔（Virgil，前70—前19）《埃涅阿斯纪》（*The Aeneid*，前30—前19）第8章就用语象叙事手法描述特洛伊英雄"埃涅阿斯之盾"（shield of Aeneas）。古罗马诗人奥维德（前43—17）的"神话词典"《变形记》（*The Metamorphoses*，1—8）、意大利诗人但丁（Dante，1265—1321）的长诗《神曲》（*The Divine Comedy*，1307—1321）、英国莎士比亚（William Shakespeare，1564—1616）的叙事诗《鲁克丽丝受辱记》（*The Rape of Lucrece*，1594）等皆用语象叙事手法对诸多情景进行栩栩如生的描绘。

　　语象叙事在修辞和文学史上一直存在，但直到20世纪中叶，才迎来其绽放的春天，并于90年代发展成一门显学而备受学界青睐。1955年，利奥·斯皮泽认为，约翰·济慈（John Keats，1795—1821）的诗歌《希腊古瓮颂》（"Ode on a Grecian Urn"，1819）对绘画或雕塑的描绘是一种艺术转换，即语言对认知的艺术对象之再造。[2] 1958年，哈格斯特龙（Jean H. Hagstrum，1913—1995）曾爬梳剔抉西方"诗如画"（ut pictura poesis）

---

① Cunningham, Valentine. "Why Ekphrasis?" *Classical Philology*, 2007 (1), pp. 57–71.

② Spitzer, Leo. "The 'Ode on a Grecian Urn', Or Content vs. Metagrammar." *Comparative Literature*, 1955 (7), pp. 230–252.

的传统，还讨论了英国新古典主义（Neo-Classicism）时期的图像主义（picturialism）。他指出图像主义并非某个时代之产物，而是广泛存在于 18 世纪前的作品之中。① 其语象叙事既重图像拟声文本，又将文学中任何对视觉艺术的模仿归入其中。因此，该著作的出版，标志着现代语象叙事全面而系统的研究正式拉开了序幕。

1965 年，默里·克里格在《语象叙事与诗歌的静止运动；或重访拉奥孔》（"Ekphrasis and the Still Movement of Poetry; or Laokoon Revisited"）一文中，盛赞利奥·斯皮泽对《希腊古瓮颂》中语象叙事的全新解读，令人脑洞大开。他认为，语象叙事是文学对造型艺术或视觉艺术作品之模仿或呈现②，从而将语象叙事从一种特殊的文体提升到文学原理之高度③。自此，这个沉寂已久的古希腊术语——语象叙事——又重返历史舞台。语象叙事研究的帷幕亦在图像时代的语境下徐徐开启。1988 年，温迪·斯坦纳（Windy Steiner，1949— ）将语象叙事界定为"造型艺术中'富于包孕的时刻'（pregnant moment）在文字中的对等"，追求"处于此一时刻的造型艺术超越时间的永恒性"④。1991 年，W. J. T. 米歇尔在《语象叙事及其他》（Ekphrasis and the Other）中不仅论述了语象叙事，还从心理认知视角阐述了语象叙事认识三阶段——语象叙事的冷漠（ekphrastic indifference）、语象叙事的希望（ekphrastic hope）与语象叙事的恐慌（ekphrastic fear）。⑤

---

① Hagstrum, Jean H. *The Sister Arts: The Tradition of Literary Pictorialism and English Poetry from Dryden to Gray*. Chicago: The U of Chicago P, 1958, p. xvii.

② Krieger, Murray. *Ekphrasis: The Illusion of the Natural Sign*. Baltimore: John Hopkins UP, 1992, pp. 264–265.

③ Heffernan, James A. W. "Ekphrasis and Representation."*New Literary History*, 1991 (2), pp. 297–316.

④ Steiner, Windy. *Picture of Romance: Form against Context in Painting and Literature*. Chicago: The U of Chicago P, 1988, p. 13.

⑤ 王安，程锡麟：《西方文论关键词：语象叙事》，《外国文学》2016 年第 4 期，第 77—87 页。

1998 年，约翰·贺兰德（John Hollander，1929—2013）在《语象叙事诗学》（*The Poetics of Ekphrasis*）中提出区分"真实的语象叙事"和"想象的语象叙事"两个概念。① 2001 年，潘惜兰将语象叙事拓展至音乐领域，关注音乐与视觉艺术之关系。她认为，语象叙事是甲媒介对于乙媒介的再现，真实或虚构的文本皆如此。② 我国的钱兆明、欧荣和柳小芳等则将语象叙事界定为不同艺术形式或文本之间的转换再创作。

三

语象叙事"潜伏"于西方古典传统著述之中，却因被重新挖掘而只有现代意义，从而成为一个跨学科、跨媒介和跨模态的通用术语，比如用于文学、美学、艺术史和文艺理论等诸多领域之中。程锡麟认为，语象叙事最基本的乃文字与图像之关系，它具有跨学科特征。③ 龙迪勇则从跨媒介视角指出，语象叙事具有跨艺术、跨媒介和跨学科特征，但其核心是词语与意象之关系。作为一种表达媒介，语词体现出时间的特性；然而，它所描述的视觉艺术品则是空间性的，故语象叙事乃一种"出位之思"，属典型的跨媒介叙事。④ 如前文所述，跨媒介叙事亦是一种多模态叙事。

21 世纪以来，语象叙事中的语言与意象之关系已超越了单纯的文学研究。它将视觉对象转换成语言文字，或曰是对视觉对象的文字再现。然而，现代语象叙事超越了由视觉对象到语言文字的单向再现，形成不同艺

---

① Stewart, Jack. "Ekphrasis and Lamination in Byatt's *Babel Tower*. "*Style*, 2009（4），pp. 494-516.

② Bruhn, Siglind. "A Concert of Painting: 'Musical Ekphrasis' in the Twentieth Century. "*Poetics Today*, 2001（3），pp. 551-605.

③ 程锡麟：《〈夜色温柔〉中的语象叙事》，《国外文学》2015 年第 5 期，第 38—46 页。

④ 龙迪勇：《从图像到文学——西方古代的"艺格敷词"及其跨媒介叙事》，《社会科学研究》2019 年第 2 期，第 164—176 页。

术之间的转换或改写，并在转换或改写过程中，又产生出新的再创作的艺术形式和意义。也就是说，现代语象叙事关注不同艺术媒介之间的互动、转换和影响，以及不同艺术文本之间的互文性，可用于更广泛的跨媒介、跨艺术和跨学科研究。① 因此，语象叙事虽曾与视觉艺术如绘画、雕塑和工艺品等相关②，但其外延与运用范畴却在不断拓展，其视觉对象已拓展到诸如摄影、动漫、绘本③、音乐、电影、电视④以及其他众多的艺术门类。语象叙事之描摹和转述对象极为广泛，故其在文学文本以及诸如电影、电视、广告和摄影等非话语文本中的作用也愈来愈重要。

广而言之，语象叙事涉及语言文字与绘画、雕塑、摄影、照片、广告、建筑等视觉艺术，以及音乐、舞蹈、表演、戏剧、电影、电视和历史等人类文明。就学科而言，它涵盖传媒、语言学、符号学、图像学、叙事学、修辞学、艺术史、艺术理论、读者反应、心理分析、数字加工、文化研究等众多学科和领域，因此，跨艺术、跨媒介和跨学科乃其典型特征。目前，语象叙事在文学、音乐、电影、修辞学、艺术史、图像学与造型艺术等诸多领域中的研究成果甚夥。当然，"在为数众多的著述中，以哈格斯特龙、克里格、赫弗南和米歇尔等的作品影响最大"⑤。詹姆斯·赫弗南"视觉再现的文字再现"乃成权威定义，而 W. J. T. 米歇尔则将语象叙事扩

---

① 欧荣：《说不尽的〈七湖诗章〉与"艺术符换"》，《英美文学研究论丛》2013 年第 1 期，第 229—249 页。

② Fischer, Barbara K. *Museum Mediations: Reframing Ekphrasis in Contemporary American Poetry*. New York: Routledge, 2006, p. 2.

③ Persin, Margaret. *Getting the Picture: The Ekphrastic Principle in Twentieth-Century Spanish Poetry*. London: Associated UP, 1997, p. 19.

④ Sager, Laura M. *Writing and Filming the Painting: Ekphrasis in Literature and Film*. Amsterdam: Rodopi, 2008, p. 19.

⑤ 王安，罗怿，程锡麟：《语象叙事研究》，北京：科学出版社 2019 年，第 17 页。

展到全部人文甚至人类科学的范畴之内。露丝·韦伯认为，语象叙事还涉及视觉、想象、记忆、情感和读者反应等，具有跨学科和心理范畴。在古希腊时，它是一种修辞，也是一种心理学研究。[①] 斯蒂芬·奇克（Stephen Cheeke，1967—　）在《为艺术写作：语象叙事美学》（*Writing for Art: The Aesthetics of Ekphrasis*，2008）中指出，语象叙事是关于绘画的诗，又肯定语象之间是基于相似性的姊妹艺术，并将研究范围扩大到跨学科的心理认知范畴。[②]

---

① Webb, Ruth. *Ekphrasis, Imagination and Persuasion in Ancient Rhetorical Theory and Practice*. Surrey: Ashgate, 2009, p. 5.

② Cheeke, Stephen. *Writing for Art: The Aesthetics of Ekphrasis*. Manchester: Manchester UP, 2008, p. 29, p. 61.

第二节　小说对照片、摄影与
家庭电影的语象叙事

　　视觉艺术或意象如一个扮相、一张照片、一幅绘画等皆可激发作家的创作灵感。21 世纪美国小说对于照片的文字再现将历史与现实、虚构和真实相结合，以深化小说的主题。摄影动静结合，但其最终呈现的仍是静态的图像——照片。这种照片蕴含着丰富的视觉文化元素，亦表达出拍摄者的思想与审美情趣。实验短片和家庭电影是一种动态的视觉艺术，而小说对它们的文字再现不仅展现出一幅幅动态的画面，还成为一种综合运用多种符号模态建构文本意义的多模态叙事。

　　关键词：照片；摄影；家庭电影；语象叙事

一

　　语象叙事是对视觉艺术（照片、绘画、雕塑、摄影、广告等）的文字转换、注解或阐释，即以文字模仿再现视觉艺术或对象，摆脱"语言的牢笼"（弗雷德里克·詹姆逊语），从而发现文字模态与其他不同符号模态的多重关系。这既可拓宽文学创作的畛域，又可为读者解读或阐释文学文本提供全新的视角与方法。

　　如果说语象叙事即"视觉再现的文字再现"①，那么，"文字不再是单

---

① Heffernan, James A. W. "Ekphrasis and Representation." *New Literary History*, 1991(22), pp. 297−316.

纯的指涉语言，而是一种图像式的符号语言"①。克莱夫·贝尔（Clive Bell，1881—1964）和罗杰·弗莱（Roger Fry，1866—1934）曾提出"有意味的形式"（significant form）命题——艺术之线、色关系与组合以及这些审美的感人形式。若将该命题推而广之，那么，任何模态、媒介或符号系统皆可组合成"有意味的形式"。于作家而言，这些"有意味的形式"就是视觉艺术或视觉意象，比如照片、摄影、绘画等。许多作家的创作灵感皆源于一种视觉艺术或意象。唐·德里罗曾说，"写作之初的观念常常是一种视觉的感受"②。自白派女诗人普拉斯（Sylvia Plath，1932—1963）就有一种视觉想象力，其灵感源自绘画。③ 朱自清（1898—1948）散文《背影》的灵感源于其父在车站送别为他买橘子时的背影。J. K. 罗琳（J. K. Rowling，1965—   ）魔幻系列小说《哈利·波特》（*Harry Potter*，1997—2007）的灵感则源于其在火车站见一长着圆眼的巫师装扮的小男孩。严歌苓（1958—   ）《扶桑》（*The Lost Daughter of Happiness*，1995）的灵感源于博物馆的一张东方名妓照片。理查德·鲍尔斯首部小说《三个农民去舞会》（*Three Farmers on Their Way to a Dance*，1985）的创作灵感亦来自他在博物馆所见的一幅照片——德国奥古斯特·桑德（August Sander，1876—1964)④ 的黑白照《年轻的农民》（Young Farmers，1914）。三男子身着深色西服，衣领笔挺，目视镜头；他们驻足乡间，身后是模糊的地平线。小说以黑白照为中心点，辐射出三条平行叙事线。小说对于桑德照的

① 郝富强：《〈到灯塔去〉中的语象叙事》，《广西科技师范学院学报》2019 年第 2 期，第 34—37 页。

② 周敏：《"我为自己写作"——唐·德里罗访谈录》，《国外文学》2016 年第 2 期，第 141—152 页。

③ 朱丽田，宋涛：《论西尔维娅·普拉斯的绘画诗》，《艺术生活》2020 年第 6 期，第 34—39、57 页。

④ 奥古斯特·桑德，德国人像摄影师，被誉为"德国人性的见证者"。他尊重被摄对象，让人物表现自己。其拍摄的一张张面孔成为一个特定时代之缩影。

语象叙事"赋予了照片无限的生命力，展现了视觉文化背景下作家对于'可视性画面'的独特领悟"①。托妮·莫里森（Tony Morrison，1931—2019）《爵士乐》（*Jazz*，1992）的创作灵感却源于一张非同寻常的照片———位 18 岁黑人姑娘的遗像。这张照片本身就有一种叙事性，因此，莫里森耗时 10 余年而创作出其独异的"爵士乐"。

1827 年，法国人尼埃普斯（J. N. Nièpce，1765—1833）拍出了第一张照片。此后，照片渐成人们生活的一部分。在互联网和物联网时代的 21 世纪，照片仍成为众多作家创作的灵感源泉。唐·德里罗小说《坠落的人》（*Falling Man*，2007）的创作灵感就源于理查德·德鲁（Richard Drew，1946—　）的一幅照片。② 如果说照片是"带有记忆的镜子"③，那么，每张照片都是某个瞬间的定格，记录和承载着不同的记忆。当其时也，德鲁拍有一组 12 张坠落照。只见一男子垂直落向地面，手臂位于身体两侧，左腿弯曲。（见图 2-1）该照曾见诸《纽约时报》（*The New York Times*）而引发全世界关注。小说《坠落的人》是对德鲁坠落照的文字再现——语象叙事。如果说坠落照是 21 世纪开端的一种标志性记录符号，那么，小说对于该照片的生动描述则加深了我们对"坠落"隐喻的理解。难怪唐·德里罗被誉为"最具感受力和创见性的当代美国小说之代表"④。

同样，玛丽莎·西尔弗小说《玛丽·考恩》的创作灵感亦源于一张照片。这是美国经济大萧条时最具标志性的摄影作品——多萝西娅·兰格

---

① 段军霞：《"视觉文化"背景下的叙事艺术——以〈三个农民去舞会〉为例》，《安阳工学院学报》2016 年第 5 期，第 66—69 页。

② 李顺春：《唐·德里罗〈坠落的人〉中的图像审美观照》，《当代外国文学》2018 年第 1 期，第 13—20 页。

③ Ruchatz, Jens. "The Photograph as Externalization and Trace."Astrid Erll & Ansgar Nünning, eds. *A Companion to Cultural Memory Studies*. Berlin and New York: Walter de Gruyter, 2010, pp. 366-378.

④ Cowart, David. *Don DeLillo: The Physics of Language*. Athens: U of Georgia P, 2002, p. 210.

（Dorothea Lange，1895—1965）的《移民母亲》（Migrant Mother）（见图2-2）。照片乃兰格 1936 年 2 月访问美国加州一个豌豆采摘营地时抓拍的。照片中的女人满脸皱纹，神情严肃，其眼神诉说着坚定却又无奈的辛酸与悲苦。这张脸反映了大萧条时底层人真实的生存境遇。在西尔弗这部令人惊叹的小说中，有三个充满活力的人物：玛丽——一个勇敢而激情的移民母亲；摄影师薇拉·黛尔——为追求事业而选择抛夫弃子；当代文化史教授沃克·道奇，他从这张照片中发现了一个家族之谜。这张照片是一种"在场的缺席"，它捕获昔日时光以建立与过去的联系，却也与失去、缺席甚至死亡相联系。西尔弗以其睿智而细腻的散文笔调，从历史之一瞬创造了一个非凡的故事，并揭示出这张伟大照片的本质：它所触及的只是生命的表象而已。

图 2-1　理查德·德鲁《坠落的人》
（2001）

图 2-2　多萝西娅·兰格《移民母亲》
（1936）

安东尼·多尔小说《所有我们看不见的光》的创作灵感则来自他不经意间见到的一张照片：一位身着军装的德国少年兵，其军装似取自死去的士兵。面对这张照片，多尔感慨战争的残酷无情和战争对青少年的毁灭性影响。这激发其创作欲望，他欲写一少年，前途光明却身陷希特勒青年团，少年选择错误却仍值得同情。2004 年，多尔乘火车旅行时见一乘客因手机通话中断而大发雷霆。这令他想到无线电的发展史，于是，他发现电台对于二战的重要作用。为捕捉无线电波——看不见的光，他创造了维尔纳·普芬尼希这一人物形象。最终，他"十年磨一剑"乃成此佳作。小说由 200 多个短小章节组成，每章以具体时间命名，故事发生于 1944 年法国小城圣马洛。小说时间纵横交错，横线是 1934—2014 年，纵线则聚焦于 1944 年 8 月 7—12 日。小说穿插讲述独居老宅的法国盲女玛丽洛尔·勒布朗与被困酒店地下室的德国士兵维尔纳之间的感人经历。1944 年，维尔纳在轰炸中追寻玛丽洛尔的电台而与之结识。他找到玛丽洛尔的家，救出她，目送她走向安全区。可他却被盟军俘虏，死于战俘营。维尔纳永远停留在 1944 年，而玛丽洛尔却见证了 21 世纪的辉煌。该小说结构复杂，看似凌乱的碎片却最终组合成一幅叩问心灵的人性拼图，故而斩获 2015 年美国普利策小说奖（Pulitzer Prize for Fiction）。

二

语象叙事指用语言文字生动而形象地描述或再现视觉艺术，并使人有置身其中的感觉。① 小说《坠落的人》通过文字和行为艺术家戴维·雅尼阿克的坠落表演来再现德鲁坠落照，这种双重再现既具戏仿的艺术效果，

---

① Bartsch, Shadi & Jas Elsner. "Introduction: Eight Ways of Looking at an Ekphrasis." *Classical Philology*, 2007 (1), pp. i–vi.

又进一步深化了小说主题。坠落的人是一种视觉意象，而作为一张照片，它又是一种符号模态。因此，"坠落"成为贯穿小说的核心隐喻。小说凡三部 14 章，坠落意象贯穿小说始终，但对坠落的文字描写则集中于第 1、3、5、6、7、13、14 等 7 章。德里罗将历史事件与艺术表演融为一体，生动地描写了德鲁坠落照，揭示照片模态对于小说主人公丽昂心理的巨大影响。丽昂在报上初见坠落照时，她的心理就产生了强烈的震撼：

> 那名男子脑袋朝下，身后是塔楼。巨大的楼体填满整个画面。那个人在坠落，她觉得塔楼在他身后随即倒塌。巨大的线条刺破天际，垂直的支柱形成条纹。她觉得，男子身上的衬衣上血迹斑斑，或许那是燃烧的痕迹；她觉得，他身后的支柱产生了强烈的构图效果：近处的塔楼——北楼——是颜色较深的线条，另外一座塔楼是比较明亮的线条，画面是巨大的楼体，那个男子几乎就在明暗两种线条之间。她心里想，脑袋朝下，自由落体；这个画面在她心灵上烧了一个洞，亲爱的上帝，他是一位坠落的天使，他的美丽令人感到恐怖。[1]

德里罗用文字忠实再现了坠落照中的情景，如男子坠落的姿势、身后的塔楼、垂直的条纹抑或两座塔楼的颜色和男子所处的位置等。同时，他还将语象叙事与小说人物的心理反应相结合。丽昂见人在坠落，觉得塔楼也随即倒塌；她似目见男子血迹斑斑的衬衣，感觉到塔楼支柱产生的构图效果。可见，文字对坠落照的再现不仅诱发读者的想象，还活现坠落画面的动态感，并以画面的空间形式呈现出不在场之物。[2] 于此，小说对于德

---

① 唐·德里罗：《坠落的人》，严忠志，译. 南京：译林出版社 2010 年，第 242 页。

② Webb, Ruth. *Ekphrasis, Imagination and Persuasion in Ancient Rhetorical Theory and Practice*. Surrey: Ashgate, 2009, p. 8.

鲁坠落照的文字描述让沉默的照片也发出了声音。[1] 因此，阅读这段文字描写时，我们脑海中产生出强烈的画面感，即由男子、坠落姿势、塔楼、线条、颜色等不同模态组合而形成的画面感，从而使作为读者的我们仿佛变成了在场的观者。

同样，戴维·雅尼阿克用行为艺术——坠落表演——亦再现了德鲁坠落照，但小说对于戴维的坠落表演必诉诸文字。也就是说，坠落表演以形象再现坠落照，而文字描述坠落表演时又再现了坠落照。戴维以行为艺术再现照片的方式，可谓是另类的语象叙事。小说对坠落表演的文字描写集中于第 4、9 和 13 章，坠落表演不仅再现了德鲁坠落照，还将戴维与丽昂联系在一起，从而凸显坠落主题。戴维在诸如大桥、人行桥、公寓楼、高层建筑、教堂钟楼、舞台顶棚和屋顶花园的栏杆等许多地方进行坠落表演，然而，丽昂却仅两次目见其表演，第三次见到的则是戴维死后的网上照片。丽昂在中央火车站附近第一次亲睹行为艺术家的表演："一名男子悬荡在那里，脑袋朝地，身体在街道上空。他穿着西装，一条腿弯曲，两臂放在身体两侧。……他身着西装，系着领带，穿着正装皮鞋，总是脑袋朝地，悬吊在建筑物上。"戴维的"表演姿势是对坠落照的模仿"，更是对该照片的鲜活再现。戴维以动态的表演模仿静态的照片模态，故其坠落表演产生的冲击波将人们震醒，使人们回想起那些坠落的可怕情境。丽昂第二次目见坠落表演是在第 9 章。"他隐隐出现在人行道上方，两腿微微分开，胳膊伸了出来，肘部弯曲，呈不对称状态……"[2] 当列车轰隆隆驶来时，他纵身一跃，两腿朝天，脑袋

---

① Wagner, Peter. *Icons-Texts-Iconotexts: Essays on Ekphrasis and Intermediality*. Berlin and New York: Walter de Gruyter, 1996, p. 13. Fischer, Barbara K. *Museum Mediations: Reframing Ekphrasis in Contemporary American Poetry*. New York: Routledge, 2006, p. 2.

② 唐·德里罗：《坠落的人》，严忠志，译. 南京：译林出版社 2010 年，第 34、241、177 页。

向下：

> 他的身体固定在安全带上，飞速落下产生的摇摆让他倒立在空中，距离人行道二十英尺。摇摆，空中产生的某种冲击和弹跳，绳子收缩回弹，身体终于静止不动，胳膊搭在两侧，一条腿的膝部弯曲。这种造型有某种可怕的元素，身体和四肢，他的签名符号。①

比之坠落照，戴维所有坠落表演皆头朝下，仅用一根保险绳悬吊着。其坠落姿势是坠落照的再现：自由落体，脑袋朝下，双手靠在身体两侧，一条腿膝部弯曲。不同的是，戴维表演时总是穿着西装系着领带，而坠落照中的男子却只穿着一件"血迹斑斑"的衬衣。

见戴维讣告后，丽昂上网搜索了有关戴维的信息。此时，她在网上才看见德鲁坠落照。于是，历史与现实、真实和虚构在此交融，以坠落为隐喻而将故事情节推向高潮。坠落表演再现了德鲁照的视觉模态，亦是以行为艺术诠释坠落照之隐喻。小说对于坠落照的语象叙事再现了坠落照的视觉性效果，其媒介则是语言②。如果说坠落照是对瞬间的捕捉，是一种未完成状态，那么，文字和坠落表演对于坠落照的再现则使人们阅读、凝视并反省。德里罗对坠落照的语象叙事呈现出照片的视觉模态，以动态再现或模仿静态，赋予静态的、无声的照片以声音和语言③，实现了从静态视觉模态到动态视觉模态再到语言模态的转换，从而生发出

---

① 唐·德里罗：《坠落的人》，严忠志，译. 南京：译林出版社 2010 年，第 181—182 页。

② Scott, Grant F. "Copied with a Difference: Ekphrasis in William Carlos Williams' *Pictures from Brueghel*." *Word & Image*, 1999 (1), pp. 63–75.

③ Hagstrum, Jean H. *The Sister Arts: The Tradition of Literary Pictorialism and English Poetry from Dryden to Gray*. Chicago: The U of Chicago P, 1958, p. 18.

超越小说文本的意义。① 德里罗不仅 "赋予其作品超越文本表面意义的内涵"②，更使语象叙事成为超越时间意义之永恒③。

　　小说《坠落的人》是对单张照片模态的文字再现，而德里罗短篇小说集《天使埃斯梅拉达：九个故事》 （*The Angel Esmeralda: Nine Stories*，2011）中的《巴德尔－迈因霍夫》（"Baader-Meinhof"，2002）④ 则是对德国艺术家格哈德·里希特（Gerhard Richter，1932—　）15 幅照片绘画（photo-based painting）⑤ 的艺术再创作。小说标题指一个活跃于 20 世纪 70 年代西德的左翼激进团伙——巴德尔－迈因霍夫集团。6 个主要成员被捕并死于狱中，葬礼定于 1977 年 10 月 18 日举行。1988 年，格哈德·里希特画了 15 幅画，题名《1977 年 10 月 18 日》。其照片绘画以警局与媒体照片为蓝本，但并不完全重现照片，亦不拼贴。图像以黑、灰二色画成，忽略原照片的细节，进行刷或抹的模糊化处理，使几个激进青年生活或死亡的影像模糊不清。故 15 幅照片绘画弥漫着哀伤、压抑和悲悯的氛围，好似在表现死亡本身。《巴德尔－迈因霍夫》描写一年轻女子在曼哈顿美术馆观看里希特组画以及随后所发生之事。与《坠落的人》不同的是，该短篇只是将照片绘画作为故事背景而已。女子在观看这些画作时，同情那些死去的极端分子，她觉得 "那幅画里有一种宽恕的意

---

① 李顺春，王维倩：《〈坠落的人〉中的语象叙事》，《当代外国文学》2021 年第 1 期，第 21—29 页。
② 李震红：《唐·德里罗小说中的危机主题研究》，苏州大学博士学位论文 2016 年，第 125 页。
③ Steiner, Wendy. *Pictures of Romance: Form against Context in Painting and Literature*. Chicago: The U of Chicago P, 1988, p.13.
④ 唐·德里罗：《天使埃斯梅拉达：九个故事》，陈俊松，译. 南京：译林出版社 2015 年。
⑤ 此乃里希特独特的创作手法，亦是其独创的一种全新绘画体系。他以照片为基础，选取所需之色调，在画布上描绘出景物，修饰直到完成，时而以刷子轻触，时而以刮刀涂抹，制造出独特的模糊效果。其特征是照片的灰色和主题的不清晰性。

味"①。然而，现实却很骨感，甚至讽刺。她在展厅偶遇一陌生男，随后一起交谈、吃饭，最后还到她的住处。这场偶遇几乎演变成一场悲剧——她差点儿被强奸。故事精彩之处在于，德里罗将画上的恐怖主题与潜伏于现实生活中的危险相联系。最后，再次回到展厅时，女子见到的只有"葬礼"。德里罗对于里希特 15 幅照片绘画的艺术再创作，不仅将历史和现实、虚构与真实结合，揭示文学艺术的真实，更揭示出历史往往会转化成活生生的现实。

作为一种符号模态的照片记录过去，亦为昔日记忆提供存在的证明。观看照片，则能找回与过去之联系，重返记忆现场，进而重新触摸已逝的记忆碎片与凝结其上的情感。麦凯恩《转吧，这伟大的世界》也通过对照片这一符号模态的文字再现而将历史与现实联系起来。在飞往纽约的航班上，爵丝琳手拿一张照片："一名男子在空中行走，一架飞机在消失，似乎是要消失进楼的边缘。……这照片是永恒的一瞬：一个孤零零的人，衬托在那穹苍之下，诸般现实铁证凿凿，他却反其道而行，将那神秘的表演出来。这照片成了她最喜欢的财物……"② 照片拍摄于 1974 年 8 月 7 日，走钢丝表演是和爵丝琳之母爵士琳去世同一天拍摄的。这张照片寄托了女儿对母亲的回忆，又象征性地将历史事件与历史景观连接起来。照片不仅将瞬间定格成图像，且其中的图像模态呈现出时代背景和社会环境。当观者凝视照片时，照片中的物象便与观者"共生"于同一时空。在语言对照片的生动再现中，照片这个"可见性的、感性空间性的维度"③ 就揭示出影像模态的面貌及其背景。杰弗里·尤金尼德斯的《中性》对照片的文学

---

① DeLillo, Don. *The Angel Esmeralda: Nine Stories*. New York: Scribner, 2011, p.109.

② 科伦·麦凯恩：《转吧，这伟大的世界》，方柏林，译. 北京：人民文学出版社 2010 年，第 399—400 页。

③ 让－弗朗索瓦·利奥塔：《话语，图形》，谢晶，译. 上海：上海人民出版社 2011 年，第 67 页。

性描写便是如此。叙述者"我"——卡尔——在女友菊池朱莉的工作室墙上看见像是安塞尔·亚当斯（Ansel Adams，1902—1984）作品的"工业景观"①，还有他自己起居室里的贝尔恩德·贝歇尔（Bernd Becher，1931—2007）和希拉·贝歇尔（Hilla Becher，1934—　）夫妇拍摄的一个旧水泥厂照片。②"工业景观"和贝歇尔夫妇拍摄的那些面临消失的工业建筑，将现实与历史联系起来，揭示出更大的文本及其提供的文本外的社会背景信息。

同样，照片这种符号模态也成为连接生活于美国的印度人和印度亲人及印度文化之纽带。在裘帕·拉希莉短篇小说集《不适之地》（*The Unaccustomed Earth*，2008）中，露玛常给儿子阿卡看已故母亲的照片，希望他建立与亲人和故国的联系。另一短篇小说集《解说疾病的人》中的《性感》（"Sexy"）对于印度女神迦俐像的文字再现，同样揭示了生活于波士顿的印度人与印度文化的血脉联系。印度人笛戈西特家门口挂着一幅女神迦俐像。

　　……那是一幅裸女画，女人一张骑士盾牌形状的赤脸。她眼睛翻白，斜向太阳穴，眼白极多，眼珠仅剩两个小黑点儿。往下，有两只圆圈，居中画着相同的小黑点儿，意思是她的乳房。她一只手挥舞一柄短匕首，一只脚踩住一个挣扎在地的男人。她身上缠着一串血淋淋的人头，像一串爆玉米花项链。她朝麦蓝达吐出一条舌头。③

---

① 杰弗里·尤金尼德斯：《中性》，主万，叶尊，译. 上海：上海译文出版社 2019 年，第 219 页。

② 杰弗里·尤金尼德斯：《中性》，主万，叶尊，译. 上海：上海译文出版社 2019 年，第 219 页。

③ 裘帕·拉希莉：《解说疾病的人》，卢肖慧，吴冰青，译. 桂林：广西师范大学出版社 2017 年，第 122—123 页。

迦俐（Kali）乃印度教女神，她初为灭绝化身，表现为黑暗与暴力。在小说中，麦蓝达见到的是一种图像模态——迦俐女神像，而拉希莉则用文字生动地再现了迦俐的图像模态。图像中的视觉模态如女神形象、面部颜色、眼睛形状及其动态，皆栩栩如生。女神朝观者"吐出一条舌头"，其脸赤色、状如骑士盾牌；眼白甚多，而眼珠极小。令人可怕的是，她手持一匕首，脚踏一男子。她腰间那串"血淋淋的人头"更令人惊悚。若与迦俐神像对照阅读，则可发现作者对迦俐像的文字描写是忠实而具体的。同时，多种模态的呈现更加突出了印度文化的独特性。

然而，唐娜·塔特《金翅雀》中的那些视觉模态如公共照片却与悲剧和死亡相关，并为西奥提供了悲惨与死亡的最初物象模态。西奥提及死亡或灾难时联想到的是其所见的公共照片，如"二十世纪三十年代银行倒闭和人们排队领救济的黑白老照片"①、博物馆爆炸中遇难者的照片，还有美国内战时的"阵亡者照片"②。诚如米尔佐夫（Nicholas Mirzoeff）所言，"所有的照片都是死亡的象征。拍照片就是参与另外一个人或物的死亡，脆弱和易变之中"。③ 照片中的人已死，尤其是那张记录博物馆大爆炸遇难者的照片，"都是些无辜的度假者的面孔……都是些普普通通的面孔，没有什么值得记住的地方"。西奥虽不认识那些人，但那些照片"全都散发着悲惨的气息"④，因为他见证了导致他们死亡的爆炸事件，这使他感到既害怕又焦虑。西奥在爆炸前曾看过马修·布雷迪（Mathew Brady，1822—1896）拍摄的内战死亡照："那些青年目光凝滞，口鼻中溢出乌黑的鲜

---

① 唐娜·塔特：《金翅雀》，李天奇，唐江，译. 北京：人民文学出版社 2021 年，第 49 页。
② 唐娜·塔特：《金翅雀》，李天奇，唐江，译. 北京：人民文学出版社 2021 年，第 108 页。
③ 尼古拉斯·米尔佐夫：《视觉文化导论》，倪伟，译. 南京：江苏人民出版社 2006 年，第 91 页。
④ 唐娜·塔特：《金翅雀》，李天奇，唐江，译. 北京：人民文学出版社 2021 年，第 92—93 页。

血",而在爆炸后"那些死去的青年四肢蜷曲,仰望着天空"①。照片与尸体对比表明,"照片证明了'作为尸体'是活的:这是一件死物栩栩如生的图像"②。在博物馆爆炸后,西奥通过照片认知了死亡,也领悟了死亡的真正含义。而在塔特的《校园秘史》(*The Secret History*, 1992)中,照片则表现出理查德·帕蓬晦暗而不可触及的生活。理查德对邦尼从喜爱到厌烦再到杀害,可通过两组家庭照的文字再现揭示出来。理查德只有一张家庭照,而邦尼房间则摆放了一排家庭纪念照,"完美得像系列广告":有邦尼与兄弟们打曲棍球的照片,有家人共度圣诞节的照片,还有邦尼母亲初次参加舞会的照片。理查德对邦尼的家庭照充满艳羡甚至嫉妒,因为他只有一张快照。对比两组家庭照的文字描述,则说明理查德对邦尼态度的转变,更成为他杀之而后快的最后一根稻草。家庭照虽只是生活的一个侧面,然而,塔特却通过对家庭照的文字再现推动了故事情节的发展,揭示出人性之恶所引发的人生悲剧。塔特对两组家庭照的文字再现或展示历史,或提供视觉经验,或引发情绪突转,最终使之成为文本的有机组成部分。此亦使照片模态的历史时间与故事时间"共生"于小说的时空之中,使小说人物更具历史维度,亦可更深入地观照现实生活。

三

与照片模态相比,摄影则兼具静态与动态之特征。它是一种造型艺术,其工具是相机与感光材料,通过画面构图、光线、影调(或色调)等造型手段表现主题并创造艺术形象。拍摄者用相机记录社会生活或自然景物,表达其独特的情感或思想。苏珊·朗格(Susanne K. Langer, 1895—

---

① 唐娜·塔特:《金翅雀》,李天奇,唐江,译. 北京:人民文学出版社 2021 年,第 108—109 页。
② 罗兰·巴特:《明室——摄影纵横谈》,赵克非,译. 北京:文化艺术出版社 2003 年,第 33 页。

1982）在《情感与形式》（*Feeling and Form: A Theory of Art*，1953）中说："所有造型艺术的目的都在于描绘视觉形式，并把这种视觉形式——如此直接地表现着人类情感，从而使其似乎完全为人类情感所决定。"[①] 在希腊语中，摄影意为以光线绘图。摄影对客观之物的影像记录，乃光学技术向视觉图像转换的过程。摄影是一门艺术，以真实性、瞬间性、光影造型性为特征。如果说相机是一种媒介，那么，摄影作品则是一种模态。照片蕴含着强烈的视觉文化，亦表达摄影者的思想与审美情趣。

朱莉亚·格拉丝的《三个六月》既有对摄影的动态描写，亦有对摄影作品的文字再现。在早晨漫步中，芬诺·麦克里奥德发现一座白色板屋。屋后是公寓楼，屋前是小草坪。在纽约这钢筋水泥构建的布景中，它更显古韵优雅，别有一番风味。芬诺在此遇见了托尼·贝斯特，此人 30 余岁，年轻英俊，如卡拉瓦乔（Caravaggio，1571—1610）绘画里的粉红色皮肤的意大利小伙儿。[②] 托尼正端着相机在院内拍照，小说从芬诺的视角进行了描述："草地上放着一把大银勺。我的主人现在着手调度勺子的方位，不断地站开，透过相机镜头观看。然后他跪下，将面孔凑近勺子，直到只差几英寸，他伸直端着相机的双臂，揿下快门。"[③] 托尼邀芬诺入内，还让芬诺给他拍照："拍下他在勺子里的影像。他的形象在勺子宽宽的凸面上只是一条细小的黑纹而已，绝大部分的画面由白云翻滚的天空所占据。"[④] 托尼不断变换自己或勺子的位置，少焉便拍了两个胶卷。从小说描述可见，托尼并非拍摄一般的纪念照，而是在进行艺术创作。他拍摄勺子中的自我

---

① 苏珊·朗格：《情感与形式》，刘大基，傅志强，周发祥，译. 北京：中国社会科学出版社 1986 年，第 85 页。

② 朱莉亚·格拉丝：《三个六月》，刘珠还，译. 南京：译林出版社 2007 年，第 146 页。

③ 朱莉亚·格拉丝：《三个六月》，刘珠还，译. 南京：译林出版社 2007 年，第 145 页。

④ 朱莉亚·格拉丝：《三个六月》，刘珠还，译. 南京：译林出版社 2007 年，第 146 页。

影像，体现其艺术审美力和艺术理解力。故其摄影完美地融合技术、审美和艺术，呈现出别样的艺术趣味。后来，托尼到巴黎举办摄影展。他给芬诺寄来一张请柬，请柬封面并排的两张照片很是"锐利"且"让人感到不舒服的特写"：

> 左边，一幅裁剪过的男人侧影。你只能看见他的嘴角，但你看得出他在笑。影像从他的眼睛下部开始。我看着显示出来的他那部分耳朵，以及后面的头发。我仔细端详，在仅有的一小条背景中可以见到黑夜里的一棵树，被焰光照亮。光是焰火发出的。我再次打量那只耳朵。……奇怪，我认识那只耳朵，虽然我从来没有从这个角度看过它。
>
> 右边的一幅是另一个类似的截断的侧影：男人裸露的骨盆的外轮廓。在苍白的胯骨上，在揉皱的佩斯利布料上，印着一只狗的黑白二色的脚爪。①

照片上的"嘴角""部分耳朵""头发"都是芬诺的，他虽未见过如此特写，却一眼就认出这些乃其身体的一部分。另一幅上"裸露的骨盆"也是芬诺的，那"佩斯利布料"上狗的"脚爪"则是他家床单上的图案。于此，小说对两幅特写的文字描写不仅揭示出芬诺与托尼之间的同性恋关系，还说明作为摄影师的托尼对摄影的旨趣与追求。

芬诺来到展览场馆时发现这些照片并不如他想象的那么大，"但强烈的聚焦却使它们颇具震慑力"②。第一幅是芬诺的一只手，放在罗杰（牧羊

---

① 朱莉亚·格拉丝：《三个六月》，刘珠还，译. 南京：译林出版社 2007 年，第 256 页。
② 朱莉亚·格拉丝：《三个六月》，刘珠还，译. 南京：译林出版社 2007 年，第 259 页。

犬）头上。第二幅乃芬诺后脑勺和脖子，背景是远处绽放烟花的天空。第三幅是芬诺裸露于床单上的双腿与双脚，拍摄角度显示出一个书架，书架前还有几摞书。初见这些特写，芬诺甚是愤怒。然而，他很快意识到"永远也不会有人把这些图片和我联系到一起，因为我的面孔仅在这里偶尔露一下，在画面中只是支离破碎的"①。这些"支离破碎"的特写从一个侧面反映出芬诺与托尼"介乎于一种黑暗与另一种黑暗之间"② 的畸形人生。托尼为何拍那些近得令人不舒服的特写？比如，他拍摄婴儿的一只小拳头时，将之放大到西瓜般大小。乍看，酷似原始森林深处长在树干上的古怪的球茎蘑菇。他还说："对准非常非常小的东西，让它变得很大，使它变得醒目，将高度和体积赋予细节。"③ 从艺术视角观之，此亦说明托尼的视觉思维与审美认知。

与之不同的是，理查德·鲍尔斯的《树语》既有对拍照的动态描写，又有对所拍照片的文字描述，从而揭开二者背后的家庭故事与家庭伦理。《树语》的叙事时间从美国内战绵延至 21 世纪，围绕 8 个家族 9 位不同人物的 9 条故事线展开。小说讲述他们与树有关的人生相互交织的故事，第一部分"树根"分别讲述 9 位主人公的前半生。他们的人生在"树干""树冠""种子"3 部分中逐渐参错重出，共同谱写一段热爱树木、保护环境和敬畏生命的传奇史诗。小说开篇"尼古拉斯·赫尔"一章讲述了来自爱荷华州的一位挪威移民家庭的年轻艺术家尼古拉斯的家族史。尼古拉斯的曾曾曾祖父乔根·赫尔从东部来到爱荷华州得梅因堡定居，将 6 棵栗树种子种在爱荷华西部的土地上。最后仅 1 棵栗子树存活且"继续开花"④。

---

① 朱莉亚·格拉丝：《三个六月》，刘珠还，译. 南京：译林出版社 2007 年，第 260 页。
② 朱莉亚·格拉丝：《三个六月》，刘珠还，译. 南京：译林出版社 2007 年，第 230 页。
③ 朱莉亚·格拉丝：《三个六月》，刘珠还，译. 南京：译林出版社 2007 年，第 312 页。
④ 理查德·鲍尔斯：《树语》，陈磊，译. 南京：江苏凤凰文艺出版社 2021 年，第 7 页。

儿子约翰接管农场后，"赫尔家的栗子树成了一个地标，农人们称它为守望树。家里人礼拜日外出都以它作为导航标志。当地人用它来为旅人指引方向，它就像一座孤独矗立在麦浪中的灯塔"①。后来，约翰买了台柯达 2号相机。他拍摄妻子的姿态和孩子们的生活场景，也拍摄一家人复活节时的情境。"当爱荷华州的这片邮票般小小的地界再也没有内容可拍时，约翰将相机镜头对准了家里的那棵栗子树，那位与他一同长大的同辈。"② 约翰酝酿出一个宏大的计划："不管他还能活多少年，往后的岁月他要一直为栗子树拍摄照片，然后根据人类想要的速度，加快照片的播放速度，看看会是怎样的情境。"③ 于是，他在房子附近的小丘上，搭好三脚架。

　　一九〇三年春季来临的第一天，约翰·赫尔将 2 号布朗尼相机摆好，为刚开始萌芽的守望树拍下了一张全景肖像。一个月后同一天的同一时刻，他在同样的地点拍了第二张照片。每个月的二十一号他都会登上那个小丘。这件事成了他的习惯，不管是在雨雪天气，还是在灼人的热浪之中，他总会准时前往这座植物之神的教堂，举行他私人的礼拜仪式。④

　　这就开启了赫尔家每月 21 号给这棵栗子树拍照的家族传统。第一年拍摄的 12 张黑白照中，栗子树的变化甚微，但对约翰而言却弥足珍贵。当他迅速翻动这 12 张照片时，在他眼前呈现出不同的画面：瞬间，栗子树长出了新叶；再一瞬，光照渐强，栗子树展示出其光影变化与勃勃生机。约翰

---

① 理查德·鲍尔斯：《树语》，陈磊，译. 南京：江苏凤凰文艺出版社 2021 年，第 8 页。
② 理查德·鲍尔斯：《树语》，陈磊，译. 南京：江苏凤凰文艺出版社 2021 年，第 8 页。
③ 理查德·鲍尔斯：《树语》，陈磊，译. 南京：江苏凤凰文艺出版社 2021 年，第 8—9 页。
④ 理查德·鲍尔斯：《树语》，陈磊，译. 南京：江苏凤凰文艺出版社 2021 年，第 9 页。

去世后，其子弗兰克继承了这未竟的家族事业。岁月迁流，照片渐增。数年后，照片越来越多。

　　积累的照片已经超过一百帧，它们组成了爱荷华有史以来拍摄过的最古老、最短、最慢也最富野心的一部默片，栗子树的目标已经初露端倪。快速翻阅一帧帧照片，其中的主角身躯不断扩展，轻轻拍打的样子似在召唤天空中的某种东西。①

　　照片是一种静态的模态，它定格瞬间的意象却驻留了时间。若将静态的照片集合起来，并"快速翻阅一帧帧照片"，那么，它们就成了"一部默片"，似在诉说着岁月的流转和这个家族的故事。此时，这些记录栗子树成长历程的照片便具有了动态的生命，进而"召唤天空中的某种东西"。

　　弗兰克去法国参战时，他让 9 岁的儿子小弗兰克继续拍照，等他归来。不幸的是，他战死沙场，还被埋在这棵栗子树下。此后，小弗兰克一直坚守诺言。从少年到青年，他成为赫尔家的第三代摄影师，继续为栗子树拍照写真，尽管他"完全不记得它的意义"②。"不过也有一些时候，他透过取景器，惊讶地发现，那不断伸展的树冠本身似乎就是意义。"③ 二战期间，已有 500 多幅照片。但随着时间的流逝，栗子树已完全不再是当初的模样。在 1200 英里以东的地方，栗子树因感染真菌而大量死亡。从东往西，自北而南，真菌在蔓延，栗子树在逐渐消失。到 1940 年，病菌所过之处，没有一棵栗子树幸存。40 亿棵栗子树在原生地域消失，成为传说。此

---

① 理查德·鲍尔斯：《树语》，陈磊，译. 南京：江苏凤凰文艺出版社 2021 年，第 10 页。
② 理查德·鲍尔斯：《树语》，陈磊，译. 南京：江苏凤凰文艺出版社 2021 年，第 11 页。
③ 理查德·鲍尔斯：《树语》，陈磊，译. 南京：江苏凤凰文艺出版社 2021 年，第 11 页。

时，"赫尔家的树就成了一个奇观"。这棵树逃过了这场大毁灭，"这是美利坚最后的完美之树中的一员"。① 密西西比河以东地区，以"栗树"命名的地方超 1200 个，但唯有在爱荷华西部这个乡村方能目睹栗子树的真容。

1965 年，小弗兰克换了台新相机。照片中只有那棵孤零零的树，四周是巨大的空无。美国艺术史家伯纳德·贝伦森（Bernard Berenson，1865—1959）曾说："艺术作品要告知我们的东西多得令人惊讶。"② 诚如是，这些照片讲述了栗子树背后的故事，呈现了赫尔家数十年兴衰的历史。

> 那些照片隐藏了一切：二十年代没有为赫尔一家咆哮；大萧条让他们失去了二百英亩土地，还将一半的家庭成员送去了芝加哥；电气化革命；无线电的出现毁掉了小弗兰克的两个儿子务农的可能性；家族中有一名成员死在了南太平洋，另外两位背负着愧疚幸存下来；迪尔和卡特彼勒公司出产的农具列队开出农具棚；一天晚上，粮仓在家畜们绝望的嘶叫声中被烧成平地；几十次欢乐的婚礼、洗礼和毕业庆典；六起通奸事件；两次连黄莺都悲伤得停止鸣唱的离婚；一个儿子参加州立法委员竞选惨遭失败；堂表亲之间的诉讼案；三次意外怀孕；赫尔家族反抗当地牧师和半个路德会教区的旷日持久的游击战；静默发生的近亲婚姻，苟延残喘的酗酒，一个女儿与高中英文教师私奔；癌症（乳腺、结肠、肺），心脏病，粮食螺旋运送机上工作的一个工人拳头受了套脱伤，一个表亲的孩子在毕业舞会的夜晚出车祸身亡；名叫"狂怒""农达""风暴"等数不清用了多少吨的化学农药，为制造不育株而设计的专利种子；在夏威夷庆祝的五十周年结婚纪念

---

① 理查德·鲍尔斯：《树语》，陈磊，译. 南京：江苏凤凰文艺出版社 2021 年，第 12、11 页。

② Berenson, Bernard. *Aesthetics and History*. New York: Doubleday & Company, 1948, p.149.

日，及其灾难性的后果；退休后搬去亚利桑那州和得克萨斯州；代代相传的怨恨、勇气、忍耐和令人惊奇的慷慨。发生在他照片外的每一件事都足够被人称作故事。而在照片之中，跨越几百个流转季节的，只有那棵茕茕孑立的树，布满裂隙的树皮盘旋而上，进入了中年早期，随着树木的速度一起生长。①

照片中永远"只有那棵茕茕孑立的树"，因为照片是一种符号模态，它们记录下的是往昔岁月中的瞬间。然而，发生在照片外的"每一件事都足被人称作故事"。这些照片是过去的存在，记录了栗子树的成长经历。它们也是"过去现实的散发"②，其背后隐藏的则是美国社会从 1920 年代到 1960 年代的变迁以及赫尔一家数代人的生离死别和真实生活。照片是一种记录影像的手段，具有文化与哲学内涵。相机的出现，改变了人，也改变了人的时空观。照片能显示社会关系，让人确立其形象。桑塔格认为，"照片不仅可以补偿业已失去的过去，它也成为巩固面临危机的家庭生活的一个象征性手段"。③ 家族通过积累的照片以及照片所保存的与昔日的时间和隔断的空间建立起一定联系。

小弗兰克为栗子树拍了 755 张照片，其祖父与父亲拍了 160 幅。在人生最后一个 4 月 21 日，小弗兰克之子埃里克又拍下一张黑白照。赫尔家拍摄栗子树的传统在埃里克的下一代似将走向历史的终结。埃里克之子尼古拉斯生于农场，却上了芝加哥一所艺术学院。他无意继承祖上这份光荣的

① 理查德·鲍尔斯：《树语》，陈磊，译. 南京：江苏凤凰文艺出版社 2021 年，第 12—13 页。

② 罗兰·巴特：《明室——摄影纵横谈》，赵克非，译. 北京：文化艺术出版社 2003 年，第 143—144 页。

③ 袁晓玲：《桑塔格思想研究：基于小说、文论与影像创作的美学批判》，武汉：武汉大学出版社 2010 年，第 63 页。

摄影事业。然而，就赫尔家族对摄影的历史观之，拍摄的每张照片皆有其历史背景，与拍摄者与观者产生"持续的连贯意义"①。驾车回到爱荷华州得梅因堡陪祖母后，尼古拉斯"五秒钟的工夫，就翻过了四分之三个世纪"；他翻阅着那一沓上千张的照片，"寻找岁月中隐藏的含义"②。此时，他童年的生活记忆以及彼时的生活场景便浮现于脑海之中。在他童年的记忆中，家族成员每一季皆有聚会，如夏日相聚挥舞旗帜，燃放烟火；圣诞节欢聚则享用美食，欢唱圣歌；其他季聚会，则进行探险活动等。"照片既是过去的，又是现在的，它将现在带往过去，又把过去置入现在。"③ 对尼古拉斯而言，照片成为过去与现在的交汇点，二者产生"共生"效应。"对他来说，这沓照片一直是一个永远也看不够的宝藏。每张照片都是独立的，其中拍摄的内容无非是那棵他爬的次数太多最后闭着眼也能爬的树。"④ 在照片中，过去以图像模态参与现在的时间线，并影响着尼古拉斯。照片虽是纪念物，却"让人想起死亡，但它同时也分享了一种塑造死亡的新方式"⑤。

照片虽是同一棵栗子树，但此树非彼树，它见证了赫尔家 70 多年的家族史及其人生兴衰和人事变迁。那棵栗子树是赫尔家族的纹章。整个县上只有赫尔家族"拥有一棵家族之树"，在爱荷华州也只有赫尔家族"拥有他们这样持续了好几代的不可思议的拍照计划"⑥。上千张照片跨越四分之三个世纪，每张照片背后都藏着彼时彼地发生的故事，不止一次翻阅这些

---

① 谢宏声：《图像与观看》，桂林：广西师范大学出版社 2012 年，第 115 页。

② 理查德·鲍尔斯：《树语》，陈磊，译. 南京：江苏凤凰文艺出版社 2021 年，第 13 页。

③ 谢宏声：《图像与观看》，桂林：广西师范大学出版社 2012 年，第 107 页。

④ 理查德·鲍尔斯：《树语》，陈磊，译. 南京：江苏凤凰文艺出版社 2021 年，第 14 页。

⑤ 罗钢，顾铮：《视觉文化读本》，桂林：广西师范大学出版社 2004 年，第 73 页。

⑥ 理查德·鲍尔斯：《树语》，陈磊，译. 南京：江苏凤凰文艺出版社 2021 年，第 14 页。

照片的尼古拉斯认为，这些照片是一笔独一无二的宝藏。多年后，农场已不在，只剩下老宅还矗立在这块岛屿般的小丘上。"当他抬起头时，他看见的是守望树的枝干，寂寞，庞大，舒展，赤裸地映衬着积雪，举起低处的树枝，摇晃着球形的阔大树冠。"① 那棵栗子树仍在，仍守护着这片土地。在这个故事中，作为视觉模态的照片始终是故事的主线，当其与文字结合后就使小说具有了史诗般宏大的叙事之力。

四

以上所论的视觉模态，是静态的照片或动态与静态结合的摄影。下文将论及纯然动态的用胶卷拍摄的实验短片与家庭电影。电影乃一种视觉艺术，其组合方式之约定性使之成为一种符号体系，亦是一个以运动画面来承载信息并实现交际的符号系统。电影也是一种综合运用多种符号模态建构意义的多模态叙事文本。

在乔纳森·弗兰岑（Jonathan Franzen，1959—　）的《自由》（*Freedom*，2010）中，沃尔特研究麻鳽的习性，计划摄制一部以大自然为对象的实验短片——《麻鳽的生活》。弗兰岑采用语象叙事手法生动地描写了沃尔特拍摄短片的过程。沃尔特 5 点起床，划向芦苇深处，摄像机就放在膝头。他深知麻鳽的生活习性，它们"潜藏在芦苇丛中，以身上细幼的浅黄色和褐色竖条纹作为天然掩护，伺机用喙刺死小动物。当感到危险来袭，它们会伸长脖子停住不动，尖尖的喙指向天空，看上去就像一株干枯的芦苇"② 当麻鳽扑扇着翅膀飞向天空时，"他会尽量后仰，用摄像机跟拍它们。虽然麻鳽是纯粹的杀捕机器，但是它们潜伏时羽毛的颜色单调乏

---

① 理查德·鲍尔斯：《树语》，陈磊，译. 南京：江苏凤凰文艺出版社2021 年，第 18 页。

② 乔纳森·弗兰岑：《自由》，缪梅，译. 海口：南海出版公司2012 年，第 498 页。

味，而在空中飞翔时，展开的双翅却是引人注目的灰色和灰黑色，这当中的鲜明对比尤其让沃尔特同情它们。它们在地面上谦卑而鬼祟，一如它们那泥泞的生存环境，但一旦飞上天空，却高贵而骄傲"①。弗兰岑对麻鸦的颜色、动态的飞行及其生活习性等的生动描写，既是语象叙事之功，又揭示了沃尔特通过摄制实验短片来致力于环保的理念。

与实验短片类似的是，尤金尼德斯的《中性》详细描写了米尔顿拍摄家庭电影的动态过程。《中性》每一章节皆从"现在"开篇，借由某个点回溯过去，又提前点明对未来之影响，因此该小说形成周而复始的圆形叙述模式。恰如作者本人所言，"我喜欢叙事，我阅读，写作都是为了叙事"②。该小说是一部移民或家族英雄传奇，又是西方文学衍进之镜像，颇似《尤利西斯》（*Ulysses*，1922）中《太阳的公牛》（"Oxen of the Sun"）。小说开头是英雄史诗叙事，随后是更多的写实和心理描写。1960 年，卡利俄珀出生时是一个女婴；1975 年，他成了一个男孩；42 岁时，他"又要开始另一番新生"③。小说如双性同体的叙事者，半是第三人称史诗，半是第一人称成长小说。可以说，《中性》即一组小说染色体。尤金尼德斯生动地描述了卡利俄珀出生时的长相：

> ……那张嘴虽然很小，但形状优美，可亲可吻，还会发出悦耳的声音。接着，在那幅图当中出现了鼻子。那一点儿也不像你在传统的希腊雕像上所见到的那种鼻子。那是一个像丝绸一样从东方传到小亚细亚的鼻子。就目前的情况而言，是来自中东。要是你看得仔细一点，这个微型立体模型的婴儿的鼻子，已经形成了一个阿拉伯式的图

---

① 乔纳森·弗兰岑：《自由》，缪梅，译．海口：南海出版公司 2012 年，第 498—499 页。

② 李自修：《杰弗里·尤金尼德斯访谈录》，《当代外国文学》2004 年第 1 期，第 155—158 页。

③ 杰弗里·尤金尼德斯：《中性》，主万，叶尊，译．上海：上海译文出版社 2019 年，第 3—4 页。

案。耳朵、鼻子、嘴、下巴，现在再加上眼睛。它们不仅分得很开（就像杰姬·奥的那样），而且也都很大。长在一个婴儿的脸上，未免太大了。眼睛长得就像我奶奶的眼睛，显得既大又伤感，就像基恩画作里的人物的眼睛。两眼四周的睫毛又长又黑……这双眼睛周围的皮肤是浅茶青色。头发乌黑。……①

这段对卡利俄珀外貌形象而生动的文字描写，既是作者成功的语象叙事案例，又是各种不同模态结合的综合效果——小嘴的形状、"微型立体模型的婴儿的鼻子""阿拉伯式的图案""像基恩画作里的人物的眼睛"等视觉模态，黑色的睫毛、眼睛周围茶青色的皮肤、乌黑的头发等色彩模态。

我们还是回到《中性》第三卷第一章的"自制影片"吧。此乃尤金尼德斯对米尔顿"自制影片"的文字描述。卡利俄珀出生时被当作女孩，当她会走路后，就蹦蹦跳跳地跑进父亲米尔顿自制的影片。母亲特茜将之打扮得像西班牙公主似的：粉红裙子，褶裥花边，头上还扎着圣诞节扎的蝴蝶结。但卡利俄珀并不喜欢，故她在影片中往往毫无征兆地大哭起来。米尔顿的摄影机配有泛光灯，胶片很亮，具有盖世太保审讯时的性质。"除了耀眼的亮度外，米尔顿的自制影片还有一个特别的地方：跟希区柯克一样，他也总是出现在影片里。"② 每当米尔顿检查胶片数量时，他必去看镜头里的计数器。因此，节日或生日宴会的镜头里总有一会儿只出现米尔顿的一只眼睛。数十年后，已改称卡尔的卡利俄珀记得最清楚的是"父亲那只蛮横、瞌睡的眼睛的棕色眼珠"③。按照小说描述，"斯蒂芬尼德斯一家"

---

① 杰弗里·尤金尼德斯：《中性》，主万，叶尊，译．上海：上海译文出版社 2019 年，第 261 页。

② 杰弗里·尤金尼德斯：《中性》，主万，叶尊，译．上海：上海译文出版社 2019 年，第 269 页。

③ 杰弗里·尤金尼德斯：《中性》，主万，叶尊，译．上海：上海译文出版社 2019 年，第 269 页。

的家庭电影是

一种后现代风格，它强调巧妙的手法，叫人去注意技术性细节。米尔顿的那只眼睛瞅着我们，眨了一下。看上去大得就像教堂里万能之主基督的眼睛，要比任何镶嵌图案都妙。那是一只活生生的眼睛，角膜有点儿充血，眼睫毛十分稠密，下面的皮肤现出咖啡色，出现了眼袋。这只眼睛总朝下瞪着我们，时间至少十秒钟。最后，摄影机总给移开，一边仍然在拍摄记录中。我们总看见天花板、照明装置、地板，随后又是我们自己：斯蒂芬尼德斯一家。①

这部家庭电影名曰《六二年复活节》，小说对这部家庭电影进行了非常生动的描述。在电影中首先是爷爷左撇子。他虽中风却仍衣着整齐，穿一件上过浆的白衬衫和一条格伦格子呢裤子，在他的小黑板上写字，然后将黑板举起："耶稣复活了。"② 奶奶黛斯德蒙娜则坐在他对面，她的假牙使她看似一只鳄龟。此时，38 岁的母亲特茜用一只手遮着脸——遮泛光灯和她眼角的皱纹。卡利俄珀从这种姿势中，发现自己与母亲那种情感上的共鸣，两人"都在无人注意地观察他人时感到最为快乐"③。哥哥第十一回则手脚摊开躺在地毯上，狼吞虎咽地吃着糖果。正在摄制过程中，名叫鲁弗斯和威利斯的两条狗跳进了电影画面。鲁弗斯坐在卡利俄珀身上。随后，母亲特茜将狗赶跑。卡利俄珀站起身，摇摇摆摆朝摄影机走去。这部仅 35 秒的家庭电影是卢斯医生说服米尔顿拍摄并交给他的自制影片。之后，每年卢斯医生都在康奈尔大学医院给他的学生放映。卢斯医生以此片

① 杰弗里·尤金尼德斯：《中性》，主万，叶尊，译. 上海：上海译文出版社 2019 年，第 269 页。
② 杰弗里·尤金尼德斯：《中性》，主万，叶尊，译. 上海：上海译文出版社 2019 年，第 269 页。
③ 杰弗里·尤金尼德斯：《中性》，主万，叶尊，译. 上海：上海译文出版社 2019 年，第 270 页。

证明其理论，"即性别认同在生命的初期已被确定"①。后来，卢斯医生又给卡利俄珀看这部影片，告诉她，"我究竟是谁，那是谁呢？看着银幕。我的母亲正递给我一个玩具娃娃。我接过那个娃娃，把它搂在胸前。我还把一个玩具奶瓶放在这个娃娃的嘴边，给它喝牛奶"②。卡利俄珀就这样被当作女孩抚养长大。

《卡利的七岁生日》乃米尔顿拍摄的最后一部超 8 毫米影片。场景是家中的饭厅，里面装饰着很多玩具气球。卡利俄珀头上戴着通常戴的那顶圆锥形帽子。12 岁的第十一回则靠墙站着喝饮料。在影片中，"他的脸上、胳膊上、衬衫上和裤子上都布满了无数的小白点"③。在生日宴会的镜头里，卡利俄珀插了 7 支蜡烛的生日蛋糕端了出来。

> 我母亲那没有发出声音的嘴正在叫我说出自己的心愿。我七岁这年希望得到什么礼物？我现在不记得了。在影片上，我探身向前，风神啊，把蜡烛吹灭了。它们马上又给我重新点燃。我又把蜡烛吹灭了。发生了同样的情形。接着，第十一回哈哈大笑，终于感到十分有趣。我们的自制电影就凭借这些具有好多条生命的蜡烛，在一场对我的生日所开的玩笑中这样结束了。④

此乃卡利俄珀 7 岁生日时录制的，也是最后的家庭电影。卡利俄珀吹灭蜡烛，然后又重新点燃，她再次吹灭。这好似卡利俄珀循环往复的人生，先是被视为女孩，然后变成男孩，因此他在人生的轮回中苦苦挣扎，

---

① 杰弗里·尤金尼德斯：《中性》，主万，叶尊，译. 上海：上海译文出版社 2019 年，第 270 页。
② 杰弗里·尤金尼德斯：《中性》，主万，叶尊，译. 上海：上海译文出版社 2019 年，第 270 页。
③ 杰弗里·尤金尼德斯：《中性》，主万，叶尊，译. 上海：上海译文出版社 2019 年，第 271 页。
④ 杰弗里·尤金尼德斯：《中性》，主万，叶尊，译. 上海：上海译文出版社 2019 年，第 272 页。

必分清"我是谁"的性别认同和生命认同。

颇有意味的是，荷马史诗《伊利亚特》（*ΙΛΙΑΣ，Iliás*，前 800—前 600）对阿喀琉斯之盾的描写被视为语象叙事之始。《中性》亦有对此的描写。八年级春季，卡尔曾在班上朗读《伊利亚特》第三卷第 89 页的一段。这既是作者有意为之的一种互文性书写，更是对《荷马史诗》开创语象叙事先声之致敬。

第三节 小说对绘画与雕塑的语象叙事

绘画（静物画、米罗的画、素描、速写）、雕塑（圆雕、浮雕）等视觉艺术常成为文学描写的对象。这种文字再现的视觉艺术或贯穿小说始终（《坠落的人》），或营造并烘托幽暗或死亡的氛围（《修补匠》），或蕴含毁灭与死亡的同时亦成为主人公成长之媒介（《金翅雀》），或突出人物性格或揭示人物之间的关系（《三个六月》《树语》等），或将历史、小说与现实融为一体（《在美国》），或令人沉思（《中性》），或引发对爱情的思考（《恶棍来访》）。这种语象叙事不仅体现出小说与视觉艺术之间的互文关系与艺术张力，更具有推动故事情节与共建小说文本意义的作用。

关键词：绘画；雕塑；语象叙事；共建文本意义

一

如照片、摄影和电影一样，绘画（静物画、米罗的画、素描、速写）与雕塑（圆雕、浮雕）等视觉艺术也成为文字再现的对象。这种生动的描写既体现出文学性又呈现出艺术性。静物画可追溯到古埃及墓室壁画和浮雕、古希腊的瓶画、古罗马庞贝壁画与镶嵌画。它最初仅作为绘画的背景、装饰或象征元素。文艺复兴时，独立的静物画方始出现。17 世纪，静物画发展成独立的绘画艺术样式。此时，以荷兰静物画最为著名。18 世纪，以法国静物画为代表而进入第二个高峰。此后，静物画逐渐淹没在各种绘画流派的汪洋大海之中。静物画在法语、意大利与俄语中分别为 nature morte、natura morta 和 натюрморт，意为"死去的自然"；在英语与荷兰语中则分别为 still life、stilleven，意为"静止的生命"。直到 20 世纪，乔治·莫兰迪（Giorgio Morandi，1890—1964）才让静物画重新焕发出迷人的光彩。

唐·德里罗《坠落的人》对莫兰迪静物画的语象叙事贯穿小说始终，不仅将丽昂、妮娜与马丁等联系在一起以推动故事情节的发展，还产生出视觉化的惊奇效果①。小说对静物画的描写分别位于第 2、4、7、8 和 12 章，却草蛇灰线般地贯穿全书，故而成为小说结构的有机组成部分。莫兰迪静物画摒弃阴影效果与粗黑色的勾勒线条，代之以柔和朦胧的光线。他用暗色调，以灰、啡、粉白为主；其静物皆为常见器物如水罐、油罐、花瓶、方盒、圆盒、水壶或茶壶等。他反复排列那些形状单纯的瓶瓶罐罐，以独特方式构筑其绘画空间。表面观之，每幅画相似又不相似，彼此皆有微妙的差异与变化，如物件位置、排列方式与明暗光线等各不相同。他将单纯而静穆、纯洁而光辉的静物融聚于笔触简明的球体、圆柱体与圆锥体之中。故其静物排列组合形成彼此关联又互为变化的艺术空间。其画作的基本构图一致，重在对光影、色彩和形式的雕琢。因此，光影、空间、色彩与形式乃成其画作之精髓，从而赋予其永恒的价值。莫兰迪捕捉光影之美，创造出近乎抽象而完美的艺术。他调和静物与环境之色，使画面柔和而有质感。他将空间与形式、光与色完美地融入画中，形成其独特的绘画空间，具有天真烂漫的形式感；其色彩宁静而淡雅，清新而脱俗；其光线柔和而温婉，有一种含蓄的诗意，给人玄妙而难以言表的美感。其玄妙在于静物抽象之形式及其空间变化、素雅之色与柔和之光，真可谓"高贵的

---

① Goldhill, Simon. "What Is Ekphrasis for?" *Classical Philology*, 2007 (1), pp. 1–19.

单纯和静穆的伟大"①。（见图 2-3、图 2-4）这正是丽昂喜爱莫兰迪静物画的原因。

图 2-3　乔治·莫兰迪《静物》(1951)　　　　图 2-4　乔治·莫兰迪《静物》(1957)

　　丽昂之夫基思·诺伊德克尔死里逃生后却患上了创伤后应激障碍（Post-Traumatic Stress Disorder，PTSD）；儿子贾斯廷也罹患了后遗症而产生臆想，还用望远镜不停搜索天空；她本人也曾"亲眼看见双子塔楼倒下"②。所有这些皆令丽昂深感不安和莫名的恐惧。于是，她来到母亲的起居室，这里有莫兰迪的静物画，故"这个空间给人从容、镇静的感觉"③。莫兰迪静物画有"玄妙的静物"之称，其画形体简练而无纯色，每个色块皆灰，看似无生命力，但在画家精心安排下却变得和谐、静穆而统一，散发出独特的艺术魅力和禅诗般的空灵境界。其静物画笔触精到，色彩微

① 莱辛：《拉奥孔——论画与诗的界限》，朱光潜，译. 北京：商务印书馆2015年，第5页。

② 唐·德里罗：《坠落的人》，严忠志，译. 南京：译林出版社2010年，第12页。

③ 唐·德里罗：《坠落的人》，严忠志，译. 南京：译林出版社2010年，第13页。

妙，简约而不失清新，单纯而显高雅。色彩的饱和度低，对人的情绪的影响就小。其画面美如诗，宁静得令人陶醉。因此，当观看这两幅画时，丽昂达到一种情绪上的舒缓与平衡，从而冷静下来。这正是丽昂一直寻求的内心平静与安宁。

> 她最喜欢挂在北面墙上的两幅静物画，它们出自乔治·莫兰迪之手，那是她母亲研究并且发表过著述的一位画家。画面上有一些瓶子、水罐、饼干盒，但是作品的笔法隐含着某种东西，一种她无法言表的神秘感；或者说，在花瓶和罐子的不规则边缘下面，存在着某种不被人注意的内在审视，远离了画作的光线和色彩。①

德里罗描写了莫兰迪所画静物不同的模态，如瓶子、水罐、饼干盒不同的形状、"光线和色彩"以及给人的心理感受。这种描写亦说明妮娜·巴托斯、马丁·里德诺和静物画的关系。妮娜与马丁相交 20 余年，相互爱恋，足迹遍布纽约、伯克利和欧洲许多城市。妮娜是艺术教授，研究且发表过与莫兰迪相关的著述。她和马丁初识时，向他谈起莫兰迪，给他看其静物画，了解有关形式、色彩、深度等，然而，马丁刚入行，对莫兰迪之名尚且不知。但在妮娜的指导下，20 年后，"他看到形式、色彩、深度、美"②。同时，他也看到了金钱。马丁最终成了艺术品商人、收藏家和艺术品投资人。二人由莫兰迪及其静物画联系在一起，妮娜起居室中那两幅莫兰迪静物画也是马丁赠送的。恐袭事件后，妮娜与马丁的关系渐行渐远。于是，妮娜将莫兰迪的静物画归还给了马丁。此时，"没有

---

① 唐·德里罗：《坠落的人》，严忠志，译. 南京：译林出版社 2010 年，第 13 页。
② 唐·德里罗：《坠落的人》，严忠志，译. 南京：译林出版社 2010 年，第 157 页。

那些作品,起居室就像一座坟墓"①。同时,静物画中"隐含着某种东西"令丽昂感到有一种"无法言表的神秘感",画中"存在着某种不被人注意的内在审视"等描写,则起到暗示或引导作用,并为小说的发展做了铺垫。

事实上,丽昂一直都在从莫兰迪的静物画中寻求精神慰藉和情感寄托。母亲去世后,她就到画廊去参观莫兰迪的静物画和素描以"重新找到生活的意义"②。小说第 12 章描写了丽昂到画廊参观莫兰迪的静物画。切尔西一家画廊展出了莫兰迪 9 幅静物画——6 幅油画、3 幅素描。"即使这样的东西——画布上用油彩绘出的瓶子和罐子、一个花瓶、一个杯子,以及铅笔绘出的物体——也把她带入那时的情境……"③ "那时的情境",即其母妮娜与马丁相识相交的情境。丽昂独自来到画前,时而凑近时而后退。当来到第 3 幅作品前时,她逗留了很长时间。

> 这是根据她母亲拥有的一幅作品画出来的。她注意到每个物品的性质和形状、物品的位置、深色的高高长长的物体、白色的瓶子。她情不自禁。这幅画隐藏着某种东西。妮娜的起居室历历在目。画作上的物品融入它们后面的人物中——坐在椅子上抽烟的一个女人,站在旁边的一个男人。④

这幅画使丽昂忆起了母亲、母亲的起居室,以及母亲与马丁生活的场

① 唐·德里罗:《坠落的人》,严忠志,译. 南京:译林出版社 2010 年,第 227 页。

② Spencer, Bernard. *Complete Poetry, Translations & Selected Prose of Bernard Spencer*. Tarset: Bloodaxe Books, 2011, p. 99.

③ 唐·德里罗:《坠落的人》,严忠志,译. 南京:译林出版社 2010 年,第 227 页。

④ 唐·德里罗:《坠落的人》,严忠志,译. 南京:译林出版社 2010 年,第 228 页。

景。"这幅画隐藏着某种东西"说明，丽昂透过静物画看见画作背后的"人物"。她似乎又看见母亲坐在起居室的椅子上，抽着烟；而马丁则站立其旁。审视良久，她才转身走向下一幅作品，并一一看完这 6 幅静物画。然后，她又去观看莫兰迪的素描。莫兰迪以智慧与感觉创造其艺术形象。他将生活中的杯子、盘子和瓶子置入极其单纯的素描之中，创造出最奇特、最简洁、最和谐之美的气氛。德里罗并未对莫兰迪素描进行具体描写，而是描写丽昂看画后的心理反应以凸显画作对于丽昂的影响。

　　　　她仔细看着素描。她不知道自己为什么会这么专注地观看。她已经超越了愉悦状态，进入某种吸收状态。她试图把眼前所见的东西装进脑子，带回家里去，让它围在自己周围，让自己睡在它中间。有很多可看的东西。把它变为生理组织，变为她自己。①

　　莫兰迪"所有这些油画和素描作品被冠以一个名称——Natura Morta（静物画）"，它们皆直透人的心灵，给人以宁静之感。然而，对丽昂而言，这些作品却带着"强烈的感情色彩，全都引起强烈的个人反应"。② 虽然她从莫兰迪静物画中获得了些许心灵的慰藉，却也时时让他想起母亲及其最后时光。因此，她欲将静物画装入脑海，带回家，感受母亲在世时的亲情与温暖。

　　莫兰迪静物画简而纯，传达一种隐修之感，呈现出物的物性却蕴含更深层的意义。淡雅的画面流溢出一种令人温暖而亲近的真诚，释放出直达内心的宁静与优雅。在静物画或素描中，瓶子居中，大量留白。空无的背

---

① 唐·德里罗：《坠落的人》，严忠志，译. 南京：译林出版社 2010 年，第 228 页。
② 唐·德里罗：《坠落的人》，严忠志，译. 南京：译林出版社 2010 年，第 229 页。

景充溢着从容、沉稳和含蓄。就画面效果与意境观之，其画与中国文人画有异曲同工之妙。莫兰迪故居就藏有七本中国画画册，包括唐代周昉的《簪花仕女图》、北宋范宽（约950—约1032）的《溪山行旅图》等。具象绘画大师巴尔蒂斯（Balthus，1908—2001）认为，莫兰迪乃最接近中国画之欧洲艺术家，其笔墨如中国古人般至简。其观念亦似中国艺术，可谓无声胜有声，更有"韵外之致""味外之旨"（唐·司空图《二十四诗品》）的韵味。莫兰迪的静物乃纯化的精神世界，其宁静、简约而神秘的画风，颇似中国的禅宗画。其画有一种"自身持守的紧密一体的宁静"①，这与我国的八大山人朱耷（1626—1705）异曲而同工。丽昂或远观或近视，仔细欣赏每一幅作品。其欣赏便是一种静观，如本雅明（Walter Benjamin，1892—1940）之凝视远山近树。② 宁静是一种境界，是环境的，更是丽昂心灵所需的一种自由状态。

德里罗对莫兰迪静物画的文字再现提升了静物画的艺术效果，也揭示出语言与静物画之间的张力。其间掺杂了文化政治与政治文化场域的角力，如乔治奥·瓦萨利用文字再现图画时，将其意义注入所描述的主题与形式。唐·德里罗亦然。语象叙事往往呈现被凝视客体的预期力量，从而使之具有道德、警示与教益的意义。③ 妮娜是莫兰迪的研究专家，她发现莫兰迪之画有某种比事物或形状更深的东西。丽昂也发现莫兰迪静物画有一种神秘感，其画隐含着某种东西；在静物边缘之下，在远离光线与色彩处，存在着某种不被人注意的内在审视。莫兰迪静物画通过对不同模态的巧妙安排，传递出一种宁静和隐秘的气息。人们每次与艺术品相遇皆会有

---

① 马丁·海德格尔：《林中路》，孙周兴，译. 上海：上海译文出版社 2014 年，第 34 页。

② 瓦尔特·本雅明：《机械复制时代的艺术品》，王才勇，译. 北京：中国城市出版社 2002 年，第 13 页。

③ Cunningham, Valentine. "Why Ekphrasis?" *Classical Philology*, 2007 (1), pp. 57–71.

新的发现或获得新的启迪，如马丁·海德格尔（Martin Heidegger，1889—1976）从梵高（Vincent van Gogh，1853—1890）《农鞋》中看出劳动者"步履的凝重与坚韧"①。莫兰迪画上隐约可见静物本身的形象，遮挡静物的是模糊的污迹、变幻的弧影、水融性形象等，但其背后却似有可见之物，如高楼、家具或器皿。此乃静物表面的位移使人的认识产生偏离，亦是一种想象的移情，观者移情于画并赋予其一种心灵的映射或外在的意义。若将德鲁坠落照视为"最终的静物画"②，而把戴维坠落表演的静止状态看作"文学静物画"③，那么，小说中的语象叙事则有了更多的阐释空间与诠释维度。

保罗·哈丁《修补匠》也有对静物画的文字再现。乔治·华盛顿·克罗斯比"死前一百三十二小时"④，他的意识流逐渐发散，从静夜到烟斗再到市场上的讨价还价。此时，他的头用枕头垫起来，前面桌子上方的墙上挂着一幅静物写生画：

> 画面上画的是一张昏暗的桌子，也许由一支没有出现在画面里的蜡烛照着，桌子上是一条银色的鱼，一条黑面包放在切板上，一块红酪干，切成两半的橙子，切面朝外，一只绿色玻璃酒杯，杯柄呈螺旋状，宽大的杯子底下有一圈玻璃乳钉。杯子大部分已经破碎，银白色的玻璃碴在黯淡的杯底微微闪亮。切板上有一把白镴柄水果刀，摆在

---

① 马丁·海德格尔：《林中路》，孙周兴，译. 上海：上海译文出版社 2014 年，第 23 页。

② Sozaian, Ozden. *The American Nightmare: Don DeLillo's Falling Man and Cormac McCarthy's The Road*. Bloomington: Author House, 2011, p. 47.

③ Apitzsch, Julia. "The Art of Terror: The Terror of Art: DeLillo's Still Life of 9/11, Giorgio Morandi, Gerhard Richter, and Performance Art." Peter Schneck & Philipp Schweighauser, eds. *Terrorism, Media, Ethics of Fiction: Transatlantic Perspectives on Don DeLillo*. New York and London: Continuum, 2010, pp. 96–100.

④ 保罗·哈丁：《修补匠》，刘士聪，译. 南京：译林出版社 2012 年，第 18 页。

鱼和面包的前面。还有一根类似黑色小棒的东西，一头是白色的，与水果刀平行放着。……画面的其余部分，无论这幅画是最近的新作还是很久以前的旧作，无论是受了别人的影响还是原创，都具有荷兰画或佛兰芒画的风格……①

哈丁对这幅静物的描写颇有"现实主义"味道，小说对静物画的文字再现详细而生动。17 世纪静物画以荷兰画派最有成就，其静物描绘细腻、精美而华丽，极富质感。这颇似荷兰画家彼得·克莱兹（Pieter Claesz，1597—1661）或威廉·克莱兹·海达（Willem Claesz Heda，1594—1680）的静物画。画上有"一张昏暗的桌子"，桌上有"一条银色的鱼""一条黑面包""一块红酪干""一只绿色玻璃酒杯""一把白镴柄水果刀""一根类似黑色小棒的东西""切成两半的橙子"等。哈丁对杯子的描写更为详细，如杯子大部分已碎、杯底的玻璃碴微微闪亮、螺旋状的杯柄、杯底的玻璃乳钉等。他还描写了这些静物的位置，如切板上的面包、放在鱼和面包前的切板上的水果刀……阅读此段文字描写，即便不看画作，我们脑海中也呈现出一幅栩栩如生的视觉画面。更重要的是，文字所描写的基调是"昏暗的""黯淡的"。此处的语象叙事营造或烘托了乔治临死前的幽暗环境或氛围。比较而言，哈丁对乔治家中写字台上方那幅油画的描写则揭示了乔治进入死前的黑暗以及他在生死边缘上的挣扎：

　　　　画的是一只在暴风雨中驶出格罗斯特的定期帆船，画面是深绿、蓝、灰三色波浪围绕着帆船上下翻滚的场景，整个帆船是从船尾视角展现出来的。浪尖里面被无源之光照得透亮。如果你在傍晚昏暗的光

---

① 保罗·哈丁：《修补匠》，刘士聪，译. 南京：译林出版社 2012 年，第 20 页。

线里或雨天里盯着帆船的桅杆和绳索（风暴起时，船上还没有升起船帆）的直线看，时间长了，你会用眼的余光看见大海开始移动。你一旦正面直视它们，它们就会停下来，但当你把视线转回船身时，它们又如蛇形一般蜿蜒驶向前方。①

将文字描述与画作进行对比则发现，这是对美国画家托马斯·钱伯斯（Thomas Chambers，1808—1866）《暴风雨中的船》（Boat in a Storm，1936）（见图2-5）的文字描述。与那幅静物画相比，这幅画中的"暴风雨"预示着乔治正在经历死亡前的风暴，"深绿、蓝、灰三色波浪"甚是诡异，却在这船周围翻滚。而这"生命之舟"恰似"漂摇一叶舟，掀舞千重浪"（宋·陆游《昼睡》）。这"万里风波一叶舟"（唐·李商隐《无题》）亦隐喻了乔治生命行将油枯灯尽。此画是静止的，然而，哈丁的描

图2-5　托马斯·钱伯斯《暴风雨中的船》（1936）

① 保罗·哈丁：《修补匠》，刘士聪，译. 南京：译林出版社2012年，第21页。

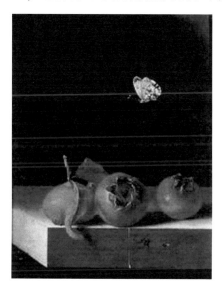

述却使视觉感知复活了：久看船桅杆和绳索的直线，似可见大海开始移动。这就使静态的画面具有动态的视觉效果。当视线转回船身，海浪便如蛇般蜿蜒向前。如果说静物写生画的语象叙事在于营造幽暗的环境，那么，这幅油画的语言描述则预示了乔治与死神搏斗，从而具有隐喻之意。

唐娜·塔特的《金翅雀》也有对静物画的语象叙事。《金翅雀》对静物画的讨论在第 1、10 章。西奥之母与商人霍斯特对静物画被称作无生命的自然物有不同阐释。在第 1 章，西奥之母喜欢荷兰 17 世纪以静物画闻名的画家阿德里安·科特（Adriaen Coorte，1665—1707）的静物画《三个欧楂和一只蝴蝶》（Still Life with Three Medlars with a Butterfly，1705）（见图 2-6）："黑色的背景上，一只白色的蝴蝶在某种红色的水果上方飞

图 2-6　阿德里安·科特《三个欧楂和
　　　一只蝴蝶》（1705）

舞。那片背景——是一种糜艳的巧克力黑——透出一股复杂的暖意，让人不由联想起堆满东西的贮藏室、历史，以及流逝的时间。"[1] 她对此画进行了评价：

荷兰画家的确善于描绘从成熟到腐烂的过渡。这枚水果状态完好，不过坚持不了多久，它就快腐烂了。"瞧这儿，"她伸出手去，越过我的肩头，在空中比划，"这部分——这只蝴蝶。"蝴蝶的后翼沾满

① 唐娜·塔特：《金翅雀》，李天奇，唐江，译. 北京：人民文学出版社 2021 年，第 19—20 页。

蝶粉，看上去那么脆弱，仿佛妈妈只要用手一碰，就会沾上白色。"他画得可真美。静中有动。"①

　　荷兰画家之所以能画出如此逼真的静物画，也与荷兰人发明显微镜有关。显微镜乃人类最伟大的发明之一。16 世纪末，荷兰磨镜师亚斯·詹森（Z. Janssen，1585—1632）和科学家汉斯·李普希（Hans Lippershey，1570—1619）首先造出光学显微镜——用两片透镜制作简易的显微镜。此后，意大利的伽利略通过显微镜观察到一种昆虫，首次描述其复眼。荷兰商人列文虎克（Leeuwenhoek，1632—1723）学会磨制透镜，首次描述诸多肉眼不见之微小动植物，故而被称为"显微镜之父"。1931 年，德国物理学家恩斯特·鲁斯卡（Ernst Ruska，1906—1988）研制出电子显微镜而荣获诺奖。可见，荷兰的静物画得益于画家对自然细致入微的观察。

　　他们想把一切都描绘得尽可能细腻，因为细枝末节也有意义。每次你在静物画里看到苍蝇或虫子，一片枯萎的花瓣、苹果上的黑斑，那就是画家在向你传达隐秘信息。他在告诉你，生命只是昙花一现，无法长久。死就寓于生之中。所以静物画才叫 natures mortes。也许你一开始看到的，只有美感和蓬勃的生机，注意不到那个腐烂的小点。不过你只要仔细观察，就会发现它就在那儿。②

　　17 世纪，荷兰静物画已进入发展成型期，但受生活与生命无常的影响，静物画诞生了"虚空画"（Vanitas），即用美丽之物和死亡隐喻表现虚

---

① 唐娜·塔特：《金翅雀》，李天奇，唐江，译. 北京：人民文学出版社 2021 年，第 20 页。
② 唐娜·塔特：《金翅雀》，李天奇，唐江，译. 北京：人民文学出版社 2021 年，第 20 页。

空、勿忘死亡和活在当下等生命认知。《三个欧楂和一只蝴蝶》乃虚空画
之代表。在此，西奥之母通过静物画表达她对生命的认知和理解。"细枝
末节也有意义"，静物画中的一切如苍蝇、虫子、枯萎的花瓣、苹果上的
黑斑等，皆画家"传达的隐秘信息"。静物画展示的是生命瞬间的存在，
"生命只是昙花一现，无法长久。死就寓于生之中"。人们关注的是"美感
和蓬勃的生机"，但"那个腐烂的小点"就"在那儿"。那就是腐烂甚至
是死亡的起点。静物画既描绘物品中"美感和蓬勃的生机"，也描绘那个
腐烂的、预示着死亡的小点，引导观看者走向生气蓬勃的静物画之反
面——死亡。可见，从母亲对静物画的叙事便可见出她对人生和生命无常
的观点。静物画捕捉到瞬时之美并使其不朽，却也蕴含着毁灭与死亡，一
场火灾或一次爆炸便会使之灰飞烟灭。母亲对静物画的语象叙事和评价，
预示死亡的到来，亦揭示小说与静物画之间的张力。这也暗喻了其悲剧的
发生以及西奥必须面对的人生起伏与磨难。

　　静物画也成为西奥理解人生成长和死亡的媒介。他从静物画中感受到
美好事物之易逝，亦获得某种精神的启迪。面对心理医生时，他"盯着他
脑后的挂画"[1]；他也常盯着巴伯家的艺术品看，尤其是美国画家拉斐尔·
皮尔（Raphaelle Peale，1774—1825）的室内静物画。静物画成为西奥的
精神避难所，因为静物画契合其精神上时间的停滞。其母之死的创伤如静
物画般被定格，并在不断回溯的渲染与描绘中变成一幅"过分精确"的静
物画，如第 10 章霍斯特所言，"（静物画）过分精确，那就等于给作品判
了死刑。所以法语里才把静物画叫作'死去的自然'"[2]。精神之定格与静
物画相合乃其在博物馆爆炸后常注视静物画的原因之一。在后灾难时期，

---

① 唐娜·塔特：《金翅雀》，李天奇，唐江，译. 北京：人民文学出版社 2021 年，第 128 页。
② 唐娜·塔特：《金翅雀》，李天奇，唐江，译. 北京：人民文学出版社 2021 年，第 496 页。

作为活动着的生命，西奥陷入"静物"状态，其精神也是静止的，这种一体两面也形成了静物画与西奥之间的张力。

二

科伦·麦凯恩《转吧，这伟大的世界》与茱莉亚·格拉丝《三个六月》皆有对胡安·米罗（Joan Miró, 1893—1983）[①] 绘画的文字再现。在《转吧，这伟大的世界》中，克莱尔起居室沙发上方挂着一幅米罗的画作。显然，这幅充满童趣的画是儿子约书亚喜爱的，后来则成为纪念约书亚的一幅作品。米罗画作追求孩子般的艺术表达语言，以稚拙表征世界，故他被称为"最贴近儿童心灵的艺术家"。其画作表达由心而发的情感，如对家乡三角树之情抑或天马行空的滑稽联想皆如此；他有独特的绘画语言，如米字形星星；其画色彩明快，多用对比色，与儿童画不谋而合。米罗画作有儿童的稚拙，更有其一生艺术修养的沉淀。其画作没有明确具体的形状，只有线条、点的连接和简单色块。其点和线演绎出一场场无厘头的故事剧，从而使整幅画作溢出自由不羁的气息与天真幽默的童趣。他用抽象的语言、象征的符号和简化的形象，表现其心灵的即兴感应。其画自由、轻快、无拘无束，形象地表达了人类最强烈的感情——热爱、仇恨、信任和恐惧。其作品充满异想天开的童趣、儿童般的直觉想象力，洋溢着自由天真的愉快气息，因此，米罗被视为将儿童艺术、原始艺术和民间艺术揉为一体的大师。米罗画作呈现可见之物，亦创造不可见之物。"不可见"乃其对世界独特的见解，乃其画作之精华。他因近似于儿童般幼稚的画

[①] 胡安·米罗，西班牙艺术家，与毕加索（Pablo Picasso, 1881—1973）、达利（Salvador Dali, 1904—1989）齐名。其超现实主义风格的画无具体形状，仅有线条与形的胚胎，似儿童之涂鸦。颜色简单——红、黄、绿、蓝、黑、白，画面平涂成一个个色块，却充满隐喻，幽默而轻快，富有诗意。

风，被誉为"返老还童的天才"。因此，约书亚甚爱之。后来，约书亚参军去了越南。不幸的是，他战死沙场。"约书亚成了代码。写进了自己的代码里。"① 一位中士上门来告知噩耗时，他"瞥了一眼沙发上方的画作，米罗米罗墙上挂，哪位死定再无话?"② 在英语中，米罗指魔镜（mirror），而画家米罗之名与之谐音，英文童话也有"墙上魔镜告诉我"之说。麦凯恩在此借用二者之谐音幽默而诙谐地说明米罗画中的童趣以及生死之难料和生命之无常。米罗之画是约书亚之所爱，当其战死越南后，米罗就变成了克莱尔纪念儿子之纪念品。后来，为了帮助孤儿爵丝琳及其姐姐能生存下去，克莱尔还将米罗的画卖掉，为他们提供部分生活费用。可见，米罗的画将小说人物连接起来，并推动故事情节的发展。然而，在《三个六月》中，米罗之画却作为比喻而出现。洛克比坠机后，保罗与一侦探前往事故现场：到处是令人恐怖的碎片，于是，"他眼前浮现一幅空难的嬉闹图景：各种离奇形状的奏鸣曲，在新近下过雪的地面上显得黑白分明，又如米罗的绘画"③。这个比喻说明了空难现场之恐怖。

　　就素描而言，前文已论及《坠落的人》对莫兰迪素描的语象叙事，此不赘述。《三个六月》描述了弗恩速写簿上的水彩、铅笔画和风景，其中也有弗恩最爱的人物肖像：有一幅她裸坐床上对着镜子的影像，还有一幅保罗的侧影。从哈佛毕业后，弗恩到欧洲研习，参观博物馆，也进行艺术创作。在希腊旅行中，保罗曾与弗恩相好。保罗在给芬诺的信中留下一幅铅笔速写——"速写画的是一棵枝桠纵横交错的树"④。后来，弗恩让导游杰克给保罗带一些东西：一件保罗在第罗斯借给弗恩的羊毛衫，还有一幅

---

① 科伦·麦凯恩：《转吧，这伟大的世界》，方柏林，译. 北京：人民文学出版社2010年，第107页。
② 科伦·麦凯恩：《转吧，这伟大的世界》，方柏林，译. 北京：人民文学出版社2010年，第136页。
③ 朱莉亚·格拉丝：《三个六月》，刘珠还，译. 南京：译林出版社2007年，第28页。
④ 朱莉亚·格拉丝：《三个六月》，刘珠还，译. 南京：译林出版社2007年，第172页。

速写。

> 速写是女人和小男孩的水彩画，仔细地从弗恩的本子里撕下的。反面是棵橄榄树，保罗说他能看见枝条中有风的那棵。……在小孩的身上他看到芬诺的影子，那坚定的把握。保罗突然恍然大悟，芬诺始终置身于两对人之间：他的各有其兴趣关注的父母（保罗关注着莫琳，莫琳关注着她的狗），以及快乐的、自给自足的双胞胎。①

水彩速写的是一女人和一男孩，但保罗却从中看见了长子芬诺的影子。那树恍若他熟悉的枝条中有风的橄榄树，于是他"恍然大悟"——作为双胞胎的长子，芬诺处于父母、母亲及其狗，以及双胞胎兄弟的夹缝之中。此时，他知道任何个人的存在都是艰辛的。

在莉莉·塔克《巴拉圭消息》中，作为巴拉圭军队总药剂师的弗雷德里克·马斯特曼也喜画素描。周日早晨，他坐在橘子树下或含羞草树下，"手持素描本和铅笔，画上一整天"②。若画的是小姑娘，他就将素描给其母；若画房子或牛，他便将素描给房子或牛的主人。那些他尚未给出的素描，他就寄回给英国的母亲。弗雷德里克自认为画得最成功的是一只母沙跳虾。塔克对此进行了生动的描述：

> 他自认为画得最成功的、最栩栩如生、他打算留给自己保存的那幅素描（他知道，母亲喜欢的是肖像和风景），画的就是一只母沙跳虾。他先是把它画在了纸的上部，在这同一张纸上，这只沙跳虾的正

---

① 朱莉亚·格拉丝：《三个六月》，刘珠还，译. 南京：译林出版社 2007 年，第 63 页。
② 莉莉·塔克：《巴拉圭消息》，赵苏苏，译. 北京：人民文学出版社 2005 年，第 137 页。

下方，他又画它因为产卵而膨胀了三倍，后来他灵机一动，又在这页
纸底端的角上，画了一枚沙跳虾的卵。①

　　塔克描写了弗雷德里克画母沙跳虾的过程：纸上部画沙跳虾，纸下部
画其膨胀三倍的身体，纸底端则画一枚沙跳虾卵。沙跳虾，亦名沙蚤、滩
蚤或滩跳虾，属端足目跳虾科陆生甲壳动物。此虾生活于高潮线附近的海
滩上，善跳，白昼入沙，夜出觅食。当然，这与我国艺术大师齐白石
（1864—1957）那些水墨淋漓又晶莹剔透的虾是不可相提并论的。齐白石
之虾浓墨点睛，淡墨成体，细笔写须、爪与大螯，栩栩如生，灵动活泼，
神韵充盈，真可谓传神妙笔也。

三

　　雕塑是一种呈现三维空间形象的视觉艺术。雕塑按形式可分圆雕
（round-sculpture）、浮雕（emboss）和透雕（penetrated-sculpture）。古希腊
曾创造出最伟大的雕塑艺术，其"美即和谐"的美学思想和"庄严恬静"
的艺术境界为后世树立了永恒的典范。苏珊·桑塔格的《在美国》通过书
信形式对自由女神手臂进行了文字再现。《在美国》的情节按玛琳娜的旅
行渐次展开——移民美国、美国巡演及欧洲朝圣之旅等。移民美国情节全
由玛琳娜书信叙述，她在信中向波兰朋友诉说其离愁别绪、途中见闻及美
国的风土人情。小说第 4 章由玛琳娜的 6 封信组成，其信件从不同视角描
写了 19 世纪美国的民主政治与科学文化。其中第 4 封信专门介绍 1876 年
举办的费城世博会（The 1876 Philadelphia World's Fair），并描述 19 世纪
美国新奇有趣的科技发明与不可思议的人文景观。1876 年，为纪念《独立

---

① 莉莉·塔克：《巴拉圭消息》，赵苏苏，译. 北京：人民文学出版社 2005 年，第 137—138 页。

宣言》（*The Declaration of Independence*，1776）在费城签订 100 周年，费城举办了美国历史上第一个世博会。除展出美国最新科技成果外，费城世博会还展出了一件特殊艺术品——自由女神手臂。（见图 2-7）自由女神像（Statue de la liberté）乃法国为祝贺美国独立百周年而专门打造的献礼。但由于经费原因，女神像未及时完工，费城世博会仅展出一只擎着火炬的女神手臂。其右臂长 12.8 米，食指长 2.44 米，直径 1 米有余，火炬边缘可站 12 人。玛琳娜在信中细致而准确地描述了这只巨大的手臂：

图 2-7　1876 年费城世博会展出
美国自由女神手臂

　　法国政府送给博览会一只巨大的手臂，无敌的手掌中擎着火炬。空洞的手臂内部有阶梯通向火炬下的楼厅。我以为这个用铜和钢铁制造的雕塑将安放在费城市中心的基座上。结果十分失望地听说，与这个英雄的手臂相连的还有整座雕塑，即自由女神像。这座现代的巨像正在巴黎制造，有朝一日会安放在纽约港（正如古代希腊罗得岛上的巨像一样），欢迎新到美国的移民。①

―――――――――――――

① 苏珊·桑塔格：《在美国》，廖七一、李小均，译. 南京：译林出版社 2018 年，第 150 页。

女神穿着古希腊风格的服装，头戴光芒四射的冠冕，七道尖芒象征七大洲。右擎象征自由的火炬，左捧《独立宣言》；脚下是打碎的手铐、脚镣和锁链，象征挣脱暴政的约束而获得的自由。自由女神像以法国巴黎卢森堡公园的自由女神像为蓝本，法国雕塑家巴托尔迪（F. Auguste Bartholdi，1834—1904）历时 10 年完成雕塑。女神外貌源于其母，而女神高举火炬的右手则源自其妻。如今，作为美国象征的自由女神像矗立于纽约市曼哈顿以西的自由岛上。自由女神像出现在玛琳娜的信中，不由令人忆起博尔赫斯（Jorge Luis Borges，1899—1986）的"柯尔律治之花"（The Flower of Coleridge）。此乃源于柯尔律治之遐想："如果一个人在梦中穿越了天堂，并且收到一枝鲜花作为他曾经到过那里的物证，如果他梦醒时鲜花还在手中……那么，又会怎样？"① "柯尔律治之花"乃神奇之中介，其存在能证明梦的真实，从而消除梦幻与现实之界限。自由女神像亦是一个中介，它连通三个界限分明的世界——历史、小说与现实。三者不经意间就在小说文本中融为了一体。

玛琳娜在这封信中还形象而生动地描写了百年庆典博览会上的建筑、摄影艺术馆、印第安人展览、用黄油制作的巨大的约兰斯睡雕以及其他"令人惊奇的新发现"：类似豪猪的机器，能在白纸上油印文字；一种能将文稿复印成多份的机器；一个能通过电线传输人的声音的小匣子等。②

尤金尼德斯的《中性》第一章"银匙"则有对罗丹（Auguste Rodin，1840—1917）《沉思者》（Le Penseur，1880）的文字再现。小说以尚未出生的女孩——卡利俄珀——第一人称视角叙事。父亲米尔顿和母亲特茜已有一子，但还想要一女孩。卢斯医生给他们提出了怎样才能生女儿的建

---

① 豪·路·博尔赫斯：《作家们的作家》，倪华迪，译. 昆明：云南人民出版社 1995 年，第5—6 页。
② 苏珊·桑塔格：《在美国》，廖七一、李小均，译. 南京：译林出版社 2018 年，第149 页。

议。这引发他人一阵欢笑，但"我父亲却采取了《沉思者》的那种姿势；这是他最喜爱的一件雕塑作品。房间那头一张搁电话的小桌上就放着一个这件雕塑的小复制品"①。小说未具体描写这尊雕像，但每当阅读至此，《沉思者》形象自然就浮现于眼前。《沉思者》俯身低头支颏而坐，右肘置于左膝上，手托下巴和嘴唇，目光下视，似深思如冥想。这体现出人面对苦难、死亡时内心沉重痛苦的思索状态。雕像表达但丁对地狱中种种罪恶与人间悲剧的沉思，此乃一种理性、冷静、深刻且充满矛盾的心理过程。米尔顿对这尊雕塑的喜爱，以及他采用《沉思者》的姿势，都表明他喜欢思考。此时，他在认真思考医生的建议。随后，他接受医生的建议，果然生下了女儿卡利俄珀。极具讽刺意味的是，卡利俄珀16岁前被当作女孩抚养长大，后来却成了男孩，开始另一番新生。可见，这尊《沉思者》雕塑既令米尔顿陷入沉思，亦使我们思考卡利俄珀跌宕起伏的人生。

浮雕是一种凹凸起伏的平面雕刻艺术，一种介于圆雕与绘画之间的艺术表现形式。故浮雕也是一种符号模态。珍妮弗·伊根的《恶棍来访》用文字再现了浮雕《俄尔弗斯和欧律狄刻》（Orpheus and Eurydice）（见图2-8）②。17岁的萨莎两年前失踪，于是，舅舅泰德·霍兰德到那不勒斯去寻找她。其间，泰德参观庞培遗址，观看罗马帝国早期壁画；又参观国立博物馆，这是多年来他心向往之的俄尔弗斯和欧律狄刻的家园："这尊罗马大理石浮雕拷贝了希腊的创意。"③ 他来到冷清的国立博物馆，在布满灰尘的哈德良胸像和历朝历代恺撒胸像前游荡，觉得在这些大理石像前"自己的身心已然复苏"④。其实，在见到俄尔弗斯与欧律狄刻前他就已与之亲

---

① 杰弗里·尤金尼德斯：《中性》，主万，叶尊，译. 上海：上海译文出版社2019年，第9页。
② 阿诺·布雷克（Arno Breker, 1900—1991），德国建筑师和雕塑家，有"德国的米开朗琪罗"之称。
③ 珍妮弗·伊根：《恶棍来访》，张竝，译. 重庆：重庆大学出版社2012年，第226页。
④ 珍妮弗·伊根：《恶棍来访》，张竝，译. 重庆：重庆大学出版社2012年，第231页。

图 2-8　阿诺·布雷克《俄尔弗斯和欧律狄刻》(1944)

近了。此时此地，他想起了故事里的种种因缘际会：

　　俄尔弗斯和欧律狄刻彼此相爱，新婚燕尔；欧律狄刻因逃离牧羊
人的不轨企图而惨遭毒蛇咬啮身亡；俄尔弗斯下凡冥间，他渴念妻子
的歌声和里拉琴的琴声在阴湿的走廊内萦绕不去；冥王遂免欧律狄刻
一死，但唯有一个条件，就是在他们往上升的时候，俄尔弗斯不得回
头看她。于是不幸发生了，她在走道内绊倒，因担心娇妻，俄尔弗斯
便下意识地扭头一看。①

　　伊根叙述的是一则古希腊神话。《俄尔弗斯与欧律狄刻》讲述古希腊
神话中一段惊天地泣鬼神的爱情故事：俄尔弗斯乃太阳神阿波罗与文艺女

---

① 珍妮弗·伊根：《恶棍来访》，张沫，译. 重庆：重庆大学出版社 2012 年，第 231 页。

神卡利俄珀的爱情结晶。俄尔弗斯才华卓绝，其歌声宛如天籁，其琴声可令猛兽低眉顽石点头。这倒有些中国"生公说法，顽石点头"的韵味。①欧律狄刻乃绝色水神，可新婚不久却被蛇咬而身亡。俄尔弗斯孤身前往冥界，用琴声打动冥王哈迪斯（Hades）和冥后珀耳塞福涅（Persephone）。俄尔弗斯被告知离开冥界前不能回头，否则他将永失爱妻。然而，他难以遏制对妻之思念，情不自禁地回头一瞥，却使爱妻重又堕回冥界的无底深渊。就回头而言，这与罗得之妻回望索多玛（Sodom）而变成盐柱的故事有相通之处。（《圣经·创世记》19：15—26）

两千多年以来，俄尔弗斯下冥府救妻欧律狄刻的神话一直是欧洲诗人、画家和雕塑家钟爱的题材。在文学或诗歌方面，俄尔弗斯故事最早可追溯至柏拉图《会饮篇》（"The Symposium"）。此后，有古罗马诗人维吉尔（Virgil，前70—前19）的《农事诗》（Georgics，前37—前30）和奥维德（Ovid，前43—公元17）的《变形记》（The Metamorphoses，1—8）、奥地利诗人里尔克（Rainer M. Rilke，1875—1926）的《致俄尔弗斯的十四行诗》（The Sonnets to Orpheus，1923）及其长诗《俄尔弗斯·欧律狄刻·赫尔墨斯》（"Orpheus Eurydice Hermes"，1904）以及美籍波兰诗人米沃什（Czesław Miłosz，1911—2004）的《俄尔弗斯与欧律狄刻》（"Orpheus and Eurydice"，2004）。该神话亦现于伊塔洛·卡尔维诺（Italo Calvino，1923—1985）的小说《宇宙奇趣全集》（The Complete Cosmicomics，1964），乃成一种现代神话的变奏。

俄尔弗斯是因冲动而回头，抑或回头乃其命数？此乃希腊神话常有的戏剧性冲突，即抗争而致失败。《农事诗》如此描写道："俄尔弗斯心里突

---

① 晋·无名氏《莲社高贤传·道生法师》："师被摈，南还，入虎丘山，聚石为徒。讲《涅槃经》，至阐提处，则说有佛性，且曰：'如我所说，契佛心否？'群石皆为点头。旬日学众云集。"

然涌起了疯狂的冲动，/……/他竟然忘了！停下来，回头看了一眼／微光里的欧律狄刻，他生命的生命！/——所有的努力顿时殒灭……"① 《变形记》则描写道："已经离地面不远了：这时候／俄尔弗斯怕她会改变心意，急切地／回头看了她一眼——她立刻倒飞而去。"② 在这两个版本的基础上，历代诸多艺术家又将诗歌或文学转换成绘画或雕塑，甚至歌剧。甲媒介创作的真实或虚构文本在乙媒介中的再现，即艺术转换再创作。③ 意大利的提香（Tiziano，1488/1490—1576），比利时的鲁本斯（Peter P. Rubens，1577—1640），英国的波因特（Edward Poynter，1836—1919）、雷顿（Frederic Leighton，1830—1896）、斯坦霍普（John R. S. Stanhope，1829—1908）和沃特豪斯（John W. Waterhouse，1849—1917），法国的德罗林（Michel M. Drolling，1786—1851）、莫罗（Gustave Moreau，1826—1898）和柯罗（Camille Corot，1796—1875），以及荷兰的谢弗（Ary Scheffer，1795—1858）等皆曾创作相关画作。雕塑则有法国勒伯夫（Charlie-Francois Leboeuf，1792—1865）的《欧律狄刻》（1822）、托马斯的（Gabriel Thomas，1824—1905）《俄尔弗斯》（1854），浮雕有法国罗丹（Auguste Rodin，1840—1917）的《俄尔弗斯和欧律狄刻》（1893）和德国布雷克（Arno Breker，1900—1991）的《俄尔弗斯和欧律狄刻》（1944）等。德国作曲家格鲁克（Christoph Gluck，1714—1787）的歌剧《奥菲欧与尤丽狄茜》（*Orfeo ed Euridice*，1762）则将"死亡的回眸"改成了温馨的结局：爱神

① 《浅论俄尔弗斯与欧律狄刻神话的文学意义》，2020-09-21. https://www.gcores.com/articles/128879.

② 灵石：《主题与变奏：俄尔弗斯与欧律狄刻神话的四个版本——维吉尔、奥维德、里尔克和米沃什》，2015-04-12. https://www.douban.com/note/493679569 /?_i =0477530aBjkWZr.

③ Bruhn, Siglind. "A Concert of Painting: 'Musical Ekphrasis' in the Twentieth Century." *Poetics Today*, 2001 (3), pp.551-605. 钱兆明：《艺术转换再创作批评：解析史蒂文斯的跨艺术诗〈六帧有趣的风景〉其一》，《外国文学研究》2012 年第 3 期，第 104—110 页。

为俄尔弗斯对妻之真爱所打动，让欧律狄刻获得重生。

　　难怪，泰德朝雕像走去时，恍若步入雕像内里，被其彻底包围，令他心中恻然不已。在欧律狄刻不得不第二次发配至阴间前的那一刻，她与俄尔弗斯相互道别。"他们彼此显得那么平静，互相凝望时，既无悲情，亦无眼泪，只是轻柔地抚摸着对方。"① 这令泰德怦然心动，他们之间那种杳渺深邃的理解非言语所能形容："而无法言喻的是，一切都已错失。"② 泰德凝望着浮雕，伫在原地，足有 30 分钟。他走开，又折回。每次，都有一种感觉期待着他。他有"一种刺痒的兴奋感"，并体会到"要活得这样的兴奋感仍存在着可能性"。③ 那天余下的时间，他都在庞培时期的马赛克图案中徜徉，但思绪却未曾离开过俄尔弗斯和欧律狄刻。在离开博物馆前，他又折回去看了一次。泰德为何对这尊浮雕如此着迷呢？伊根在此的描写为后文作了铺垫。泰德与妻子苏珊虽有二子，夫妻关系却并不好。他对妻子感到失望，将对妻子的激情对折了再对折，"然后再对折一次，他便几乎感受不到这种激情了。结果泰德几乎没了欲望，可以将之塞入办公桌或兜里，把它忘得一干二净，这让他觉得安全，颇有成就感，他觉得自己终于拆掉了某个危险的器具，要不然那玩意儿终究会将他压垮"④。

---

① 珍妮弗·伊根：《恶棍来访》，张竝，译. 重庆：重庆大学出版社 2012 年，第 232 页。
② 珍妮弗·伊根：《恶棍来访》，张竝，译. 重庆：重庆大学出版社 2012 年，第 232 页。
③ 珍妮弗·伊根：《恶棍来访》，张竝，译. 重庆：重庆大学出版社 2012 年，第 232 页。
④ 珍妮弗·伊根：《恶棍来访》，张竝，译. 重庆：重庆大学出版社 2012 年，第 227 页。

第四节　唐娜·塔特《金翅雀》的语象叙事

唐娜·塔特的《金翅雀》用文字再现了诸多视觉艺术品，使语言图像化亦令视觉艺术可读化，揭示出文学与视觉艺术的互文与互释关系。而画作《金翅雀》抑或意象"金翅雀"，是贯穿全书的主线，不仅成为小说结构的组成部分，还推动故事情节的发展，亦增加了小说文本的可读性与可视性以及二者结合所带来的趣味性。这种语象叙事有助于表现西奥的成长历程，还通过视觉艺术品所承载的历史与哲思使小说的多模态叙事得到升华。

关键词：唐娜·塔特；《金翅雀》；语象叙事

一

唐娜·塔特（Donna Tartt，1963—　）生于密西西比州的格林伍德，5 岁写出人生第一首诗，13 岁在文学评论杂志发表第一首十四行诗。比较而言，我国骆宾王（626?—687）7 岁而《咏鹅》，黄庭坚（1045—1105）7 岁而作《牧童诗》；法国莫迪亚诺（Patrick Modiano 1945—　）、印度泰戈尔（Tagore，1861—1941）和法国兰波（Arthur Rimbaud，1854—1891）则分别在 10、12 和 14 岁时才开始写诗。可见塔特也算是早慧了。塔特大学曾专修写作。1992 年，其《校园秘史》甫一出版便震惊美国文坛。该小说悬疑而惊悚，哥特氛围浓厚，人物情绪与心理刻画令人骇然而感伤。《小朋友》（*The Little Friend*，2002）讲述患幽闭恐怖症的一家人，卷入一起悬而未决的凶案，受害者之妹最终从史蒂文森（Robert L. Stevenson，1850—1894）

小说中获得启示才揭开谜团。该作品为其赢得 2003 年度史密斯文学奖
（W. H. Smith Literary Award）与奥兰治小说奖（Orange Prize for Fiction）。
次年，她入选英国坎农格特出版社（Canongate Books）"重述神话"写作
项目。2013 年，《金翅雀》（*The Goldfinch*）横空出世，举世皆惊。

　　与作诗相比，塔特之小说创作委实体现出慢生活的节奏。其三部小说
分别用时 8 年、10 年和 11 年，真可谓"十年磨一剑"。《金翅雀》英文版
凡 784 页①，中文版共 661 页②，淘可谓鸿篇巨制。塔特创作不求速度而是
精心打磨，她精心雕刻小说细节，从慢写作中获得乐趣。她认为写作若无
乐趣，读者又怎能有阅读之乐呢？正因如此，其小说《金翅雀》方能脱颖
而出，一举斩获 2014 年美国普利策小说奖。2019 年《金翅雀》被改编成
同名电影。③ 普利策奖委员会称，《金翅雀》讲述一个伤心男孩与一幅名画
之间的纠葛，更是一部触及灵魂的成长小说。

　　早在 2000 年，有人炸毁阿富汗佛教壁画，这种破坏艺术的行径令塔特
大为震惊。于是，她欲创作一部与绘画艺术相关的作品。此即该小说创作
最初的因缘。然而，创作之初她选定的并非画作《金翅雀》，她甚至不知
荷兰画家卡雷尔·法布里蒂乌斯（Carel Fabritius, 1622—1654）其人，更
不知其死于兵工厂火药大爆炸。2003 年，一次偶然的阿姆斯特丹之行后，
她了解到此画背后的灾难故事。如小说主人公所言，"阿姆斯特丹就是我
的大马士革④，我的中转站，我转变过程中的源地点"。⑤ 如此机缘令其思
绪良多，感慨万千。此时，她决定将小说定名为《金翅雀》，并将画作

_____

① Tartt, Donna. *The Goldfinch*. London: Little, Brown, 2013.

② 唐娜·塔特：《金翅雀》，李天奇，唐江，译. 北京：人民文学出版社 2021 年。

③ 香港译为《囚鸟》。

④ 大马士革（Damascus），指"人间花园"或"地上天堂"。

⑤ 唐娜·塔特：《金翅雀》，李天奇，唐江，译. 北京：人民文学出版社 2021 年，第 659 页。

《金翅雀》作为贯穿小说的主线。兵工厂火药爆炸时，法布里蒂乌斯正为一位名叫西蒙·德克尔的教堂执事画肖像。塔特便以"德克尔"作为小说主人公之姓，书写其在磨难中成长的故事。

画作《金翅雀》亦因唐娜·塔特的同名小说而名声更为大振。小说问世以来，人们谈及《金翅雀》，必关乎小说与画作两个话题。小说凡 5 部 12 章，以"金翅雀"为线索，讲述 13 岁男孩西奥多·德克尔（Theodore Decker，昵称"西奥"）与母亲在艺术博物馆参观时遭遇炸弹袭击，在母亲罹难后他所面临的种种困境与生存危机。小说以西奥为第一人称视角详述其在此后 10 年的痛苦绝望与挣扎迷失，从懵懂、孤独、迷惘、纠结到新生的蜕变。西奥的成长可分爆炸前、寄居安迪家、移居拉斯维加斯、重回纽约和阿姆斯特丹追画等 5 个阶段。每一阶段都是其人生的一大转折点，也是其人生成长的契机。

《金翅雀》沿袭《校园秘史》中的哥特特点，如博物馆爆炸、陌生老人将其家传戒指给西奥并让他将名画《金翅雀》带走、画作辗转数次却最终完璧归赵等，这些情节使小说神秘、悬疑而梦幻，也增添了小说的艺术魅力。自始至终，名画《金翅雀》成为小说发展的主线，再围绕这幅画叙写西奥的成长历程。这幅画成为串联起故事情节的媒介，是西奥在博物馆爆炸后留存的纪念品，亦是其睹物思母之见证，更是其生命的支柱与生存象征。小说中对 50 余幅画作的介绍、描写或评论，仿佛将读者带入绘画的艺术殿堂。这既增加了小说的艺术与美学价值，又体现出小说所具有的文学与文化意义。

二

小说《金翅雀》涉及大量绘画作品，或曰 26 幅①，或云 37 幅②。其实，小说中有荷兰、美国、法国、英国、德国、意大利和西班牙等 7 个国家 40 余位画家的 50 多幅作品，仅荷兰画家就近 20 人。就画作数量观之，荷兰画家弗兰斯·哈尔斯和伦勃朗各 6 幅而并列榜首，埃格伯特·范德珀尔（Egbert van der Poel，1621—1664）3 幅次之。就绘画种类而言，有静物画、风景画、人物画（包括肖像画）、水彩画、铜版画、钢笔画、壁画和插画，甚至还有照片，等等。③ 现将小说中的主要画家及画作以表格形式胪列如下：

主要画家及画作一览表

绘画作品	画家	章节
《城镇之外：在冬天结冰的河面溜冰、打高尔夫的农民》（1621）	［荷兰］小彼得·勃鲁盖尔	1
《江口的帆船》（1640）	［荷兰］扬·凡·戈因	1
《圣乔治市民警卫队官员之宴》（1616）、《手持骷髅的少年》（1626）、《圣亚德里安射击手连军官之宴》（1627）、《快乐的酒徒》（1630）、《老年救济院的摄政者》（1664）、《老年救济院中的遗孀》（1664）	［荷兰］弗兰斯·哈尔斯	1

---

① 林茜：《唐娜·塔特成长小说的视觉性研究》，广西大学硕士学位论文 2022 年，第 47 页。

② 《畅销小说〈金翅雀〉中的名画清单》，2016-04-25. https://blog. sina. com. cn/s/blog_5fbef8b70102w7aj. html.

③ 此亦不完全统计，进一步细读或可发现更多画家与画作。

（续表）

绘画作品	画家	章节
《三个欧楂和一只蝴蝶》（静物画，1705）	［荷兰］阿德里安·科特	1
《解剖课》（1632）	［荷兰］伦勃朗	1
《金翅雀》（1654）	［荷兰］卡雷尔·法布里蒂乌斯	1、7、9、10、12
《代尔夫特弹药库的爆炸》（1654）、《一个场景：代尔大特的爆炸》（1654）、《爆炸后的代尔夫特》（1654）	［荷兰］埃格伯特·范德珀尔	1
《安蒂特姆的士兵尸体》（照片，1862）	［美］马修·布雷迪	1
《老水手之歌：夜晚舞动的死亡之火》（插画，1878）	［法］古斯塔夫·多雷	4
《取水女孩》（1885）	［法］威廉·阿道夫·布格罗	6
《橄榄山外的耶路撒冷》（水彩画，1858）	［英］爱德华·利尔	7
《阿姆斯托河：科内利斯·普洛斯的肖像》（1758）	［荷兰］乔治·范德米恩	7
《扬·博世和他的仆人》（1787）	［荷兰］魏布朗·亨德里克斯	7
《犹太新娘》（1667）	［荷兰］伦勃朗	7
《逃往埃及》（湿壁画，约1305—1306）	［意］乔托·迪·邦多纳	9
《雅各与天使》（1878）	［法］古斯塔夫·莫罗	9
《基督为门徒洗脚》（钢笔画，1665）	［荷兰］伦勃朗	9
《爱琴海》（1877）	［美］弗雷德里克·埃德温·丘奇	9

（续表）

绘画作品	画家	章节
《仁立格洛斯特东端的礁石》（1864）	［美］菲兹·亨利·莱恩	9
《静物：蛋糕》（1822）	［美］拉菲艾尔·皮尔	9
《克拉克·玛丽的画像》（1700s）	［美］约翰·辛格顿·考普利	9
《静物：鲜花、水果、贝壳和昆虫》（1629）	［荷兰］巴尔泽·凡·德·阿斯特	9
《一百荷兰盾版画》（铜版画，1646—1650）	［荷兰］伦勃朗	10
《虚空》（1625）	［荷兰］彼得·克莱兹	10
《意大利高原风景》（1655）	［荷兰］尼古拉斯·贝尔赫姆	10
《多德雷赫特附近的冰上情景》（1642）	［荷兰］冯·戈延	10
《白鸭子》（1753，1992 年被盗）	［法］琼·巴普蒂斯特·乌德里	10
《在加利利海上遇到风暴的基督》（1633，1990 年被盗）	［荷兰］伦勃朗	10
《穿黑衣的女士与先生》（1633）	［荷兰］伦勃朗	10
《斯海弗宁恩海滩》（1882，2002 年被盗）	［荷兰］文森特·梵高	10
《真丝亚麻刺绣作品》（1780—1797）	［美］玛莎(帕蒂)·科格索尔	10
《罗马美第奇别墅的花园》（不详）	［法］珍·阿希尔·贝诺维尔	10
《圣弗朗西斯和圣劳伦斯的诞生》（1609）	［意］卡拉瓦乔	10
《情书》（1666）	［荷兰］约翰内斯·维米尔	10

（续表）

绘画作品	画家	章节
《贫穷》（1903）	［西班牙］巴勃罗·毕加索	10
《大溪地风景》（1892）	［法］保罗·高更	10
《瓶中玫瑰》（1883）	［法］爱德华·马奈	12
《摩西的呼唤与审判（局部）》（西斯廷教堂壁画，1481—1482）	［意］桑德罗·波提切利	12
《某夫人》（亦名《高鲁特夫人》，1884）	［美］约翰·辛格·萨金特	12

另外，还有荷兰的扬·哈菲克松·斯特恩（Jan Havickszoon Steen，约1626—1679）和威廉·克莱兹·海达，西班牙的迭戈·罗德里格斯（Diego Rodríguez，1599—1660），德国的库尔特·施维特斯（Kurt Schwitters，1887—1948），法国的奥斯卡－克劳德·莫奈（Oscar-Claude Monet，1840—1926）、爱德华·维亚尔（Édouard Vuillard，1868—1940）和卡米耶·柯罗，美国的斯坦顿·怀特（Stanton M. Wright，1890—1973）等艺术家及其作品。

三

文学与绘画之间本是互通的，二者相互参照和指涉，既可增强文学的艺术美感并加深小说的主题，又赋予艺术作品新的生命力，从而为文学与绘画提供多维的阐释空间。小说《金翅雀》便是如此。小说伊始，27岁的叙述者西奥多·德克尔（下文均简称"西奥"）首次到荷兰的阿姆斯特丹。时值圣诞，他住的旅馆房间中有两幅画。小说以西奥为第一人称描写道：

　　我毫无来由地花了好多时间，仔细观看挂在橱柜上方的两幅镀金装裱小画：一幅画的是农夫们在结冰的湖面上溜冰，旁边是一座教堂；另一幅画的是一艘帆船在冬季躁动不宁的大海上颠簸前行。这两幅画只是装饰性的复制品，并无特别之处，可我还是仔细端详，仿佛画中蕴含重要信息，可以借此解开佛兰芒那些古老画家隐秘的内心。①

　　两幅画是小彼得·勃鲁盖尔（Pieter Brueghel the Younger，1564—1638）的《城镇之外：在冬天结冰的河面溜冰、打高尔夫的农民》（A Winter Landscape with Peasants Skating and Playing Kolf on a Frozen River, a Town beyond，1621）（见图 2−9）和扬·凡·戈因（Jan van Goyen，1596—1656）的《江口的帆船》（An Estuary with Row and Sail Boats，1640）（见图 2−10）。

图2-9　小彼得·勃鲁盖尔《城镇之外：在冬天结冰的河面溜冰、打高尔夫的农民》(1621)　　图2-10　扬·凡·戈因《江口的帆船》(1640)

---

① 唐娜·塔特：《金翅雀》，李天奇，唐江，译. 北京：人民文学出版社 2021 年，第 4 页。

　　若将文字与画作对比阅读，则发现塔特对这两幅画的描写是高度概括的："在结冰的湖面上溜冰"的农夫和"教堂"；"一艘帆船在冬季躁动不宁的大海上颠簸前行"。其实，两幅画的内容丰富得多，如溜冰的农夫的举止状态、岸上人群或湖周围的环境等，又如海浪、天空、色彩和光线等不同模态，凡此皆未描写。然而，小说开篇对这两幅画的文字再现虽简略却自有其深意。《城镇之外：在冬天结冰的河面溜冰、打高尔夫的农民》揭示出西奥到阿姆斯特丹的时间是圣诞节期间，而《江口的帆船》则预示其在阿姆斯特丹抢回名画《金翅雀》将遭遇诸多危险与困难。

图 2-11　弗兰斯·哈尔斯《快活的
酒徒》（1630）

　　第一章以荷兰画家弗兰斯·哈尔斯《手持骷髅的少年》为标题。在小说中，哈尔斯共有 6 幅画作，请参见前面表格，于此不再赘述。哈尔斯乃荷兰现实主义肖像画与风俗画的奠基者，尤擅肖像画，其笔触洒脱而准确，所画人物形神兼备。哈尔斯的画非同凡响，他本人嗜酒，其画《快活的酒徒》（The Jolly Toper，1630）（见图 2-11）或有其自身的写照，他还画过救济院的执事。[1] 西奥之母赞叹哈尔斯的笔法"多么洒脱，多么现代"！他有时喜画一些老套的题材，但兴致来时，他"就能画出让人兴味盎然的作品"；他喜用湿画法[2]，将"人物的脸和手——描绘得相当细致，他知道这些部分最能吸引人们的目光"，而画其

---

[1]　唐娜·塔特：《金翅雀》，李天奇，唐江，译．北京：人民文学出版社 2021 年，第 18—19 页。

[2]　湿画法指在湿底着色之画法，纸上水与色未干时连续着色，湿时连接，如点彩、重叠与沉淀等皆属此法。湿画法可分湿纸法、渗化法、湿接法与泼墨法。

他地方则略显粗疏，如酒徒的衣服"那么肥，画得几乎有些潦草"。① 其油画突破传统的束缚，运笔洒脱，色彩简朴而明快，对后世欧洲绘画技法极具启发作用。

在听母亲讲述后，小说以西奥为第一人称的视角描述道：

> 我们在哈尔斯的一幅肖像画跟前花了些时间，画上是一个手持骷髅的少年。"……你觉得他看起来像谁？像不像某个……"她拽了拽我的头发，"应该理发的人呢？"我们还看了哈尔斯的两大幅赴宴官员的肖像，她说这两幅画非常有名，对伦勃朗影响很大。"梵高也很喜欢哈尔斯的画。他写过这样的话：弗兰斯·哈尔斯运用的黑色不下二十九种！要不就是二十七种？"……见她看得这么入神，我心里也高兴，显然她对时间的流逝浑然不觉。②

母子俩在《手持骷髅的少年》（见图 2-12）前驻足良久。目见少年的长发，母亲便拽了拽西奥的头发，似在说西奥应理发了。这是一幅母子情深的温柔画面。母亲还提到哈尔斯两幅赴宴官员的肖像——《圣乔治市民警卫队官员之宴》（The Banquet of the Officers of the St. George Militia Company，1616）与《圣亚德里安射击手连军官之宴》（The Banquet of the Officers of the St. Adrian Militia Company，1627）——对伦勃朗的巨大影响。梵高则甚爱哈尔斯的用色，尤其是哈尔斯的黑色。此时，见母亲如此专注，西奥也为之高兴。他希望与母亲一起沉浸于这些绘画艺术中，也希望能错过去见校长的时间。然而，塔特既以"手持骷髅的少年"命名第一

---

① 唐娜·塔特：《金翅雀》，李天奇，唐江，译. 北京：人民文学出版社 2021 年，第 20—21 页。
② 唐娜·塔特：《金翅雀》，李天奇，唐江，译. 北京：人民文学出版社 2021 年，第 21 页。

图 2-12　弗兰斯·哈尔斯《手持骷髅的少年》(1626)

章，那就一定有其用意。少年隐喻西奥，而骷髅则隐喻博物馆大爆炸以及
西奥之母的死亡。这既是一幅画，又是小说第一章之名，更预示着小说情
节的发展走向。

　　荷兰画家伦勃朗也有 6 幅画出现在小说中，第二章以其《解剖课》命
名。其铜版画《一百荷兰盾版画》（The Hundred Guilder Print，1646—
1650）画面大而阴沉。棕色钢笔画《基督为门徒洗脚》（Christ Washing the
Feet of His Disciples，1665）画的是耶稣给圣彼得洗脚，耶稣背影疲惫，而
圣彼得脸上悲伤的表情茫然而复杂。①《解剖课》（见图 2-13）则是伦勃
朗 26 岁时的画作，画的是荷兰杜普医生给 7 个学生上的一堂解剖课。人物

---

① 　唐娜·塔特：《金翅雀》，李天奇，唐江，译. 北京：人民文学出版社 2021 年，第 380 页。

构图呈金字塔状，即几乎堆叠于彼此之间，故每人都被赋予一定显著性。画中一人手持写有 8 人姓名的一张纸，画右下角斜放一册解剖学讲义。这种构图颇具匠心，打破了程式化的肖像画局限，也使整幅画所经营的位置高妙绝伦。伦勃朗将叙述性、戏剧性与故事性融入画中，将观者注意力集中于具体之处，画中最显眼的是人物脸部及其职业象征，还有那些洁白的衣领，精巧而细致。伦勃朗将人物作为一个整体，将人物组织在一特定情节之中，故此画本身就自带叙事性。

在小说中，母亲对西奥说：

"人们都说，这幅画画的是理性和启蒙、科学的黎明什么的。不过在我看来，诡异的是，他们的举止那样端庄有礼，他们围在停尸台周围，就像围着鸡尾酒会的餐台。不过，"她用手指了指，"看到后面那两个神情迷惑的家伙了吗？他们没望着尸体——他们正望着我们。你和我。他们好像看到我们站在他们对面似的——他们好像看到了两个来自未来的人，惊呆了。'你们在这里干吗？'画得十分写实。……这具尸体的画法很不寻常……它散发着古怪的光亮，看到没有？简直有些解剖外星人的感觉。看到没？尸体照亮了俯视它的那些人的面孔。尸体本身好像会发光。伦勃朗把尸体画得这样显眼，是想让我们多留意它——让我们觉得它非常醒目。"①

西奥之母指出，画中有两人"没望着尸体——他们正望着我们"，似站在观者对面。这两人直视画外，引观者参与这堂神圣的解剖课，使画中人与观者在视觉上进行交流。画面光线集中于尸体和杜普教授身上，教授

---

① 唐娜·塔特：《金翅雀》，李天奇，唐江，译．北京：人民文学出版社 2021 年，第 21 页。

挑起尸体左臂肌肉演示肌腱是如何拉动手臂的。整幅画中，那具尸体是最亮的，"尸体本身好像会发光"以至于能照亮"俯视它的那些人的面孔"。因此，这幅画因其出色的光影明暗对比而被誉为 17 世纪欧洲绘画"黄金时代"肖像画之杰作。

图 2-13　伦勃朗《解剖课》(1632)

　　塔特将馆藏于海牙莫瑞泰斯皇家美术馆（Mauritshuis）的《解剖课》移借到纽约大都会博物馆，她对《解剖课》的文学性描述——"惨白的肉体，深浅不一的黑色。那几名外科医生样子活像酒鬼，眼睛充血，红鼻头"① ——预示着西奥命运之转变。这指向人生的不幸，暗示博物馆爆炸的惨烈以及西奥不幸的命运。第一章还描写了《解剖课》中"那只被剥了皮的手"：

---

① 　唐娜·塔特：《金翅雀》，李天奇，唐江，译．北京：人民文学出版社 2021 年，第 19 页。

她指着那只被剥了皮的手，"看伦勃朗是怎样让人注意这只手的，他把手画得这么大，跟身体的其他部分完全不成比例。他甚至把手画反了，大拇指的方向错了，看到了吗？这可不是什么失误。这只手的皮肤已经剥掉了——我们一眼就能看得出来，感觉很不对劲——他把拇指画反了，让这只手看起来越发不对劲了。我感觉这只手不对劲，觉得确实有些不合理的地方，但说不清哪里不对劲。这一手实在高明。"①

此处对画面的文字描写也为西奥即将面临的灾难和生存起到预示作用。"那只剥了皮的手"画得不成比例的大，"手画反了，大拇指的方向错了"。这些"不合理的地方"使人"感觉很不对劲"，却又"说不清哪里不对劲"。如果说这些就是这幅画的"高明"之处，那么，人的一生也如这幅画般有诸多不合理和不对劲的地方。

第二章主要描写西奥逃出爆炸现场后回家等待母亲归来，却最终传来母亲噩耗的系列心理活动，重点在他与母亲一起生活的家庭空间。这章以"解剖课"为名，却并未出现"解剖课"这幅画，亦未出现类似教学上"解剖课"的场景。小说对《解剖课》的语象叙事是在第一章。但该章对时空的文字描绘却暗合"解剖课"的光影线条，借鉴"解剖课"空间描绘或光影，以表现西奥等待母亲消息的恐慌与矛盾心理。语象叙事是用文字描绘，旨在追求艺术品的即时视觉美与静止状态②。《解剖课》是静止的，但通过对画作的描绘或想象，使西奥的心理变化具象化，故而拥有一种动态与在场的力量。语象叙事以语言文字再现视觉艺术，与其说它模仿的是

① 唐娜·塔特：《金翅雀》，李天奇，唐江，译. 北京：人民文学出版社 2021 年，第 21 页。

② Scott, Grant F. "Copied with a Difference: Ekphrasis in William Carlos Williams' *Pictures from Brueghel.*" *Word & Image*, 1999 (1), pp. 63–75.

现实，倒不如说它是对现实的感知。文字既可再现画作，更是令读者在脑海中模仿观看的行为。[1] 塔特对《解剖课》的文字再现，也使西奥家中的微观世界与外面的宏观世界形成对比。窗内寂静得令人不安，时空停滞不前，只能听见水管里的水声和微风吹拂百叶窗的咔嗒声。起居室变成如《解剖课》般阴郁的场景：

> 平时母亲在家时，起居室总是洋溢着轻松愉快的氛围，但是此刻这里变得幽暗阴冷、令人不适，就像冬季里的度假屋：纤薄的织物，质地粗糙的西沙尔麻小地毯，从唐人街买来的纸质灯罩，太小太轻的椅子。所有家具都显得细长纤弱，就像踮脚而立，透出一种紧张。[2]

画作是静止的，但塔特对绘画的描绘与借用后，乃成一种现实的具象化，从而具有一种动态隐喻和在场力量。小说对《解剖课》的语象叙事使西奥掉入了一个类似的艺术世界，家中如《解剖课》般阴郁，时间似乎停顿了。曾经温暖的起居室中的一切都变了，西奥感觉家里的物品看上去像是摇摇晃晃。即便开亮所有的灯，家中仍显"幽暗阴冷"，屋内仍有"一道道光圈闪闪烁烁"。[3] 对比阅读，则可发现《解剖课》的绘画空间呼应了西奥失恃的心理空间。而窗外的一切如常，是下班时间，街上传来汽车的喇叭声；楼下飘来饭菜的香气，附近公寓也传来模糊不清的声音；"天色已晚，人们纷纷下班归来，丢下公文包，问候家里的孩子和猫狗，打开电

---

① Webb, Ruth. *Ekphrasis, Imagination and Persuasion in Ancient Rhetorical Theory and Practice*. Surrey: Ashgate, 2009, p. 38.

② 唐娜·塔特：《金翅雀》，李天奇，唐江，译. 北京：人民文学出版社 2021 年，第 59 页。

③ 唐娜·塔特：《金翅雀》，李天奇，唐江，译. 北京：人民文学出版社 2021 年，第 59 页。

视收看新闻，准备出门吃晚餐"①。如果说《解剖课》中的"走神之眼"冲破画框而与观者对视，那么，西奥眺望窗外车水马龙的街道则将屋内外的两个世界连接起来。电话铃声和社工的到来使西奥意识到其生活结束了。画作名曰"解剖课"，是对尸体的解剖，但对西奥而言，这幅画是他不幸的源头，他"就像从六楼坠落一般"② 陷入阴暗的空间；这幅画终结了他与母亲的幸福生活，开启了他寄人篱下的另一种生活。

塔特对于荷兰黄金时代的风景画家埃格伯特·范德珀尔"三幅可怕的风景画"③ 的文字再现，将历史与现实、虚构和真实联系起来，也将他与《金翅雀》的画家法布里蒂乌斯联系在一起。文学是"虚构一个想象的现实世界，而历史和行为是客观的，历史事件是真实的记录"④。塔特将史实与虚构并列，艺术和现实互补，肯定艺术对心灵成长与生命救赎的意义。范德珀尔是法布里蒂乌斯的邻居，火药库爆炸后，前者有些神志不清，而后者不幸殒命。法布里蒂乌斯的画室被毁，几乎所有画作皆化为乌有。幸运的是，《金翅雀》完好无损。

1654 年 10 月 12 日，丹麦代尔夫特火药库爆炸，城市大部分被炸毁，上百人死亡，上千人受伤。其实，早在 1536 年，一场突如其来的大火曾摧毁了该城大部分地区。这是丹麦历史上著名的惨剧，也是代尔夫特第二次被毁。范德珀尔的三幅组画记录下了火药爆炸后的惨状：《一个场景：代尔夫特的爆炸》（A View: Delft with the Explosion of 1654）（见图 2－14）、《代尔夫特弹药库的爆炸》（The Explosion of the Delft Magazine）和《爆炸后的代尔夫特》（A View of Delft after the Explosion of 1654）。

---

① 唐娜·塔特：《金翅雀》，李天奇，唐江，译. 北京：人民文学出版社 2021 年，第 52 页。
② 唐娜·塔特：《金翅雀》，李天奇，唐江，译. 北京：人民文学出版社 2021 年，第 59 页。
③ 唐娜·塔特：《金翅雀》，李天奇，唐江，译. 北京：人民文学出版社 2021 年，第 23 页。
④ 杨仁敬：《美国后现代派小说论》，青岛：青岛出版社 2004 年，第 10 页。

图2-14 范德珀尔《一个场景：代尔夫特的爆炸》（1654）

　　那组画从不同角度描绘出同一片烟熏火燎的不毛之地：烧毁的房舍废墟、一间风车翼板破破烂烂的磨坊、在烟雾弥漫的天空中盘旋的乌鸦。一名办公室女郎模样的女士跟一帮中学生大声讲解道，十七世纪，代尔夫特一家火药库发生爆炸，这位画家痴迷于城市毁灭之后的景象，翻来覆去地画了它好多遍。①

　　三幅画分别对应"烧毁的房舍废墟""一间风车翼板破破烂烂的磨坊""在烟雾弥漫的天空中盘旋的乌鸦"。这场浩劫给代尔夫特造成了不可弥补的破坏和损失，却也成就了如范德珀尔等一批画家，更使法布里蒂乌斯及其画作《金翅雀》成为艺术史上的杰作。

　　历史往往有惊人的相似，普鲁斯特（Marcel Proust，1871—1922）《追忆似水年华》（*In Search of Lost Time*，1913—1927）中有100多位画家的206幅画作（包括绘画、素描、版画等）。《追忆似水年华》宛如一座虚拟

---

① 唐娜·塔特：《金翅雀》，李天奇，唐江，译. 北京：人民文学出版社2021年，第23页。

的世界美术博物馆，200 多幅真实或虚构的艺术作品互涉、并置、拼贴和戏仿使 "普鲁斯特俨然具有后现代风格"①。荷兰黄金时代画家约翰内斯·维米尔（Johannes Vermeer，1632—1675）及其画作《代尔夫特的风景》（A View of the Delft，1660—1661）（见图 2-15）数次亮相于《追忆似水年华》之中。与上述可怕的风景画相比，维米尔的代尔夫特却岁月静好。维米尔素有 "代尔夫特的斯芬克斯" 之称，其绘画皆源自真实世界，绝不因人物或风景而改变。在其《代尔夫特的风景》上，可见清澈的运河、河上的小桥和船、城门口的吊桥、斑驳的城墙、黑色与红色的屋顶、水中倒影、对岸行人等，静美如斯，古韵悠然。在《追忆似水年华》中，身患绝症的小说家贝戈特获悉《代尔夫特的风景》要在巴黎展出时，他不顾孱弱的

图 2-15　维米尔《代尔夫特的风景》（1660—1661）

---

① Karpeles, Eric. *Le Musée Imaginaire de Marcel Proust*. Paris: Thames & Hudson, 2009, p. 21.

身体前往观展。在画廊里，一位艺术评论家将维米尔与中国古代山水画家进行比较。贝戈特见到这幅画，随即倒地身亡。这体现出语言与视觉艺术作品在这部小说，甚至在所有小说中的互动，普鲁斯特直到生命最后也都在玩味这一场景。[①]

普鲁斯特将视觉艺术转化为文字记忆，如万花筒碎片般洒入小说情节：这些艺术图像互相参照、阐明并相互组合。[②] 他引用如此众多的画作，旨在形容他所想象的人物形象及其行为举止，以便用语言文字将想象画成一幅幅生动的图画。其文字描述大多成为想象奇谲瑰丽之绘画。因此，普鲁斯特自称其小说就是一幅画作。与之类似的是，塔特《金翅雀》将50 余幅视觉艺术作品引入小说，并用文字再现这些作品，使文字模态与视觉艺术模态交相融合，既增添了小说的艺术性又提升了视觉艺术的文学性。

四

小说《金翅雀》以荷兰画家卡雷尔·法布里蒂乌斯同名画作为书名，并将之作为主线贯穿全书，那只被束缚的金色小鸟也成为西奥成长历程之隐喻。小说凡 12 章，对同名画作的文学性描写集中于第 1、6、7、9、10、11 和 12 章。《金翅雀》伴随并见证了西奥的成长历程，最终实现人生的价值。此画完成的同一年，年仅 32 岁的画家法布里蒂乌斯（见图 2-16）就死于 1654 年代尔夫特火药库大爆炸，其工作室及几乎所有画作也毁于一旦。"只可惜，他的画只传下来五六幅"[③]，其中就包括这幅《金翅雀》

---

① 艾瑞克·卡珀利斯：《普鲁斯特作品中的绘画》，刘云飞，译. 赵宪章，顾华明，编：《文学与图像》（第五卷），南京：江苏教育出版社 2017 年，第 307—322 页。
② 乔治·普莱：《普鲁斯特的空间》，张新木，译. 上海：华东师范大学出版社 2015 年，第 104 页。
③ 唐娜·塔特：《金翅雀》，李天奇，唐江，译. 北京：人民文学出版社 2021 年，第 23 页。

图 2-16　卡雷尔·法布里蒂乌斯《自画像》　　　图 2-17　卡雷尔·法布里蒂乌斯《金
　　　　　　　　（1645）　　　　　　　　　　　　　　翅雀》（1654）

(The Goldfinch，1654)（见图 2-17）。法布里蒂乌斯是伦勃朗的弟子，却是其中唯一发展出自己风格的艺术家。其肖像画的主题突出，背景则以纺织品的色彩烘托；他重视绘画技术，多用冷色调显示柔美而明亮的风格。其艺术对代尔夫特画家如维米尔、德·霍赫（Pieter de Hooch，1629—1684）等皆有一定的影响。在小说中，作为主线的《金翅雀》将小说人物连接起来，推动故事情节的发展。《金翅雀》以两次灾难的在场将历史与现实连接起来。"时间轮回：同一件事发生了两次，甚至更多次。……代尔夫特的爆炸也被一系列复杂事件裹挟，对现实持续产生影响。多重叠加的影响足以让人头晕目眩。"[①] 博物馆爆炸使西奥失去母亲，却意外得到这幅名画。画作在 1654 年大爆炸中幸免于难是一个存在的奇迹，数百年后的

① 　唐娜·塔特：《金翅雀》，李天奇，唐江，译. 北京：人民文学出版社 2021 年，第 264 页。

第二次大爆炸中，此画又奇迹般地"幸存"了下来。这幅画将西奥和其他小说人物以及他们的故事串联了在一起。

　　第一章的博物馆观展首次出现法布里蒂乌斯《金翅雀》这幅画的文字描写。此时，西奥与母亲一同观看这幅名画。西奥之母还是孩子时，就喜爱画中的鸟，后来爱画家作画的手法。这是她真正爱上的第一幅画。在博物馆见此画时，她说，"真是一幅神秘的画，这样朴素。又这样温柔——好像一直在邀请你走进观赏……这个充满生气的小家伙"①。对西奥来说，这是他第一次目见这幅画："那是一幅小画，是所有展品中最小、最朴素的一幅：平淡的浅色背景上，一只黄色的小雀脚爪被链子拴在一根栖木上。"② 然而，西奥却甚是疑惑，为何这只鸟的脚爪上拴着可怕的链子？

　　在看这幅画的过程中，一位老人和一个女孩来到母子身边。这就为爆炸后老人示意西奥将画带走做了铺垫。母亲死于博物馆爆炸，老人临终前要西奥将画作《金翅雀》带走。西奥被巴伯家暂时收养后，却并未将画拿出来观看。后来，他在《泰晤士报》（*The Times*）见到此画的黑白照，照片下方有一行字："金翅雀，卡雷尔·法布里蒂乌斯一六五四年名作，现已烧毁。"③ 报上还说，博物馆爆炸很可能已烧毁 12 幅画，27 件作品遭到严重破坏。此时，西奥心想，"如果官方认为**我的画**已经被烧毁了"④，那么，这画就属于他了。这画于他似只是一个能纪念母亲的物品而已。随父拉里到拉斯维加斯后，西奥才第一次认真欣赏这幅画。

---

① 唐娜·塔特：《金翅雀》，李天奇，唐江，译. 北京：人民文学出版社 2021 年，第 24 页。

② 唐娜·塔特：《金翅雀》，李天奇，唐江，译. 北京：人民文学出版社 2021 年，第 22—23 页。

③ 唐娜·塔特：《金翅雀》，李天奇，唐江，译. 北京：人民文学出版社 2021 年，第 154 页。

④ 唐娜·塔特：《金翅雀》，李天奇，唐江，译. 北京：人民文学出版社 2021 年，第 155 页。引文中黑体"我的画"乃笔者添加，旨在增强其显著性，亦体现多模态之特色。

在这个只有雪白石膏板的干燥房间里，那些静默的颜色满溢生机。画面上染了一层薄灰，但画散发出的气息饱含光线和空气，好像墙上的一扇窗户完全打开了。……也许是因为光线的魔法，这幅画变得更美了。在母亲的房间里，在夏季风暴来临之前的傍晚，窗外的水箱里有时会投下奇怪的阴影，阴影会在室内停留一小段时间，轮廓如带了静电或镀金般。①

塔特对画的描述形象而生动：画中颜色模态静默却"满溢生机"，"画散发出的气息饱含光线和空气"，画面光线模态的"魔法"使"画变得更美了"。这幅画使西奥想起了"母亲的房间"，因此，画似乎给西奥打开了"一扇窗户"。这扇窗户既使他能"看见"母亲，也使他走向未知的未来。于是，他在学校也开始阅读一些艺术书籍，因为它们让他想起母亲。西奥爱这幅画，他精心包裹，从不徒手触碰画面而只拿其边角；他只在家中没人时才拿出画来独自欣赏。

但就算没法看到画面，我也喜欢知道它就在那儿。它的存在能给周围的一切带上深度感和坚实感，让世界的基础骨架变得更结实。那种眼睛看不到、却如基石般坚不可摧的正确性让我安心，就像我知道遥远的波罗的海里有鲸鱼无忧无虑地游泳，在某个神秘的地方有僧侣为救赎世界而无休止地诵经。

我不愿随意地把画拿出来观赏。我就连伸手去床后够它，都觉得自己正在延展、漂浮、升华。我如果看了太久，眼睛就会因变冷的沙漠空气而干涩，一切空间都会在我眼前消失。我抬起头，觉得自己已

---

① 唐娜·塔特：《金翅雀》，李天奇，唐江，译. 北京：人民文学出版社 2021 年，第 196—197 页。

经不存在，只有那幅画在。①

    从以上描述可知，西奥时常观看这幅画，因与父亲住在拉斯维加斯的沙漠地带，故观看久之，一切似皆从"眼前消失"。一切虽都已消失，连他自己都不存在了，但"那幅画"却仍然存在。此画"给周围的一切带上深度感和坚实感"，让他感觉到自己真实的存在，即便眼不见画，他知道画就在那儿，这令他感到"坚不可摧"的"安心"。可见，《金翅雀》这幅画已成为西奥生活乃至生命中的一部分，甚至高于其生命，因为他"觉得自己已经不存在，只有那幅画在"。西奥随时都可看画，且每次都有"不同的感觉"②，在博物馆看画是一回事，在不同光线、情绪和季节中看画又是一回事，如加拿大哲学家马苏米（Brian Massumi，1956— ）所言，每次与艺术品相遇都有新的事情发生。③ 即便是同一幅画，你之所见，于我是另一幅，艺术书提及的又是另一幅。"真正伟大的画足够灵活，可以从各种不同的角度进入一个人的头脑和心灵，它进入每个人的方式都不一样，每一个人的感受都独一无二。"④

    塔特还介绍了法布里蒂乌斯的生平、爆炸发生时他在画室作画以及事后邻居拖出他的尸体。她描写了这幅画遭遇两次大爆炸的巧合事件。

        最让我着迷的是一切的偶然性：偶然的灾难，我的和他的，在一个无法预见的点上融为一体，也就是我父亲所称的大爆炸。这巧合中

---

① 唐娜·塔特：《金翅雀》，李天奇，唐江，译. 北京：人民文学出版社 2021 年，第 264 页。

② 唐娜·塔特：《金翅雀》，李天奇，唐江，译. 北京：人民文学出版社 2021 年，第 428 页。

③ Massumi, Brian. *Semblance and Event: Activist Philosophy and the Occurrent Arts*. Cambridge: MIT Press, 2011, p. 82.

④ 唐娜·塔特：《金翅雀》，李天奇，唐江，译. 北京：人民文学出版社 2021 年，第 649—650 页。

没有讽刺，不含轻蔑，有的只是对主宰人生的命运之手充满尊敬的致礼。一个人可以一连数年研究这些冥冥中的关联，结果什么也无法发现——那都是巧合，是走向滑坡的败局和时间的轮回。我母亲站在博物馆前，时间闪动了一下，光线变得很微妙，各种不确定在一片广袤的明亮边缘蠢蠢欲动。那一丝可能性也许会改变一切，也许不会。①

西奥对如此巧合很是着迷：在火药库大爆炸中，画家遇难，其画《金翅雀》却毫发无损；在博物馆爆炸中，《金翅雀》仍完好如初，还被西奥顺走。两次大爆炸皆"偶然的灾难"，但在难以"预见的点上融为一体"的则是《金翅雀》这幅画。这也说明有一只看不见的手在"主宰人生的命运"：在两次大爆炸中，《金翅雀》逃过劫难。此乃冥冥之中的"巧合"，也是"时间的轮回"。此处的劫难与巧合，对西奥也是适合的。若他不违反校规而要求见家长，若那天路上不因躲雨而进入博物馆，若母亲不返回去观看伦勃朗……"那一丝可能性也许会改变一切……"——若母亲仍在，西奥的人生定会迥然不同。

这幅画"用一成不变的闪亮双眼持续凝视着"② 西奥，以至于他难以遏制随时打开画作一观的欲望。再次拿出画观看时，西奥的感觉迥异于前。西奥如此描述道：

> 它的光芒立刻包裹了我，我感到一股恍若音乐的甜蜜感，那是一种无法解释的深层鼓动，让人血液沸腾得和谐而自然，心脏跳得又慢又自信，仿佛面对着让人安心、充满爱意的伴侣。它蔓延出一股力

---

① 唐娜·塔特：《金翅雀》，李天奇，唐江，译. 北京：人民文学出版社 2021 年，第 264 页。
② 唐娜·塔特：《金翅雀》，李天奇，唐江，译. 北京：人民文学出版社 2021 年，第 264 页。

量，一种光芒，一阵新鲜的气息，如纽约公寓里射入我卧室的晨光，神圣而让人心生喜悦，将一切照得无比清晰，但又让一切比平时更加温柔可亲，更加美丽可爱——因为它来自于不可追的往昔。墙纸发着光，地球仪一半明亮，一半笼罩在阴影里。

小小的鸟儿，黄色的鸟儿。①

在观画过程中，西奥感受到"光芒"被包裹，甚至有"一股恍若音乐的甜蜜感"。这画让他"安心"也令他更"自信"。这幅画"蔓延出一股力量，一种光芒，一阵新鲜的气息"，如晨光般"神圣而让人心生喜悦"，因它"让一切比平时更加温柔可亲，更加美丽可爱"。之所以如此，最重要的原因在于这幅画源自"不可追的往昔"——《金翅雀》的两次巧合以及西奥与母亲的"往昔"。

失怙后，西奥带着画作《金翅雀》回到纽约。画让他"安心，仿佛十字军出征时随身携带的圣符"②。他将画安顿好，也从报上了解到《金翅雀》可与伦勃朗作品并列，其"价值不可估量"③。考上大学后，西奥将画藏于曼哈顿一家仓储公司。然而，他平静的生活再一次被打乱。8 年后，艺术品商人卢修斯·里弗找到他并说："我为了得到这只小金翅雀，我愿付出一切代价。"④ 他甚至愿出 50 万买下此画。新闻提及失踪大师的画作中，也包括《金翅雀》。人们对《金翅雀》持不同观点，或认为画已被偷走，也有人说画已被烧毁，因《金翅雀》直接画于木上，爆炸时画掉出画框而葬身礼品店的大火。"这幅小小的大师级画作逃过了代尔夫特的火药

---

① 唐娜·塔特：《金翅雀》，李天奇，唐江，译. 北京：人民文学出版社 2021 年，第 276 页。
② 唐娜·塔特：《金翅雀》，李天奇，唐江，译. 北京：人民文学出版社 2021 年，第 310 页。
③ 唐娜·塔特：《金翅雀》，李天奇，唐江，译. 北京：人民文学出版社 2021 年，第 351 页。
④ 唐娜·塔特：《金翅雀》，李天奇，唐江，译. 北京：人民文学出版社 2021 年，第 415 页。

厂爆炸，经过几个世纪，却最终葬身于另一起人为的爆炸事故中。这样的情节简直比欧·亨利和莫泊桑的小说还要离奇。"[1] 甚至有网页文章认为，《金翅雀》并未被毁掉而是被当成抵押品转入地下，已数易其手。10 余年来，这幅画一直陪伴着西奥，见证着他的成长。当获悉画早就被鲍里斯调包后，西奥的心情跌入谷底，他深感绝望、羞愧和自我痛恨。他说：

> 画让我觉得自己没那么平凡，没那么渺小。它是我的支柱和证明，是我的养分和总结。它是撑起整座教堂的基础。它的突然消失让我痛苦地发现，我成年后一直都在不知不觉中仰仗着它，仰仗着那股隐秘而激烈的喜悦——那是种坚定的信仰，我相信自己的整个人生都建立在一个秘密上，随时都有可能被它毁灭殆尽。[2]

此时，西奥的"支柱"崩塌，"证明"灭失，"养分"不足，"总结"无望。他仰仗的"基础""喜悦""坚定的信仰"在瞬间轰然倒塌。他原来将整个人生都建立于这个"秘密"上，却不曾想有如此不虞之变——鲍尔斯将画调包。西奥也惶惶不安，担心其生活被这幅画"毁灭殆尽"。

《金翅雀》这幅画能成为艺术精品，在于法布里蒂乌斯那天才般的艺术表现手法。画面有些地方用错视画法，如后面的墙、那根栖木、黄铜上的亮光等，而胸上的羽毛，像活的一样，蓬松光滑而柔软。可他似在开这种画法的玩笑，为何如此呢？

> 因为画上的其他部分——鸟头，翅膀，一点也不生动，也不真

---

① 唐娜·塔特：《金翅雀》，李天奇，唐江，译. 北京：人民文学出版社 2021 年，第 427 页。
② 唐娜·塔特：《金翅雀》，李天奇，唐江，译. 北京：人民文学出版社 2021 年，第 479 页。

实，他非常巧妙地把画拆开了，告诉我们他到底是怎么画的。笔触的点和面，形状明显，都是一笔一笔画出来的，特别是脖子的轮廓线，结结实实的一笔颜料，非常抽象。这就是为什么他是天才。在他那个时代不太出众，到现在就不一样了。那幅画同时给了人两种感觉。你看得见笔触，看得见颜料，同时也看得见那只活鸟。①

塔特利用霍斯特对法布里蒂乌斯的错视画法与其他画家进行对比。法布里蒂乌斯也用之，远观确实如此，他却有所发挥，如"笔触的点和面"和鸟的"脖子的轮廓线"等。他与众不同之处在于，此画有"两种感觉"，既见"笔触""颜料"，亦见"那只活鸟"。因此，法布里蒂乌斯超越其时代。所有大师皆如此，他们建造一幅幅幻象。你靠近一看，就发现其心思皆融入笔触之中，抽象而神秘："另一种更深沉的美。既是画的那个对象，又不是它。"② 一幅小画就能让法布里蒂乌斯跻身最伟大的画家之列，这不得不归功于《金翅雀》所创之奇迹。

这幅画虽好却卖不出去，亦无人敢买。作为黑市交易的筹码，它可交换毒品、武器、姑娘或现金等几乎一切东西。西奥与鲍里斯到阿姆斯特丹"夺回"了此画，却又被人拿走。此时，西奥感觉身体内部好像结冰了。人的存在无足轻重，都易被人遗忘，但那幅画却会被人永远纪念。所幸的是，《金翅雀》最后完璧归赵。西奥和鲍里斯得到赎金，博物馆得到画，警察结了案，保险公司收回了钱，公众得到启迪，结局是皆大欢喜。在这种蝴蝶效应的影响下，20 多幅失踪多年的画作被追回。至此，故事并未结束。对西奥而言，那画让他超越了生活本身，也让他了解了自己。法布里

---

① 唐娜·塔特：《金翅雀》，李天奇，唐江，译. 北京：人民文学出版社 2021 年，第 496—497 页。
② 唐娜·塔特：《金翅雀》，李天奇，唐江，译. 北京：人民文学出版社 2021 年，第 497 页。

蒂乌斯为何要画这只笼中之鸟？为何不是海景、风景或历史画，肖像画或酒鬼写生画，或一束郁金香？为何偏偏是这只被链子拴在栖枝上的孤独小鸟？他想通过如此渺小的主题表达什么呢？如果说"所有伟大的画作其实都是自画像"①，那么，法布里蒂乌斯意欲何为呢？

> 为什么要画这样一个主题？一只孤独的笼中鸟？……我为什么觉得那光秃秃的墙面如此重要？没有挂毯，没有猎号，没有作为装饰的背景。而且他专门把自己的名字和年份写得如此醒目，可他不可能知道（难道他知道？）画完这幅画的一六五四年就是他死去的那一年？这幅画中似乎有一丝预兆，他仿佛隐隐感觉到，这幅神秘小画的寿命要比他长久得多，作为他为数不多的代表作流传于世。②

固然，卡雷尔·法布里蒂乌斯是超越其时代的画家。对西奥而言，小鸟和画家之间、画和观众之间似在对话。那只鸟就在那充满光线的空气中，在画家的笔触里，近在眼前，如此清晰。法布里蒂乌斯的《金翅雀》自然有其寓意。其线条无需注脚，其笔触轻柔，整幅画饱含温柔，还有幽默。那鸟虽然孤独而绝望，却毫不畏缩。在这画上，既可见出金翅雀的尊严与脆弱，亦可见出其身上的"人性"。那鸟望着画外的我们，警惕而顺从。"这里没有道德教训，没有故事，也没有任何决定。这里有的是双重深渊，一座在画家和不自由的小鸟之间；另一座则在他想在画作中说的话，和几个世纪之后我们的体验之间。"③ 西奥想，若这只金翅雀未被抓住，亦非生来就身处牢笼，并未被摆在某座房子里，被画家法布里蒂乌斯

---

① 唐娜·塔特：《金翅雀》，李天奇，唐江，译. 北京：人民文学出版社 2021 年，第 656 页。
② 唐娜·塔特：《金翅雀》，李天奇，唐江，译. 北京：人民文学出版社 2021 年，第 655—656 页。
③ 唐娜·塔特：《金翅雀》，李天奇，唐江，译. 北京：人民文学出版社 2021 年，第 656—657 页。

看到，它永远不会明白为何自己如此悲惨地活着。然而，金翅雀"并不胆怯，也不绝望，只是稳稳地站在自己的地盘上，拒绝对世界投降"①。西奥对其拒绝投降的样子大为感动。生活是一场灾难，人生都以悲剧收场。尽管如此，人生仍得继续。那只拒绝低头的黄色小鸟给他一种超越时间的艺术救赎。因此，西奥一直在思考有什么值得为之而活？他想得最多的还是"关于画作是如何击中心脏，让心灵如花般绽放，带人发现更广袤、更宏伟的美，足以让人用尽一生去寻找，却永远也找不到"②。小说最后一段如是描写道：

> 最重要的是教我们学会与自己交谈的东西，教我们唱歌、将自己从绝望中救赎出来的东西。那幅画也教会我如何进行跨越时间的交谈。……人生短暂——不管人生究竟是什么。命运冷酷，但也许并非毫无目的。自然（也就是死亡）终将胜利，但这并不代表我们就要俯首称臣。我们也许并不总是很高兴来到这里，但我们的任务就是纵情投入：头也不回地蹚水过去，游过这片污水池，别让双眼和心灵堵塞。我们生自有机物，最后也终将耻辱地重新沉入有机物。但在通往死亡的半路上去爱死亡所无法碰触的东西，就是我们的荣耀和恩典。灾难和遗忘一直伴随着这幅画在时间长河中穿行——但爱也伴随着它。只要画是不朽的（它是），我在那不朽里就占有小而明亮、不可动摇的一席之地。它存在，还将继续存在。我把我对它的爱也增添到人类热爱美丽事物的历史里。我们不仅热爱，还要保护它们，从火中救出它们，遗失后寻找它们，想办法保存它们，小心翼翼地从一只手

---

① 唐娜·塔特：《金翅雀》，李天奇，唐江，译. 北京：人民文学出版社2021年，第657页。
② 唐娜·塔特：《金翅雀》，李天奇，唐江，译. 北京：人民文学出版社2021年，第650页。

交到另一只手里，让它们继续唱着灿烂的歌，从时间的废墟唱到下一代爱它们的人的心里，生生世世，永不止息。①

　　小说展示了视觉艺术模态与语言文字模态之间多元且复杂的关系。塔特赋予语象叙事以崭新的含义，她关注文字再现视觉艺术所产生的视觉效果。她对《解剖课》《金翅雀》等画作的生动描写，不仅与西奥的心灵产生互动，也在文字所引发的视觉效果中使人领悟到人生与艺术、生命和死亡等终极的命题。她充分展现了语言的图像思维，如纷至沓来的蒙太奇式视觉意象，造成叙事断点与延宕效果。语象叙事通过视觉媒介穿越虚与实，连接历史与现实、过去和现在。② 小说《金翅雀》以同名画作为主线，使虚构与真实、历史和现实勾连在一起，将绘画以在场的方式参与西奥的现实人生，让读者感悟艺术超越时空的生命力。

---

① 　唐娜·塔特：《金翅雀》，李天奇，唐江，译. 北京：人民文学出版社 2021 年，第 660—661 页。

② 　Lundquist, Sara. "Reverence and Resistance: Barbara Guest, Ekphrasis and the Female Gaze." *Contemporary Literature*, 1997 (2), pp. 260–286.

第三章　21世纪美国小说的图像叙事

　　图像叙事是一种多模态叙事。英国艺术史家诺曼·布列逊（Norman Bryson，1949—　）在《语词与图像：旧王朝时期的法国绘画》（*Word and Image: French Painting in the Ancien Regime*，1981）[①] 中认为，语词和图像均为符号，是用作表达手段的能指，且二者可相互转化。当图像被视作符号时，其表达就与语词一样。二者皆与文字叙事共同构建超越文本意义的故事世界。图像的形象性、现场感和捕捉生活的能力均远高于语词。故图像叙事创造了极为广阔的文学与艺术空间，亦成为文学研究的重要课题。

[①]　诺曼·布列逊：《语词与图像——旧王朝时期的法国绘画》，王之光，译. 杭州：浙江摄影出版社2001年。

第一节　图像叙事

　　图像早于文字，故图像叙事乃最古老之叙事形态。图像概念确立于 20 世纪初，而图像叙事概念则是 20 世纪 90 年代才提出的。14 世纪以来，欧洲的书籍插图经历了从手绘到木刻再到印刷等几个阶段。20 世纪中叶，人类进入"读图时代"。21 世纪以来，"视觉转向""多模态转向"使人类进入了视觉化与多模态化的新时代。

　　关键词：图像；图像叙事；欧洲图像史

一

　　人类诞生以来，图像叙事便已肇其端矣。以人类学观之，人类创造系列视觉符号并进行视觉叙事，几与人类历史　样悠久，因人类以图像记录、表达、保存或传播信息。文字出现之前，岩画已成人类遗产的一部分。可见，古典时代，"图像作品是生活世界的一部分"，且是与社群"朝夕共处的"①。远古岩画记录了先民游牧、狩猎、祭祀与战争等大事件，叙事乃图像最原始、最基本的功能。图像早于文字，图像叙事亦然。视觉心理学的相关研究表明，人类的本能之一就是关注视觉图像，因为眼睛不仅是人类最重要的感官之一，还被喻为"心灵之窗"。人类所获取的信息有

---

① 托尼奥·赫尔舍：《古希腊艺术》，陈亮，译. 北京：世界图书出版公司 2013 年，第 4 页。

80% 是来自眼睛的。① 从历史观之，西班牙的阿尔塔米拉洞穴（Cueva de Altamira）壁画②，法国的巴约挂毯（Bayeux Tapestry）③，中国的敦煌壁画、象形文字、青铜纹样、汉画像砖和六朝故事画等皆以图像进行叙事。岩画、壁画等图像与文学语言皆人类基本的叙事方式，然而，图像叙事却是最古老、最普遍之叙事形态。

　　罗兰·巴特指出任何材料皆适合叙事，可用语言（口头或书面）、图像（固定或活动）、手势及其混合使用来进行叙事。黑格尔亦云，绘画能"描绘人物性格，灵魂和内心世界"④。此亦说明图像具有叙事功能。如果语言分能指与所指⑤，那么，图像亦如此。艺术史家马克·富勒顿（Mark D. Fullerton）曾将图像分成两类，即象征性图像与叙事性图像。这说明图像亦如文字一样具有叙事的功能。在冈瑟·R. 克雷斯和凡·利文看来，图像是叙事性的，它呈现出展开的动作与事件、变化的过程、短暂的空间安排等。温迪·斯坦纳（Wendy Steiner, 1949—　　）认为，视觉艺术的叙事潜势极具启发性。⑥ 盖瑞特·斯图尔特（Garrett Stewart, 1945—　　）在具体研读 58 幅图像后也认为图像具有叙事性。⑦ 叙事性是理解图像不可或缺

---

① 保罗·M. 莱斯特：《视觉传播：形象载动信息》，霍文利，译. 北京：中国传媒大学出版社 2003 年，第 18 页。

② 西班牙的阿尔塔米拉洞穴，17000 年前已有人居住，延续至欧洲旧石器文化时期。该洞穴壁画乃欧洲旧石器时代晚期壁画，发现于 19 世纪下半叶。

③ 巴约挂毯，又名贝叶挂毯、玛蒂尔德女王（la reine Mathilde）挂毯，创作于 11 世纪，有西方的"清明上河图"之称。

④ 黑格尔：《美学》（第三卷 上册），朱光潜，译. 北京：商务印书馆 1997 年，第 242 页。

⑤ 费尔迪南·德·索绪尔：《普通语言学教程》，高名凯，译. 北京：商务印书馆 1996 年，第 101 页。

⑥ Steiner, Wendy. "Pictorial Narrativity." Marie-Laure Ryan, ed. *Narrative across Media: The Languages of Storytelling*. Lincoln: U of Nebraska P, 2004, pp. 145−177.

⑦ Stewart, Garrett. "Painted Readers, Narrative Regress." *Narrative*, 2003 (2), pp. 125−176.

的部分。视觉叙事并非对文学叙事之增补或延伸，而是一种独特的叙事形式。①

图像或文字皆源于原始社会的图像符号，这种原始图像符号具有图像与文字的双重特征。图像具有直观性与形象性的特点，其叙事性比抽象的文字更直接也更生动。图像之融入小说文本，实现图像叙事与语言叙事的对接，完善两种模态的叙事功能。图像与文字两种模态的结合可对小说文本进行多维的意义阐释，以实现多元的叙事目标。然而，何为图像叙事？学界对图像概念的界定可谓莫衷一是。

图像叙事，指以图像方式视觉呈现文本或故事的一种叙事方式。赵宪章曰：图像叙事指文字充任言说的代用品，在语言与图像"叙事共享"的场域，前者穿越后者，而后者被赋予言说的意味。② 龙迪勇云，图像叙事由单幅图像或多个图像形成系列图像，借助文字提示以引导或暗示时间顺序，完成一个事件或故事的完整叙事。③ 后来，他又指出图像的本质就是"空间的时间化"，图像是空间性的，而叙事是时间性的，因此，图像叙事就是用空间性的图像去表征时间性的叙事。他还据空间对于时间的处理方式，概括出三种叙事模式：单一场景叙事、纲要式叙事与循环式叙事。④ 图像叙事以图像与文字作为符号模态，是一种结合文字与图像的复杂艺术形式，二者共同构建文本意义。狭义而言，图像叙事指以图像为表意系统的叙事。广义而言，它等同于视觉文化之现代表征，是当下文化之基本语言和表述方式。

---

① Biberman, Efrat. "On Narrativity in the Visual Field: A Psychoanalytic View of Velazquez's *Las Meninas.*" *Narrative*, 2006 (14), pp. 237—251.

② 赵宪章：《语图叙事的在场与不在场》，《中国社会科学》2013 年第 8 期，第 146—165 页。

③ 龙迪勇：《图像叙事：空间的时间化》，《江西社会科学》2007 年第 9 期，第 39—53 页。

④ 龙迪勇：《空间叙事本质上是一种跨媒介叙事》，《河北学刊》2016 年第 6 期，第 86—92 页。

　　玛丽－劳尔·瑞安曾建议将所有叙事视为模糊集合。她认为，图像是空间性的，可通过"有意味的时刻"暗示过去与未来，却不能表述明确的命题，如时间的流动、思想情感、心理活动、因果关系与对话等。① 图像叙事通过一系列视觉图像表征故事，每一个图像只是故事节点上的一个"顷刻"，故其叙事性弱于语言。在玛丽－劳尔·瑞安看来，叙事应包括语言文字叙事与视觉图像叙事。她在结合认知科学和人工智能的理论与方法的基础上提出了"视觉叙事学"（visural narratology）概念。② 所谓视觉叙事（visual narrative），指用图像讲故事。静态的绘画、照片或摄影，动态的电影和互动的数字游戏等皆可叙事，如西斯廷教堂的天顶画、米开朗琪罗用三幅壁画讲述亚当与夏娃的故事等皆视觉叙事之经典。视觉叙事具有以下特征：1）存在一个故事，如小说、神话、童话、寓言、民间传说或宗教故事等；2）视觉图像旨在让人了解故事；3）故事由有时间顺序的事件组成；4）有角色（大多是人物），且通过环境等暗示角色之存在；5）可用任何视觉媒介，如绘画、摄影、电视、电影和计算机等。

　　图像伴随人类产生，然而，图像研究却始于欧洲的文艺复兴。20 世纪初，德国艺术史家阿比·瓦尔堡（Aby Warburg，1866—1929）提出"图像学"（Icology）后，"图像"概念才正式确立。③ 尔后，德国哲学家卡西尔（Ernst Cassirer，1874—1945）、艺术史家潘诺夫斯基（Erwin Panofsky，1892—1968）和美国艺术理论家 W. J. T. 米歇尔等对图像学进行了多层面

---

① 玛丽－劳尔·瑞安：《故事的变身》，张新军，译. 南京：译林出版社 2014 年，第 19 页。

② Ryan, Marie-Laure. "Introduction."Marie-Laure Ryan, ed. *Narrative across Media: The Languages of Story-telling*. Lincoln: U of Nebraska P, 2004, p. 139.

③ 1912 年，阿比·瓦尔堡在罗马召开的世界艺术史学大会上演讲，题名"意大利艺术与费拉拉无忧宫中的国际占星术"（Italian Art and International Astrology in Palazzo Schifanoia in Ferrara）。他在此首次提出"图像学"一词，故被视为"图像学"先驱。

的拓展，从而使艺术从形式语言走向一条图像式的无限路径。

从远古的岩画、壁画到现代的数码图像，图像凭借其直观可感的叙事效应逐渐抢占先机而成强势话语，亦验证了"尽意莫若象，尽象莫若言"（魏·王弼《周易注》）之论断。在多模态化的时代，图像叙事已然成为21 世纪的重要表达方式①。它扩大了文学与文学研究的畛域，亦为叙事理论的发展开拓了新的思路。图像叙事成为文学研究、现代视觉艺术研究以及实践探索研究的对象，甚至衍生并成为一种全新的美学史与文学史研究的热点。

二

据说，现存最古老的"插图书"乃公元前 1980 年左右的埃及莎草纸纸卷。② 两希文化以来，欧洲皆以诗重于画为宗旨。中世纪时，宗教信徒大多未接受教育，图像便成为理解《圣经》的桥梁。教皇大格里高利（Gregory, the Great / St. Gregory I, 540—604）曾提出"将画像放进教堂里，于是不能读书的人可以面壁而'读'"③。对目不识丁者而言，图像有助于其了解宗教故事。约在 1350 年，法国圣丹尼修道院（The Abbey of Saint Denis）曾绘制了一册弥撒书，其中用近 30 幅图画来点缀圣经故事。在西方书籍史上，这被视为文字与插图的第一次联袂表演。此后，诸多艺术家为《圣经》（*The Bible*）文字本作插图。意大利的乔托·迪·邦多纳（Giotto di Bondone，1266—1337）、德国的阿尔布雷特·丢勒（Albrecht Dürer,

---

① 王维倩：《论〈特别响，非常近〉的图像叙事》，《湖南科技大学学报（社会科学版）》2015 年第 5 期，第 45—50 页。

② 《现代图画书自诞生以来的百余年，经历了怎样的历史?》，2021 - 11 - 10. https://baijiahao. baidu. com/s?id =1716010017263575967&wfr =spider&for =pc.

③ 彼得·伯克：《图像证史》，杨豫，译. 北京：北京大学出版社 2008 年，第 61 页。

1471—1528)、法国的古斯塔夫·多雷（Gustave Doré，1832—1883)、德国的小汉斯·霍尔拜因（Hans Holbein the Younger，约 1497—1543)、英国的威廉·布莱克（William Blake，1757—1827）和埃里克·吉尔（Eric R. Gill，1882—1940）等皆曾给《圣经》绘制过插图。其中阿尔布雷特·丢勒的《圣经》插图是语言无法表达的①，因为凡是伟大的艺术家，皆能超越语言的束缚而直达艺术的真谛②。

1461 年，世界上第一本带有插图的印刷书籍——瑞士作家乌尔里希·博纳（Ulrich Boner，1280—1350）的《埃德尔斯坦》（Der Edelstein）——新鲜出炉。1658 年，捷克教育家夸美纽斯（Jan Amos Comenius，1592—1670）的插图本《世界图解》（Orbis Sensualium Pictus）问世。该书乃史上第一本专为儿童设计的插画书，故被公认为儿童绘本雏形，亦被视为西方教育史上第一本附插图的儿童百科全书。

此后，在西洋文学史上，插画不断进入文学文本，缀饰着这美丽的文学百花园。在德国，有小汉斯·霍尔拜因给伊拉斯漠（Erasmus，1466—1536）《愚人颂》（The Praise of Folly，1509）所作的插图，考尔巴哈（Wilhelm von Kaulbach，1805—1874）为歌德《列那狐》（Reineke Fuchs，1794）所作的插图。在西班牙，有毕加索（Pablo Picasso，1881—1973）为巴尔扎克（Balzac，1799—1850）《玄妙的杰作》（Le Chef-D' Oeuvre Inconnu，1831）所作的插图。在法国，有弗朗索瓦·布歇（Francois Boucher，1703—1770）为奥维德《变形记》、乔万尼·薄伽丘（Giovanni Boccaccio，1313—1375）《十日谈》（Decameron，1349—1353）所作的插图；欧仁·德拉克罗瓦（Eugène Delacroix，1798—1863）为歌德（J. W. von

---

① 阿尔布雷特·丢勒：《版画插图丢勒游记》，彭萍，译. 北京：中国人民大学出版社 2004 年，第 70 页。

② 欧文·潘诺夫斯基：《视觉艺术的含义》，傅志强，译. 沈阳：辽宁人民出版社 1987 年，第 327 页。

Göethe，1749—1832）《浮士德》（*Faust*，1808）和莎士比亚《哈姆莱特》（*Hamlet*，1599—1602）所作的插图；爱德华·马奈（Édouard Manet，1832—1883）为爱伦·坡（Edgar Allan Poe，1809—1849）《乌鸦》（*The Raven*，1845）所作的插图；古斯塔夫·多雷为拉伯雷（Francois Rabelais，1494—1553）、巴尔扎克、但丁和塞万提斯（Cervantes，1547—1616）等大家的作品所作的插图；埃德蒙·杜拉克（Edmund Dulac，1882—1953）为《一千零一夜》（*The Arabian Nights / The Thousand and One Nights*）、《鲁拜集》（*Rubáiyát of Omar Khayyám*，1859）、《瑞普·凡·温克尔》（"Rip van Winkle"，1819）、莎剧《暴风雨》（*The Tempest*，1611）、《睡美人——法国童话集》（*The Sleeping Beauty and Other Fairy Tales from the Old French*，1910）、《安徒生童话》（*Andersen's Fairy Tales*，1904）、《爱伦·坡诗集》（*The Illustrated Poetry of Edgar Allan Poe*，2001）、《航海家辛巴达及其他故事》（*Sinbad the Sailor and Other Stories from The Arabian Nights*，1914）等所作的插图，享誉欧洲乃至全球。

与其他国家相比，英国的插图史似更为丰满。约翰·弗拉克斯曼（John Flaxman，1755—1826）为荷马史诗作插图，其"轮廓线"简洁单纯、质朴严谨，准确地表达了荷马史诗所特有的原始之美。[1]"胡话诗"第一人爱德华·李尔（Edward Lear，1812—1888）为其《胡诌诗集》（*A Book of Nonsense*，1871）所作的插图，多用生动有趣、大胆的线条画完美呼应书中文字，图文相得益彰。约翰·吉尔伯特爵士（Sir John Gilbert，1817—1897）曾为18个不同版本的莎士比亚作品集创作过插画。他还与人合作为托马斯·马洛礼（Sir Thomas Malory，1415—1471）、约翰·班扬（John Bunyan，1628—1688）、沃尔特·斯科特（Walter Scott，1771—

---

[1] 余凤高：《插图中的世界名著》，上海：上海古籍出版社2002年，第55—56页。

1832）与查尔斯·狄更斯（Charles Dickens，1812—1870）等的文学经典作插画。约翰·坦尼尔爵士（Sir John Tenniel，1820—1914）为刘易斯·卡洛尔（Lewis Carroll，1832—1898）《爱丽丝漫游奇境》（*Alice in Wonderland*，1865）所作的插图妙趣横生，他还给《一千零一夜》、爱伦·坡的《乌鸦》和理查德·巴勒姆（Richard H. Barham，1788—1845）的《英戈尔兹比传奇》（*The Ingoldsby Legends*，1864）等作插图。亚瑟·拉克姆（Arthur Rackam，1867—1939）为《仲夏夜之梦》（*A Midsummer Night's Dream*，1590）、《爱丽丝漫游奇境》、《尼伯龙根之歌》（*The Nibelungenlied*，1190—1200）以及《格林童话》（*Kinder-und Hausmärchen*，*KHM*，1812）等所作的插图，精美绝伦，几乎达到了尽善尽美的程度。更令人叹为观止的是，奥博利·比亚兹莱（Aubrey Beardsley，1872—1898）为《莎乐美》（*Salomé*，1893）所作的插图使唯美主义文学大师奥斯卡·王尔德（Oscar Wilde，1854—1900）担心其文字沦为插图的插图。① 罗伯特·吉宾斯（Robert Gibbings，1889—?）为柏拉图的《斐得若》（"Phaedrus"）、古斯塔夫·福楼拜（Gustave Flaubert，1821—1880）的《莎朗波》（*Salammbô*，1862）所作的黑白分明的插图，画面凝练，对比强烈，突兀奇崛，实乃插图史上无与伦比之杰作。

1857 年起，英国诗人爱德华·菲茨杰拉德（Edward Fitzgerald，1809—1883）先后 5 次将波斯诗人莪默·伽亚谟（Omar Khayyam，1048—1131）的《鲁拜集》译成英文，1889 年第 5 版收入 101 首诗歌。此后，《鲁拜集》风靡世界，欧美诞生各种精美绝伦的版本，堪称装帧与插画艺术的集大成者。据统计，1884 年在波士顿出版首部菲茨杰拉德英译《鲁拜集》插图本

---

① 奥博利·比亚兹莱：《比亚兹莱：最后的通信》，张恒，译. 北京：新星出版社 2010 年，第 43、255 页。

以来，共有 130 多位知名画家创作超过 300 部插图本。年代最久且开本最小的一版虽无版权页，但书中所选黑白插图皆有插画家吉尔伯特·詹姆斯（Gilbert James，1865—1941）1896 年的落款，故应是 1896—1898 年间的版本。詹姆斯这组插画细腻、生动，充满神秘而古老的波斯风情。这些插画原本以黑白插画形式出现在 1896—1898 年的《素描》（The Sketch）杂志上，后来，A&C Black 出版社邀詹姆斯以这些插画为基础，画一组彩色插画为《鲁拜集》配图。1909 年，这本含有 16 幅彩色插图的《鲁拜集》正式与世人见面。法国埃德蒙·杜拉克绘制插图的 1937 年纽约花园城市版最为著名；犹太艺术家亚瑟·西克（Arthur Szyk，1894—1951）绘制彩插的 1946 年限量俱乐部版的开本最大，其画风极富装饰性，构图细密大胆，内容丰富多彩，周边缀满欧洲古典装饰画边框，尽显古典和华美之风。1912 年 4 月 10 日随着"泰坦尼克号"沉入海底的那版号称史上最昂贵的《鲁拜集》，更是成为书界传奇。那是书籍装帧家弗朗西斯·桑格斯基（Francis Sangorski，1875—1912）据 1884 年波士顿限量版为底本耗时两年制作的豪华版，取名《伟大的奥玛》（The Great Omar）。书中拼接嵌入 4967 块各种颜色的羊皮，烫了 100 平方英尺的金叶脉络，镶嵌 1051 颗精美宝石，可惜与"泰坦尼克号"一起，成为绝唱。在中国，《鲁拜集》也有很多译本，但公认郭沫若译本最佳。[①]

12 世纪，中国造纸术传入欧洲，代替羊皮，为欧洲木刻的出现奠定了材料基础。欧洲早期木刻版画多以线条形式表现宗教内容。1440 年，德国约翰内斯·古腾堡（Johannes Gutenberg，1398—1468）发明铅合金活字印刷术，使批量印制书籍成为可能。印刷文字出现，文学插图亦随之出现。

---

① 莪默·伽亚谟：《鲁拜集》（插图本），郭沫若，译. 北京：人民文学出版社 1958 年。

文字与图像共存，故小说插图是一种跨媒介和跨模态的产物。① 15 世纪末，图文结合的出版物逐渐普及。16 世纪中叶，德国阿尔布雷特·丢勒将明暗法用于木刻，将欧洲木刻版画推向顶峰。他成为第一个用木刻形式出版自己作品的欧洲艺术家。18 世纪后期，英国托马斯·贝维克（Thomas Bewick，1753—1828）将木刻艺术水平提升到一个全新高度，创造出"白线雕版法"，使木刻有色调变化与纹理，丰富了木刻的艺术表现力，还将木刻发展成独立的艺术形式。他开创性地将木刻用于书籍插图，使图像复制与传播发生了革命性改变。其插画准确表现鸟、动物、风景与蔓藤，如《四足动物历史》（A General History of Quadrupeds，1790）与《不列颠鸟类历史》（The History of British Birds，1797、1804）。文学作品最早描绘儿童角色之一的出现于夏洛蒂·勃朗特（Charlotte Brontë，1816—1855）《简·爱》（Jane Eyre，1847）第一章，描绘主人公在看比维克作品时得到安慰。

16 至 19 世纪，有些诗歌故事小书（chapbook）配有印刷的木刻插图。但这些小书加工粗糙，其文字与插画之关系模糊，插图仅为装饰之用。从视觉形式而言，画家、诗人威廉·布莱克或可被视为第一个尝试在图文之间建立共生关系之大家。他不仅为《圣经》以及但丁、弥尔顿等大家的作品作插图，还首次将长篇文学创作与图像结合。他将自己创作的诗歌与插图蚀刻于铜板并印成书页，再由妻子压印、上色和装订，最终出版《纯真之歌》（Songs of Innocence，1789）诗画集。《纯真之歌》将图－文整合于一个线性的、整体的结构之中，乃成英国儿童文学第一本杰作，亦是第一本原创的图画书。

19 世纪英国书籍报刊插图以木刻为主。随着 19 世纪末胶印照相制版

---

① 陆涛：《图像与传播——关于古代小说插图的传播学考察》，《江西社会科学》2011 年第 11 期，第 104—108 页。

的广泛使用，木刻于 20 世纪初宣告终结。因此，在很大程度上，版画史即出版史与插图史。20 世纪中叶以来，人类进入"读图时代"。20 世纪 90 年代，"图像转向""视觉转向"（visuelle Wende）的浪潮席卷了整个西方文学界。W. J. T. 米歇尔成为那个时代的"弄潮儿"，其《图像学》《图像理论》等著作促进了图像研究的兴盛。作为跨媒介叙事或多模态叙事研究之范例，图像叙事愈发受到关注。如赵宪章所言，"'文学与图像'或将成为 21 世纪文学理论的基本母题"。① 第三个千年之际，西洋学界创办了电子期刊《图像与叙事》（*Image and Narrative*）。而《今日诗学》（*Poetics Today*）则在 2008 年推出了"小说中的图像"专刊，助推图像叙事研究。

21 世纪是图像的时代，更是多模态的时代。这是文化形态的转变，也是人类思维范式的改变。图像与文学之间极具张力，正如马丁·海德格尔所言，现代社会是技术更是图像的时代。② 罗兰·巴特也认为，这是一个由词语向形象转变的时代。③ 甚至有学者认为，"图像文化中，图像压倒了语言转而成为主导因素"。④ 图像的文化与意义功能日益强化，图像叙事的公共阐释力和普泛影响力不断提升。21 世纪以来，"传媒时代""图像时代"使文学与图像关系的研究愈发活跃。在多模态转向后的当下，图像叙事更成为所有叙事的基本形态。越来越多的研究者开始关注文学与图像的关系。

相对照而言，中国的图像叙事最早可追溯至汉画像石与画像砖（石刻画像）所描绘的历史传说或故事。石刻画像虽简单却具有叙事功能，故而

---

① 赵宪章:《"文学图像论"之可能与不可能》,《山东师范大学学报（人文社会科学版）》2012 年第 5 期,第 20—28 页。

② 马丁·海德格尔:《林中路》,孙周兴,译. 上海:上海译文出版社 1997 年,第 72—73 页。

③ Barthes, Roland. "The Photographic Message."Susan Sontag, ed. *A Barthes Reader*. New York: Hill and Wang, 1982, pp. 204−205.

④ 周宪:《视觉文化读本》,南京:南京大学出版社 2013 年,第 15 页。

形成一定程度的图像叙事。汉魏以来，图像叙事得到发展。随着佛教的传入中国，尤其是在北魏时，敦煌壁画中的"经变画"乃成图像叙事之代表。"经变画"中的本生故事画、佛传故事画、因缘故事画等已具备了一定的叙事功能。① 唐时出现正式雕版插图，但仅限于佛经插图，如变文②等，唐刻印《金刚经》亦附有插图。宋时出现小说插图，插图本《列女传》（1063）首次将图像与小说真正结合。该书 8 篇 123 节，插图 123 幅，采用上图下文形式刊印，显然受唐佛经插图之影响。图文对照，交相辉映。就文学作品插图而言，插图本《列女传》堪称我国最早的版刻插图本。这也说明我国真正意义上的小说插图就肇始于此。元时刻印的《全相平话五种》（《武王伐纣平话》《七国春秋平话》《秦并六国平话》《前汉书平话》与《三国志平话》）亦图文并茂。逮至明季，小说与图像之间的关系越发紧密，小说中的插图发展更加丰富多样，几乎到了这样一个程度：无书不图，无图不美。此时，小说、戏曲和版画等共同发展，其中，版画插图乃成必不可少的工具。图像与小说、图像与戏曲相互结合。随着小说与戏曲的繁荣，版画及其用于小说与戏曲插图的艺术迅速发展。进入清代，版画持续发展。然而，小说和戏曲则极为受限。木刻插图亦随之而式微。晚清时，西风东渐，中国小说插图融合中西元素再次踏上发展之旅。西方宗教读物对中国传统小说插图产生新的影响，西方石印技术使图像制作更为便捷。民国时，鲁迅（1881—1936）力倡木刻版画，并将其转变成一种新的视觉艺术。20 世纪末以降，随着图像转向与多模态转向的发展，我国文学中的插图亦进入了多元发展的新时代。

---

① 占跃海：《敦煌 257 窟九色鹿本生故事画的图像与叙事》，《艺术百家》2010 年第 3 期，第 196—202 页。

② 变文乃兴于唐代之说唱文学，散文与韵文交替，以铺叙佛经义旨为主。其内容为演绎佛经故事以及历史与民间故事等。

第二节　美国文学中的图像

在文学史上，劳伦斯·斯特恩的《项狄传》开创了图像叙事之先河。之前的插图乃文字附庸，其后的插图与文字一起皆成为文本的组成部分。美国图像史可追溯至富兰克林（Benjamin Franklin，1706—1790）的《穷理查年鉴》（*Poor Richard's Almanack*，1732—1757）。此后的小说偶配插图，但图像仍依附于文字。美国后现代作家继承并创新斯特恩之艺术手法（如巴塞尔姆、冯内古特、品钦等），更有劳瑞·安德森（Laurie Anderson，1947—　　）之创举，使美国文学成为一种超文学艺术。逮至 21 世纪，美国小说则谱写出多模态叙事的新篇章。

关键词：美国文学图像史；超文学艺术；图像叙事

就小说中的图像叙事而言，或许应追溯到劳伦斯·斯特恩的《项狄传》。艾莉森·吉本斯认为，《项狄传》有大量图像元素，"被视为图像元素小说的经典之作"①。因此，在论及美国文学与图像的关系前，有必要了解劳伦斯·斯特恩及其《项狄传》。斯特恩开创了图像叙事之先河，或曰其小说《项狄传》乃图像叙事的发轫之作。他大胆探索小说艺术，拓展和更新小说观念，丰富和补充了小说这个新文学式样，还为 20 世纪中后期及

---

① 艾莉森·吉本斯：《多模态认知诗学和实验文学》，赵秀凤，徐方富，译. 北京：外语教学与研究出版社 2022 年，第 1 页。

21 世纪的小说创作实验与革新开创了图像叙事之先河。

《项狄传》中不时插入黑色页（第 1 卷 12 章）、空白页（第 9 卷 18、19 章）、大理石纹页（第 3 卷 36 章）、虫子般曲线（第 6 卷 40 章），还有大量星号、破折号、任意标点、半截断句、不合常规的斜体字和黑体字，以及零星或整段整页的希腊文、拉丁文等。此前，作家创作后，画家再配上写实性的插图，其中的插图仅作为小说之附庸而已。插图一般置于正文之前或章节之间，且不占页码，仅依情节或文字而存在。然而，《项狄传》却一反传统，改写了小说插图的既定规则。劳伦斯·斯特恩亲自设计大理石页、黑色页和空白页以及其他插图，并插入小说文本之中；他还将插图编入页码，使插图与语言文字具有同等重要的地位，从而使插图成为小说文本的有机组成部分。《项狄传》之前，小说中的图像是处于附属地位，且是失语的，因它欲说的皆已被文字道出；然而，《项狄传》中的图像与文字却平等存在，图像具有言说和叙事的功能，因为文字难以言说图像。劳伦斯·斯特恩将图像的直观性植入小说，使图像成为小说叙事不可分割的一部分。他既改变了作家固有的创作思维模式，又转变了人们阅读小说的习惯——从单模态阅读转向多模态阅读，其《项狄传》乃成 21 世纪图像叙事研究中的水之源和木之本。"斯特恩被歌德视为 18 世纪欧洲文坛最自由的精神，被尼采视为古往今来最无拘无束的作家。"[1] 学习和模仿者不知凡几，如法国作家狄德罗曾步武其创作手法，甚至连英国哲学家伯特兰·罗素（Bertrand Russell，1872—1970）亦曾师法《项狄传》之写作风格。劳伦斯·斯特恩对美国作家，尤其是 20 世纪末和 21 世纪美国小说家产生了巨大的影响。

就图像或图像叙事而言，美国文学或可追溯至本杰明·富兰克林的

---

① 曹波：《人性的推求：18 世纪英国小说研究》，北京：光明日报出版社 2009 年，第 163 页。

《穷理查年鉴》。年鉴各章各页之间有空白，空白处皆写上名人名言、历史故事、应时小诗等。2003 年，上海远东出版社出版的《穷理查年鉴》除上述特点外，还配有插图。① Almanac 一词源自中古阿拉伯语，而最早可追溯至古巴比伦。1457 年，德国人编制的第一本印刷版年鉴在欧陆出版。1639 年，美国首本年鉴《1639 年新英格兰年鉴》（*An Almanac from New England for the Year*）刊行。此后，美国年鉴出版日增。当代美国年鉴乃成集数据、图像和图表等为一体的多模态工具书。

在美国文学史上，小说时常配有插图，但诗歌与插图（图像）的关系更为紧密。爱伦·坡的小说与诗歌备受追捧，历来为其作品绘制插图的艺术家众多。《怪奇物语》（*Tales of the Grotesque and Arabesque*）收入爱伦·坡 32 篇短篇小说，其中就有超 150 幅藏品级绝版插图。这些插图以坡的作品为灵感而创作，上下两个插图长廊分别放在整书的开头与末尾，极具视觉冲击力，给人以诡谲之感。1919 年，画家哈里·克拉克（Harry Clarke，1889—1931）为坡的《神秘及幻想故事集》（*Tales of Mystery and Imagination*，1839）绘制的恐怖而略带情色气息的插画美不胜收。2004 年，巴诺书店（Barnes & Noble）出版的《爱伦·坡诗歌故事选集》（*Edgar Allan Poe: Selected Poems and Tales*）中配有 21 幅插图。2018 年，湖南文艺出版社出版的《爱伦·坡诗集》（精装插图本）配有法国插画大师埃德蒙·杜拉克 28 幅全彩插画。坦尼尔、多雷、杜拉克、马奈等都曾为《乌鸦》作插图，其中马奈插画尤为著名。伯顿·波林（Burton R. Pollin，1916—2009）的《坡作品的形象：一份关于插图的综述性目录》（*Images of Poe's Works: A Comprehensive Descriptive Catalogue of Illustrations*，1989）一书搜集

---

① 本杰明·富兰克林：《穷理查年鉴》，刘玉红，译. 上海：上海远东出版社 2003 年。

整理了 30 多个国家 700 多位艺术家超过 1600 幅与爱伦·坡作品有关的插图。① 这些精美插图大大弥补了仅靠文字叙述可能造成的抽象与枯燥，从而将爱伦·坡作品的传播带入一个崭新的世界。

　　W. C. 威廉斯（William Carlos Williams，1883—1963）和 E. E. 卡明斯（Edward Estlin Cummings，1894—1962）则既是诗人又是画家。威廉斯酷爱绘画，他结交了诸如亨利·马蒂斯（Henri Matiss，1869—1954）、马塞尔·杜尚（Marcel Dachamp，1887—1968）等画坛大家。只是因缘际会之故，他才从绘画转向了文学。② 他打破诗与画的界限，将诗歌艺术与绘画艺术融为一体。他还在自己出版的多部诗集中插入亲笔绘制的插图，使其诗歌既有诗情更有画意，可谓诗与画珠联而璧合。卡明斯的诗作大都无标点和大写字母。他常将自己的名字写成 e. e. cummings。他擅长创造不同寻常的排字效果与词语组合。文学与视觉艺术（绘画、雕塑、建筑等）在 20 世纪的 20 年代开始交汇。卡明斯也将诗歌与绘画完美地融合在一起。他在绘画方面颇有建树，曾七次举办个展。其具象诗（concrete verse）③ 特别重视语言的视觉效果，他对诗歌语言进行排印，创造出逼真的视觉形象，实现其诗为画的诗歌创作理念。其诗突破传统的排版形式，打破诗歌与绘画、诗歌和散文、形式与内容等界限，使诗成为可读可"看"的具体视觉图像。卡明斯曾说："我的诗基本上都是画。"④ 故其诗又可称为"画诗"（poempicture）或"视觉诗"（visual poetry）——以文字创造视觉形象的艺

---

① Pollin, Burton R. *Images of Poe's Works: A Comprehensive Descriptive Catalogue of Illustrations*. New York: Greenwood, 1989.

② Williams, William Carlos. *Autobiography*. New York: New Directions, 1956, p. 139.

③ 具象诗，又称视觉诗、具体诗、图像诗、形体诗或图案有形诗等。

④ 黄修齐：《意境与视觉形象的巧妙结合——谈卡明斯的图案诗》，《外国文学研究》1991 年第 4 期，第 90—94 页。

术，是跨艺术门类的实践，是诗歌与绘画合一的特殊文学现象①。卡明斯用图像表达诗歌内容，即融绘画于诗歌文本。他用新奇的排版发展出一种独特的诗歌多模态语篇，"让线性文字英语发挥象形文字功能从而创造出逼真的视觉形象"②。与威廉斯和卡明斯相比，艾米莉·狄金森（Emily Dickinson，1830—1886）虽非画家，但她常在诗歌或信件上配上画作，作为对语言文字的解释或说明，或对文字的补充和完善，即便有时与文字意思相反或看似毫无关联的画作，也都表现出图文一体或跨艺术诗的特点。"一首精致的小诗，每一个字都是一幅画。"③ 同时，她诗中的破折号、页面布局、名词大写、斜体、形态各异的标点符号等语相特征，既突出了视觉效果又强化了诗意趣味。因此，艾米莉·狄金森的诗歌被誉为"看得见的语言"④。

伊兹拉·庞德（Ezra Pound，1885—1972）则在《诗章》（*The Cantos*，1917—1969）中则嵌入大量汉字，给人与众不同的画面感，形成独具美感的视觉效果。这些汉字如一幅幅插画，有些汉字乃庞德亲自描画而成的，其中大多用罗马拼音注音，因此具有极强的画面感。《诗章》共有147个汉字。仅《御座诗章》（"The Thrones"）的第98章就有44个汉字。汉字似一幅幅图画，"大部分原始的汉字，甚至所谓的部首，是动作或过程的速记图画"⑤。汉字的具象性、可视性与空间感，表现出西方的拼音文字所缺乏的绘画与雕塑特质；汉字的视觉性和动态感又使其获得造型艺术所不

---

① 谭捍卫：《漫谈西方视觉诗》，《文艺理论与批评》2006年第1期，第133—137页。

② 王红阳：《卡明斯诗歌"l（a"的多模态功能解读》，《外语教学》2007年第5期，第22—25页。

③ Buckingham, Willis J. ed. *Emily Dickinson's Reception in the 1890s: A Documentary History.* Pittsburgh: U of Pittsburgh P, 1989, p.191.

④ McGann, Jerome. "Emily Dickinson's Visible Language." *The Emily Dickinson Journal*, 1993 (2), pp.40 −57.

⑤ 伊兹拉·庞德：《庞德诗选：比萨诗章》，黄运特，译. 桂林：漓江出版社1998年，第235页。

具备的流动性与时间感。"汉字……用其图画式的可见性保持了其初始的创造性诗歌，比任何语音语言更有力更生动。"① 汉字在文本中的位置也呈现出视觉的多元化，或横排或竖排，或左置或右放，且字体也有大小之分；有些字占半页诗稿，如"耀"字；有些诗页仅有单个汉字，有些则几乎满篇汉字。汉字在庞德诗歌中发挥出图画般的功能。《诗章》中的汉字皆是毛笔手写的楷体字，通过版式的变化，如空格、空行、分行、拆分、竖排、字体加粗或放大等，这些汉字的图画性和表意性愈发突出，也更具视觉性冲击力和立体效果。

劳伦斯·斯特恩及其《项狄传》对美国后现代小说家的影响一目了然。唐纳德·巴塞尔姆（Donald Barthelme，1931—1989）、冯内古特（Kurt Vonnegut，1922—2007）、托马斯·品钦（Thomas Pynchon，1937—　）和劳瑞·安德森等作家的作品皆隐约可见《项狄传》的痕迹。难怪劳伦斯·斯特恩因其超越时代的文学创作手法而被称为后现代小说之鼻祖。

唐纳德·巴塞尔姆的小说也出现黑色矩形和图像。其《解释》（"The Explanation"，1968）乃对话小说，以一幅黑色矩形开篇，中间和末尾又有3幅。② 4个黑色矩形分别代表"机器""控制板""这个东西"和"Q的女儿"，暗示人被异化的主题。《在托尔斯泰博物馆》（"At the Tolstoy Museum"，1969）有9幅插图，而《鸽子从宫中飞出》（"The Flight of Pigeons from the Palace"，1972）则有11幅。另外，其短篇小说《克尔凯戈尔对施莱格尔的不公平》（"Kierkegaard Unfair to Schlegel"，1968）、短篇小说集《大脑损伤》（*Brain Damage*，1970）和中长篇小说《白雪公主》（*Snow White*，1967）等皆有与情节密切相关的图像或图形出现。在后现代

---

① 伊兹拉·庞德：《庞德诗选：比萨诗章》，黄运特，译. 桂林：漓江出版社1998年，第248页。

② Barthelme, Donald. *City Life*. New York: Bantam Books, 1971, pp. 74—76.

小说中，插入图画或照片等视觉模态被称为拼贴画。因此，作为一种多模态的拼贴方式，图像是一种创作和表现手段，亦是一种模仿现实的技法。

与巴塞尔姆相比，冯内古特更倾慕后现代绘画。他用后现代绘画作插图，还让那位抽象主义画家拉波·卡拉比奇安在《冠军早餐》（*Breakfast of Champions*，1973）中再次登场。① 冯内古特在绘画方面也有一定造诣，他亲自操刀为《冠军早餐》手绘 121 幅插图。与《项狄传》不同，此时的图像已非文字的别致附庸，而是各种现代绘画。《冠军早餐》中有动物如羊、牛、河狸、响尾蛇等，日常用品如衣服、邮箱等，食物如苹果、炸鸡等，公路标识如箭头状的关于"游神圣奇迹洞穴离此 52 英里"的路标，还有诸如电椅、卡车、墓碑等插图。书中甚至出现屁眼、内裤等图片。他还三次将手写的"ETC."置入文本。在第 24 章与后记中，他用"ETC."结尾，意在将尚未说完却又欲言又止的话留下想象的空间。此时，读者受邀而参与文本意义的生产和建构，文本意义亦因此得以延异（différance）。如《项狄传》一样，这些插画也成为小说文本的组成部分。融入语言文本结构中的插图突出了文本的多声部特点，使语言文字与视觉图像相互碰撞。若将语图分离，没有图像的文字将黯然失色，甚至完全失去原来的意义。冯内古特喜用科幻与虚构结合的模式达到讽刺和幽默效果，这些插画起到画龙点睛的作用。除这些插图外，小说中还有一些符号如数学符号"∞"（表示一切的含义）和"Π"（圆周率），公式"$E = MC^2$"等。冯内古特自绘的这些插图增强了小说的幽默感，也成为其不断探索和试验小说这种艺术形式的新尝试。而托马斯·品钦则喜欢文字与符号游戏，追求陌生化效果②。他将文字与图画结合，如他在《V.》（*V.*，1963）第十五

---

① Vonnegut, Kurt. *Breakfast of Champions*. New York: Rosetta Books, LLC. , 2000, p.138.

② 但汉松：《〈拍卖第四十九批〉中的咒语和谜语》，《外国文学评论》2007 年第 3 期，第 38—47 页。

章"瓦莱塔"中嵌入两张不同的"基尔罗伊"图画。[1] 他还将物理学中的图示引入小说文本，并找出其与文学语言的相似之处，这种图文结合的陌生化效果令人惊愕。在《万有引力之虹》（*Gravity's Rainbow*，1973）中，品钦还嵌入两个与火箭相关的图形，并配有相关文字解释：1）黑人支队所佩戴的钢制徽章，呈红、白、蓝三色。2）与火箭相关的图形乃斯洛索普身体消散前于厕所墙画下的十几个标记。[2] 因此，品钦的小说成为超文体、跨文类和多模态交织的一种百科全书式的互文体系。

劳瑞·安德森则在继承劳伦斯·斯特恩的基础上进行了许多创新实验。她打破艺术类别的界限，将各种文类、模态、艺术，甚至多媒体等融合在一起，形成其跨文类、跨艺术、跨媒介等独特的多模态风格小说。其表演文学包括声音、姿态、服饰、舞台效果、多媒体效果、现场气氛等，极具多模态之特征。[3] 她将各种电子乐器声音、微型炸弹、独特衣着、她朗读或表演自己作品的特殊声音、表演的场所（地窖、山洞、监狱、舞台、戏院和电影院等）以及观众等与文本融合在一起，这些融合使小说文本的意义全方位辐射并得到最充分的张扬，达到前无古人的奇特效果。其表演作品使用高科技、音乐、舞蹈等构建一个真实而艺术化的语境。其短篇小说集《神经圣经》（*Stories from the Nerve Bible: A Retrospective 1972 – 1992*，1993）虽是印刷的纸质小说，却也可在人前表演。这已非严格意义上的文学作品，而是更贴近表演的艺术。《神经圣经》还配有许多图片，图文之间并不孤立，而是在形式、内容与意义上彼此依存，相互补充，形成一个立体的多模态叙事文本。与嵌入插图不同，其小说中的图像是并置的。若无图片，亦有完整的故事情节。图像可与文字分离，文本并不通过

---

① 托马斯·品钦：《V.》，叶华年，译. 南京：译林出版社 2003 年，第 500 页。

② 托马斯·品钦：《万有引力之虹》，张文宇，译. 南京：译林出版社 2011 年，第 386 页，第 667 页。

③ 张昊臣：《多模态》，《外国文学》2020 年第 3 期，第 110—122 页。

语言的线性或设置提示强迫读者去观看图片。文字讲述海湾战争期间
"我"在机场安检，携带的一个演出道具——炸弹——引起的小误会。插
图是小说提及的有关战争的电视新闻画面，只是文中并未说明电视具体在
播什么内容，插图可理解为一段电视播放"来袭飞机被火箭击落"的插入
性次叙事单元。但它与主叙事联系并不紧密，形式上是文图并列。在演出
《神经圣经》时，除朗读时使用小提琴外，安德森还用 35 吨重的计算机、
11 种计算机语言和 3 个巨屏，而屏上则呈现出疯狂而梦幻的形象。其短篇
小说《战争是现代艺术的最高形式》（"War Is the Highest Form of Modern
Art"）记述她带着电子设备在海湾战争期间到中东各国演出的经历。文字
旁有 4 幅画：一架飞行的轰炸机、一士兵肩扛火箭筒、炸弹炸出的蘑菇云
和炸弹夜间爆炸时的火光。[①] 图片反映一个激烈残酷的战斗场面，而文字
表现的是紧张之后的惊奇、兴奋、刺激与幽默：图片产生的视觉冲击力、
文字描述的生动形象性以及赋予奇特的想象力之间既构成互文网络又形成
强烈反差。安德森用这些图片、乐器和炸弹，旨在引人关注图片主题——
战争，以及图片、乐器与炸弹所发出的声音，即文本所明言的"威权的声
音"。4 幅画与文字描述构成互文性，给读者以强烈的情感冲击。不仅如
此，安德森还把上述短篇搬上舞台。舞台上配有相关的背景画面和不同的
背景音乐，她亲自在台上朗诵，并通过声音的高低来营造独特的氛围，调
动听众的情绪，让听众的心态随着电子音乐旋律的变化从平静到激动再回
到平静，从紧张和恐惧到轻松与幽默。其表演得到观众的充分肯定。人们
称她是个跨体裁的艺术通才，富有创新精神的后现代派作家。其短篇小说
《这场风暴》（"The Storm"）亦由文字与图像构成，以揭示现实世界正走

---

① 　劳瑞·安德森：《战争是现代艺术的最高形式》，甘文平，译.《外国文学》2002 年第 3 期，第
6 页。

向消亡。文本旁是 3 幅画，画面内容渐趋递减直到无。第一幅画有三栋房、两棵树和两座山。画背后重叠无数幅内容相似却更丰富的画。第二幅画剩下两栋房、一棵树与一座山。第三幅仅有一栋房。以此推之，第四幅则是一片空白。这几幅插图代表时间流逝，画上内容递减则指涉世界变小乃至消亡。此正切合小说文本的主题：世界正走向末日，一切将会消失。抽象的文本含义与具体的画面相结合，通过视觉形象揭示出文本的深层意义。

以上所论美国文学中的图像仅为沧海一粟，目的是管中窥豹。其实，在美国文学史上，许多作家的作品皆插入图片或漫画，并与文本相互结合，如杜曼·卡波特（Truman G. Capote，1924—1984）、林达·巴丽（Lynda Barry，1948—　）和杰伊·坎特（Jay Cantor，1948—　）等皆如此。进入 21 世纪，在图像转向和多模态转向的时代潮流裹挟之下，诸多美国作家不仅注重视觉叙事，且在小说、诗歌、散文或回忆录等中皆采用图－文融合的创作手法，体现出当下视觉化和多模态化的时代特点。

第三节 乔纳森·萨福兰·弗尔
《特别响，非常近》的图像叙事

乔纳森·萨福兰·弗尔在《特别响，非常近》中插入 63 幅图像。这些图像皆穿插于文字之间并编入页码，乃成小说文本不可或缺的组成部分。它们与文字相互呼应，弥补文字无法言传的情感与思想。它们所构成的单幅图像叙事或系列图像叙事，不仅推动故事情节的发展，还与文字叙事共同构建超越文本意义的故事世界。在后语言时代，图像叙事具有文字叙事所难以比拟的审美效果与思想深度，从而构成文学中的另一个叙事维度。

关键词：乔纳森·萨福兰·弗尔；《特别响，非常近》；单幅图像叙事；系列图像叙事

一

乔纳森·萨福兰·弗尔乃第三代美国犹太小说家之代表，他在美国文坛极具先锋特质。其父是美国反托拉斯协会主席，母亲生于波兰，是犹太大屠杀幸存者之女。弗尔生于华盛顿，毕业于普林斯顿大学。他从西奈山医学院辍学后，曾做过停尸间助手、珠宝销售员、农场看管员和捉刀写手。在普林斯顿大学期间，跟随乔伊斯·卡罗尔·欧茨（Joyce Carol Oates，1938— ）学习写作，获高级创意写作论文奖。其短篇小说刊发于《巴黎评论》（*Paris Review*）和《纽约客》，荣获西洋镜小说奖（Zoetrope：All-Story Fiction Prize）。弗尔到过以色列，也曾前往乌克兰旅行。2002 年，

《了了》（*Everything Is Illuminated*）在美国一经《纽约客》刊载，即引发关注，出版社用 10 种颜色的封面凸显其独特性。该书为他赢得美国犹太图书奖（National Jewish Book Awards）和《卫报》（*The Guardian*）首作奖。其师欧茨、苏珊·桑塔格和罗素·班克斯（Russell Banks，1940—2023）等名家皆交口赞誉。《纽约时报》书评版认为该作品与英国安东尼·伯吉斯（Anthony Burgess，1917—1993）的《发条橙》（*A Clockwork Orange*，1962）旗鼓相当。2005 年，导演列维·施瑞博尔（Liev Schreiber，1967— ）将《了了》搬上银幕。2005 年，《特别响，非常近》为弗尔带来更大的荣誉和更广泛的认知度。小说甫一出版，旋登畅销书排行榜，甚至短时间内就售出数十种语言版权；数百家媒体载文评价，萨尔曼·拉什迪（Salman Rushdie，1947— ）、约翰·厄普代克（John Updike，1932—2009）、辛西娅·奥芝克（Cynthia Ozick，1928— ）等文坛前辈亦美誉有加。小说曾入围国际 IMPAC 都柏林文学奖，被《洛杉矶时报》（*Los Angeles Times*）、《华盛顿邮报》（*The Washington Post*）等数十家媒体评为"年度最佳图书"，还被誉为美国新世纪文学经典。小说被《朗读者》（*The Reader*，2008）导演史蒂芬·戴德利（Stephen Daldry，1961— ）看中，改编成同名电影，由汤姆·汉克斯（Tom Hanks，1956— ）主演。2012 年初，据此改编之同名电影（亦译《咫尺浩劫》）在纽约上映，获最佳影片、最佳男主角两项奥斯卡奖提名。2009 年，非虚构作品《吃动物》（*Eating Animals*）探讨对工厂化农场的质疑及杂食者的两难困境。弗尔结合哲学、文学、科学及其"卧底"经历，探究形成饮食习惯的一些约定俗成的传说。该作品得到《纽约时报》《洛杉矶时报》《泰晤士报》等主流媒体以及诺贝尔文学奖得主库切（J. M. Coetzee，1940— ）、奥斯卡金像奖影后波特曼（Natalie Portman，1981— ）等一致推荐。波特曼因此成为纯素食主义者，并以此书为蓝本，监制拍摄了同名纪录片。2010 年出版的小说

《符号之树》（*Tree of Codes*）更像一个艺术作品。弗尔将一个个词语从波兰籍犹太作家舒尔茨（Bruno Schulz, 1892—1942）的短篇小说集《鳄鱼街》（*The Street of Crocodiles*, 1934）英译本中挖走，每页都被裁剪成一个个方洞，仅露出部分文字，最终变成另一个新故事。2016 年，《我来了》（*Here I Am*）描写了影响生活在华盛顿的一个犹太人家庭所有成员的系列事件，如离婚、自杀、地震、中东战争与犹太成人礼等。2019 年，非虚构作品《我们就是天气：拯救地球从早餐开始》（*We Are the Weather：Saving the Planet Begins at Breakfast*）获《金融时报》（*Financial Times*）年度最佳图书、《卫报》年度饮食类最佳图书。

弗尔迷恋语言、结构与形式，他遵循自己的本能去写作，旨在探寻自由。正因如此，其作品既是探寻式的亦是表现性的。其语言实验可追溯到 2002 年 6 月他发表于《纽约客》杂志的短篇小说《心脏病标点初级教程》（"A Primer for the Punctuation of Heart Disease"）。他生造出古怪标点，如"沉默号"（silence mark）、"执意沉默号"（willed silence mark）、"不懈问号"（insistent question mark）、"非感叹号"（unexclamation point）和"低落号"（pedal point）等来描绘文字间难以言状的微细感觉。这被视作弗尔文学创作之原点：探寻语言本身与语言的边界，探求各种可能性补缀语言之不可能。《了了》就利用语言游戏创造出独特的叙事声音，以错位的幽默语言讲述苦涩的寻根故事。

弗尔的叙事风格大胆、彻底而激进。他既在语言层面追求独特风格，又不断探索小说的边界，如图像、文字排版、连续空白页等，寻找白纸上的所有可能性。保罗·奥斯特（Paul Auster, 1947—　）《孤独及其所创造的》（*The Invention of Solitude*, 1982）第二章《记忆之书》（The Book of Memory）开篇曰："他把一张空白的纸放在面前的桌上，用他的笔写下这些词。曾经如此。此后不再。"① 弗尔曾写信给奥斯特并非索要其签名，而是要一张创作下一部作品的白纸。他也曾向多位知名作家索要白纸，如海伦·德维特（Helen DeWitt, 1957— ）给了他一张会计纸，桑塔格给了他一张信纸，而欧茨则给了他一张对折的废纸等。弗尔对纸张并不介意，而是装裱好所收集的白纸，并挂于客厅。②《特别响，非常近》中的图像说明，弗尔并非进行哗众取宠的行为艺术，而是其作家本能与艺术本性使然。这些白纸，空无一字，正是每一部小说开始前无法穷尽的可能性。面对一张白纸，一切皆有可能。史蒂文·艾奇逊（Steven T. Atchison）认为，"弗尔运用共同创作观念，邀请读者一起填充空白，参与到文本的生产创作中，从而增强处理难以表征之伦理意识"。③

2007 年，弗尔入选《格兰塔》（Granta）杂志"美国最优秀青年作家"，亦入选柏林美国学院院士。2010 年，他入选《纽约客》"四十岁以下二十位最佳作家"。他也曾入选《前进》（Forward）杂志"50 位最具影响力的犹太裔美国人"。目前，弗尔担任纽约大学创意写作课程教授，与同是作家的妻子妮可·克劳斯（Nicole Krauss, 1974— ）④ 住在纽约布鲁克林。迄今，弗尔的作品版权已输出到 36 国而享誉全球。

二

在后语言时代，文字和图像、历史与现实相结合乃一种新的叙事形

---

① 保罗·奥斯特：《孤独及其所创造的》，btr, 译. 杭州：浙江文艺出版社 2009 年。

② 《一张白纸的可能性》，2012-07-03. http://www.eeo.com.cn/2012/0703/229292.shtml.

③ Atchison, Steven T. "The Spark of the Text: Toward an Ethical Reading Theory for Trauma Literature." Greensboro: UNCG, 2008, p. 15.

④ 妮可·克劳斯已出版《走进房间的男人》（Man Walks Into a Room, 2002）、《爱的历史》（The History of Love, 2005）、《大宅》（Great House, 2010）等长篇小说，而其短篇小说曾收入美国最佳短篇小说集。

式。叙事乃语言文字与视觉图像等最根本之结合点。以传统观之，语言文字乃最常见之叙事方式。然而，在视觉转向与多模态转向后的21世纪，文学已不再是纯粹语言的艺术。与语言文字相比，视觉图像具有语言文字无可比拟的符号性与形象性，更可超越国家、民族和文化之隔阂。语言文字可叙事，视觉图像亦然。二者形成互文与互补关系，共建文学文本的整体意义。

《特别响，非常近》共17章，叙事以奥斯卡—爷爷—奥斯卡—奶奶为序，循环4次。小说以奥斯卡叙事为主，占9章；爷爷、奶奶叙事各4章。小说中共有63幅图像：坠落图18幅，门锁、门窗和钥匙图10幅，纽约图11幅（包括帝国大厦人影、纽约市区、纽约夜景、纽约星空和轮渡等），人物图7幅（如霍金电视剧照、劳伦斯·奥立弗扮演的哈姆莱特手持骷髅剧照、倒地网球运动员、原始人行走、让-皮埃尔·艾涅尔从和平空间站回地球、女人背影、男人背影等），动物图3幅（象眼、跳跃的猫和交配的乌龟），飞鸟图3幅，还有指纹、珠宝、纸飞机、过山车、手指骨架以及奥斯卡爷爷左手的YES与右手的NO等。第53—67页共13幅图（其中第60—61页的纽约市区图跨页）次第编排，乃因奥斯卡晚上难以入眠，在翻看其剪贴簿。小说最后15页坠落的人飞升图虽未编入页码，却也成为小说的有机组成部分。其他图片则穿插在小说文本之中，与语言文字叙述形成互文关系。小说中还有一句话一页26页、空白页3页（第123—125页）、彩色字5页、数字排列近6页、文字叠加近4页、红笔圈点9页、插入删除符号4页以及不同字体排版，还有书信、采访录音与电话留言等。如此众多的模态与跨文类书写皆与人物的身份、小说主题等密切相关，并成为小说结构的组成部分，还与其他模态共建故事世界。

乔纳森·萨福兰·弗尔在小说中插入如此众多的非语言模态曾引发学界关注与热议。持否定意见者有之，或认为有些图像与情节无关，庸俗且毫无意义；或认为非语言模态是作者之噱头或花招，甚至指责小说中过多的图像令人生厌；① 或认为图像不适合创伤叙述，而是将历史事件演变成一种文字游戏②。厄普代克虽盛赞之，却对其中众多的图像仍有微词。然而，更多的是对该小说中的图像和图像叙事赞誉有加。③ 萨尔曼·拉什迪称之为令人眼花缭乱的小说；王建会称这些非语言模态叙事为元语言（metalanguage）或副语言（paralinguistic）叙事。④ 亚伦·毛萝（Aaron Maoro）认为弗尔对视觉形象的使用堪比德里罗《坠落的人》。⑤ 角谷美智子（Michiko Kakutani, 1955—　）认为，小说中那些非逻辑性叙述图片、信件等对主人公内心的呈现具有重要作用。⑥ 克里斯蒂安·范斯勒伊斯（Kristiaan Versluys, 1951—　）探讨小说语言（语言与其他模态）与历史之关系，肯定作者对生命、死亡与意义等的哲思⑦。菲里佩·考德（Philippe Codde, 1972—　）虽有异见，却也盛赞该小说中的艺术特色。⑧ 小说中这些极具视觉冲击力的图像既凸显分裂与怪异，亦填补语言无法言

---

① Atchison, S. Todd. "'Why I Am Writing from Where You Are Not': Absence and Presence in J. Safran Foer's *Extremely Loud and Incredibly Close*." *Journal of Postcolonial Writing*, 2010 (46), pp. 359−368. Siegel, Harry. "Extremely Cloying and Incredibly False." *The New York Press*, April 13, 2005. http://www.nypress.com/extremely-cloying-incredibly-false.

② DeRosa, Aron. "Analyzing Literature after 9/11." *Modern Fiction Studies*, 2011 (3), pp. 607−618.

③ Updike, John. "Mixed Messages." *The New Yorker*, 2005 (4), p. 138.

④ 王建会：《"难以言说"与"不得不说"的悖论——〈特别响，非常近〉的创伤叙事分析》，《外国文学》2013 年第 5 期，第 147—155 页。

⑤ Maoro, Aaron. "The Languishing of the Falling Man: Don DeLillo and Jonathan Safran Foer's Photographic History of 9/11." *Modern Fiction Studies*, 2011 (3), pp. 584−606.

⑥ Kakutani, Michiko. "A Boy's Epic Quest, Borough by Borough." *The New York Times*, March 22, 2005. http://query.nytimes.com/gst/fullpage.html.

⑦ Versluys, Kristiaan. *Out of the Blue: September 11 and the Novel*. New York: Columbia UP, 2009, pp. 79−119.

⑧ Codde, Philippe. "Philomela Revisited: Traumatic Iconicity in Jonathan Safran Foer's *Extremely Loud and Incredibly Close*." *Studies in American Fiction*, 2007 (2), pp. 241−254.

说的意义，即凸显创伤之难以言说性。

　　乔纳森·萨福兰·弗尔曾以博尔赫斯短篇小说《博闻强记的富内斯》（"Funes，the Memorious"，1942）为例，说明语言只是一个近似值。《特别响，非常近》最大的特点是以各种图片或图片序列校正、补缀，甚至挑战语言的近似值。小说中的视觉元素或提出问题，如52页以绿色书写的"紫色"（purple）就包含对符号学的思考，又成为推进小说情节的线索；或表达某种情绪，如文字不断叠加到无法辨认乃至成为黑页，以表现奥斯卡爷爷的内心状态。① 在失语后，爷爷不得不使用非情境化的文字、图片、数字符号等去言说，解码历史与现实之后再进行重新编码。这些独特的"言说"强化了"创伤的不可言说性"主题，增加了小说的历史厚重感与真实感。弗尔将图像叙事融入文字叙事，"融创伤人物、创伤书写和承载创伤记忆图片于一体"②，"反思生命意义、深度观照历史并使历史与现实交融……"③ 从某种意义上说，图像叙事比单一的语言叙事更具有震撼人心的力量。弗尔将文字与图像结合的"视觉写作"（visual writing）为21世纪的小说创作找到了独特的叙事手法与艺术表达方式。图像叙事具有文字叙事难以比拟的审美效果与思想深度，从而构成文学叙事的另一个别样的维度。

　　在《特别响，非常近》中，每一幅图像皆与文字内容相互呼应，皆是小说情感的形象化表达。宝石盒、中央公园的照片承载着奥斯卡对其父亲无法忘怀的记忆。奥斯卡用爷爷的相机拍摄的照片，也暗示小说另一条情

---

① 《一张白纸的可能性》，2012-07-03. http://www.eeo.com.cn/2012/0703/229292.shtml.

② 杨金才：《论新世纪美国小说的主题特征》，《深圳大学学报（人文社会科学版）》2014年第2期，第6—12页。

③ 杨金才：《21世纪外国文学研究新视野》，《湖南科技大学学报（社会科学版）》2015年第1期，第32页。

节线索——爷爷奶奶的创伤之旅。作为媒介，相机之于照片相当于眼睛之于现场；同时，有关爷爷、奶奶的叙事镶嵌在奥斯卡的叙事之中，此可视为奥斯卡寻找爷爷奶奶的人生之旅。有些图像如寓意深刻的飞机、轮渡、空中飞鸟、坠落的猫、坠落的人等则构成小说多个层面的意象与隐喻。在宏观上，这些意象暗示着小说所探寻的深层主题——灾难、死亡、救赎和记忆。因此，小说中所有图像迥异于传统意义上的小说插图，其意义在文本图像化和图像文本化的过程中得到了升华。这些图像揭示了小说的主题，并逐渐成为小说的主导意象。奥斯卡有一本题为《发生在我身上的事》（Stuff That Happened to Me）的图片剪贴簿，其中有地图、绘画，有来自杂志、报纸和网络的照片，还有他用爷爷相机拍摄的照片。这些图像是奥斯卡的世界，也记录了他的生活，是其认知、接触世界的途径与方式；同时，图像亦参与故事情节的发展，当奥斯卡翻阅其剪贴簿时，我们也跟他一起浏览，并在浏览阅读中阐释那些图片，亦了解奥斯卡的心路历程。若将奥斯卡的剪贴簿作为一个整体叙事，那么，其中所有图像均是图像叙事中的一员，参与并建构文本的整体意义。其中的图像并不按图像发生时的先后顺序连接，但图像本身却暗含奥斯卡探寻其父死因而在纽约的“求锁”之旅。看似零散的图像便结合成一个视觉统一体，每一张图像都记录了奥斯卡追寻过程中的一个瞬间，并将瞬间的精华凝固在以图像为载体的空间之中。63 幅图像穿插于小说文本之中，与文字形成互文关系，弥补文字无法表达的情感和思想，构成文字叙事与图像叙事叠加的复调叙事。语言文字与视觉图像等不同模态的协同整合既加强了小说叙事的真实性，又增加了读者与文本之间的互动性。

三

龙迪勇《图像叙事：空间的时间化》一文将图像叙事分单幅图像叙事

与系列图像叙事两类。单幅图像叙事指在一幅单独的图像中达到叙事目的，其叙事模式有三，即单一场景叙事、纲要式叙事与循环式叙事。单一场景叙事，指作家以单一场景表现出"最富于孕育性的顷刻"，并通过这个单一场景来暗示事件的前因后果，使观者在意识中完成一个叙事过程。纲要式叙事（综合性叙事），指将不同时间点上重要的场景或事件要素并置于同一画幅上。循环式叙事，指融合一系列情节的叙事模式，这种模式消解时间逻辑而遵循空间逻辑。① 一般而言，叙事具有时间性，即人物与事件等按一定时间顺序出场，而图像则具有空间性。就单张图像而言，它仅是空间与时间的一块切片——截取时间中的一个点，反映一个时间点上的空间状貌。单独图像因失去与时间流的联系与连续性，故其叙事性不强。然而，插入小说中的图像则独具叙事特性，因文字叙事使图像重新时间化，即将图像重新纳入小说叙事的时间进程之中，使之产生出超越单独图像所具有的意义。同时，语言文字打破了图像本身的含义而衍生出新的意义。② 赵宪章则指出文字叙事和图像叙事之别在于，文字是实指而图像是虚指。文字能割裂图像与其所指的联系，即小说的文字叙事能使图像产生与图像原意迥异的意义。③ 作家将图像插入叙事文本，并不表达图片本身的含义，而是表达与小说叙事意图相吻合的意义。《特别响，非常近》中有 20 余幅单幅图像，如霍金电视剧照、劳伦斯·奥立弗扮演的哈姆莱特手持骷髅剧照、纸飞机、交配的乌龟、珠宝、倒地网球运动员、原始人行走、让－皮埃尔·艾涅尔从和平空间站回地球、象眼、女人背影、过山车、手指骨架、跳跃的猫、轮渡、帝国大厦人影、纽约夜景、男人背影和

①　龙迪勇：《图像叙事：空间的时间化》，《江西社会科学》2007 年第 9 期，第 39—53 页。
②　龙迪勇：《图像叙事：空间的时间化》，《江西社会科学》2007 年第 9 期，第 39—53 页。
③　赵宪章：《语图互仿的顺势与逆势：文学与图像关系新论》，《中国社会科学》2011 年第 3 期，第 170—184 页。

纽约星空等。纵览全书，这些图像大多采用先文后图，仅有极少数是先图后文或图文互穿，如第 55 页劳伦斯·奥利弗扮演的哈姆莱特手持骷髅图现于奥斯卡第二次叙述，而相关文字叙述则在奥斯卡第 3、4 次叙述中才出现；第 100 页的女人背影，实是奥斯卡用爷爷的相机给阿比·布莱克拍的，而第 306 页则是阿比之夫威廉·布莱克的背影，两张图像贯穿于文字叙述之中；第 252 页的帝国大厦人影图与第 259 页的纽约夜景图亦穿插于叙述的文字之间。小说中既有单幅图像叙事亦有系列图像叙事，二者共同参与语言文字叙事。所有图像均与文字叙事构成互文，二者在一定程度上互相阐发、解释或延伸，共同完成小说文本意义的建构。

单幅图像缺少叙事性，但在与文字结合之后，就产生图像叙事与文字叙事的叠加效果。小说中的单幅图像叙事大多属于单一场景叙事，即单一场景表现出"最富于孕育性的顷刻"，其叙事则通过图像和文字共同完成。阿比·布莱克背影照及其丈夫威廉背影照、第 54 页斯蒂芬·霍金的电视剧照（见图 3-1）、第 55 页的劳伦斯·奥立弗扮演的哈姆莱特手持骷髅剧照（见图 3-2）等皆属单一场景叙事。阿比和威廉的两张背影照构图相似，背影可见肩部和后脑勺；后脑勺占画面的三分之二，肩部仅占四分之一弱。阿比头发乌黑，脑后可见用胶圈扎上的马尾，两耳对称，耳上挂有一对耳坠；而威廉除渐白的头发外，并无细节可言。若无文字，它们只是两张以后脑勺为主的背影照而已。但在与文字结合后，就凸显出图-文双重叙事的优势。奥斯卡拜访房主阿比·布莱克时，觉得她"特美"，甚至想提升自己的谈吐举止，为获其芳心还谎报年龄。奥斯卡此时的心理活动有些令人费解，但若将阿比视为母亲，问题就迎刃而解了。从心理学而言，奥斯卡渴望母爱，是他将对母亲之爱转移到陌生女士身上的一种移情效应（transference）。阿比背影照中的细节也真实地表达了奥斯卡对母爱之渴求。奥斯卡为何要拍这张背影照呢？这表明他不愿面对残酷的现实。威廉乃阿

图 3-1　斯蒂芬·霍金的电视剧照　　　图 3-2　劳伦斯·奥立弗扮演的哈姆莱特
　　　　　　　　　　　　　　　　　　　　　　　手持骷髅剧照

比之夫，亦是锁的主人。布莱克父子关系欠佳，父亲遗留的钥匙被无意卖掉后，威廉也一直在寻找那把钥匙。奥斯卡也是偶然从父亲遗物中发现一把钥匙后，才踏上寻锁之旅。二人同病相怜，遂开启了沟通之心门。在寻找过程中，奥斯卡走进了他人的生活，了解了他人的苦痛与创伤，也学会了如何走出人生的创伤。奥斯卡之求锁与威廉之寻找钥匙实是他们在寻找过去，探寻并实现父子之间的沟通。因此，奥斯卡将威廉视为父亲，并对对他说："你能原谅我吗？原谅我没能接电话？没能告诉任何人？"① 威廉肯定的回答最终打开了奥斯卡的心结。最终，奥斯卡与母亲和解，走出了创伤的阴霾。阿比背影图与威廉背影图不仅将两对父子和一对陌生人联系

① 乔纳森·萨福兰·弗尔：《特别响，非常近》，杜先菊，译. 北京：人民文学出版社 2012 年，第 302 页。

在一起，更成为小说情节发展最重要的线索之一。

"有时，单幅图片构图丰富活泼，内容也充实得热力四射，也是可以在单幅的影像中包含完整的事件的。"① 斯蒂芬·霍金的电视剧照就如此（见图 3 - 1）。此照现于奥斯卡第二次叙事中，但第一次叙事中，即"最坏的那一天结束几个星期后"②，奥斯卡在读完《时间简史》（*A Brief History of Time*，1988）后就开始给霍金（Stephen W. Hawking，1942—2018）写信，希望当其门徒。奥斯卡酷爱科学与探索，也热爱发明，在小说中他就有诸多新奇炫酷的发明。他先后五次给霍金写信，而霍金前四次回信的内容完全一样，分别现于第 12、108、203、248 页。霍金的回信看似亲切而实属自动回复，这使奥斯卡略感惆怅。第二封信现于奥斯卡痴迷想象的世界而无法与祖母交流之时；第三封信则现于奥斯卡发现学校生活枯燥乏味，同学视之为怪人，而他寻找"布莱克"又处处受挫之时；第四封信现于结尾处，当时奥斯卡已找到阿比·布莱克家，得知其已离异的丈夫威廉才是该钥匙的主人。霍金这些内容相同的回信见证了奥斯卡求锁的心路历程，表达了一种无法得到回应与理解的孤独感与无助感。第五封回信现于奥斯卡第八次叙事中，也是奥斯卡期盼已久的回信：

> ……你在给我的第一封信中问你能不能成为我的门徒。这个我不知道，但我很高兴让你来剑桥待上几天。……
>
> 你可以在科学界有一个光明前程，奥斯卡。
>
> 我很乐意尽我的所能为你开辟这条道路。……

---

① 亨利·卡蒂埃 - 布勒松：《摄影的表达旨趣》，顾铮，编译：《西方摄影文论选》，杭州：浙江摄影出版社 2003 年，第 50 页。

② 乔纳森·萨福兰·弗尔：《特别响，非常近》，杜先菊，译. 北京：人民文学出版社 2012 年，第 11 页。

……你在第五封信中问道："如果我永远不停止发明呢？"这个问题一直萦绕在我脑海里。

……我毕生都在观察宇宙，主要是用我大脑的眼睛。这是一种非常有意义的生活，一种美好的生活。①

霍金每次回信都是在奥斯卡苦苦"求锁"中的关键时刻，伴随奥斯卡不断地成长。当奥斯卡收到霍金第五封回信时，他也找到了钥匙的真正主人——威廉·布莱克，完成了他的"求锁"之旅。霍金电视剧照和文字叙事构成的图文关系恰好实现了奥斯卡的愿望——希望霍金成为其精神导师。霍金还出现在 A. R. 布莱克的卡片上："斯蒂芬·霍金：天文物理学"②。剧照中的霍金坚毅的眼神象征热爱生命、身残志坚，更重要的是图像与二人之书信往来构成互文，贯穿小说始终。若单独观看这张霍金电视剧照，似并不具备叙事性。然而，将霍金照与文字叙事结合而构成的图文叙事则超越了单独的文字叙事或图像叙事，从而丰富了小说文本的叙事。

奥斯卡在叙事中屡次提及莎士比亚的悲剧《哈姆莱特》。第 55 页就是一幅劳伦斯·奥立弗扮演的哈姆莱特手持骷髅剧照（见图 3-2）。1948 年，劳伦斯·奥立弗（Laurence Olivier，1907—1989）自导自演的《哈姆莱特》获奥斯卡最佳导演提名、奥斯卡最佳男主角奖和奥斯卡最佳影片奖。这幅电影剧照就出自他主演的《哈姆莱特》。此乃以艺术形式表现死亡主题，

---

① 乔纳森·萨福兰·弗尔：《特别响，非常近》，杜先菊，译. 北京：人民文学出版社 2012 年，第 317 页。

② 乔纳森·萨福兰·弗尔：《特别响，非常近》，杜先菊，译. 北京：人民文学出版社 2012 年，第 160 页。

再现哈姆莱特式的创伤："生存还是毁灭，这是个问题。"① 在读完《时间简史》第一章后，奥斯卡感慨道："生命是多么微不足道。和宇宙相比，和时间相比，我是否存在，根本就无关紧要。"② 在《哈姆莱特》一剧中，奥斯卡曾扮演其中的骷髅约里克。他发表了哈姆莱特式的独白："那天晚上，在舞台上，在骷髅面具下，我觉得和世间万物无比亲近，却又无比孤独。此生此世，我第一次怀疑，生命是不是值得花费这么多的力气去活。到底是什么东西使它值得去活？永远死去，不再有任何感情，甚至连梦都没有，到底有什么可怕的？感情和梦想又有什么了不起呢？"③ 其内心独白与哈姆莱特"生存还是毁灭"的独白形成互文性。二人颇有相似之处：父亲死于暴力事件，遭受心灵创伤而抑郁；对母亲移情别恋深感不满；思考国家乃至人类命运以及面对世界感到困惑与无奈等。"生存还是毁灭"跨越时空成为一种文化符号，更成为亘古以来人类所共同面对的问题。

第 58 页的珠宝图、第 64 页的网球运动员倒地图、第 97 页的大象之眼（见图 3-3）等也属单一场景叙事。同样，几乎每一幅单独图像都与文字形成互文关系，从而形成文字叙事与图像叙事的合力，共同建构文本的整体意义。珠宝图将奥斯卡爷爷、奶奶和父亲联系起来。老托马斯不喜欢珠宝，却为了生计去从事这个行业，从助理经理到经理。奥斯卡父亲也曾谈及过管理家族珠宝生意之事。④ 网球运动员倒地图曾出现在《纽约时报》

---

① 乔纳森·萨福兰·弗尔：《特别响，非常近》，杜先菊，译. 北京：人民文学出版社 2012 年，第 143 页。

② 乔纳森·萨福兰·弗尔：《特别响，非常近》，杜先菊，译. 北京：人民文学出版社 2012 年，第 87 页。

③ 乔纳森·萨福兰·弗尔：《特别响，非常近》，杜先菊，译. 北京：人民文学出版社 2012 年，第 146 页。

④ 乔纳森·萨福兰·弗尔：《特别响，非常近》，杜先菊，译. 北京：人民文学出版社 2012 年，第 8 页。

图 3-3　象眼

的头版（第 14 页），这张照片承载着父子共度的最后时光，装载着奥斯卡对父亲的回忆。大象之眼现于奥斯卡第三次叙事中，他在阿比·布莱克家目见大象的照片，遂谈到大象的超知：相隔很远却能约会碰头，知道敌友所在地，无需地理线索就能找到水等。他们还谈及大象能发出深沉的呼唤以互相交谈，大象的记忆力特强，能记住几百种甚至几千种叫声。当听到死去亲属的叫声时，大象似在哭泣。这是大象眼部的一个特写，象眼周围满布皱纹，皮质坚硬；其眼深邃，温柔而慈祥，似有一种穿透人心的力量。眼眶湿润，似见泪水欲滴，"这张照片里的大象看着就像在哭"①。此时，文字叙事表明奥斯卡尚未找到钥匙的主人。当他用相机拍下这张照片时，不仅将时间凝固在空间之中，而且通过与文字叙事的结合揭示出奥斯卡失望甚至是绝望的心情。

图像与文字形成互文，如第 57 页的交配的乌龟图与奥斯卡第一次叙述提及"世界实际上是托在一只大乌龟背上的一块平板"②，第二次叙述他欲

---

① 乔纳森·萨福兰·弗尔：《特别响，非常近》，杜先菊，译. 北京：人民文学出版社 2012 年，第 96 页。

② 乔纳森·萨福兰·弗尔：《特别响，非常近》，杜先菊，译. 北京：人民文学出版社 2012 年，第 11 页。

发明一个特大口袋，装下整个宇宙。然而，不可能有任何发明能解决这个问题，于是，他晚上难以入眠，觉得自己"就像那只宇宙间的一切都压在它背上的乌龟"[①]。在第四次叙述中，阿贝·布莱克说服奥斯卡一起坐旋风过山车。他们坐在前排座位上，当过山车往下冲时，他想到的是"摔落"[②]。接着在第 150 页就出现一张过山车的图片。图文互为印证互为补充，故在文字描述外以图片形式直观呈现坐过山车之情境，使小说不仅可读更可视。第 194

图 3-4　跳跃的猫

页跳跃的猫（见图 3-4）与奥斯卡第五次叙事形成互文。奥斯卡曾将其猫巴克敏斯特带到学校，将其从屋顶扔下，演示猫可将自己变成小降落伞，以致安全着落，免受伤害。猫在空中飞跃，反映奥斯卡的幻想空间——若父亲能像猫那样会飞就好了，因为猫能从 12 层楼跳下而不会摔伤。猫在西方象征着邪恶，猫有九命，坠落后它们不一定会死，在此，似乎寄托着奥斯卡的某种期待。图文相互依赖，分别属于阐释关系和增强关系。若对比"坠落的人"和"跳跃的猫"这两幅图，则可以发现猫与人都占据图的中心，猫成弓形（降落伞式）下落，人则背朝下，隐喻了"猫生人亡"的可

---

① 乔纳森·萨福兰·弗尔：《特别响，非常近》，杜先菊，译．北京：人民文学出版社 2012 年，第 74 页。

② 乔纳森·萨福兰·弗尔：《特别响，非常近》，杜先菊，译．北京：人民文学出版社 2012 年，第 149 页。

能性；黑色背景上的白猫，清晰浅光的特写，凸显的是猫的敏捷；灰白背景，前置人影，光线模糊，凸显的是人对死亡的恐惧。一浅一深，一黑一白，两幅不同的坠落图都是奥斯卡脑中不断闪回的片段，错乱的排列顺序展现出奥斯卡意识的混乱与空白。第 247 页的轮渡图与奥斯卡第七次叙事之渡船互文。他花了两小时才被劝说登上去斯塔腾岛渡船寻找乔治娅·布莱克。在他心里，"渡船是明显的潜在袭击目标，此外，不久前还有一次渡船事故"①，更何况其《发生在我身上的事》中已有一张因渡船事故而失去胳膊和腿的人的照片。在奥斯卡第九次即最后一次叙事中，他晚上乘加长轿车前往墓地的途中，他用爷爷的相机给星星拍照，然后"把星星连成了'鞋'和'惯性'和'无敌'"②。小说第 333 页便出现了纽约星空照。

如果说单幅图像大多在与文字叙事形成互文后才发挥出图像叙事的作用，那么，我们可从以下论述见到纲要式叙事，或曰综合性叙事——将不同时间点上重要的场景或事件要素并置于同一画幅上。第 63 页满墙的钥匙图将各种不同钥匙并置于同一图上，而第 65 页的指纹图则将 20 余枚不同编号的指纹组合并置于同一空间之中。若将一把钥匙视为一个时间点上的事件，那么，如此众多的钥匙便有了时间中的空间和空间中的时间，从而具备了叙事功能。不过，这仍需读者将图像、文字和想象三者结合方能完成叙事。与此类似的是，每一枚指纹是在不同时间和地点取自不同的人，然而，作者将这些指纹并置于同一幅图中，必蕴含其深意。这些单幅图像叙事延展了事件的时间过程，将瞬间定格为永恒。第 66 页的一对原始人行走图与第 67 页的人类首次成功登月归来图并非在同一画幅中，然而，若将

---

① 乔纳森·萨福兰·弗尔：《特别响，非常近》，杜先菊，译. 北京：人民文学出版社 2012 年，第 245 页。

② 乔纳森·萨福兰·弗尔：《特别响，非常近》，杜先菊，译. 北京：人民文学出版社 2012 年，第 331 页。

二者并置而观，两张照片则颇有穿越时空的意味。在如此大的时间跨度中，世界上发生了太多的战争和灾难，经历了巨多的苦难与创痛。这些皆值得人类深思：人类该如何走出困境从而挽救其命运？

小说中单幅图像承载着深刻的寓意，与文字叙事相得益彰。这些图像并非随意放置，而是作者精心设计的并使之成为小说文本的有机组成部分。这些单幅图像既是一种叙事策略，又是小说结构的一部分。当它们与文字模态结合后，就构建出超越文本意义的故事世界。

四

图像叙事具有文字叙事无法比拟的审美效果和深刻寓意，它已然成为 21 世纪一种特殊的基本语言与表达方式。[①] 龙迪勇论及单幅图像叙事，却因系列图像叙事的形态复杂且较难分类而未曾有所论述。[②] 这委实是一种遗珠之憾！！所谓系列图像叙事，是指串联多个图像以构成一个完整的叙事体系。《特别响，非常近》中有三分之二的图像是形成系列的，或曰可以归类的。下文拟从语境性、空间性和时间性等三方面，将该小说中的图像分成门锁门窗与钥匙系列图像、飞鸟系列图像、纽约都市系列图像以及坠落系列图像等四类，从而形成各自的系列图像叙事。此种叙事同样推动故事情节的发展，并与文字叙事共建小说文本的整体意义。

第一，门锁门窗与钥匙系列图像叙事。在《特别响，非常近》中，奥斯卡偶获父亲遗留下的一把钥匙，遂踏上求锁之旅。因此，在文字与图像语境中，钥匙便与门锁门窗互为关联。小说中的 5 幅门锁图、3 幅门窗图

---

① 王维倩：《论〈特别响，非常近〉的图像叙事》，《湖南科技大学学报（社会科学版）》2015 年第 5 期，第 45—50 页。

② 龙迪勇：《图像叙事：空间的时间化》，《江西社会科学》2007 年第 9 期，第 39—53 页。

和 2 幅钥匙图等构成门锁门窗与钥匙系列图像叙事。

　　门锁虽寻常，却是生活中不可或缺之物。当其以图像形式屡现于小说中时，门锁自然就被赋予了象征或特殊的含义。小说中的 5 幅门锁图分别出现在第 29、117、135、217、270 页，穿插在爷爷的 4 次叙述之中。门锁是奥斯卡欲寻找的对象，它们与文字形成一种潜隐的互文关系，具有隐喻或象征的作用。门锁系列图与小说情节紧密相关，不仅将祖孙求锁、探父死因与祖父回忆三部分巧妙地衔接在一起，而且构成爷爷与安娜及安娜之妹（奥斯卡奶奶）的生死爱情故事的叙事线索。第 29 页的门锁图出现在爷爷第一次叙事中。门内侧有门把手和插销，插销倾斜，寓其爱之倾斜。关闭之门暗示爷爷在纽约面包房与安娜之妹邂逅时，"已经不能说话了"[1]。安娜以及未出世的孩子之死乃其永远无法抚平的心灵创伤。即便安娜之妹向他说："请你娶我"[2]，他同意，而心中的爱之门却早已关闭，故他处于希望打开却又不敢打开心门的为难处境。第 117 页的门锁照出现在爷爷第二次叙述中。门外侧有门把手和钥匙孔。此时，他去找安娜，却并未见到："我等了一整天。……她是在躲着我吗？""我的内核跟随着她，我只剩下躯壳。"[3] 门锁暗示急迫地等待着安娜向他打开婚姻的大门。6 日后，爷爷终于见到安娜，并送出了爱之信息。然而，门上钥匙孔需安娜那把钥匙，方能开启爱情之门。第 135 页的门内侧有门把手和插销，插销处于开

① 乔纳森·萨福兰·弗尔：《特别响，非常近》，杜先菊，译. 北京：人民文学出版社 2012 年，第 28 页。

② 乔纳森·萨福兰·弗尔：《特别响，非常近》，杜先菊，译. 北京：人民文学出版社 2012 年，第 31 页。

③ 乔纳森·萨福兰·弗尔：《特别响，非常近》，杜先菊，译. 北京：人民文学出版社 2012 年，第 116 页。

启状。此时，他知妻已怀孕，他对她说"我得走了"①。他欲买一张去德累斯顿的火车票，回到他曾失去爱之所在。他太害怕失去所爱，故拒绝去爱。锁已开启，他欲打开这扇门，离开这个家。第四张门锁照出现在爷爷的第三次叙事中，门看不出是内还是外，门上有把手却无钥匙孔或插销。此时，爷爷讲述二战期间德累斯顿轰炸，他在失去一切前"还拥有一切"②，安娜怀孕了，他喜出望外，可转瞬之间，一切都烟消云散。门之互为内外预示爷爷与安娜之爱亦然。第五张门锁照出现于爷爷第四次叙事中。门外侧倒置，把手在下而锁孔在上。此时，他获悉唯一之子意外身亡，整个世界似再次颠倒过来一样，他再次失去生命中的一切，再度体验丧子之痛。此亦说明家似门锁般在他面前永远关闭了。爷爷叙事通过门锁所展现的空间图像将其与安娜及安娜之妹的爱情在时间之流中连接起来，从而赋予爱与被爱一种悲情的意味。无论是对轰炸中死去的、尚未出生的孩子、恋人与家人，还是对幸存的相依为命的奶奶，抑或对意外死去的儿子，爷爷的心锁一直伴随着他，既无法打开，也无法从心中排除。③ 因此，尽管小说主线是奥斯卡的寻锁之旅，但也暗示爷爷乃至每个人的"求索"之旅。5 幅门锁的锁孔从空心锁眼到实心锁眼，再到现代式锁眼，也形象地表征了奥斯卡在寻锁过程中的情感变化，从希望到失落，到最终接受现实的心路历程。

---

① 乔纳森·萨福兰·弗尔：《特别响，非常近》，杜先菊，译. 北京：人民文学出版社 2012 年，第113 页。

② 乔纳森·萨福兰·弗尔：《特别响，非常近》，杜先菊，译. 北京：人民文学出版社 2012 年，第219 页。

③ 王维倩：《论〈特别响，非常近〉的图像叙事》，《湖南科技大学学报（社会科学版）》2015 年第 5 期，第 45—50 页。

小说中还有 3 幅门窗紧闭的图像，即第 201 页上紧闭的大门，第 93、301 页阿比家紧闭的相同门窗。这 3 幅门窗图出现在奥斯卡的叙述之中。紧闭的门窗影射小说人物之间情感交流的中断。第 201 页紧闭的大门出现在奥斯卡找到艾伦·布莱克之后。艾伦曾是工程师，可现在是中央公园一栋楼的看门人。显然，紧闭的大门在此具有隐喻或象征意义。最扣人心弦的当属第 93、301 页上的重复图像——阿比家的大门。奥斯卡第一次造访阿比时，因她伤心过度而未告之全部情况。当她电话奥斯卡家时，奥斯卡却因父之死而害怕再接电话，故未听电话留言。他再访阿比时，才发现事实真相——阿比丈夫威廉就是钥匙的主人。原来威廉之父在庭院甩卖中将一只蓝色花盆卖给了奥斯卡之父，忘记其中写着"布莱克"且内有一把钥匙的那个信封。打不开的锁、紧闭的门窗不断重复，虽象征小说人物之间交流之不畅，但随着奥斯卡敲开一扇扇陌生的大门，人们紧闭的心门似也渐渐地开启了。

与门锁门窗图像紧密相关的还有两幅钥匙图：第 63 页挂满墙的钥匙图（见图 3-5）和第 316 页奥斯卡手中的钥匙图（见图 3-6）。两幅钥匙图分别出现在奥斯卡第二、第八次叙述中。分而观之，这两幅图可视为单幅图像；合而论之，则可成为钥匙系列图像。发现父亲衣橱信封中一把胖胖的钥匙后，奥斯卡去位于七十九街的锁匠铺弗雷泽父子店时，拍下了满墙的钥匙图。随后，奥斯卡决定拿这把钥匙去纽约 216 个不同地址寻找 472 个布莱克之家，寻找能开启的那把锁。墙上纵横有序、密密麻麻钉满了钉子，而每个钉子上挂有无数串钥匙，无数的钥匙对应的是无数把锁，钥匙的密集度反衬了奥斯卡内心的焦虑之深。可见，弗尔运用图片这种独特的视觉符号凸显灾难给人类造成的痛苦与压抑，体现了创伤叙事的可能性。奥斯卡之求锁是为了解其父之死因，以便接近其父。因此，找到那把锁乃

图 3-5　满墙钥匙　　　　　　　　　　　　　　图 3-6　短胖钥匙

成奥斯卡终极的存在理由。第 316 页的钥匙即信封中那把"又胖又短的钥匙"①，单从构图而言，此钥匙图与锁匠铺那幅照片形成强烈反差，白色明亮背景上仅一把钥匙，且位于图右下方，左上方留白甚多。如此布局有其独特的构图意义，钥匙不再占据画面中心，表明奥斯卡心结已解，锁已不再重要，图中明亮色彩亦给人以欢快、平静之感。果然，奥斯卡花了 8 个月时间找锁，终于找到了这把钥匙的主人——威廉·布莱克。而威廉·布莱克则"花了两年时间找这把钥匙"②，亦最终达成所愿。

---

① 乔纳森·萨福兰·弗尔：《特别响，非常近》，杜先菊，译. 北京：人民文学出版社 2012 年，第 36 页。

② 乔纳森·萨福兰·弗尔：《特别响，非常近》，杜先菊，译. 北京：人民文学出版社 2012 年，第 307 页。

门锁门窗与钥匙系列图像叙事展示了奥斯卡的求锁之旅、寻找布莱克之旅（Black，蕴含"黑色""不知情""秘密"等之意）以及其寻父之旅。小说中的门锁门窗系列图像揭示祖孙三代的悲欢离合，也象征 21 世纪美国民众的现实生存状况。这些图像亦为整部小说求锁的主题和情节发展埋下了伏笔。爷爷叙事中的门锁系列图像和奥斯卡叙事中的门窗与钥匙图像交互穿插，将祖孙求锁（暗含"求索"之意）、奥斯卡成长及爷爷的回忆等巧妙衔接在一起。对祖辈而言，门锁之开关意味着痛苦与幸福，甚至是生存和死亡；于奥斯卡来说，求锁即求索之过程，是走出创伤与痛苦的过程。随着奥斯卡敲开一扇扇陌生的布莱克大门，弗尔既展现小说人物各自的不幸遭遇，亦通过系列图像叙事将 21 世纪普通美国人紧锁的心灵大门一一打开，重建人与人之间的信任关系。

第二，飞鸟系列图像叙事。飞鸟图像出现在扉页和第 168—169 页，扉页上有 20 余只飞翔的鸟儿，而第 168—169 页则是跨页的飞鸟图（见图 3-7）。跨页飞鸟图与奥斯卡第四次叙事形成呼应。A. R. 布莱克曾是战地记者，战争的炮火令其失聪，亦致其遭受心灵创伤，故而将世界拒斥于门外。20 余年前，其妻去世后，他就摘掉助听器，独守蜗居，从不离开住所。奥斯卡帮他重装助听器后，他最先听到的是图中 20 余只鸟飞过时发出的鸣叫声。"就像是凭空而至，一群鸟儿飞过窗前，那么快，那么近。大概有二十只吧。也说不定更多。但它们又像是一只鸟，因为不知何故，它们都知道要干什么。"[①] 他激动不已，不禁放声大哭，而听见自己的哭声时，他哭得更响了。他既为曾经的与世隔绝而哭泣，也为自己多年的孤独而懊悔，他更为自己能重听声音而激动。这些图片前后呼应，形成一种语

---

① 乔纳森·萨福兰·弗尔：《特别响，非常近》，杜先菊，译. 北京：人民文学出版社 2012 年，第 170 页。

图 3-7　飞鸟

义勾连，激荡着读者的心灵。与其说图片中的是鸟（birds），倒不如说它们是象征和平的鸽子（doves）。图文互相依赖，构成互为延伸的关系，图像延伸文本，用图的方式弥补文字之缺陷，将读者脑中固有的白鸽印象以黑鸽的方式诠释出来，以图文叙事方式弥补文字叙事之扁平维度。图上的鸽子是从右下角向左上方的单向飞翔，这意味着 A. R. 布莱克对和平与自由之渴望，虽短暂却心存希望。就构图意义而言，鸟为前景，隐含和平对奥斯卡乃至人类的重要性。就互动意义而言，此图是仰视拍摄，人在下，鸟在上，代表着和平或自由之可望而不可即。一般而言，鸽子多为白色，象征和平，然而，图中鸽子呈灰色或深黑色，而天空则明亮而纯白，如此安排令人不禁对真正持久和平的到来产生疑问；鸟的模糊化拍摄处理，也表现出奥斯卡内心的迟疑与彷徨。

　　英文原著中只笼统使用鸟（birds）一词，并未用鸽子（doves）一词。为何如此呢？当奥斯卡拜访 A. R. 布莱克时，老人给他讲述战争的残酷与惨烈，加上奥斯卡父亲不幸罹难，故鸽子一词似不太恰当。此亦说明奥斯卡不愿直面父亲之死，以及他痛恨极端事件的心理。"鸟叫"作为声音意象，既喻指老布莱克恢复听力而重获新生，又喻指两性相爱和人间真情，如老托马斯与安娜如胶似漆之时便听见了鸟鸣声。其实，"鸟"的意象在小说中出现 30 余次，如奥斯卡失怙后，发明的许多小玩意儿中就有可以救人的鸟食衬衫；又如老托马斯失去儿子后，他的手像桌布下的鸟儿一样颤抖。朱迪思·赫尔曼（Judith L. Herman，1942—　）就认为视觉性图片比文字更有效，如受战争创伤的儿童无法描述，只能用图像来表达情感。[1]在此，飞鸟图像以其形象或意象的视觉性表现出优于文字的特性，即将无法描述或表达之物，用图像形式呈现出来。

　　第三，纽约都市系列图像叙事。按空间的存在及其特征而言，纽约都市图像亦构成一个系列图像：纽约市区全景图（第 60—61 页）、中央公园俯瞰图（第 90 页）、轮渡图（第 247 页）、帝国大厦人影图（第 252 页）、纽约夜景图（第 259 页）和纽约星空图（第 333 页）。这组纽约都市系列图像叙事参与文本意义的建构，并最终与文字一起完成叙事。故事发生于纽约，纽约的大街小巷和高楼大厦都跳动着现代都市的脉搏，也留下奥斯卡穿行其中的足迹。这些图像均出现于奥斯卡叙事并贯穿其中，纽约市区全景图现于奥斯卡第一次叙事，中央公园俯瞰图现于其第三次叙事，轮渡图、帝国大厦人影图和纽约夜景图皆现于其第七次叙事，纽约星空图则现于其第九次叙事。这 6 幅图像是蒙太奇之表现形式。每一张都是纽约的一个地点，这些不同地点构成整体叙事的一部分。若将这些图像串联在一起，这些单独的空间就会时间化而形成一个完整的叙事链条。跨页的纽约市区全景图交代故事的发生地——纽约。中央公园俯瞰图则是奥斯卡与阿贝一起坐旋风过山车俯瞰的一幅图。奥斯卡数次经过中央公园，他寻找的

---

① 　Herman，Judith L. *Trauma and Recovery*. New York：Basic Books，1992，p. 177.

艾伦·布莱克就是中央公园的看门人，他还和爷爷在此练习挖土等。在去斯塔滕岛寻找乔治娅·布莱克的途中，奥斯卡必须乘坐轮渡，然而他害怕渡船成为"明显的潜在袭击目标"[①]。他还担心"船被一只肩托式导弹打中了怎么办？"[②] 故第 247 页的轮渡图说明了奥斯卡内心对交通工具的恐惧。帝国大厦人影图则是奥斯卡寻找露丝·布莱克时拍摄的一张失焦照片。这幅人影杂乱斑驳的失焦照体现了奥斯卡当时烦乱和恐惧的心情。露丝给奥斯卡介绍了帝国大厦的历史，也讲述了她一直在观景台而不愿下去的原因——她丈夫曾用聚光灯晃她，使她觉得自己像一个女王。丈夫死后，她感到孤独，但也感到前所未有的生机。她说，"我知道灯光就在那里，我只是看不见它而已"[③]。随即在 259 页就出现了这幅纽约夜景图（见图 3 - 8）。在奥斯卡最后一次叙事中，奥斯卡找到锁后，他和爷爷决定星期四晚上，就是奥斯卡之父去世两周年之际，去挖开他的坟墓，"因为这是真相，而爸爸喜欢真相"[④]。深夜时分，他拍摄了第 333 页的这幅纽约星空照（见图3-9）。

图片是奥斯卡建构个人身份之重要环节，当其贴图日记本全部贴满，即将开始新一册时，他也决定开始新的生活。这一建构记忆的过程也必然汇入纽约人、美国人乃至世界的集体记忆之中，让人类重新以亚当式的纯洁和乐观的精神继续谱写全新的历史。

[①] 乔纳森·萨福兰·弗尔：《特别响，非常近》，杜先菊，译. 北京：人民文学出版社 2012 年，第 245 页。

[②] 乔纳森·萨福兰·弗尔：《特别响，非常近》，杜先菊，译. 北京：人民文学出版社 2012 年，第 246 页。

[③] 乔纳森·萨福兰·弗尔：《特别响，非常近》，杜先菊，译. 北京：人民文学出版社 2012 年，第 258 页。

[④] 乔纳森·萨福兰·弗尔：《特别响，非常近》，杜先菊，译. 北京：人民文学出版社 2012 年，第 335 页。

图 3-8　纽约夜景　　　　　　　　　　　图 3-9　纽约星空

　　第四，坠落系列图像叙事。当奥斯卡难以入眠时，他就翻看随身携带的剪贴簿《发生在我身上的事》。第 54—67 页的 13 幅图形成一个系列，即霍金的电视剧照、劳伦斯·奥立弗扮演的哈姆莱特手持骷髅剧照、纸飞机、交配的乌龟、珠宝、坠落的人、纽约市区全景图、坠落的人特写、钥匙图、倒地网球运动员、指纹、原始人行走和让－皮埃尔·艾涅尔从和平空间站回地球等依次编排的图像既是时间的空间化，又是空间的时间化。与之相比，坠落系列图像更是成为小说图像叙事之重点。坠落图凡 18 幅，分别位于第 59、62、209 页和最后 15 页。纵观 18 幅图，可谓空间性之排列；若只将最后 15 幅坠落图作为一个整体，那么，这 15 幅系列图则完全将空间时间化，从而构成坠落系列图像叙事。时间化指将连续的图像安排在时间轴上，形成一种时间序列关系。通过时间化的呈现，读者可感受到故事情节的发展或时间的推移。龙迪勇认为，图像的本质是空间的时间

化，其方式有二：利用错觉或期待视野诉诸观者的反应；利用图像系列重
建事件的形象流或时间流。[①] 在《特别响，非常近》中，18 幅坠落图共同
构成宏大的坠落图像叙事。弗尔指出，小说中的图像极为重要，因人们观
看世界时像在内心拍照一样。[②] 图像能产生身临其境之感，让人更真实地
感受事件的发生与发展。弗尔匠心独运地借坠落系列图像以营造视觉冲击
力，产生出令人意想不到的效果。

我们先看看前三幅坠落图像。
在第 59 页的坠落图像（见图 3 -
10）中，左为黑色楼房，右是白
色空间，二者均分画面。右边白
色空间上方八分之一处是一个坠
落的身影。坠落图是人从高处坠
落（人处高位），此时，奥斯卡方
踏上求锁之旅，与其父遇难前第
一条留言形成对照，图文属延伸
关系。第 62 页上的坠落图是放大
版的坠落者，图像甚是模糊。图
像居中，双手张开，头朝下，瞬
间的坠落过程呈现出缓慢坠落的
视觉感。图像的色彩、再现的细
节、色调的使用恰到好处，黑白

图 3-10　坠落的人

---

① 龙迪勇：《空间叙事本质上是一种跨媒介叙事》，《河北学刊》2016 年第 6 期，第 86—92 页。

② 曾桂娥：《创伤博物馆——论〈特响、特近〉中的创伤与记忆》，《当代外国文学》2012 年第 1
期，第 91—99 页。

灰三种色调使图像抽象化；光与影、亮与暗的组合，模糊的拍摄，彰显奥斯卡对死亡的恐惧。此图说明奥斯卡将"坠落的人"照片放大，希望辨认出此人到底是谁。然而，放大的照片甚是模糊，难以识别。在第 209 页的坠落图中，背景与第 59 页相同，但坠落的人却从顶部坠落到画面下方的三分之一处。坠落图像出现在奥斯卡之母与他人的"争吵声"中，图文相互独立，但主题却互相关联，争吵声并未打断奥斯卡脑海中闪回的坠落图。这衬托出奥斯卡强烈的探父死因的情感及其沉浸于自我思索的假想之中。若与首次出现的坠落图对照，坠落者下坠到三分之一的低处，暗示奥斯卡的心理变化，他已从抱有幻想慢慢转变为接受现实。前两幅图与第三幅图分别现于奥斯卡第二、第五次叙事中。这 3 张坠落图的场景相同，但坠落的人的位置却上下有别，更有一幅坠落者被放大的近景图。在此基础上，这 3 幅图与最后 15 幅坠落图像一起将图像叙事推向高潮。①

　　小说最后是 15 页连续的坠落图。奥斯卡躺在床上无法入睡，他拿出剪贴簿《发生在我身上的事》翻看。剪贴簿全满了，他的"整个世界都在那里"② ——在他的剪贴簿里。他幻想时光能倒流，希望一切都能"回到最坏一天的前　晚"。弗尔欲写幻想的力量，他用幻想组成这个故事，去探讨失去对人们的意义以及人们对失去的反应。③ 小说最后如此描写道：

---

① 王维倩：《论〈特别响，非常近〉的图像叙事》，《湖南科技大学学报（社会科学版）》2015 年第 5 期，第 45—50 页。

② 乔纳森·萨福兰·弗尔：《特别响，非常近》，杜先菊，译. 北京：人民文学出版社 2012 年，第 340 页。

③ 石剑峰：《〈特别响，非常近〉出版比电影感人》，《东方早报》，2012-06-06. http://ent. sina. com. cn/s/u/2012-06-06/09313650020. shtml.

我把那些纸张从本子里撕了下来。

我把顺序倒了过来，这样最后一页成了第一页，第一页成了最后一页。

我翻过纸张的时候，看起来那个人是在空中飘升。

如果我还有更多的照片，他便可以飞过一扇窗户，回到大楼里，烟雾会回到飞机将要撞出来的那个大洞里。

爸爸会倒着留言，直到留言机都空了，然后飞机会倒着飞离他身旁，一直回到波士顿。

他会坐电梯到街上去，按那个上到顶楼的按钮。

他会倒着回到地铁站，列车会开过地道，回到我们这一站。

爸爸会倒着走过十字转门，然后倒着刷他的地铁票，然后一边从右到左读《纽约时报》一边倒着走回家。

他会把咖啡吐回他的杯子里，倒着刷他的牙，然后用剃须刀把胡子再放回他脸上。

他会回到床上，闹钟倒转，鸣响，他会倒着做梦。

然后时间回到最坏一天的前一晚，他会从床上起来。

他会倒着走进我的房间，倒着吹《我是一头海象》的口哨。

他会和我一起上床。

我们会看着我天花板上的星星，星星会从我们眼里拉回它们的光芒。

我会倒着说"没什么"。

他会倒着说"嗯，哥儿们?"

我会倒着说"爸爸"，这和顺着说"爸爸"是一样的。

他会给我讲第六区的故事，从结尾的罐头盒里的声音到开头，从"我爱你"到"从前……"

我们会平安无事。①

"我们会平安无事"后就是 15 页连续的坠落图。15 页图像捕捉到"最富于孕育性的那一顷刻"②，更将"那一顷刻"以电影般的实时表演形式动态展现出奥斯卡希望父亲复生的完美愿望。若快速翻动这些图像，每幅图似一帧帧画面不断推进，像一个 GIF（Graphics Interchange Format）动画，图中的坠落者从低向高依次飞升，呈现出一个坠落者向上飞升的动态组画，产生时光倒流的动画效果，令人似在观看视频作品。动态模拟画面既表达出奥斯卡希望时光倒流、父亲重生的强烈情感，又加深了读者对这历史事件的印象。在最后一幅图中，坠落者已然不见了，因为他早已飞出了画面。在奥斯卡的幻想中，那人就是他父亲。他飞过一扇窗户，回到大楼里。其父倒着留言，倒着回到地铁站，倒着回到家，倒着……一直倒着回到"最坏一天的前一晚"，倒着回到从前，如此，一切皆"平安无事"。此乃奥斯卡众多发明与创造中最为独特的、最具创意的。这种结局是圆满的。这种时光倒流的叙事体现了一个 9 岁男孩最为纯真的希冀与愿望。15 页图像可谓惊天大逆转，此乃奥斯卡所渴求的，即将坠落变成飞升，以逆转一切的不幸和灾难。如弗尔所言，结尾那些图片表达所有人对灾难事件最强烈的愿望。③ 这些坠落图像"具有意想不到的感人效果"④，纸上动画片在小说中的运用史无前例，堪称有史以来最幸福的结局，出人意表，令人动容，亦给小说增添了一份暖意。就小说文本而言，图像与文字完美结

---

① 乔纳森·萨福兰·弗尔：《特别响，非常近》，杜先菊，译. 北京：人民文学出版社 2012 年，第 340—341 页。

② 莱辛：《拉奥孔》，朱光潜：《朱光潜全集》（第 17 卷），合肥：安徽教育出版社 1989 年，第 23 页。

③ 乔纳森：《每一个故事，都在寻找讲述它的形式》，《北京青年》2012 年 8 月 4 日，第 29 版。

④ Updike, John. "Mixed Messages." *The New Yorker*, 2005 (4), p. 138.

合。这部分实现了弗尔"（图文）自由文学"的创作理想。"（图文）自由文学"乃波兰作家泽农·法伊弗（Zenon Fajfer，1970—　）1999 年提出的概念。他认为小说文本与书本的物质空间不可分割，二者融合为一个有意义的整体。与小说文本相关的所有元素，包括书的形状与结构、纸张类型、页码、版设、排版、字体、字形、字号以及各种图像等皆参与文本意义的建构。[1]

就小说文本而言，最后 15 页图像与奥斯卡奶奶第四次叙事中的文字叙事形成互文。在奶奶梦中，所有那些坍塌的天花板都在重建。火焰回到炸弹中，炸弹上升，回到飞机肚皮里，飞机螺旋桨往后倒转，像德累斯顿全城钟表上的秒针。奶奶梦中的时光倒转与奥斯卡倒转的坠落图像亦构成互文。奶奶最后一次叙事中的时光倒流如下：

在我梦的结尾，夏娃把苹果放回了苹果树枝。苹果树往地里缩。它变成了一株树苗，树苗又变成了种子。

上帝把土地、天和水、水和水、夜晚和白天、有事和无事都放在了一起。

他说，要有光。

然后就有了黑暗。[2]

可见，奥斯卡的发明或受奶奶的启发，亦未可知。就社会文化语境而言，坠落图像不仅与唐·德里罗的《坠落的人》互文，而且与美国摄影师

① 张瑞华：《书写"9·11""图像事件"：〈特别响，非常近〉的图像叙事》，《南京师范大学文学院学报》2016 年第 2 期，第 96—101 页。

② 乔纳森·萨福兰·弗尔：《特别响，非常近》，杜先菊，译. 北京：人民文学出版社 2012 年，第 327 页。

理查德·德鲁拍摄的名为"坠落的人"的照片互文。不同文本之间的互文性形成多元的扩散效应，从而令读者从一元化视觉图像转向多元化多层次的文化思考。此种叙事揭示出小说文本外的社会与历史语境，拓宽了文本视域，拓展了图文的意义空间，使之延伸至小说外，与社会、历史文本形成更宽广的互文性。

　　同样，许多21世纪美国作家在文学创作中也都曾采用时光倒流叙事。亚当·约翰逊《有趣的事实》中《黑暗牧场》（Dark Meadow）的结尾就酷似《特别响，非常近》：浏览那些受侵害的孩子的照片，最好的方法是将某组图片倒序查看——先看可怕之事降临孩子身上；接着，糟糕程度减轻，再减轻；随后，孩子和成人分开了，简短聊一会后，从不同房门出去。① 尤金尼德斯《中性》（*Middlesex*，2002）亦有类似描写：

　　　　如今既然我已出生，我就要把影片往回倒去，于是我的粉红色的毯子突然消失了，我的脐带给重新连接起来，我的小床快速地掠过地板；我给吸回到母亲的两腿之间，哭喊起来。她又变得很胖。接着，又倒回去一点儿，只见一把不再摆动的银匙，一个重新回到丝绒盒子里的体温表。苏联人造地球卫星追踪着它的火箭轨迹回到发射台上，脊髓灰质炎症在大地上蔓延。还有一些快速的连续镜头：我父亲是一个二十岁的单簧管手，对着电话吹奏阿蒂·肖的一支乐曲；还有他八岁的时候在教堂里，对蜡烛的价钱颇为反感；接着，是我爷爷一九三一年在一台现金出纳机前取出他的头一张美元钞票。随后，我们压根儿不在美国；我们在大海中间，反向的声迹听起来十分滑稽有趣。出现了一条轮船，甲板上面有条救生船十分古怪地来回摆动；但这时那

---

① 亚当·约翰逊：《有趣的事实》，董晓娣，译. 北京：中信出版社2018年，第195页。

条小船尾部在前，靠上码头；我们又踏上了陆地。到了这儿，影片就放完了，又回到了开头……①

科伦·麦凯恩《转吧，这伟大的世界》中"爱的恐惧"（A Fear of Love）一章亦如是。莱拉与丈夫布莱恩发生车祸后，莱拉希望回到从前。"……从头再来一次，让生活像磁带一样倒带，将撞车扭转回来，往回倒着，他奇迹一般地升起，回到挡风玻璃上，挡风玻璃也从破碎中扭转回来，生活平淡无奇地继续下去，仍是那古老的，失去的，甜美的时光。"② 唐娜·塔特《金翅雀》第 3 章"公园大道"（Park Avenue）亦用此种叙事手法：要是当初，凯布尔没有向比曼先生指证我抽烟，要是凯布尔没有害得我停学，要是我妈妈那天没有请假，要是我们没有在错误的时机去博物馆，那么母亲就不会死了。③ 还有第 12 章的时光倒转："你如果没把画从博物馆拿走，萨莎没偷，我没想到去领奖金——哎，其他那几十幅画不就找不回来了吗？"④ 时光倒流只是一种幻想，却可用日记、照片、想象等方式保留下时光的痕迹。时光倒流表示人们对已然发生之事的追悔，希望回到灾难之前的一种愿望。时光虽不能倒流，却是人们内心的一种情感体验和回忆过去的一种方式。

有论者认为《特别响，非常近》最后的 15 页似连环画（flipbook）的坠落图像乃一大败笔，或贬之为翻页器，或称之为图画书。⑤ 然而，厄普

---

① 杰弗里·尤金尼德斯：《中性》，主万，叶尊，译. 上海：上海译文出版社 2019 年，第 23 页。

② 科伦·麦凯恩：《转吧，这伟大的世界》，方柏林，译. 北京：人民文学出版社 2010 年，第 156 页。

③ 唐娜·塔特：《金翅雀》，李天奇，唐江，译. 北京：人民文学出版社 2021 年，第 77 页。

④ 唐娜·塔特：《金翅雀》，李天奇，唐江，译. 北京：人民文学出版社 2021 年，第 639 页。

⑤ Siegel, Harry. "Extremely Cloying & Incredibly False." April 20, 2005. http://www.nypress.com/article-11418-extremely-cloying-incredibly-false.html.

代克却力挺弗尔，并说这 15 幅图具有令人意想不到的感人效果①。其实，马丁·艾米斯（Martin Amis，1949—2023）的《时间之箭》（*Time's Arrow*，1992）、冯内古特的《五号屠场》（*Slaughterhouse-Five；or, The Children's Crusade: A Duty-Dance With Death*，1969）等早就用过这种典型的魔幻现实主义叙事手法。这并非出于好玩或对历史之轻慢，而是作者对历史认真而严肃的反思。若创伤不可言说，那么，诉诸感官或视觉符号就是最佳的叙事方式。② 图像更为直观，其视觉冲击力与张力胜于语言。与传统的插图不同，《特别响，非常近》中的图片直接参与叙事，这既是形式之创新，又使形式与内容完美契合。奥斯卡期盼一切均未发生，或时空可以倒转。故事最后的 15 幅坠落系列图既表达了奥斯卡对于其父真挚的爱以及他对父亲的怀念，又是他完成探寻之旅后的自我成长与救赎心理，也成为他人生中最为美好的愿望。这 15 页系列坠落图像使时间和历史"倒走"的魔幻现实主义叙事手法产生了出人预料的艺术效果，其爱莫能助的悲情效果使我们不禁闭目深思。

---

① 　Updike, John. "Mixed Messages." *The New Yorker*, 2005 (4), p. 138.

② 　Caruth, Cathy. *Trauma: Explorations in Memory*. Baltimore: John Hopkins UP, 1995, p. 172.

第四节　珍妮弗·伊根《恶棍来访》的 PPT 叙事

珍妮弗·伊根首开在小说中采用 PPT 叙事(《恶棍来访》《糖果屋》) 和推特叙事(《黑匣子》) 之先例。这种数字化的、基于互联网的叙事形式摆脱了时间的线性叙事, 挑战甚至瓦解了传统的文学叙事。因此, 她被称为 "一种不断渗入当代文坛的最新、最成功的例子之一"[1]。《恶棍来访》 的独到之处在于 "创造性地发掘数字时代下人类的成长、老化, 展现出对急速变化的社会文化强烈的好奇心"[2]。与其说伊根颠覆了传统的叙事方式, 不如说她是在探索文学如何应对数字时代的压力与机遇。

关键词: 珍妮弗·伊根;《恶棍来访》; PPT 叙事; 休止符

一

珍妮弗·伊根 (Jennifer Egan, 1962—　　) 生于芝加哥, 长于旧金山, 先后就读于美国宾夕法尼亚大学和英国剑桥大学, 相继获学士与硕士学位。在宾州大学期间, 她与苹果教父史蒂夫·乔布斯 (Steve Jobs, 1955—2011) 约会, 后者曾在她卧室安装一台早期的 Mac 电脑。1987 年, 她只身到纽约闯天下。在学习写作过程中, 她还有诸多工作经历, 如在世贸大楼

---

[1]　Bastian, Jonathan. "Goon Squad Ushers in an Era of New Perspectives."April 19, 2011. http://www.npr. org/2011/04/19/135546674/.

[2]　谭敏:《迷失在时间里的人生——评詹妮弗·伊根的新作〈恶棍来访〉》,《外国文学动态》2011 年第 4 期, 第 19—21 页。

做餐饮服务生，在律所当打字员，当女伯爵夫人私人秘书等。她也曾说走就走，旅行过欧洲许多国家以及中国和日本等。广泛的游历与丰富的人生经验为其文学创作提供了绝佳的素材。1994 年，她与一位剧场导演喜结连理，育有二子，现住纽约布鲁克林。

珍妮弗·伊根已出版长篇小说 5 部——《隐形马戏团》（*The Invisible Circus*，1995）、《风雨红颜》（*Look at Me*，2001）、《塔楼》（*The Keep*，2006）、《恶棍来访》和《糖果屋》，以及短篇小说集《翡翠城》（*Emerald City and Other Stories*，1996）、历史小说《曼哈顿海滩》（*Manhattan Beach*，2017）和"推特小说"《黑匣子》（*Black Box*，2012）。《隐形马戏团》书名原定为《内陆灵魂》（*Inland Soul*），出自艾米莉·狄金森之诗。"隐形马戏团"源于一个活跃于 20 世纪 60 年代末旧金山的名为"挖掘者"（The Diggers）剧团所演的剧本。高中与大学期间，珍妮弗·伊根曾游历欧洲。她兼职做模特来支付其旅费，模特经历乃其创作《风雨红颜》的灵感源泉。该小说的两条主线围绕两个同名夏洛蒂的人展开：一位是曾红极一时的 35 岁曼哈顿时尚界模特，在车祸中毁容后又进行面部修复；另一位是家住伊利诺伊州 16 岁的问题少女。小说采用第一和第三人称交替叙述二人的人生故事。模特夏洛蒂·斯文森记录其生活细节如记忆、梦境等，并进行网络直播，供付费观众观看，以弥补他们生活中的缺失。此乃当下网络直播时代的真实写照，亦反映珍妮弗·伊根关于网络媒体对人们生活影响的预见。《风雨红颜》曾入围美国国家图书奖决选作品，39 岁的伊根因此跻身当代美国最有前途的青年作家之列。2002 年，她关于流浪儿童的封面故事获"卡罗尔·考瓦尔新闻奖"（Carroll Kowal Journalism Award）。《塔楼》聚焦正在监狱服刑的罪犯雷及其创作的网络和手机控丹尼的故事。该小说被视为恐怖小说、悬疑故事或浪漫传奇，读者无不惊叹于其荒诞与超现实。《塔楼》颇似弗兰兹·卡夫卡（Franz Kafka，1883—1924）、卡尔维诺与爱伦·坡 21 世纪版的混合体。珍妮弗·伊根的独特之处在于其目眩神迷的叙述令人相信这就是生活、死亡与救赎。该作品既有趣至极，又令人动容。正因如此，《塔楼》一面世，就成全美畅销书。《恶棍来访》同样甫一出版，便列入《纽约时报》2010 年度十佳图书名单，并先后入围美国国家图书奖、美国国家图书评论奖和普利策奖，且接连获后两项殊荣。珍妮弗·伊根亦因此入选《时代周刊》（*Time*）最有影响力的 100 位名人。《翡翠城》由 11 个短篇故事组成，所有故事皆基于某种"关系"，夫妻或情人、朋友或敌人，甚至是陌生人。故事颇有真实感，每个人似皆能从故事中寻找到自己或身边人的影子。《糖果屋》被视为《恶棍来访》的续篇。其书名来自格林童话《汉塞尔和格蕾特尔》（*Hansel and Gretel*，1812）中好吃的房子：面包墙、饼干顶与糖窗。小说围绕记忆与技术展开，14 章即 14 个故事，时间从 20 世纪 60 年代到 21 世纪 30 年代。其中一章也采用 PPT 叙事形式。《恶棍来访》中的多个人物在续篇中再次出场，如本尼·萨拉查，但故事不再以音乐为主，而是转向科技。科技大亨比克斯·鲍顿设计了一款名曰"拥有你的潜意识"（Own Your Unconscious）应用程序，人们可重温昔日记忆，但需将自己的记忆上传公共云端。每个人能像看电影般窥见他人的心理与记忆，却也失去了自主权。小说以艾米莉·狄金森的诗开头："大脑比天空更宽广／把它们放在一起／一个将包含另一个／轻松自在，你在身旁。"此诗配上詹姆斯·鲍德温（James Baldwin，1924—1987）《乔凡尼的房间》（*Giovanni's Room*，1955）中的一句话："一旦拥有了自由，就没有什么比它更难以忍受了。"二者共同构成该小说的主题陈述。《糖果屋》中鲍顿的身上可见到史蒂夫·乔布斯的影子。伊根与乔布斯虽未修成正果，但她却成为乔布斯一生最爱的女人。《纽约时报》书评人德怀特·加纳（Dwight Garner，1965—　）说："《糖果屋》和《恶棍来访》是我们这个时代关于纽约和技术的试金石小说；我猜它们有朝一日会结为一册，收入美国文库丛书。"① 《曼哈顿海滩》以大萧条和二战时期普通美国家庭由破碎到重组的过程为背景，展现在大时代中小人物的情感波澜与命运走向。"她透过历史资料探寻时代的真相，创造出各色人物，并走进这些角色的内心世界。"（《华盛顿邮报》）少女安娜·克里根的倔强成长成为整个故事的主题和枢纽。小说透过克里根和斯泰尔斯两个家庭的悲欢离合，展现20世纪三四十年代的美国社会普通人的真实生活。它揭示了经济衰退和战争对人物性格、群体心理和社会性别的重构。该作品探讨社会学前沿命题，堪称文学经典。小说以细腻诗意的讲述，将读者带入广阔动荡的时代。银行家、潜水员、工会领袖、蓝领工人、未婚先孕的单身母亲以及战争狂人等悉数登场，组成繁复而癫狂的战时世界，这令人绝望又让人向往——绝望于其困厄坎坷的境遇，向往于其跌宕起伏的磨砺。《黑匣子》采用第二人称叙事，延续其反文体风格及其独树一帜的创新。在某种程度上，《黑匣子》是《恶棍来访》的续篇。小说乃科幻与间谍小说之混合体，讲述一名叫露露的女子被训练成间谍，体内植入电子间谍设备，然后到地中海一带用美人计窃取恐怖分子的机密情报。珍妮弗·伊根这次创作全用手写，手稿撰写在每页8个长方形框的笔记本上。小说最大亮点在于其"推特"写作与发布，以及鲜见的第二人称叙事。2012年5月24日至6月2日，《纽约客》（The New Yorker）小说版官方推特每晚8—9点每隔一分钟发布一条推特信息，连续10晚完成小说全文发布。

珍妮弗·伊根亦在《纽约客》、《犁铧》（Ploughshares）、《哈泼斯》（Harper's Magazine）和《麦克斯韦尼斯》（McSweeney's）等知名杂志发表短篇小说，还为《纽约时报杂志》（The New York Times Magazine）撰稿。

---

① 康慨：《在〈糖果屋〉里，共享记忆一劳永逸地消灭了隐私》，《中华读书报》2022年4月27日，第4版。

2018 年，笔会美国中心（PEN American Center）与美国笔会中心（PEN America）合并后，珍妮弗·伊根当选为新的美国笔会首任主席。

珍妮弗·伊根敢于创新，勇于打破传统，采用与现代多模态技术和互联网技术相结合的叙事手法。她在《恶棍来访》《糖果屋》中都曾采用PPT 叙事手法，而在《黑匣子》与《糖果屋》中又使用"推特叙事"手法。数字化的、基于互联网的叙事形式无疑是对传统文学叙事的一种勇敢的背离与挑战。因此，珍妮弗·伊根被称为"一种不断渗入当代文坛的最新、最成功的例子之一"①。与其说伊根颠覆了传统的叙事方式，不如说她是在探索文学如何应对数字时代的压力与机遇。就创新而言，伊根颇似法国的普鲁斯特、德国的卡夫卡、英国的詹姆斯·乔伊斯（James Joyce，1882—1941）、美国的格特鲁德·斯泰恩（Gertrude Stein，1874—1946）等勇于创新的实验性作家。2014 年英国伦敦大学首届珍妮弗·伊根作品国际研讨会掀起西方学界的"珍妮弗·伊根热潮"。珍妮弗·伊根研究的热度持续升温。

二

传统幻灯片（slides）的概念源自摄影，最初演示程序生成 35 毫米幻灯片用于幻灯片投影仪，随后，转印到幻灯片用于高射投影仪。幻灯片就是一种图像媒介。如果说"媒介即是信息"，那么，什么样的媒介就传递什么样的信息。20 世纪 80 年代中期，加斯金斯（Robert Gaskins）和奥斯汀（Dennis Austin）基于 Windows 系统发明了 PPT（PowerPoint，电子幻灯片或演示文稿）。PPT +电脑 +投影仪（电子幻灯片或演示文稿）替代了传

---

① Bastian, Jonathan. "Goon Squad Ushers in an Era of New Perspectives."April 19, 2011. http://www.npr.org/2011/04/19/135546674/.

统的胶片+幻灯。电子幻灯片的呈现方式与传统幻灯片几乎无异，但其放映装置的运转动力却全然不同，其所展示的内容更丰富亦更多元。在融媒体①时代，各种媒介均呈现出多功能一体化的特征，电子幻灯片亦具有融合媒介的特征。如今电子幻灯片所呈现的内容除传统的文字、图像外，还包括视频、音频等多种媒介。唯一不变的是，电子幻灯片的放映过程仍离不开解说者的演说，呈现出"展示"与"解说"的功能。其实，这正是电子幻灯片在融媒体背景下体现的最重要的功用。

PPT 指用以制作幻灯片、讲义、摘记或大纲的演示软件，属多模态范畴②。PPT 通过多种符号模态互动来实现文本意义的构建，并完成叙事过程。PPT 叙事是语言、图像、图标、色彩、声音、音频、视频、表格、屏幕、计算机、电子投影仪以及参与者的有机结合而形成的多模态叙事。③作为一种新语类，演示文稿"具有无限潜势的生命力"④。

曾有学者质疑 PPT 的用途及其危害，如有教授说"PPT 是恶魔"，因它重形式而非内容，且淡化思维；有人称 PPT 是病毒而非叙述形式，它对文化的危害极大；甚至有人称之为"夺命 PPT"（Death by PowerPoint）。然而，PPT 的用途却愈发广泛。2007 年全球就有 4 亿用户，每天使用约 3000

---

① 融媒体，又称全媒体、混合媒体等，是利用互联网载体，整合报纸、广播、电视、手机报等多种传播媒介，实现"资源通融、内容兼融、利益共融"的新型媒体。

② 张征：《多模态 PPT 演示教学与学生学习绩效的相关性研究》，《中国外语》2010 年第 5 期，第54—58 页。

③ 章柏成：《输入强化在多模态 PPT 演示中的实现》，《重庆交通大学学报（社科版）》2009 年第 6期，第133—136 页。胡壮麟，董佳：《意义的多模态构建——对一次 PPT 演示竞赛的语篇分析》，《外语电化教学》2006 年第 3 期，第3—12 页。

④ 胡壮麟：《PowerPoint——工具，语篇，语类，文体》，《外语教学》2007 年第 4 期，第1—5 页。

万个演示文件。① W. J. T. 米歇尔称 21 世纪是 "形象世纪"②，图像已渗入人类文化和生活的各个层面而成为 21 世纪社会中最突出的文化表征之一。"PowerPoint 不仅仅是一种工具，而且是一种能影响我们思维习惯的物体。"③

珍妮弗·伊根的《恶棍来访》是一部 "普鲁斯特式的消逝、追悔、报复与爱"（《纽约时报》）的实验性作品，亦是 "美国小说之新经典"（《时代周刊》）。伊根在小说中融入多种学科概念，如音乐、社会学、语言学、物理学和多媒体等。在新媒体和融媒体时代，伊根尝试各种新奇的艺术表达形式，执着地追求小说的艺术生命力。她将多种文体，包括非小说文类等融入小说而形成昆德拉（Milan Kundera，1929—2023）所推崇的复调小说（polyphonic novel），颇似复调音乐中多种声音（旋律）同时呈现以表现音乐主旨。珍妮弗·伊根在《恶棍来访》第 12 章中采用 PPT 叙事手法，即通过组织结构图形（SmartArt）来展示家人的关系与生活状况。SmartArt 图示包括层次结构、列表图、流程图、循环图、关系图、矩阵图和示意图等多种类型，不同类型的图示皆有其意义潜势。从视觉模态看，PPT 可分文本模态、图片模态、图片＋文本模态、图表模态等。该小说第 12 章中的 76 张幻灯片备受学界讨论与赞扬。令人惊讶的是，这是本书最感人，或是最令人难忘的部分。④ 休伯特·克诺伯劳（Hubert Knoblauch，1959— ）认为，PowerPoint 作为一种技术，属交流方式的一部分，恰如字母与纸张

① 胡壮麟：《PowerPoint——工具，语篇，语类，文体》，《外语教学》2007 年第 4 期，第 1—5 页。

② W. J. T. 米歇尔：《图像理论》，陈永国，胡永征，译. 北京：北京大学出版社 2006 年，第 237 页。

③ 牟连佳，李丕贤：《演示软件对课堂文化的重要作用与影响》，《高教论坛》2010 年第 7 期，第 54—58 页。

④ 聂宝玉：《图像文化探索：詹妮弗·伊根作品叙事研究》，河南大学博士学位论文 2015 年，第 135 页。

之于小说。①

三

珍妮弗·伊根将其对图像文化的思考与小说叙事有机结合起来，不断探索图像文化及相关问题。在《恶棍来访》中，她摆脱时间的线性叙述，而采用 PPT 叙事去瓦解传统的叙事模式。普利策文学奖评委会认为，该小说独到之处在于"创造性地发掘数字时代下人类的成长、老化，展现出对急速变化的社会文化强烈的好奇心"②。

该小说的创作灵感源自法国作家普鲁斯特《追忆逝水年华》和美国家庭影院频道（HBO）反映黑手党题材的虚构电视连续剧《黑道家族》（The Sopranos）。《恶棍来访》扉页就引用了普鲁斯特两段话，小说也继承普鲁斯特的写作技巧，以追忆手段，借超越时空概念的潜意识，交叉重现已然逝去的岁月，抒发对故人、往事的无限怀念和难以排遣的怆然惆怅。在阅读《追忆似水年华》之时，伊根便欲写一部有关时间的作品。她曾在访谈中直言普鲁斯特启发了她关于时间的深入思考。如果说《追忆似水年华》的主人公在音乐中展开对时间的追寻，那么，《恶棍来访》中的 13 位与朋克音乐（punk music）相关者则共同成为后现代时间的体验者。13 个独特的叙事声音和叙事视角连接起他们之间的血缘、亲情、爱情与友情，而在这些故事的组合、断裂与重组后又形成一个酷似《追忆似水年华》般的人物、情节谱系。故《恶棍来访》被美国书评界誉为"连普鲁斯特看了也要为之惊叹的小说"。同时，该小说也体现出热播美剧《黑道家族》的经典元素，每章情节彼此似无关联，不时有新人物、新故事出现。然而，人物

---

① Knoblauch, Hubert. *PowerPoint, Communication and the Knowledge Society*. Cambridge: CUP, 2013, p. 26.

② 谭敏：《迷失在时间里的人生——评詹妮弗·伊根的新作〈恶棍来访〉》，《外国文学动态》2011 年第 4 期，第 19—21 页。

之间却有千丝万缕的联系。小说情节跌宕起伏，叙事节奏紧凑、扣人心弦，是以给读者带来意外的惊喜。

《恶棍来访》最引人注目的是第 12 章，珍妮弗·伊根采用了 PPT 叙事。在小说中采用 PPT 叙事，她应是古往今来首屈一指的作家了。据说，她用 PPT 还与美国前总统奥巴马（Barack H. Obama, 1961— ）有关。2008 年夏天，奥巴马竞选团队使用 PPT 大获全胜。珍妮弗·伊根受此启发便有了用 PPT 创作小说的想法。如果 PPT 已成为一种基本的交流方式，那么，她也可用于小说创作之中。① 此亦说明 PPT 已成为一种真正的文类②。但是当时伊根尚不知 PowerPoint 是一个软件，其电脑亦未有安装。于是，她亲手在便笺上画矩形图，自己设计 PPT。此后，她向妹妹请教，遂迷上 PPT 及其术语。在《恶棍来访》创作过程中，她开始学习使用 PowerPoint 软件，并决定让萨莎之女艾莉森制作幻灯片。她让艾莉森作为这一章的叙述者，原因是她最接近其创造者的角色。幻灯片是《恶棍来访》整体的缩影，在这些生动的间隔中，每一个时刻都不同于其他时刻。书中有诸多有关休止之处，撰写这一章使她明白了休止的真正意义。伊根对第 12 章的 PPT 叙事感到非常自豪，她认为若以传统小说形式来写，这一章最是无聊。但从情感而言，这一章是非常诚实的；在结构上，它则是小说的核心。③

《恶棍来访》的实验性令世人啧啧称奇。《华尔街日报》（The Wall Street Journal）认为很难以传统小说定义，并称之为后后现代小说。《恶棍来访》每章皆似短篇小说，第 1 章《寻回之物》、第 3 章《我才不管呢》

---

① Julavits, Heidi. "Jennifer Egan."*BOMB*, 2010 (112), pp. 82–87.
② 聂宝玉：《图像文化探索：詹妮弗·伊根作品叙事研究》，河南大学博士学位论文 2015 年，第 136 页。
③ Patrick, Bethanne. "A Visit from the Power Point Squad." May 11, 2011. http://www.shelf-awareness.com/issue.html?issue=1461#m.

和第 4 章《野游》曾作为短篇小说先后刊发于《纽约客》杂志。玛丽－劳勒·莱恩（即玛丽－劳尔·瑞安）提到的叙事窗口，即"一个窗口就是一个叙事单位……窗口的移动就是叙事从一条情节线索移向另一条情节线索的过程，其形式标记是拨回叙事时钟，跳到另一时间和地点"①。比如，在第 4 章点击网页中的图片，链接到新"窗口"，打开之后出现的下一个页面具体介绍了图片相关内容。珍妮弗·伊根这一写作手法独具匠心，新颖别致。因此，有批评家将《恶棍来访》定义为短篇小说集。后来，亚马逊书店将该书的精装版亦列入短篇小说集。然而，《恶棍来访》2011 版平装本的封面却标为"小说"。珍妮弗·伊根本人在采访中亦云："我更倾向于将该书定义为小说，而非短篇小说集。"② 她也拒绝为《恶棍来访》贴上传统的文类标签。《恶棍来访》更似 20 世纪 70 年代的一种音乐专辑形式——概念专辑（concept album）。概念专辑由围绕相同主题的多首乐曲构成，而小说结构模仿流行音乐唱片的 A（6 章）、B（7 章）两面，其中第 13 章则似唱片中的不同音乐曲目。③ 概念专辑形式为伊根的文学实验提供了绝佳的载体，不同的文体、叙事视角等统一在同一个"时间"主题之下。该小说中的非小说体裁包括八卦杂志访谈文章、论文、书信、幻灯片（PPT）和网络体语言等。小说各章彼此独立，故事情节结构看似松散，实则彼此依存，构成一个整体。复调叙事（polyphonic narrative）使该小说如狂欢般的乐曲在进行多声部的对话，其中一条主线贯穿全书以探讨小说主题——时间的流逝。

---

① 玛丽－劳勒·莱恩：《电脑时代的叙事学：计算机、隐喻和叙事》，戴卫·赫尔曼，主编：《新叙事学》，马海良，译. 北京：北京大学出版社 2002 年，第 61—88 页。

② Charles, Ron. "Book Review of *A Visit from the Goon Squad.*" *The Washington Post*, 2010-06-16 (10).

③ 叶子：《恶棍休止符——评 2011 年普利策获奖小说〈恶棍来访〉》，《外国文学动态》2012 年第 5 期，第 50—55 页。

《恶棍来访》凡13章，各章相对独立。故事发生的地点有美国的纽约和旧金山、非洲的摩洛哥、中国的内地与香港、日本的东京、意大利的那不勒斯和南美的岛国。13个故事中有9个发生在纽约。小说围绕江河日下的音乐制作人本尼·萨拉查及其有盗窃癖的助理萨莎·布莱克展开，描写一群摇滚少年1970年代到2020年代共50余年不同的生活轨迹，他们在时间长河中感伤被命运作弄、叹息青春流逝。萨莎因盗窃癖接受治疗；本尼乃朋克乐队贝司手；吉他手斯科蒂爱慕乔瑟琳，而乔瑟琳却被40余岁的音乐制作人卢勾引；后来，本尼拜卢为师而成为成功的音乐制作人，而斯科蒂则落魄成看门人。本尼之妻斯蒂芬妮负责策划已过气的摇滚明星博斯克复出及巡演，博斯克将其命名为"自杀之旅"以吸引观众，并将独家报道权授予斯蒂芬妮之兄朱尔斯·琼斯；朱尔斯曾是娱记，因在一次采访中试图强奸采访对象而入狱。斯蒂芬妮前老板多莉·皮尔因一次失败的晚会组织而声名狼藉，出狱后接受一份为一独裁者洗白形象的工作。21世纪20年代，本尼重新发掘中学时代朋克乐队的吉他手斯科蒂而大获成功。本尼的现任助手阿莱克斯曾是萨莎的约会对象，他与本尼故地重游，希望能再见萨莎，却发现人去楼空。珍妮弗·伊根巧妙地利用音乐产业来构建她对生活、希望和个人之间相互联系的思考。小说中的人物发人深省，也深深地触动每一个人柔软的内心。实际上，几乎每个人都有与书中人物相似的经历或感受。

小说在第一、第二和第三人称之间转换，叙事在亦庄亦谐的笔调中尽显伊根对时间与人生的思考。第6章、第9章戏仿八卦杂志访谈文章，采用拗口长句和频繁出现的注脚，颇有华莱士（David F. Wallace，1962—2008）元小说的况味；第11章可读出智利波拉尼奥（Roberto Bolaño，1953—2003）流浪故事的味道；第12章由76张PPT组成，形式大胆，然而细腻的笔触下却透出淡淡的伤感，体现出女性作家独有的敏感与细致；

最后一章如奥威尔式写作，描绘21世纪20年代的纽约，充斥科技语与网络语言，近似科幻，也展望美国21世纪20年代科技影响下的未来生活。珍妮弗·伊根创造性地将第二人称写作、戏仿乃至PPT文档等融入小说创作之中。小说中出现的搜索引擎、PPT、博客、手机短信和脸谱网等，彰显了文学在数字化时代中的媒介再现及其对文本的建构作用。

　　萨莎的故事出现在第1、2、10、11、12章，成为贯穿小说叙事的主线。第1章从萨莎因偷窃成癖而求助心理医生开始，随后，第10、11和12章叙述焦点再次转向萨莎，此时，我们方知萨莎的整个故事。萨莎之父安迪曾参加越战、性格狂躁，常家暴妻子。父亲离婚并投资失败后，一走了之，音信杳无。更不幸的是，萨莎惨遭性侵。这些使其幼小的心灵大受摧残。10余岁时，她开始吸毒，偷窃，与摇滚歌星厮混，甚至三次自杀。后来她与摇滚鼓手私奔，去日本和中国香港演出。她被弃后四处流浪，流落那不勒斯当妓女。她大学时成为同性恋，还偷窃成癖。毕业后任职于本尼音乐公司，12年后成为本尼的助手。此后，萨莎通过互联网找到大学男友德鲁并与之结婚。婚后随医生丈夫到美国在伊拉克的战场做医护工作，数年后定居加利福尼亚的沙漠地区，养有一儿一女。儿子林肯患有轻微自闭症，他对摇滚乐有浓厚的兴趣。直到第12章，萨莎的故事才完全呈现出来。这一章采用最标新立异的一种叙事——PPT叙事。澎湃新闻采访时，问伊根小说第12章是否适合用PPT形式，因为很多事情似发生在PPT之外，该形式似乎在阻止叙述者讲述整个故事。珍妮弗·伊根答曰：

　　　　那个故事要是不用PPT就讲不出来。有两个原因：第一，几乎什么都没发生。而选择用PPT来写小说，是因为这是一个非常静态的文体，它呈现一系列的瞬间，没有连续感。很难用它去描述行为。只有一个几乎什么都没发生的故事才能在这种文体中存活下来。……

最重要的原因是，这是一个非常煽情的故事，我几乎没法不用 PPT 来讲这个故事。……对我来说，PPT 是如此的"冷"，如此"公文"，它让我得以把那些很甜的东西释放出来，获得一个平衡。我没法不用 PPT 来写那家人的故事。

有意思的是，我试过用其它方式来写书里的别的章节，也试过用其它方式来讲萨莎后来的人生，但都不管用，只有用 PPT 来讲萨莎后来的故事才得以成功。……我觉得要是不用 PPT，我是写不出那个故事的……①

珍妮弗·伊根在小说创作中采用 PPT 叙事手法，乃成空前之创举。她将 PPT 渗入文学创作，使小说突破传统文学创作中单一的、以文字为表现手段的手法，从而体现出现代科技普遍应用之必然性以及电子技术时代的文学创作指向。第 12 章名曰"了不起的摇滚乐休止符"，叙述发生于 21 世纪 20 年代的故事。② 艾莉森用 76 张 PPT 形式记录林肯对音乐休止符的热爱，也回忆萨莎以及其他 X 一代的故事，更讲述萨莎一家四口的家庭生活。在女儿眼里，母亲虽有些"恼人的习惯"，但一家人其乐融融。珍妮弗·伊根接受采访时指出，第 12 章才是《恶棍来访》的核心，它与全书的结构相契合，PPT 使她得以从一个故事跳到另一个故事。若无 PPT 叙事，该小说的魅力会大打折扣。③

与其说伊根是颠覆传统的叙事方式，不如说她是在探索如何应对数字

---

① 《普利策奖得主珍妮弗·伊根：晚上做梦时人人都是小说家》，2019-02-26. https://www.sohu.com/a/297657215_260616.

② 珍妮弗·伊根：《恶棍来访》，张坦，译. 重庆：重庆大学出版社 2012 年，第 253—328 页。

③ 保罗·维迪奇：《侧耳倾听，流光低吟：美国当代作家珍妮弗·伊根访谈》，廖白玲，译. 《译林》2012 年第 2 期，第 186—193 页。

时代的压力与机遇。伊根在小说中使用76张PPT开创PPT叙事之先河。
"只要能用PPT说的东西就值得说",[①] 她在谈到PPT一章时充分肯定其重
要性和必要性,并指出PPT章节不可换成其他方式。与传统叙述方式相比
较,PPT有无与伦比的优势,它综合了视觉语言,成功突破了文字描述的
局限,形象而又节省笔墨。伊根在PPT中使用各种常见的几何图形如圆形
图(3、24、28、29、41、42、54、61、71)、三角形图(10、38)、箭头
和箭头指示图(2、4、19、35、50、52、58、63、64)、流程图(7、13、
16、20、44、47、51、53、55、56、60、62、67)和循环图(6、45),分
析图表如坐标图(72、74、75)、饼形图(73)、气泡图(21、41、48、
68)和金字塔图(38)等。她还用具体图像与文字配合进行描写,如第27
张PPT曰"林肯的床就在我的床靠墙的另一侧"(见图3-11)[②],艾莉森

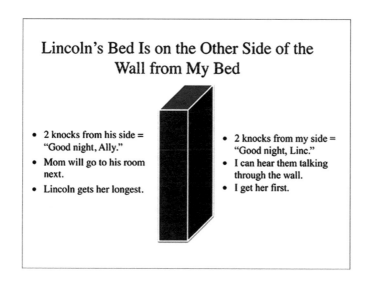

图3-11　林肯的床就在我的床靠墙的另一侧

① Rosen, Christine. "The Image Culture." *The New Atlantics*, 2005 (10), pp. 27-46.

② 《恶棍来访》所有插图皆引自英文原著,请参 Jennifer Egan. *A Visit from the Goon Squad*. New York: Alfred A. Knopf, 2010.

和他住在隔壁，左边文字："他从那一边敲两下：'晚安，艾利。'""接下来，妈妈会来到他的房间。""林肯会尽量留着她。"而右边的文字则与之呼应："我在这一头敲两下：晚安，林克。""我能隔着墙壁听见他们的说话声。""她会先来看我。"中间则横亘着一个立方体，恰似一堵分隔房间的墙壁。当林肯戴耳机出现时，第 30 张就用两个椭圆加一弧线绘制出一副耳机。第 33 和 41 张则用一个三角形加一条直线画出一台天平。第 36 张曰"爸爸在露台上烧烤鸡肉"（见图 3-12），用四个圆角矩形绘制出一个烧烤盘，盘上分别写着："我们都坐在野餐桌旁用餐。""爸爸问我们学校里的事，我说给他听了。""妈妈搂着爸爸，吻了他的一侧脸颊（恼人的#62 习惯）。""我很想问那女孩的事。"在四个拼盘的正中又有一个圆角矩形，其中的文字曰："他做的晚餐要比妈妈做的好吃，就算他们烧一样的菜。"第 58 张用 9 个箭头形状绘出太阳能电池板等。珍妮弗·伊根对太阳能板的图像描绘既展示现代人的孤立与孤独，亦反映她对当代社会和人性问题的深

图 3-12　爸爸在露台上烧烤鸡肉

切关注。她通过图形化软件程序描述的沙漠能量网格，也加强了她对当代图像文化的深入探索，如小说最后一章的互联网、企业网络和极为先进的移动设备等皆凸显出 21 世纪图像文化的特点。在形式上，一张张 PPT 如一幅幅连环画，亦似时下流行的一幅幅漫画。伊根充分利用 PPT 的特点和优势，用图像、文字、色彩等不同模态表现小说人物之间的关系，成功地叙述"一系列的瞬间""萨莎后来的故事"以及萨莎一家人的故事。PPT 叙事不仅成为小说中的亮点，且将"没有连续感"的人物行为、故事情节等一一展现在读者面前，为读者带来了全新的阅读体验。

第 12 章由 76 张 PPT 组成，是艾莉森记录一家四口生活的日记，PPT 上各种几何图形及图表排列组合，甚至还有空白页和黑页。这些幻灯片似一种暗示，除了说明家庭成员间的隔阂与尴尬，还演绎了科技对人类生活与社会文化的影响，即对音乐产业的影响再到语言交流方式的转变，给读者留下无限的想象空间。PPT 的内容分 4 部分：第 1 张是封面，曰"了不起的摇滚乐休止符"和"制作/艾莉森·布莱克"字样。第 2 张（见图 3-13）标明时间是 202-年代，5 月 14 和 15 日，以及 4 个箭头相连的内容提要，即"林肯家比赛结束之后""在我的房间里""过了一夜"和"荒漠"。第 3 张（见图 3-14）是家人介绍，图像是 5 个灰色圆形，正中大圆中是"我们"，上下左右 4 个小圆皆与大圆略有相交，"萨莎·布莱克＝妈妈"居上，"德鲁·布莱克＝爸爸"居下，"林肯·布莱克＝哥哥，十三岁"在右，"艾莉森·布莱克＝我，十二岁"在左。图像清晰表明了家人之间的关系。同时，第 71 张 PPT 似第 3 张，只是略小而无字。根据格式塔心理学的经验与行为整体性，我们自然就能通过"完形"而将二者联系起来。

第 4—18 张以"林肯家比赛结束之后"为题，主要介绍一家人在荒漠中朝车走去、艾莉森与母亲的车中对话、荒漠风景、林肯迷恋休止符并对

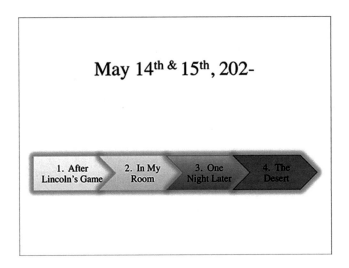

图 3-13　5 月 14 和 15 日，202-年

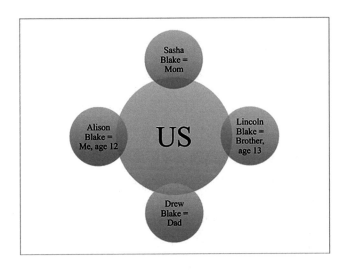

图 3-14　我们

不同歌曲中的休止符进行评论，父母对休止符的评论、人们对父亲工作的评价以及林肯与父亲之间的关系等。第 19—34 张以"在我的房间里"为题，主要呈现艾莉森制作幻灯片标语惹妈妈生气、照片里的妈妈、父母与

子女的关系、林肯谈论音乐中的休止符、妈妈的艺术、父母之间的关系等。第 35—51 张以"过了一夜"为题，介绍父亲在露台上烧烤鸡肉、父亲与罗伯和萨莎之间的真实故事、父亲不开心时的表情、歌曲和林肯的评论、父子对休止符的看法、父子关系等。第 52—75 张以"荒漠"为题，介绍家旁边的荒漠环境、父女对话、以前的高尔夫球场、在空旷的荒漠中漫步、各种休止符的图表等。第 76 张则是白色模板，"结束"居中。

在第 12 章中，萨莎与丈夫德鲁·布莱克及其一双儿女住在沙漠地区，林肯患有自闭症，萨莎试图对儿子进行音乐治疗，但林肯却迷上音乐中的休止符。珍妮弗·伊根用 76 张 PPT 将 00 后少年的孤独与独立个性刻画得惟妙惟肖。形式和内容互为映衬，相得益彰。彼此孤立的 PPT、性格独立的艾莉森、患有自闭症的林肯、林肯所酷爱的音乐休止符，皆暗示信息时代人际关系的疏远与淡化。PPT 是艾莉森的日记，既呈现出一家人之间的亲密关系及其住处和环境，也记录了林肯对摇滚乐中休止符的特殊癖好。

珍妮弗·伊根将时间与音乐编织在一起，用乐队来唤起人们都熟悉的时代和社会。她特别强调乐谱中的休止符。这些休止符既代表生活的停顿，也象征生活的开始。76 张 PPT 中有 21 张关乎音乐与休止符。休止符指"用以记录不同长短的音的间断的符号"[1]。休止符即乐曲中标记音乐暂停或静止，或停顿时间长短的记号，在旋律中与音符的作用同等重要。休止符是音乐作品中常用的符号，可分全休止符、二分休止符、四分休止符、八分休止符、十六分休止符、三十二休止符、六十四分休止符以及附点休止符等。从强弱角度而言，休止符可分强拍休止和弱拍休止。前者在旋律中产生力度作用，使旋律具有弹性、爆发力、推动力和积极向上的音乐情绪；后者使旋律具有收缩感，亦起到段落停顿的作用，具有句读功

---

[1]　李重光：《音乐理论基础》，北京：人民音乐出版社 1980 年，第 16 页。

能。在音乐作品中，休止符与音符具有同样重要的意义，是无声的音符。它参与音乐形象的塑造，在传达情感、创造意境等方面有特殊作用。在不同风格（抒情、幽默、轻快、崇高、激越和悲愤等）的乐曲中，不同长短的休止向听者传递出不同的音乐形象和情趣。

艾莉森用 PPT 形式记录日常生活，也记录下哥哥林肯对摇滚乐中休止符的痴迷和研究。患有自闭症的林肯沉浸于摇滚世界，音乐成了他和外界沟通的纽带。总览第 12 章，音乐与休止符集中于以下 PPT：10、11、12、13、14、16、18、24、30、43、44、45、48、49、54、55、62、72、73、74、75。第 10 张（见图 3-15）是一个大等腰三角形，其中又有 4 个小等边三角形。中间的倒等腰三角形底色漆黑，白色文字为："'全休止符'有四拍长，'二分休止符'有两拍。"其他三个的底色是灰色，黑色的文字分别是："他长得很像爸爸，但更年轻、更瘦。""眼下，他对有休止符的摇滚歌曲很着迷。""对有些事情，他知道的比大人都多。"黑、白、灰三种颜色模态形成强烈的对比。在第 11 张中，林肯对四顶尖乐队（Four Tops）

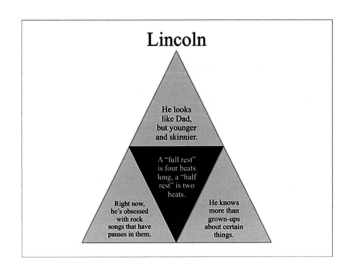

图 3-15　林肯

演唱的《博纳黛特》（Bernadette）、"吉他之神"吉米·亨德里克斯（Jimi Hendrix，1942—1970）演唱的《狐女》（Foxey Lady）和大卫·鲍伊（David Bowie，1947—2016）演唱的《年轻的美国人》（Young Americans）中的休止符进行了评论。他认为《博纳黛特》《狐女》中的休止符都很棒，前者从2∶38到2∶395出现1.5秒彻底停止的时长；后者从2∶23秒处出现2秒长的停顿，但停止并不彻底，因还能听见吉米的呼吸声。林肯不喜欢《年轻的美国人》，因为歌中的休止处理得不好。在第12张中，父母对林肯的评价做出了不同的反应。第13张名曰："现在只有休止符……"（见图3-16）这张PPT由4个矩形长条、3个箭头和1个白色矩形框组成。4长条的颜色由深黑变浅，直到最后的空白矩形框。林肯喜欢来回播放每首歌曲中的休止符，对艾莉森而言，若有朋友在，她不理会林肯的音乐；若只有他们两人，她也喜欢休止符。这休止符就是图片上最后的空白矩形。艾莉森将音乐中的休止符以视觉形式呈现出来，使听觉具化成一个视觉形象。

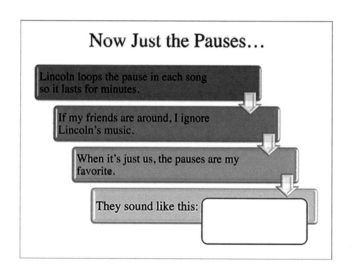

图3-16　现在只有休止符……

　　林肯研究多首摇滚音乐中的休止符，并进行数据分析。对林肯来说，乐曲中的休止似比乐声更有意义。他在休止中听到呼吸声、风声，听到"时间急匆匆消逝的声音"①。可见，休止也是一种时间的存在形式。似乎什么也未发生，什么都不在场，但时间却是永恒存在的，休止的时长记录了时间的永恒流逝。休止时间终结后，也许会继续带来乐声，也许就真的结束了。当林肯因乐曲休止终了而哭泣时，母亲萨莎安慰说："每首歌都会结束。"② 人生如歌，唯有时间是永恒。《道德经》云："天下万物生于有，有生于无。"台湾学者陈鼓应释曰："这里的'无'与'有'似对立，却又相连续，'无'含藏着无限未显现的生机，'无'蕴含着无限之'有'。"③ 钱锺书在《管锥编》中曾对"大音希声，大象无形"进行解析："寂之与音，或为先声，或为遗响，当声之无，有声之用。是以有绝响或阒响之静，亦有蕴响或酝响之静。静故'希声'，虽'希声'而蕴响或酝响，是谓大音。乐止响息之时太久，则静之与声若长别远暌，疏阔遗忘，不复相关交接。"④ "虚实相生"在诗画以及其他艺术中皆有诸多体现，"虚实相生，无画处皆成妙境"（清·笪重光《画筌》），如造型艺术之"留白"、书法之"计白当黑"与"知白守黑"、语言或综合艺术之"停顿"等。二胡作曲家刘天华（1895—1932）结合"空山"（无声）与"鸟语"（有声）创作出二胡独奏曲《空山鸟语》（1928）。"虚实相生"在音乐中则是音符与休止符的关系，音符为实和有，休止符为虚与无。休止符伴随音符而存在，它不只是一种停顿或间歇，而是一种联结或积蓄；它是一种准备和酝酿，蕴藏着力量的"隐退"。苏珊·朗格曾说："当一首乐曲

① 珍妮弗·伊根：《恶棍来访》，张竝，译. 重庆：重庆大学出版社 2012 年，第 268 页。
② 珍妮弗·伊根：《恶棍来访》，张竝，译. 重庆：重庆大学出版社 2012 年，第 300 页。
③ 陈鼓应：《老庄新论》，上海：上海古籍出版社 1992 年，第 7 页。
④ 钱锺书：《管锥编》（第二册），北京：中华书局 1986 年，第 449—450 页。

进行到休止点的时候，音乐尚未因此完全停止，它继续进行着。"① 林肯反
复播放歌曲中的休止符，膨胀成巨大的沉默，似俄尔弗斯与欧律狄克的深
情对望；他反复欣赏着这时间中的空白。妈妈喜欢《博纳黛特》延长时
"有种烟雾缭绕的感觉"②。父亲虽不喜欢音乐，但林肯却想告诉他 50 多年
前流行的斯蒂夫·米勒乐队最棒的一首热门歌曲《像鹰一样飞翔》（Fly
like an Eagle）结尾处有个不完全的停止符，背景音中有种急促的声音，似
风声，或是时间急匆匆消逝的声音。③ 在林肯不断重复播放休止符的过程
中，艾莉森在第 18 张 PPT 中有了诸多的发现：休止符似"地平线上橘子
的低语声""一千座黑色的涡轮机""绵延数英里的太阳能板犹如我从未凑
近细看的黑色海洋""不管你在这儿住多久，你都没法对那些星星视而不
见"。④ 第 24 张讲述母亲买了朱尔斯·琼斯（Jules Jones）著的《导管乐
队：摇滚乐的自杀》（*Conduit：A Rock-and-Roll Suicide*），其中第 128 页上
有母亲萨莎的一张照片，从而引出第 25 张 PPT 对照片里的萨莎的描写。
第 30 张名曰"我半梦半醒的时候，林肯出现了"。林肯将耳机戴在艾莉森
耳朵上，里面在播框架乐队（The Frames）的《威力之剑》（Mighty
Sword），先是音乐，然后是停顿……，艾莉森一直等待，甚至怀疑这首歌
是否已结束了。此时，林肯笑了，艾莉森也笑了。艾莉森问："休止符可
以停顿多长时间？"林肯答曰："一分十四秒！"⑤（见图 3－17）更有意思
的是，这张图像一副戴在头上听音乐的耳机，呈现出强烈的画面感。就音

---

① 苏珊·朗格：《情感与形式》，刘大基，傅志强，译. 北京：中国社会科学出版社 1986 年，第
  127 页。
② 珍妮弗·伊根：《恶棍来访》，张竝，译. 重庆：重庆大学出版社 2012 年，第 266 页。
③ 珍妮弗·伊根：《恶棍来访》，张竝，译. 重庆：重庆大学出版社 2012 年，第 268 页。
④ 珍妮弗·伊根：《恶棍来访》，张竝，译. 重庆：重庆大学出版社 2012 年，第 270 页。
⑤ 珍妮弗·伊根：《恶棍来访》，张竝，译. 重庆：重庆大学出版社 2012 年，第 282 页。

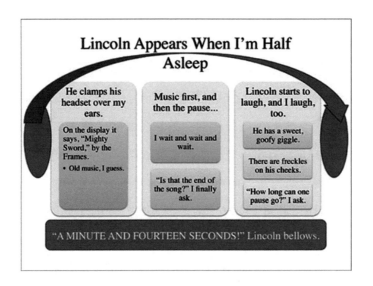

图 3-17　我半梦半醒的时候，林肯出现了

乐旋律而言，休止符与音符同等重要。休止符与音符相互作用来体现许多音乐表情，休止符还在旋律的句法、结构的明确和划分方面起着重要作用。音乐作品包含动态与静态，动态为有声音符，静态则为休止。声音休止，但音乐仍在进行。休止往往升华成为一种具有积极意义的表现，其与动态的音符形成既对立又统一的矛盾，构成音乐不可分割的组成部分。休止与有声音符相互依赖。休止的艺术表现手法，存在于音乐中。休止符所体现的价值是任何有声音符不能替代的。它是一种声音效果，其出现是艺术需要，对塑造音乐形象、提高音乐的艺术表现力有不可低估的作用。休止符是一种"沉默"的音乐语言，是一种"无言之言"。摇滚乐中的休止符看似停止，却在不经意间又开始，呈现出"柳暗花明又一村"的景象。

　　第 43 张是林肯对歌曲中音乐休止符的评论。他说，在杜比兄弟的《火车跑啊跑》（Long Train Running）中，"休止符只有 2 秒，从 2：43 到 2：45，但本质上很完美：又是叠句，然后歌曲一直延续到 3：28——甚至休止符之后，你还能几乎再听一分钟的音乐"。① 而在垃圾的《超级雌狐》(Supervixen) 中，"这首歌很独特，因为音乐在没有停止的时候，出现了休止符。只停顿了两秒——从：14 到：15，然后又出现在 3：08 到 3：09。听起来就像录音的时候停顿了一下，但这是故意那样做的！"② 停顿中有思想，空白中有形象，休止中有情义，无声中有意境。乐止而情难断，声停而意未尽。休止是音乐的组成部分，是一种特殊的表现手段。不论其时值长短，恰当的休止能表达或幽默诙谐或凄凉悲愤或愤怒控诉或欢腾喜悦的情意，又能表现或沉思追忆或空旷辽阔或庄严肃穆或波澜壮阔的境界。休止符表现的往往是"只可意会，不可言传"的情与意。在音乐作品中，休止符（无声音符）伴随有声音符而存在。它只有在有声的基础上才有存在的价值与意义。休止也对塑造音乐形象、提高音乐的艺术表现力有重要作用。如果说有声音符是声音的动态形式，无声的休止符就是声音的静态形式。休止符是音乐的沉默，而沉默的音乐有时具有更深刻的蕴含和意义。法国作曲家卡米尔·圣-桑（Camille Saint-Saëns，1835—1921）的管弦乐组曲《动物狂欢节》(The Carnival of Animals，1886) 用带装饰音的调音与休止符相组合，完美表现袋鼠的跳跃动作，塑造出令人难忘的动物音乐形象。休止符，作为记录这种休止状态时值的符号，在音乐作品中有着其他音符难以替代的重要意义。林肯如此着迷于休止符，令其父怀疑音乐是否有益于治疗林肯的自闭症，而其母则坚信音乐"能让他和世界联系起来"③。在第 45 张中，"爸爸/林肯"——父亲问林肯休止符为何对他如此重要，林肯回答说休止就是时间的延长，但延长不等于结束，如马儿乐队

---

① 珍妮弗·伊根：《恶棍来访》，张竝，译. 重庆：重庆大学出版社 2012 年，第 295 页。

② 珍妮弗·伊根：《恶棍来访》，张竝，译. 重庆：重庆大学出版社 2012 年，第 295 页。

③ 珍妮弗·伊根：《恶棍来访》，张竝，译. 重庆：重庆大学出版社 2012 年，第 296 页。

的《重新铺床》（Rearrange Beds）中 2 秒的延长就是如此。[1] 对于父亲的不理解，林肯哭泣起来。于是，其母在第 48 张 PPT 中告诉父亲说："休止符会让你以为歌曲结束了。可歌曲并没有真的结束，于是你就会松口气。但这时歌曲却真的结束了。因为明摆着，每首歌都会结束。而那个。时候。才。是。真。的。结。束。了。"[2]（见图 3-18）这张 PPT 呈深灰色，而文字则分白色和黑色。色彩模态既相互对比，又起到突出的作用。英文版中的 "**THAT. TIME. THE. END. IS. FOR. REAL.**" 全部大写，再加粗，且为黑色，故而与其他文字形成对比。而中文版中的 "**那个。时候。才。是。真。的。结。束。了。**" 使用楷体并加粗，以加强其显著性。

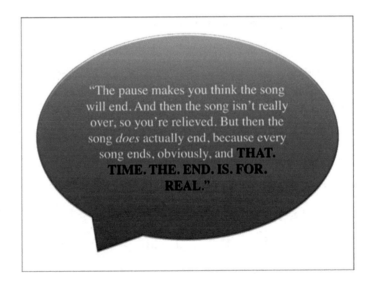

图 3-18　真的结束了

---

① 珍妮弗·伊根：《恶棍来访》，张竝，译. 重庆：重庆大学出版社 2012 年，第 297 页。

② 珍妮弗·伊根：《恶棍来访》，张竝，译. 重庆：重庆大学出版社 2012 年，第 300 页。

在第54张中，艾莉森与父亲走下露台，来到荒漠。此时，她听见了荒漠中的声音：微弱的咔嗒咔嗒声，似《博纳黛特》里发出刮擦声的休止符；传来的嗡嗡声，好像半音速乐队的《关门时间》（Closing Time）里的休止符；整座荒漠都是一个休止符。[1] 随后，她告诉父亲，林肯要她画出那些休止符，但她画得很糟糕。于是，父亲愿意代劳，他还说："我会和林肯好好相处的。"[2] 艾莉森还告诉父亲框架乐队的《威力之剑》中的休止符超过了一分钟，她说："对一首歌来说，这算是很长的休止符了。"[3] 第72张是一个三维坐标图，名曰"延长-长度和难以忘怀的强度"。（见图3-19）横坐标上共有13首歌曲，而纵坐标则表明休止符的长度。三维图像

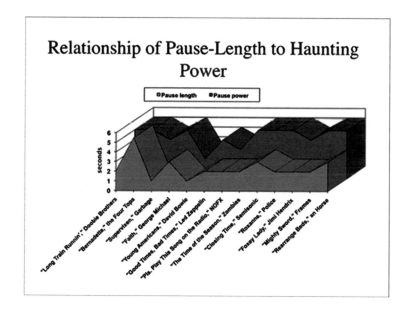

图3-19　延长-长度和难以忘怀的强度

---

① 珍妮弗·伊根：《恶棍来访》，张㳍，译. 重庆：重庆大学出版社2012年，第306页。
② 珍妮弗·伊根：《恶棍来访》，张㳍，译. 重庆：重庆大学出版社2012年，第307页。
③ 珍妮弗·伊根：《恶棍来访》，张㳍，译. 重庆：重庆大学出版社2012年，第314页。

可清晰地看出每首歌曲休止长度与强度。第 73 张"休止符必要性的证据"是一个饼形图。图表展示了 8 首歌曲休止符的长度与强度。第 74 张"休止符时长的有关发现（泡沫形）"，也是一个坐标图。横坐标是休止符后剩余的时间（秒），标注为 0—250；纵坐标则是休止符的强度，图上的泡沫形则表示歌曲的长度。第 75 张"休止符在时间中的持续存在"（见图3-20），也是一个坐标图。横坐标为从 1960—2015 年的年度歌曲，纵坐标为歌曲长度（分钟），标注为 0—10；图上还标注出年度歌曲休止符的数量。

　　除时间流逝外，小说中不时出现的时间冷场和休止既表现出人们体验时间的新形式，又象征一种失去空间形式的时间概念，更揭示出时间对于人生的永恒性。在第 49 张 PPT "我们站在露台上时，出现了冷场"中，除顶部的文字外，图像是一个空白的圆角矩形。这就很好地诠释了何为"冷

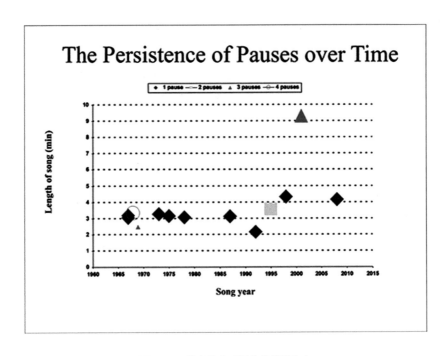

图 3-20　休止符在时间中的持续存在

A Pause While We Stand on the Deck

图3-21 我们站在露台上时，出现了冷场

场"。（见图3-21）约翰·凯奇（John Cage，1912—1992）的音乐作品打破了西方传统音乐的时间特性，加入长时间的沉默。其《4′33″》（Four Thirty-Three，1952）原为钢琴独奏，分3个乐章：静默，30秒；静默，1分40秒；静默，2分23秒。

此乃前所未有的无声乐曲，每章乐谱上仅写着Tacet（休止），演奏者静坐舞台4分33秒，仅3次做出开关琴盖的动作以暗示乐章分隔，演奏者演奏的音符为零。这种无声状态，给音乐作品无限含蓄的表现力，亦予听众更大的想象空间。乐队静默期间，音乐厅内充满各种声音如喷嚏、咳嗽、耳语、挪动身躯时座椅之声等，同时，厅外各种背景声音亦传入内。听众没有听见有旋律的音乐，却听见了自己的心声和周围的声音——自然的、城市的、生活的声音。听众在静默中去聆听和体会这个世界，因此，这部无声的音乐作品便具有了"此时无声胜有声"的意境。当然，这也完全颠覆了传统的听众与作曲、演奏之间的关系。这正是凯奇音乐创作的实验性、前卫性和先锋性的意义之所在。

另外，第68—70张的模板皆为纯黑，第68张黑底，顶上的"我睡着时，听见了什么"是白色；下面是7个语言气泡，从左向右，其大小则根据说话内容而不同。气泡是白色，而对话内容则是黑色。这是林肯与父亲之间的对话。爸爸问林肯："你听见那声音了吗?"林肯一再听都未能听见，于是，爸爸说："就在这儿，我们到窗口去。和我一起听听。那声音你听起来

像什么?"① 第 69 张黑底上有一个白线条的圆角矩形框。（见图 3－22）第
70 张的黑底上则出现一行居中的白字："好了。我知道了。"这 3 张 PPT 表
明艾莉森渐渐入睡的过程。PPT 中还有 6 张是一句话一页，即第 8、17、
23、46、70、76 张，第 70 张为黑底白字，而其余 5 张均为白底黑字。这
些 PPT 图像页充分展现了图像具有的独特优势，真可谓"言有尽而意无穷
者，天下之至言也"（宋·苏轼《策略第一》）。

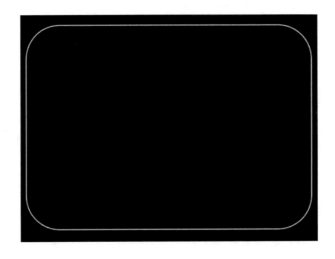

图 3-22　黑色页

76 张 PPT 是整部小说的缩略图。珍妮弗·伊根用图形导向的只言片
语，承载着传统小说的诗意与人性。这一章从一个 12 岁女孩的视角讲述，
如标题"了不起的摇滚乐休止符"所暗示的那样，有许多事情尚未说出或
不宜用传统小说形式叙述。PPT 恰好成为传达这一概念的理想叙事方式。

① 珍妮弗·伊根：《恶棍来访》，张竝，译．重庆：重庆大学出版社 2012 年，第 320 页。

PPT 叙事是伊根对网络超链接结构的模仿和借鉴，也将"互联网跳动的心脏"[1] 这一当下的影像文化形象化。其 PPT 叙事也为我们提供了一种松散关联的结构，而非时间顺序或主题联系的逻辑。伊根在一次采访中解释说，PPT 最终成为她展示整本书的深层、潜在思想的一种形式。它将叙述分解成一系列"悬在空中"（hang in the air）的时刻，然后再让位于下一时刻。传统小说给人一种连续性的印象。而在 PPT 中，连接的东西消失不见了，这迥异于她通常的做法。[2] 这一章的结构有诸多超链接，从沙漠景观与核心家庭辐射到一个更广阔的世界。伊根认为 PPT 是一种"触手式"叙事，其多条故事情节则模仿网络冲浪所引发的"横向好奇心"（lateral curiosity）。

珍妮弗·伊根将多媒体书写方式融入传统文学创作，使小说突破传统叙事而体现出 21 世纪电子技术时代的创作指向。其 PPT 叙事折射出数字化时代下文学形式的变迁，展示出后现代电子技术发展对文学与文化的深刻影响。这或许也展示出 21 世纪社会中人与人之间沟通的困难，言说似已难以表达人之感受，只能借助媒介来传递。PPT 不仅是一种辅助思考的工具，更改变了我们的思维方式，使我们以其独特功能形式表达自己。这种基于互联网的叙事或将成为一种新的文学创作手法。

故事中无数的"休止符"，都给人一种非连续的破碎的感觉，给人留下一种人与人之间缺乏沟通的情感空白感。林肯迷恋摇滚乐中的休止符，而其父并不理解其行为，父子间存在沟通障碍，从而形成交流的休止符——空白。幻灯片的切换亦给人留下一定的空白，第 49 张白底黑色线条

---

① 聂宝玉：《图像文化探索：詹妮弗·伊根作品叙事研究》，河南大学博士学位论文 2015 年，第 139 页。

② 聂宝玉：《图像文化探索：詹妮弗·伊根作品叙事研究》，河南大学博士学位论文 2015 年，第 137 页。

的圆角矩形图（见图 3-21）、第 69 张黑底白线的圆角矩形（见图 3-22）皆呈现出空白感。音乐是一种表演艺术，它通过"休止""空拍""无声"来表现"留白"之意境。中国艺术重在"气韵生动"，而音乐的气韵则由留白来表现。音乐中的留白即休止。钢琴家利夫·奥韦·安兹涅斯（Leif Ove Andsnes，1970— ）指出："晚期的舒伯特在乐曲创作中一向采用留白的手法来表达乐章中调性和气氛转变的倾向，他的音乐充满生活的酸甜苦辣，似乎早已看透尘世，到达了生命的彼岸。"① 音乐演奏中的"留白"极为重要，通常最令人难忘的是音乐消逝的那一瞬间。

"休止"时间概念在小说其他章节则以"冷场"形式反复出现，如 8、12、19、31、113、156、161、162、164、175、357 等页皆出现"冷场"。所谓冷场，其英文为 Pause，意味停顿或休止，与第 12 章中的休止符（Pause）极具关联性。萨莎偷了女人的钱包后，欲藏于洗手间。正在她一筹莫展之时，一个女人走了进来。二人目光在镜中相遇，此时，"出现了冷场"②。多莉·皮尔在与阿克讨论为将军设计帽子时，"出现了长时间的冷场"③。多莉与女儿之间的交谈也出现长时间的冷场。萨莎与泰德舅舅在那不勒斯相遇的交谈中也频频出现欲言又止的冷场。成功的本尼与落魄的斯科蒂重逢，他们交谈时"出现了奇异的长时间冷场的局面"④。甚至在最后一章，本尼欲为斯科蒂举办一场演唱会，两人之间也曾"出现长时间的冷场"⑤。所有这些冷场或停顿，皆与音乐中的休止有一定关联或借助音乐

---

① 庞曦，唐若甫：《让音乐充满幽默感和惊喜——利夫·奥韦·安兹涅斯专访》，《音乐爱好者》2005 年第 4 期，第 9—12 页。

② 珍妮弗·伊根：《恶棍来访》，张凰，译. 重庆：重庆大学出版社 2012 年，第 12 页。

③ 珍妮弗·伊根：《恶棍来访》，张凰，译. 重庆：重庆大学出版社 2012 年，第 156 页。

④ 珍妮弗·伊根：《恶棍来访》，张凰，译. 重庆：重庆大学出版社 2012 年，第 113 页。

⑤ 珍妮弗·伊根：《恶棍来访》，张凰，译. 重庆：重庆大学出版社 2012 年，第 357 页。

的表现手法达到特有的艺术效果。法国作曲家柏辽兹（Hector Louis Berlioz, 1803—1869）的《幻想交响曲》（Symphonie Fantastique, 1830）第一乐章首次高潮后，出现3小节休止符，为突出休止，音乐家标上"沉默"二字。这种别具匠心的休止所蕴含的内容是语言难以言说的，亦非3小节音响所能替代的。3小节休止包含无穷的内涵，大有"不著一字，尽得风流"（唐·司空图《诗品二十四则·含蓄》）的艺术效果。在《恶棍来访》中，珍妮弗·伊根并未具体描绘不同人物在"冷场"时究竟在思索什么。然而，冷场之后，事情往往出现了转机。本尼与斯科蒂在冷场后冰释前嫌，本尼给斯科蒂名片，表示愿为其音乐事业提供帮助，这就为最后斯科蒂成功的音乐会做了铺垫。多莉在冷场后一改自己趾高气扬的语调，换用柔和的口气安抚对方，最终完成将军的公关任务。问题少女萨莎亦在与舅舅的交流中敞开心扉，找回童年时与舅舅的温暖回忆。可见，"冷场"对于小说人物关系与情节发展发挥着重要的作用。冷场或休止造就一段失去空间概念和历史感的时间存在，它似乎置个体于虚空之中。在缓缓流逝的休止中，时间摆脱了现代时空观的束缚而成为主导，使人有探寻内心自我意识的可能。小说中的"休止"与"冷场"塑造了全新的时间概念，揭示出时间的永恒，启迪我们坦然面对时间的流逝，从而坦然接受时间已倏忽流逝的现实，明白在看似凝固的瞬间之中，时间仍在流逝。时间的存在并非永恒，但时间的流逝却是亘古不变的真理。

第四章　21 世纪美国绘本小说的绘本叙事

　　21 世纪，美国的绘本小说已成为一个重要的文学潮流，并与传统的文字小说势均力敌。故将其纳入多模态叙事而进行研究。绘本源自欧洲，但绘本一词则出自日文。绘本小说是一种以图为主、文为辅以及其他模态来共同完成的多模态叙事。无字绘本是一种依靠图画模态叙述的文学形式。大卫·威斯纳有无字绘本大师之称，其《海底的秘密》充分体现出无字绘本中图画的叙事艺术，揭示"图×图"的故事世界。布莱恩·塞兹尼克的《造梦的雨果》是关于雨果的虚构故事与乔治·梅里爱的真实故事，可称之为他传绘本小说。其独特的图文双线叙事手法充分体现出图文对于叙事的协同作用。同时，绘本小说与动态的 3D 电影《雨果》虽各擅其长，各臻其妙，但绘本小说却给人更多的思考和创造空间。戴维·斯摩尔的《缝不起来的童年》则以图为主、文为辅并按时间顺序叙事。它采用空镜、分镜、重复画面和特写等表现人物性格，揭示绘本小说的主题。"缺失的眼睛"是贯穿全书的意象，其形象性揭示出斯摩尔童年创伤的真正原因。其他模态如文字、音乐、色彩等在与图画结合后产生出新的叙事之力。

第一节 绘本小说与绘本叙事

绘本源于欧洲,"绘本小说"(graphic novel)概念始于 20 世纪上半叶,形成于 20 世纪六七十年代。学界普遍认为,威尔·艾斯纳《与上帝的契约》(*A Contract with God, and Other Tenement Stories*, 1978)正式确立了"绘本小说"这一文学新形式,从而开辟了绘本小说的新纪元。绘本小说源自漫画,是一种凝结漫画与文学的文学艺术类型。其概念繁多,却以松居直"文 × 图 = 绘本"的定义最为简洁。绘本小说是以图为主、文为辅以及其他模态(如色彩、声音、音乐等)共同完成叙事之文学艺术形式。图画、文字与叙事乃绘本小说之三要素,故绘本小说是由图画、文字、图文结合以及其他模态组成的多模态叙事艺术。

早期绘本源自插图本《圣经》,而现代绘本诞生于 19 世纪后半叶的欧美。20 世纪 30 年代,美国引领绘本时尚而成为世界绘本艺术创作的主流;五六十年代,绘本在韩、日悄然而兴;60 年代末到 70 年代初,绘本自日本传入中国台湾;90 年代,绘本从台湾进入中国大陆。绘本小说由漫画演变而来,即从连载漫画(19 世纪 90 年代)到漫画书(20 世纪 30 年代)再演变成绘本小说(20 世纪 70 年代)。就历史观之,美国绘本小说可分三个时期:20 世纪 70 年代前的孕育萌芽期、20 世纪 70 年代至 20 世纪末的形成发展期以及 21 世纪的流行繁荣期。

关键词:绘本小说;绘本叙事;绘本历史;美国绘本小说分期;凯迪克奖

一

绘本源于欧洲，英文为图画书（picture book）——图为主、字为辅之书，但并非泛指所有带图之书。其实，绘本一词由日文"爱好恩"（えほん）翻译而来，其雏形可追溯到平安时代（794—1192）的大和绘（やまとえ），意为"画出来的书"。"绘本小说"的概念始于 20 世纪四五十年代，形成于 20 世纪六七十年代。目前，国内学界尚有漫画小说、图画小说、图像小说、图文小说等多种译法。比较而言，绘本小说更为确切，因为绘本小说既有绘画的艺术性与审美性，又有小说的叙事性和文学性，还有图文结合的综合性优势。绘本小说是一种视觉文本，具有典型的多模态特征①，是融合语言模态与多种非语言模态（图画、颜色、排版、字体等）的综合性艺术。绘本小说是最新的文学艺术类别②，既是有文学特征的艺术形式③，又是有艺术价值的文学形式④。

绘本小说从单幅讽刺画到多幅连续的四格漫画（comic strips，亦称连环漫画）再到数十页的漫画书（comic books）发展而来。故绘本小说是凝结漫画与文学的文学艺术类型。绘本小说源于漫画却又不同于漫画。史蒂芬·韦纳（Stephen Weiner）认为，绘本小说是有一本书长度的漫画书，且有一个完整的故事，其情节迥异于漫画杂志。⑤ 谢慧贞亦认为，绘本小说

① 余小梅，耿强：《视觉文本翻译研究：理论、问题域与方法》，《外语与外语教学》2018 年第 3 期，第 77—87 页。

② Tabachnick, Stephen E. ed. *The Cambridge Companion to the Graphic Novel.* Cambridge: CUP, 2017, p. 1.

③ Weiner, Stephen. *Faster than a Speeding Bullet: The Rise of the Graphic Novel.* New York: NBM Publishing, 2003, p. 58.

④ Chute, Hillary. "Comics as Literature? Reading Graphic Narrative. "*PMLA*, 2008 (2), pp. 452–465.

⑤ Weiner, Stephen. *Faster than a Speeding Bullet: The Rise of the Graphic Novel.* New York: NBM Publishing, 2003, p. 58.

用漫画形式讲述故事，采用图文结合的方式完成一个叙事。① 英国漫画史家保罗·格拉维特（Paul Gravett）在《绘本小说：你需要知道的一切》（*Graphic Novels: Everything You Need to Know*，2005）中指出，绘本小说将漫画、文学与艺术三者结合在一起。其篇幅长于漫画，也包含更严肃的主题、社会批判和个人反思。漫画采用期刊连载形式，而绘本小说则以传统书籍形式出版，其目标读者是成年人。②

　　在学界看来，威尔·艾斯纳最早提出"绘本小说"一词。其实，20 世纪四五十年代，美国已出现完整形态的绘本小说，只是当时并未引起关注。早在 40 年代，长篇漫画被描述为"小说"并现于封面，如 DC 漫画公司（Detective Comics）称其出版的《精彩四部曲》（*All-Flash Quarterly*，1941—1948）为"史诗故事""四章长篇小说"。50 年代，绘本小说《与欲望同行》（*It Rhymes with Lust*，1950）的封面印有"原创长篇小说"。

　　1964 年，理查德·凯尔（Richard Kyle）在《漫画的未来》（"The Future of the Comics"）一文中最早使用"绘本小说"一词。③ 1967 年，斯派塞（Bill Spicer，1937—　）曾用该术语，并编辑出版期刊《绘本小说杂志》（*Graphic Story Magazine*）。同年，梅茨格（George Metzger，1939—　）在地下漫画连载《再次超越时间》（*Beyond Time and Again*，1967—1972）的副标题、前言和宣传语中皆用"绘本小说"。1972 年，DC 漫画公司出版的漫画作品《秘密爱情的邪恶之屋》（*The Sinister House of Secret Love*）封

---

① 谢慧贞：《浅谈图像小说与青少年阅读》，《台湾图书馆管理季刊》1999 年第 1 期，第 28—37 页。

② Gravett, Paul. *Graphic Novels: Everything You Need to Know*. New York: HarperCollins, 2005. 转引自吕江建，许洁：《图像小说：概念考辨、类型属性与发展实践》，《出版发行研究》2019 年第 7 期，第 73—77 页。

③ Camus, Cyril. "Neil Gaiman's *Sandman* as a Gateway from Comic Books to Graphic Novels." *Studies in the Novel*, 2015 (3), pp. 308-318.

面标记"一部哥特式的绘本小说"。1974 年，凯恩（Gil Kane，1926—2000）的《污点》（*Blackmark*）配有解说与文字气球，封底印有"美国第一部绘本小说"。1976 年，理查德·寇本（Richard Corben，1940—　）《热血红星》（*Bloodstar*）的封面和序言均标有"绘本小说"。同年，斯特兰科（Jim Steranko，1938—　）《赤潮》（*Red Tide: A Chandler Novel*）的序言与封面处分别印有"绘本小说""视觉小说"。自此，"绘本小说"概念得以确立。1978 年，"绘本小说"字样出现在"绘本小说之父"艾斯纳《与上帝的契约》的封面上，自此开启了绘本小说的新纪元。此后，美国绘本小说进入"后艾斯纳时代"。1979 年，朱尔斯·费弗（Jules Feiffer，1929—　）《愤怒》（*Tantrum*）的封面印有"绘本小说"。漫威漫画公司（Marvel Comics）的斯坦·李与杰克·科比（Jack Kirby，1917—1994）的《银色冲浪手》（*The Silver Surfer*，1978）虽未称绘本小说，却由出版商通过正规书店发行。1979 年，漫威漫画公司为黑白漫画杂志《漫威预览》（*Marvel Preview*）第 17 期刊载《污点》续集，在封面印有"绘本小说"。同年，特里·南提尔（Thierry Nantier，1957—　）《喧闹的伦巴舞曲》（*Racket Rumba*，1977）及其与恩基·比拉（Enki Bilal，1951—　）合作的《恒星的呼唤》（*The Call of the Stars*，1978）皆以"绘本专册"进行推广。20 世纪 80 年代末，绘本小说渐为公众所熟知。

　　绘本小说概念一直处于变化之中。有些定义强调绘本小说中的图画，在威尔·艾斯纳看来，绘本小说是一种连续的艺术；而斯科特·麦克劳德（Scott McCloud，1960—　）则认为，绘本小说是一种通过并置图画来讲述故事以令人接受的审美形式①。尚必武亦云，绘本小说并置图画及其他图

---

① 斯科特·麦克劳德：《理解绘画》，万旻，译. 北京：人民邮电出版社2012 年，第 9 页。

画，以传达信息或讲述故事或表达主题。① 大部分定义都强调图为主、文为辅或图文并重。绘本小说"通过一系列图画来传达信息或讲述故事，并结合了相对较少的文字或根本没有文字"②。彭懿也认为，绘本小说是图文共叙一个完整故事的艺术。③ 绘本小说乃图文共同作用之文学形式，是图文相互交织而成的文本④；绘本小说通过连续性的图画（常与少量文字结合）传达意义，图文结合而产生复合文本；它是由文字与图画结合来讲述故事的图书类型，每页有图画，图文结合进行叙事。⑤ 绘本大师芭芭拉·库尼（Barbara Cooney，1917—2000）比喻说，绘本小说似"一串珍珠项链，图画是珍珠，文字是串起珍珠的细线"⑥；绘本小说像一部电影，每次翻开，它就将整个故事联系在一起。约瑟夫·施瓦茨（Joseph H. Schwarcz，1917—1988）强调图、文相互支撑讲述完整的故事，却也指出图、文相互对立，各自讲述各自的故事。⑦ 美国哲学家大卫·刘易斯

① 尚必武：《图像与文本互构故事世界：绘本小说潮》，《中国社会科学报》，2012-03-30. http:// sscp. cssn. cn/xkpd/wx_ 20167/201203/t20120330_ 1121400. html.

② 佩里·诺德曼：《说说图画：儿童图画书的叙事艺术》，陈中美，译. 贵阳：贵州人民出版社 2018 年，第 7 页。

③ 彭懿：《世界图画书——阅读与经典》，南宁：接力出版社 2011 年，第 7 页。

④ 松居直：《幸福的种子》，刘涤昭，译. 南昌：二十一世纪出版社 2013 年，第 22 页。Oittinen, Riitta. "Where the Wild Things Are: Translating Picture Books."*Meta: Translators' Journal*, 2003 (1-2), pp. 128-141.

⑤ Salisbury, Martin & Morag Styles. *Children's Picturebooks: The Art of Visual Storytelling*. London: Laurence King Publishing, 2012, p. 7. Nikolajeva, Maria & Carole Scott. *How Picturebooks Work*. New York: Garland Publishing, 2001, pp. 3-5. 玛丽亚·尼古拉杰娃，卡洛尔·斯科特：《绘本的力量》，李继亚，译. 上海：华东师范大学出版社 2018 年，第 1 页。

⑥ 王慧宁：《绘本的概念界定及中日现代绘本溯源》，《太原师范学院学报（社会科学版）》2009 年第 1 期，第 54—56 页。

⑦ Schwarcz, Joseph H. *Ways of the Illustrator: Visual Communication in Children's Literature*. Chicago: American Library Association, 1982, pp. 14-16.

（David K. Lewis, 1941—2001）则认为图文是相互激励的、灵活的和复杂的。芬兰学者丽塔·奥伊蒂宁（Riitta Oittinen, 1952— ）在强调图、文的同时，也关注其他模态如声音、节奏等隐藏结构。① 若从书籍形式或绘本小说的篇幅来定义，那么，绘本小说指有传统长篇小说篇幅的书籍形式，用图、文讲述一个完整故事的虚构或非虚构作品，极具艺术性和文学性。绘本小说是一种以图为主、文为辅且图文共同完成叙事的一种艺术形式，其中的图画是连续的并具有一定的逻辑关系，而文字的作用则是辅助图画以完成一个完整的叙事。

绘本小说乃图与文结合的多模态产物，是一个多元化整体，强调各种模态之间的关联性和整体性。它以图为主，或结合文字共同叙事，即便无文字（如无字绘本），图画亦可独立讲述一个完整的故事。在绘本小说中，图画成为叙事的主角，甚至是叙事的"生命"。日本绘本之父松居直指出，在绘本小说中，图文之间的关系甚是独特，它们既各自独立又相互联系，故"文 + 图 = 有插图的书；文 × 图 = 绘本"。②

二

绘本叙事通过图、文以及其他模态（如色彩、声音等）来实现。各种模态都具有生成意义的潜势，它们既相互依赖又各自独立，共同构建叙事和绘本的意义。因此，绘本叙事亦是一种多模态叙事。在绘本叙事中，图文结合的叙事模式消除了自文字诞生后文明中的两极：摹仿与指称、展示与言说、观看与阅读。在绘本小说中，图与文是两种不同的叙事形式。图画极具象征性，而文字则更有逻辑性，其特殊的叙事潜能和极强的审美特

---

① Oittinen, Riitta. *Translating for Children*. New York and London: Garland Publishing, lnc. , 2000, p. 103.

② 松居直：《我的图画书论》，郭雯霞，徐小洁，译. 上海：上海人民美术出版社 2009 年，第 216 页。

性引发越来越多的学术关注。

如果说任何材料皆适合叙事，那么，绘本小说中的语言文字模态与非语言文字模态都有其独特的叙事性。佩里·诺德曼（Perry Nodelman，1942—　）将绘本小说归入文学形式，强调图画的叙事功能。[①] 绘本包含三种故事——文字叙述的故事、图画暗示的故事以及二者结合后产生的故事。[②] 松居直亦强调绘本的叙事性，他说读绘本即读故事。图画、文字与叙事构成了绘本小说的三要素，其中图、文是基本属性，而叙事则是连接图、文之纽带。因此，绘本叙事就是图画叙事、文字叙事以及图文结合叙事等三者结合的综合叙事艺术。

在绘本叙事中，图与文乃主要的叙事模态，图与文以独特的方式相结合。因此，绘本叙事是一种用图画展现（show）和用文字讲述（tell）的叙事。而图文之间或矛盾或强化的关系，则可作为有用的工具，以产生特殊的艺术效果。[③] 此处的展现与讲述迥异于亨利·詹姆斯的小说叙事，而涉及图-文双轨的不同叙事功能。在图画方面，画家以一定数量的连续画幅来展现故事；在文字方面，作家则通过画中方框或画外文字来讲述故事，或借助语言气泡表现人物的对话或言语。绘本小说中，图画与文字具有双线叙事潜能。漫画理论家蒂埃里·格罗恩斯汀（Thierry Groensteen，1957—　）基于叙事学理论强调绘本小说的叙事属性，并将其定义为一种视觉与叙事的艺术，通过系列图画进行叙事，可以但不一定与文字同时出

---

① 佩里·诺德曼：《说说图画：儿童图画书的叙事艺术》，陈中美，译. 贵阳：贵州人民出版社2018年，第7页。

② 培利·诺德曼，梅维丝·莱莫：《阅读儿童文学的乐趣》，刘凤芯，吴宜洁，译. 台北：天卫文化图书股份有限公司2009年，第351页。

③ Spiegelman, Art. "Commix: An Idiosyncratic Historical and Aesthetic Overview."*Print*, 1988（42），pp. 61 -73, 195-196.

现。他用展现者（demonstrator）和讲述者（reciter）分别指代绘本小说中图画和文字的叙述主体。前者通过不同图画参与故事叙述；后者在讲述故事时，可对故事进行评价。二者之上，还有一个最原初的基本叙述者（fundamental narrator）。他负责选择叙事艺术、分配叙事信息等任务，还将不同的叙述功能分派给展现者与讲述者。①

在绘本叙事中，图画"承担叙述功能的主力"②，是书的生命。在无字书中，处于核心地位的图画甚至赋予主体生命活力③。在绘本叙事中，单幅或连续的图画以及其他非语言模态皆有叙事潜能，共同参与故事建构，故图画独特的叙事功能是语言文字所无法替代的。当然，文字可讲述完整故事或没有完整故事的叙事作品，故事乃绘本小说的灵魂，从本质上而言，绘本小说是"一种故事文学"④。更为重要的是，在绘本小说（除无字书外）中，图、文共同完成叙事，即松居直所谓的"文×图"⑤。图、文通过空间的时间化与时间的空间化，共同推动故事情节的发展，一起完成叙事。

绘本小说是一种图画和文字结合的新型文学样式，西方掀起了"绘本叙事"研究热潮。绘本叙事是一种跨文类、跨媒介的多模态叙事。2003年，爱琳·麦克格罗斯林（Erin McGlothlin）曾探讨《鼠族》的叙述分层现象。⑥ 此乃叙事理论用于绘本叙事分析之突破性尝试。2006年，《现代

---

① Groensteen, Thierry. *Comics and Narration*. Trans. Ann Miller. Jackson: UP of Mississippi, 2011, pp. 86—95.

② 南曦：《绘本之道——欧美儿童绘本的功能性研究》，武汉：武汉出版社 2016 年，第 7 页。

③ 王慧宁：《绘本的概念界定及中日现代绘本溯源》，《太原师范学院学报（社会科学版）》2009 年第 1 期，第 54—56 页。

④ 康长运，唐子煜：《图画书本质特点研析》，《大学出版》2002 年第 2 期，第 29—32 页。

⑤ 松居直：《我的图画书论》，郭雯霞，徐小洁，译．上海：上海人民美术出版社 2009 年，第 217 页。

⑥ McGlothlin, Erin H. "No Time like the Present: Narrative and Time in Art Spiegelman's *Maus*." *Narrative*, 2003 (2), pp. 177—198.

小说研究》（*Modern Fiction Studies*，*MFS*）在冬季号上以"绘本叙事"为题，刊登了数十篇有关绘本叙事的研究论文。2010 年，西方学界推出了两本专门研究"绘本叙事"的杂志，即劳特利奇出版社（Routledge）的《绘本小说与漫画学刊》（*Journal of Graphic Novels and Comics*）和知识公司（Intellect Ltd）的《漫画研究》（*Studies in Comics*）。2011 年，《物质》（*Substance*）和《大学文学》（*College Literature*）分别推出"绘本小说和叙事理论"（Graphic Novels and Narrative Theories）特刊，探讨绘本叙事的媒介性、故事线条或讲述类型以及绘本叙事与心理认知的关系等问题，进一步推动了绘本叙事理论的发展。2013 年，德古意特出版社（De Gruyter）的《从漫画到绘本小说》（*From Comic Strips to Graphic Novels*）也讨论了绘本叙事的诸多方面，如绘本小说的媒介特性、绘本小说与历史的融合、绘本小说的历史演变与跨文化特点等。① 2017 年，《物质》又推出以《反叛线——漫画与无政府主义想象》（*Rebel Lines：Comics and the Anarchist Imagination*）为主题的专刊，深入挖掘漫画的主题，揭示图 – 文叙事所特有的审美特征、叙事潜能与政治关联性。可见，与绘本叙事相关的理论研究和实践批评在不断发展，并成为学界研究的热点。希尔克·霍尔斯科特（Silke Horstkotte，1972—　）和南希·佩德里（Nancy Pedri）的《体验视觉故事世界：绘本小说中的聚焦》（*Experiencing Visual Storyworlds: Focalization in Comics*，2022）则在认知叙事学的体验性概念的基础上，用"聚焦"（focalization）概念解读绘本小说，故在绘本叙事研究方面有所突破。②

---

① Stein, Daniel & Jan-Noël Thon. *From Comic Strips to Graphic Novels: Contribution to the Theory and History of Graphic Narrative*. New York: de Gruyter, 2013.

② Horstkotte, Silke & Nancy Pedri. *Experiencing Visual Storyworlds: Focalization in Comics*. Columbus: The Ohio State UP, 2022.

三

欧美绘本从基督教阐释圣经教义的插图演变而来。中世纪时，配有插图的书籍大多为《圣经》，因为图像化的《圣经》易于接受和传播。1580年，欧洲最早的插画童书《艺术与教育小册子》（*Kunst Und Lehrbüchlein*）诞生。1658 年，捷克教育家夸美纽斯的《世界图解》被公认为世界第一本儿童插图百科全书，故在西方绘本史上具有里程碑式的意义。

17—18 世纪，欧洲的书籍多雕版印刷而成。此时，童书多为粗糙的小册子。18 世纪，西方出现绘本小说的雏形。1744 年，英国出版商纽伯瑞（John Newbery, 1713—1767）将儿童出版物列入"娱乐类"书籍。他出版了世界上第一本专为儿童写的书，还开办了世界上第一家儿童书店。1789年，威廉·布莱克完成雕版印刷彩色童书《天真之歌》。其作品图文结合，诗画交融，既天真烂漫又童趣盎然。19 世纪初，始现于法国的平版印刷术为全彩书籍之兴奠定了基础，由此插画童书进入"黄金时代"。19 世纪中叶，大量插画家为精灵、小仙子类童话故事配图。1889—1910 年间出版的插图本《朗格童话》（*Andrew Lang's Fairy Books*）影响了几代英国儿童。德国则出版了《蓬蓬头彼得》（*Der Struwwelpeter*, 1845）和《麦克斯和莫里茨》（*Max and Moritz*, 1865）等儿童绘本。1866 年，英国约翰·坦尼尔绘制的插图本《爱丽丝漫游奇境》成为第一本大获成功的儿童绘本。欧洲现代绘本的诞生在很大程度上应归功于 19 世纪彩色制版技术的发明。英国的贝维克（Thomas Bewick, 1753—1828）创新木刻艺术，从而开创了书籍插图的新纪元。于是，大量插画童书涌入出版市场。此后，英国埃德蒙·埃文斯（Edmund Evans, 1826—1905）致力于将彩色印刷提升到艺术水准，并与沃尔特·克雷恩（Walter Crane, 1845—1915）、伦道夫·凯迪克（Randolph Caldecott, 1846—1886）和凯特·格林纳威（Kate

Greenaway，1846—1901）合作出版彩色绘本，开创 19 世纪末英国绘本的黄金时代。

19 世纪末以来，欧洲开始将连载漫画结集出版。比利时的《丁丁历险记》（*The Adventures of Tintin*，1929—1983）、法国的《蓝莓上尉》（*Lieutenant Blueberry*，1963）和意大利的《七海游侠柯尔多》（*Corto Maltese*,1967—1992）等系列陆续出版。美国也开始出版连载漫画集。这些合辑与长篇漫画乃成绘本小说的前身。19 世纪 90 年代末，美国奥特考特（Richard F. Outcault，1863—1928）创作的连环漫画《黄孩子》（*The Yellow Kid*，1895—1898）与《布朗小子》（*Buster Brown*，1902—1904）将绘本艺术引入一个崭新的时代。

现代意义的绘本始自英国的波特（Beatrix Potter，1866—1943），其《彼得兔的故事》（*The Tale of Peter Rabbit*，1902）图与文完美结合，共同叙事，构建绘本意义。波特开创了现代绘本的新时代，被誉为"现代绘本之母"。20 世纪 20 年代，绘本创作出现新局面，图、文都有各自的生命力。英国米尔恩（Alan A. Milne，1882—1956）的《小熊维尼》（*Winnie the Pooh*，1925）因画面精微、构思巧妙和表现独特而大获成功。在美国，真正的第一本现代绘本应是婉达·盖格（Wanda Gág，1893—1946）的《100 万只猫》（*Millions of Cats*，1928），它成为第一本赢得美国"纽伯瑞奖"（Newbery Medal）的绘本。20 世纪 30 年代开启了美国绘本黄金期的序幕。1939 年，第一部现代意义的《超人》绘本诞生。1931 年，法国布伦霍夫（Jean de Brunhoff，1899—1937）的《小象巴巴的故事》（*The Story of Babar: The Little Elephant*）出版。他首次将大开本彩色跨页用于绘本之中，并以单纯色彩和简易文字而著称。1950 年，荷兰布鲁纳（Dick Bruna，1927—2017）开始创作的"米菲兔"（Miffy）系列绘本，被誉为"全球孩子的第一本图画书"。1966 年，芬兰托芙·杨松（Tove Jansson，1914—

2001）的"姆咪谷"（Moomin Valley）系列童话获国际安徒生奖。1968 年开始，日本安野光雅（あんの・みつまさ，1926—2020）出版"旅之绘本"系列，用大跨页展现不同地域的美丽风景。1971 年，英国哈格里夫斯（Roger Hargreaves，1935—1988）的《奇先生妙小姐》系列绘本享誉全球。1977 年，日本五味太郎（ごみ たろう，1945—　）绘本《大家来噗噗》（*Everyone Poops*，1977）天马行空、创意十足。1978 年，雷蒙德・布里格斯（Raymond Briggs，1934—2022）无字绘本《雪人》（*The Snowman*）在英国出版。该绘本以卡通动画片形式搬上电视节目，并获奥斯卡最佳动画片提名。1987 年，英国马丁・汉福德（Martin Handford，1956—　）第一部绘本系列作品《瓦尔多在哪里》（*Where's Waldo?* 1987）首版，绘本还被改编成电视连续剧、连载漫画和系列电动游戏。1989 年开始，英国大卫・麦基（David McKee，1935—2022）的"大象艾玛"（Elmer:The Patchwork Elephant）系列共有 20 多个原创绘本，被译成 40 多种语言，还被改编成儿童电视节目。

21 世纪，新的印刷技术和数码技术使绘本小说呈现新的面貌。捷克巴可维斯卡（Květa Pacovská，1928—　）的绘本极具互动感；奥地利丽兹贝斯・茨威格（Lizbeth Zwerger，1954—　）的绘本将独特的构图与欧洲趣味相结合；意大利萨拉・方纳利（Sara Fanelli，1969—　）则将拼贴与设计元素结合，成为新的艺术灵感源泉。21 世纪的绘本小说已成西方文坛上的一个重要潮流，并与传统的文字小说势均力敌。绘本小说倾向于表现越来越严肃而多样的主题，从政治话题如法国勒巴热（Emmanuel Lepage，1966—　）的《切尔诺贝利之春》（*nprintemps à Tchernobyl*，2012）、莎塔碧（Marjane Satrapi，1969—　）的《我在伊朗长大》（*Persepolis*，2000—2003）到社会反思如新加坡刘敬贤（Sonny Liew，1974—　）的《漫画之王：陈福财正传》（*The Art of Charlie Chan Hock Chye*，2015），从科幻如比利时史奇顿（François Schuiten，1956—　）和法国贝涅·彼特（Benoît Peeters，1956—　）共同创作的《朦胧城市》（*Les Cités obscures*，1982）到反战如斯皮格曼的《鼠族》等，还有深入现代人的内心世界，探索人性与生命意识之作如巴西法比奥·穆恩（Fábio Moon，1976—　）和加布里埃尔·巴（Gabriel Bá，1976—　）的《一日谈》（*Daytripper*，2010）、英国格林·狄龙（Glyn Dillon，1971—　）的《棕色的世界》（*The Nao of Brown*，2012），以及反思民族文化等传统文学领域的经典之作如法国尤安·史法（Joann Sfar，1971—　）的《拉比的猫》（*Le Chat du Rabbin*，2002—2015）；也有关注边缘与弱势群体之作如瑞士佩特斯（Frederik Peters，1974—　）的《蓝色的小药丸》（*Pilules Bleues*，2001）等。这些绘本小说的题材深刻而复杂，充满反思与批评精神，既有文学性也有艺术性，故而能与传统的文字小说平分秋色。

　　以上是对欧洲绘本史之简略梳理。下文将对日本与中国的绘本史作一概述。脱胎于浮世绘（うきよえ）的日本绘本可上溯到平安时代紫式部（むらさきしきぶ，约 973—?）的《源氏物语》（/げんじものがたり，1001　1008）。在日本，绘本又称绘卷、绘草纸、手绘书等，绘本经历"丹绿本""磋峨本""赤本"等形式的发展。到江户时代（1603—1868），儿童绘本始兴，如《桃太郎》（ももたろう）、《舌切雀》（舌切り雀）等皆成明治时代（1868—1912）古代神话绘本之摹本。明治时期的石版印刷、亚铅版印刷等促进了绘本发展；同时，儿童杂志则刺激了绘本创作。昭和时期（1926—1989），彩印助推了日本现代绘本之兴。1936 年，讲谈社出版大量绘本，题材有童话、民间传说和古典名著等。20 世纪 50 年代，欧美绘本传入日本，影响深远。1953 年，岩波书店出版《岩波儿童之书》（岩波子どもの本），引入欧美的经典绘本。这套童书的出版在日本儿童读物和绘本史上都具有划时代的意义，它改变了日本人对绘本的认识，还促

进了日本本土绘本的创作与出版。福音馆书店（ふくいんかんしょてん）等则推出绘本月刊，培养出赤羽末吉（あかばすえきち，1910—1990）、安野光雅等享誉国际的绘本大家。日本绘本盛于 20 世纪 70 年代。发展至今，日本已成亚洲的绘本大国。

"绘本"一词虽舶自日本，但图文结合之书在中国却古已有之。从隋唐木刻版画到宋代木刻画，自宋元小说之绣像至明清之插画，再到民国的连环画，我国古代似早已有了绘本之雏形。在明正德十年（1515）的《新刊明解图像小学日记故事》与嘉靖二十一年（1542）的熊大木版《日记故事》中，已有灌水浮球、曹冲称象、司马光砸缸等儿童故事，上图下文，颇似早期的连环画。然而，清末民初方可称我国绘本的萌芽期。其间出现大量带插图的图书和杂志。晚清儿童刊物《小孩月报》以图画叙事，为儿童提供知识。1909 年，孙毓修（1871—1922）编译的《无猫国》乃我国第一部儿童文学读物。1922 年，郑振铎（1898—1958）创刊《儿童世界》，曾开设"图画故事"栏目。此乃国内儿童图画书之真正萌芽。随后，儿童漫画、连环画等渐受热捧。中国早期图画书多为连环画——一种连续图画并配有文字的书。这种连环画根据文学作品或故事而改编，或取材于现实生活，书如巴掌大小，故俗称"小人书"。1927 年，世界书局出版《连环图画三国志》，自此，"小人书"又称连环画。20 世纪 50 年代，图画书融入传统文化，为我国本土图画书的创作奠定了基础。此时，欧美绘本由日本传入中国台湾。90 年代，绘本这一文学形式从台湾传入中国大陆。21 世纪以来，我国绘本小说界亦紧随时代的步伐，渐次推出独具中国特色的绘本小说。

四

绘本小说由漫画演变而来，即从 19 世纪 90 年代的连载漫画到 20 世纪

30 年代的漫画书逐渐演变成 20 世纪 70 年代的绘本小说。因此，希拉里·楚特（Hillary Chute，1976—　）认为"绘本小说是以成人读者为主要目标、以书籍形式出版的漫画"①。美国绘本小说可分三个时期：20 世纪 70 年代前的孕育萌芽期、20 世纪 70 年代到 20 世纪末的形成发展期和 21 世纪的流行繁荣期。

第一，20 世纪 70 年代前是美国绘本小说的孕育萌芽期。漫画为美国绘本小说的形成奠定了基础。1842 年，瑞士托普佛（Rodolphe Töpffer，1799—1846）的《奥巴迪亚·奥尔德巴克历险记》（*The Adventures of Mr. Obadiah Oldbuck*，1927）在美翻译出版，此乃美国最早的漫画书。19 世纪 90 年代，美国一些杂志刊发的漫画作品逐渐演化成"连载漫画"②。1897 年，美国奥特考特的《黄孩子》封面与封底皆印有"漫画书"。此亦"漫画"一词在美国之起源。20 世纪 20 年代，连载漫画结集单独发行。30 年代，美国漫画业进入黄金时期。1928 年，婉达·盖格的《100 万只猫》被视为美国的开国绘本，遂拉开美国绘本第一个黄金期的序幕。1930 年，玛乔丽·弗拉克（Marjorie Flack，1897—1958）开创绘本新时代。1938 年，海伦·菲什（Helen D. Fish，1889—1953）和多萝西·拉斯洛普（Dorothy Lathrop，1891—1980）的《圣经中的动物》（*Animals of the Bible*）赢得第一个凯迪克金奖。随后，"超人"经典如《超人》（*Superman*，1938）、《蝙蝠侠》（*Batman*，1940）、《美国正义会社》（*Justice Society of America*，1940）、《美国队长》（*Captain America*，1941）、《神奇女侠》（*Wonder Woman*，1944）等连环漫画登上历史舞台。20 世纪四五十年代，美国涌现出诸多经典绘本，如罗伯特·麦克洛斯基（Robert McClosky，1914—2003）

① Chute, Hillary. *Why Comics? From Underground to Everywhere*. New York: HarperCollins, 2017, p. 19.

② Chute, Hillary. *Why Comics? From Underground to Everywhere*. New York: HarperCollins, 2017, pp. 7–8.

的《让路给小鸭子》（*Making Way for Duckling*，1941）、玛格丽特·布朗
（Margaret W. Brown，1910—1952）和克雷门·赫德（Clement Hurd，1908—
1988）的《逃家小兔》（*The Runaway Bunny*，1942）、李·伯顿（Virginia
Lee Burton，1909—1968）的《小房子》（*The Little House*，1943）等皆成家
喻户晓的绘本小说。

1960 年代，美国绘本发展进入第二个黄金期，出现李欧·李奥尼
（Leo Lionni，1910—1999）、莫里斯·桑达克（Maurice B. Sendak，1928—
2012）、唐·弗里曼（Don Freeman，1908—1978）等绘本大师。60 年代，
超级英雄漫画复活了，《神奇四侠》（*Fantastic Four*，1961）、《绿巨人》
（*The Incredible Hulk*，1962）、《蜘蛛侠》（*Spider-Man*，1962）、《X 战警》
（*X-Men*，1963）、《超胆侠》（*Daredevil*，1964）、《钢铁侠》（*Iron Man*，
1963）等纷纷亮相，开启了美国漫画的白银时代。60 年代末，传统超级英
雄漫画式微，题材和内容的创新势在必行。于是，漫画采用严肃的艺术表
现形式来拓展其艺术表现力。[1] 此时，美国地下漫画运动开始兴起，其目
的是宣泄个人情感，其主题是反主流文化，关注性、暴力、摇滚、同性恋
等另类主题；其表现手法则离经叛道，前卫且含讽刺。comics 被换成了
comix，其中的 x 表明读者群体是新潮前卫的成人。[2] 这些漫画故事更精巧
也更复杂，甚至有些荒诞不经的内容；其主题突破传统的禁忌，表现出前
卫的思想以及明确的政治倾向；其形式则极具实验性和创新性。漫画作者
开始将漫画与文学融合，探索绘本小说新的创作手法。此时，绘本小说尚
无名称，但结合漫画与文学的作品皆以成人为读者群体，小说篇幅比漫画
更长。《与欲望同行》和杂志版式漫画小说《他的名字是……原始人》

---

① Chute, Hillary. *Why Comics? From Underground to Everywhere*. New York: HarperCollins, 2017, p. 13.

② Chute, Hillary. *Why Comics? From Underground to Everywhere*. New York: HarperCollins, 2017, p. 13.

（*His Name is ... Savage*! 1968 年）便是如此。1968 年，漫威漫画公司以相似的版式推出上下两册的《蜘蛛侠》。漫画中渐渐出现一种创作类型，欲摆脱传统的思维定式，追求一种更严肃、更成熟、更具文学性的创作。艾瑞克·卡尔（Eric Carle，1929—2021）五彩斑斓的拼贴画进入视野，其《棕色的熊，棕色的熊，你在看什么》（*Brown Bear, Brown Bear, What Do You See?* 1967）和《好饿的毛毛虫》（*The Very Hungry Caterpillar*，1969）等将绘本与生活场景联系在一起。艾兹拉·杰克·季兹（Ezra Jack Keats，1916—1983）的《下雪天》（*The Snowy Day*，1962）让非洲裔男孩彼得来叙事。伊芙琳·奈丝（Evaline Ness，1911—1986）的《莎莎的月光》（*Sam,Bangs and Moonshine*，1966）因其手工风格和实验性而颇受读者的欢迎。1964 年，莫里斯·桑达克的《野兽国》（*Where the Wild Things Are*，1963）荣获凯迪克金奖。该绘本画面优美，语言简洁又富诗意。该书提出"儿童具有强烈情感"的观点，从而改变了近百年来美国社会对儿童的刻板看法。凡此均为 20 世纪 70 年代后美国绘本小说的形成发展奠定了基础。

第二，20 世纪 70 年代到 20 世纪末乃美国绘本小说的形成发展期。绘本小说作为一种新的文类，渐被市场与文学领域所接受。自理查德·凯尔首次使用"绘本小说"一词以来，斯派塞、梅茨格、凯恩、寇本、斯特兰科等均在作品中使用"绘本小说"，甚至漫画公司亦然。然而，学界一般将 1978 年威尔·艾斯纳《与上帝的契约》封面上的"绘本小说"作为此类小说之开端。威尔·艾斯纳亦被誉为"绘本小说之父"[1]。此后，绘本小说声名鹊起，乃成尽人皆知的术语。同时，漫画公司亦开始热衷出版绘本小说。

---

[1] Steve, Miller. *Developing and Promoting Graphic Novel Collections*. New York: Neal-Schuman, 2005, p. 14.

　　1986 年是美国绘本小说的标志之年。这一年，有三部绘本小说付梓：斯皮格曼的自传绘本小说《鼠族 I》（*Maus I: A Survivor's Tale: My Father Bleeds History*）、弗兰克·米勒（Frank Miller, 1957—　）的《蝙蝠侠：黑暗骑士归来》（*Batman: The Dark Knight Returns*）和阿兰·摩尔（Alan Moore, 1953—　）的《守望者》（*Watchmen*）。《鼠族 I》以犹太人为鼠族，纳粹德国人为猫族，并以动物寓言形式叙述作者父母从屠犹中逃生的经历。《鼠族 II》（*Maus II: A Survivor's Tale: And Here My Troubles Began*, 1991）荣获 1992 年美国普利策奖，此乃美国文学史上唯一获此奖的绘本小说。《鼠族》讲述纳粹屠犹史实，其主题严肃而故事却充满悲剧色彩，故《纽约时报》评其为"用小图片讲述的史诗故事"，《华尔街日报》则将其誉为"对大屠杀最为感人、最成功的记述"。1988 年，绘本小说《守望者》斩获有"科幻界诺贝尔奖"之称的雨果奖（Hugo Award）。《蝙蝠侠：黑暗骑士归来》讲述罪恶与残酷，充满后工业时代的末日情结与黑色宿命论，却也蕴藏着希望以及对希望的追求，乃成主流漫画的里程碑。《蝙蝠侠：黑暗骑士归来》《守望者》仍以超级英雄为主角，但视角新颖别致，作品结构严谨、情节曲折、立意深刻，双双成为绘本小说之佳作。①再加上 1990 年 DC 漫画公司出版的《V 字仇杀队》（*V For Vendetta*），这三部作品后来被改编成同名电影，吸粉无数。乔恩·谢斯卡（Jon Scieszka, 1954—　）的《三只小猪的真实故事》（*The True Story of the 3 Little Pigs*, 1989）则通过三只小猪与狼的故事，培养逆向思维。该绘本颠覆传统的童话故事情节，揭开后现代绘本故事的新篇章。此时，主流漫画出版商如漫威、DC 亦增设绘本小说产品线；市场则开辟专门销售漫画的书店网络，

---

① Weiner, Stephen. *Faster than a Speeding Bullet: The Rise of the Graphic Novel*. New York: NBM Publishing, 2003, p. 34.

绘本小说正式进入传统书店，受到文学爱好者和成人读者的热捧；漫画专门书店也受到更多漫粉的喜爱。到 80 年代中期，阅读绘本小说俨然成为一种文化现象。至此，作为一种新文类，绘本小说已被文学界所接受，在学界与读者界的认知度和接受度亦逐渐升温。同时，绘本小说亦引发媒体界、出版界的关注。80 年代流行的电子游戏和 90 年代普及的互联网等也给美国绘本小说的传播带来巨大的影响。

　　20 世纪 90 年代，绘本小说不仅发展成独特的叙事类型和单独的出版类别，还成为文学和文化研究的重要课题。"多元化和实验性的小说形式"① 丰富了当代绘本小说创作的图景。绘本小说渐被文学界和文学批评界所接受，如《诺顿后现代美国小说选集》（*Postmodern American Fiction: A Norton Anthology*，1997）收录了数部绘本小说，包括琳达·巴里（Lynda Barry，1956—　）的《过来，过来》（*Come Over, Come Over*，1990）、斯皮格曼的《鼠族》以及据保罗·奥斯特同名小说改编的绘本小说《玻璃之城》（*City of Glass: The Graphic Novel*，1994）等。莱恩·史密斯（Lane Smith，1959—　）和谢斯卡带有强烈的个人幽默色彩的《臭起司小子爆笑故事大集合》（*The Stinky Cheese Man and Other Fairly Stupid Tales*，1992）获 1993 年凯迪克银奖。乔·萨科（Joe Sacco，1960—　）的传记绘本小说《巴勒斯坦》（*Palestine*，1993—1995）提供了一种独特的叙事声音与视角，具有独特的文学艺术形式。该作品荣获 1996 年美国图书奖。至此，绘本小说成为一种普遍的，被文学界和大众接受的固定称谓。

　　第三，21 世纪乃美国绘本小说的流行繁荣期。进入第三个千年后，美国的绘本小说进入发展繁荣的时期，更成为大众喜爱阅读的书籍。绘本小

---

① Earle, Harriet E. H. "Comic and Graphic Novels." Daniel O' Gorman & R. Eaglestone, eds. *The Routledge Companion to Twenty First Century Literary Fiction*. New York: Routledge, 2019, p. 113.

说主题更加多元，叙事手法广采博纳，并斩获各类重大奖项，不仅得到出版界认可，还受到绘本界与文学界的青睐，以及得到媒体界和读者界的支持和认可。

除传统的超级英雄外，绘本小说的主题还包括种族歧视、政治迫害、国际政治、宗教冲突、两性关系、生存境遇、战争、灾难、城市、郊区、朋克、疾病和残疾等，不仅具有鲜明的视觉化的人物形象，更重要的是，这些主题呼应现实，引发广泛的公众关注。① 绘本小说的主题呼应特定历史时期的公共叙事主题，既可得到公众的关注和认可，也可建构绘本小说作为严肃文学的身份。绘本小说既有虚构的故事类型亦有非虚构的故事类型——人物传记、历史记录、纪实报道和回忆录等。自传绘本小说、历史绘本小说、纪实绘本小说等皆属绘本叙事（graphic narrative）。《鼠族》可归入多种体裁，如传记、自传、历史、回忆录、虚构作品或混合体裁等，因此，它打破了虚构与非虚构的界限。此后，绘本小说中这种非虚构叙事得到不断发展。唐·布朗（Don Brown，1955—　）的《淹没的城市：卡特里娜飓风与新奥尔良》（*Drowned City：Hurricane Katrina and New Orleans*，2015）记录了 2005 年卡特里娜飓风侵袭后新奥尔良被淹没的惨烈景象，既展现人类面临自然灾害时的无私、英勇，也揭露种族主义以及犯罪行为的消极影响。2018 年，尼克·德纳索（Nick Drnaso，1989—　）的虚构绘本小说《消失的塞布丽娜》（*Sabrina*）打破图画与文学的界限，成为第一部提名布克奖的绘本小说。

绘本小说还吸收文字小说叙事的优势，凸显其文学性。随着读图时代的来临，文学的图像转向使"传统的小说家和出版商不再具有优势，他们

---

① Chute, Hillary. *Why Comics? From Underground to Everywhere.* New York: HarperCollins, 2017, p. 32.

开始探索适应图像化叙事趋势的新路径"①。文学作品被改编成绘本小说既深受文学界的认可，也得到出版界的支持。许多作家将视觉文化与大众文化结合起来，推动绘本小说的发展。例如，迈克尔·夏邦（Michael Chabon,1963— ）的文字小说《卡瓦利与克雷的神奇冒险》就虚构了一部漫画书，名曰《逃亡者》（*The Escapist*）。文字小说中的漫画家又将虚构的《逃亡者》转换成绘本小说。文字小说与绘本小说之间相互对话也相互借鉴，不仅模糊了高雅与低俗的界限，还"进一步证明对方在更广义的文学场域中的合法地位"②。该作品深受文学界、绘本界和出版界的欢迎，遂斩获 2001 年普利策小说奖。

绘本小说将漫画的艺术性与传统小说的文学性融为一体，其图-文叙事优于单独的文字叙事或图画叙事。法国将漫画视为"第九艺术"，而绘本小说最早就脱胎于漫画。绘本小说的破圈与跨界为文学创作开辟了新天地，或将文学经典改编成绘本小说，或将文学元素融入绘本小说创作，赋予其经典韵味。③ 许多绘本小说如尼尔·盖曼（Neil Gaiman, 1960— ）的《鬼妈妈》（*Coraline*, 2002）、约翰·尼科尔（John Nickle）的《别惹蚂蚁》（*The Ant Bully*, 1999）、茱莉亚·唐纳森（Julia Donaldson, 1948— ）和阿克塞尔·舍夫勒（Axel Scheffler, 1957— ）的《咕噜牛》（*The Gruffalo*, 1999）、莫里斯·桑达克的《野兽国》、苏斯博士（Dr. Seuss, 1904—1991）的《霍顿与无名氏》（*Horton Hears a Who*, 1954）、朱迪·巴瑞特（Judy Barrett, 1941— ）的《阴天有时下肉丸》（*Cloudy with a Chance of Meatballs*, 1978）以及《守望者》《蝙蝠侠》《罪恶之城》《V 字仇杀队》等先后被改编成电影，进一步提升了绘本小说的知名度和影响

---

① Baetens, Jan & Hugo Frey. *The Graphic Novel: An Introduction*. Cambridge: CUP, 2015, p. 193.

② Baetens, Jan & Hugo Frey. *The Graphic Novel: An Introduction*. Cambridge: CUP, 2015, p. 197.

③ Kovacs, George & C. W. Marshall. *Classics and Comics*. Oxford: Oxford UP, 2011, p. 15.

力，还说明了绘本小说与其他艺术之间的互文关系。同时，越来越多的小说、诗歌、戏剧、游戏等被改编成绘本小说，如童话故事《白雪公主》（*Snow White*，1812）、世界名著《简·爱》、曾获普利策奖的《杀死一只知更鸟》（*To Kill a Mockingbird*，1960）、广为人知的《安妮日记》（*The Diary of Anne Frank*，1942—1944）以及通俗文学《暮光之城》（*Twilight*，2005）等皆被改编成绘本小说。这些改编既丰富了绘本小说的出版内容，又吸引了传统出版社加盟，壮大了绘本小说的力量。[①] 当然，也有电影被改编成绘本小说的，如 2020 年，韩国奉俊昊（Bong Joon Ho，1969— ）导演的《寄生虫》（기생충 / *Parasite*）被改编成《寄生虫：故事板中的绘本小说》（*Parasite：A Graphic Novel in Storyboards*，2020）。在这种改编中，电影分镜与成片镜头融入绘本小说，尤其是电影分镜这种全新形式再次拓展了绘本小说的叙事表现手法。

21 世纪绘本小说作家注重绘本的原创性，如克里斯·韦尔（Chris Ware，1967— ）的《吉米·科瑞根：地球上最聪明的小子》（*Jimmy Corrigan：The Smartest Kid on Earth*，2000）、丹尼尔·克洛维斯的《八球》（*Eightball*，1989—2004）、弗兰克·米勒的《罪恶之城》（*Sin City*，2005）、莎塔碧的《我在伊朗长大》、艾莉森·贝克德尔（Alison Bechdel，1960— ）和查尔斯·伯恩斯（Charles Burns，1955— ）的《黑洞》（*Black Hole*，2010）等皆属原创绘本小说，不仅具有很高的文学与艺术价值，还为绘本小说的发展做出了巨大贡献。尼克·索萨尼斯（Nick Sousanis）的《非平面》（*Unflattening*，2015）是史上第一篇以绘本形式出现的博士论文，它将哲学、文学、艺术、光学、数学、天文学与生态学等众多学科融入其中，再

---

① Foster, John. "Picture Books as Graphic Novels and Vice Versa: The Australian Experience. " *Bookbird: A Journal of International Children's Literature*, 2011（4）, pp. 68-75.

通过图文形式进行阐释。

　　21世纪美国绘本小说在出版界进一步得到认可。在顺应数字化发展趋势的同时，出版商积极运用数字多媒体在绘本小说内容表达上的优势，探索图像叙事、互动叙事的更多可能性，并传递给读者。[①] 2002年，美国图书产业研究集团将绘本小说纳入图书门类，并分配专门的类别代码（BISAC code），从此，绘本小说在出版界便有了正式的身份而成为单独的图书类别。同时，兰登书屋（Random House）、阿布拉姆斯出版社（Abrams Books）等也开通了绘本小说销售渠道，使绘本小说突破以往在小范围内销售和传播的困境。[②] 在美国，学校图书馆与公共图书馆大量收藏绘本小说，高校还开设与绘本小说相关的课程。[③] 早在1944年，匹兹堡大学索恩斯教授（W. W. D. Sones）就提出将漫画引入课堂。2018年，华裔绘本画家杨谨伦（Gene Luen Yang, 1973— ）在一次TED演讲中，曾以《漫画属于课堂》（Comics Belong in the Classroom）为题，建议将绘本小说引入课堂。电子文化既为绘本小说的流行与繁荣提供了更多机遇，又为其传播创造了更有利的条件。现代信息技术与互联网数字化等拓宽了绘本小说的传播空间，契合并强化了数字受众的读图需求。总之，21世纪的绘本小说迎来了属于它的灿烂春天，不仅成为大学文化与文学艺术界的重要组成部分，还成为主流大众文化的典型特征。

---

① 吕江建，许洁：《图像小说：概念考辨、类型属性与发展实践》，《出版发行研究》2019年第7期，第73—77页。

② Chute, Hillary. *Why Comics? From Underground to Everywhere*. New York: HarperCollins, 2017, p. 18.

③ O' Englis, Lorena, et al. "Graphic Novels in Academic Libraries: From *Maus* to Manga and Beyond. "*Journal of Academic Librarianship*, 2006 (2), pp. 173−182.

五

凯迪克大奖是美国绘本界最重要且代表最高荣誉的奖项，也是全球公认的绘本小说权威奖项之一。凯迪克奖注重作品的艺术性、启发性和创新性，被誉为绘本界的"奥斯卡奖"。除凯迪克奖外，全球著名的绘本奖尚有：英国的凯特·格林纳威奖（Kate Greenaway Medal，1955）、日本绘本大奖（Japan Picture Book Award，1955），丹麦的国际安徒生大奖（Hans Christian Andersen Award For Illustration，1956）、德国青少年文学奖（Deutscher Jugendbuchpreis，1956）、意大利的博洛尼亚国际儿童书展最佳童书奖（Bologna Ragazzi Award，1963）、斯洛伐克的布拉迪斯拉发国际插画双年展（Biennial of Illustrations Bratislava，BIB，1967）、瑞典的林格伦文学奖（Astrid Lindgren Memorial Award，1967）、中国台湾的信谊儿童图画书奖（1987）以及中国大陆的丰子恺儿童图画书奖（2009）。

1938 年，美国图书馆学会（American Library Association，ALA）为纪念英国绘本插画家伦道夫·凯迪克而设立凯迪克奖，用以奖励最杰出的绘本画家。凯迪克奖的奖牌由美国雕刻家张伯伦（René Paul Chambellan，1893—1955）设计，正面图案"骑马的约翰"源自凯迪克《约翰·吉卜林趣事》（*The Diverting History of John Gilpin*，1782）中约翰骑在马上驰骋的图画，背面则刻获奖者名字和获奖日期。凯迪克奖专门颁赠给该年度最杰出的绘本画家，每年 1 次，设金奖 1 名、银奖数不定。凯迪克金奖称凯迪克荣誉勋章奖，银奖（The Caldecott Honor Books）为凯迪克荣誉图书奖。迄至 2023 年，有诸多绘本作家和艺术家获得过凯迪克奖，其中 85 部作品曾获金奖，近 300 部绘本获银奖。获奖作品的内容涉及不同地域不同种族的各种故事，包括中国的、日本的、俄罗斯的、德国的、非洲的以及印第安人的故事。本书主要研究 21 世纪美国小说，自然就包括绘本小说在内，故将 2000 年至 2023 年荣获凯迪克金奖的绘本小说胪列如下：

2000—2023 年凯迪克金奖作品一览表

获奖年	文	图	获奖作品	主题	页数
2000	西姆斯·塔贝克	西姆斯·塔贝克	约瑟夫有件旧外套	民间故事	32
2001	朱蒂丝·圣乔治	大卫·司摩	如果你想当总统	传记	56
2002	大卫·威斯纳	大卫·威斯纳	三只小猪	民间故事	40
2003	埃里克·罗曼	埃里克·罗曼	我的兔子朋友	友谊	32
2004	莫迪凯·葛斯坦	莫迪凯·葛斯坦	高空走索人	励志	40
2005	凯文·汉克斯	凯文·汉克斯	小猫咪追月亮	探索	74
2006	诺顿·贾斯特	克里斯·拉希卡	神奇的窗子	亲情	32
2007	大卫·威斯纳	大卫·威斯纳	海底的秘密	想象	40
2008	布莱恩·塞兹尼克	布莱恩·塞兹尼克	造梦的雨果	励志	534
2009	苏珊·玛丽·斯万森	贝斯·克罗姆斯	夜色下的小屋	认知	38
2010	杰里·平克尼	杰里·平克尼	狮子和老鼠	民间故事	40
2011	菲利普·斯蒂德	埃琳·斯蒂德	阿莫的生病日	品格	32
2012	克里斯·拉希卡	克里斯·拉希卡	黛西的球	想象	32
2013	乔恩·克拉森	乔恩·克拉森	这不是我的帽子	品格	40
2014	布莱恩·弗洛卡	布莱恩·弗洛卡	火车头	历史	64
2015	丹·桑塔特	丹·桑塔特	小白找朋友	友谊	40
2016	德赛·玛蒂克	索菲·布莱克尔	寻找维尼	友谊	56
2017	杰瓦卡·斯特普托	杰瓦卡·斯特普托	发光的孩子	生命	40
2018	马修·科德尔	马修·科德尔	我遇见了一只小灰狼	爱	32
2019	索菲·布莱克尔	索菲·布莱克尔	你好，灯塔	责任	48
2020	夸姆·亚历山大	卡迪尔·尼尔森	永不妥协	责任	40
2021	卡罗尔·林德斯特罗姆	迈克尔·戈德	我们是水的守护者	环保	40
2022	陈郁如	陈振盼	西洋菜	乡情	32
2023	道格·萨拉蒂	道格·萨拉蒂	热狗	爱	40

纵览历届凯迪克大奖，仅以获金奖的数量而言，玛西亚·布朗（Marcia Brown, 1918—2015）和大卫·威斯纳都曾三获凯迪克金奖，并列榜首。两获凯迪克金奖的则有罗伯特·麦克洛斯基、诺尼·霍格罗金（Nonny Hogrogian,1932— ）、狄龙夫妇（Leo Dillon, 1933—2012；Diane Dillon, 1933— ）以及克里斯·范·奥尔斯伯格（Chris van Allsburg, 1949— ）。

若通览历届凯迪克绘本，则可发现以下特点：一是融入历史传唱或民歌，如李欧·波利蒂（Leo Politi, 1908—1996）的《燕子之歌》（*Song of the Swallows*, 1950）、芭芭拉·库尼的《公鸡和狐狸》（*Chanticleer and the Fox*, 1958）等皆可唱，大多源于民歌；有些作者就是音乐人，如《青蛙娶亲记》（*Frog Went A-Courting*, 1955）的作者约翰·兰斯塔夫（John Langstaff, 1920—2005）等。二是系列作品，获奖绘本仅是系列绘本之一册。贝梅尔曼斯（Ludwig Bemelmans, 1898—1962）的《玛德琳的狗狗救星》（*Madeline's Rescue*, 1953）乃玛德琳系列之一，获 1954 年凯迪克金奖。罗伯特·麦克洛斯基 1958 年获金奖的《美好时光》（*Time of Wonder*, 1957）乃其"海边三部曲"的终结篇，而该三部曲的另外两部《小塞尔采蓝莓》（*Blueberries for Sal*, 1948）、《海边的早晨》（*One Morning in Maine*, 1952）俱获凯迪克银奖。三是紧跟时代，讲述历史与现实，例如莫迪凯·葛斯坦（Mordicai Gerstein, 1935—2019）的《高空走索人》（*The Man Who Walked Between the Towers*, 2004）以纪实方式讲述双子塔楼。四是讲述动物，传递大爱，如罗伯特·麦克洛斯基的《让路给小鸭子》关注野鸭，展示人类之爱。彼得·史比尔（Peter Spier, 1927—2017）改编自圣经故事的《诺亚方舟》（*Noah's Ark*, 1977）展现诺亚一家爱护动物。雷尼斯（Beatrice Schenk de Regniers, 1914—2000）和贝尼·蒙特莎（Beni Montresor, 1926—2001）合作的《我可以带一个朋友吗?》（*May I Bring a Friend*? 1964）体现出仁爱与尊重，表达人与动物其乐融融的爱意。

迄今，凯迪克金奖作品中有三部与中国相关，《美丽》（*Mei Li*，1938）、《狼婆婆》（*Lon Po Po：A Red-Riding Hood Story from China*，1989）和《西洋菜》（*Watercress*，2021）分获 1939、1990 和 2022 年凯迪克金奖。《美丽》（或译《美丽的新年》）乃托马斯·汉德福思（Thomas Handforth，1897—1948）据其在中国的生活经历而创作，绘本小说的主角是一位名叫"美丽"的中国女孩。《狼婆婆》乃美籍华裔杨志成（Ed Young，1931—　）的作品，以民间故事为内容，融合东西方艺术，体现多元文化特征，亦形成其独特的风格。《西洋菜》（也译《西洋菜与故乡》）则由两位美籍华裔陈郁如（Andrea Wang）与陈振盼（Jason Chin，1978—　）合作创作而成。这是一个关于移民家庭的故事，也是一本关于故乡记忆与自我接纳的绘本小说，温馨而细腻，令人动容。

第二节 大卫·威斯纳《海底的秘密》的
无字绘本叙事

无字绘本是一种依靠图画模态叙事的多模态文本。大卫·威斯纳素有无字绘本大师之美誉，其无字绘本《海底的秘密》有两个叙述视角，即男孩和海底相机。二者相互补充相互说明，形成一个跨越时空的立体景观。《海底的秘密》乃凯迪克金奖无字绘本，从封面、环衬、前奏、扉页到封底等皆体现出"图×图"的叙事魅力，而其中跨页与电影镜头的使用则凸现了无字绘本的叙事性及其艺术张力。论述涉及威斯纳多部无字绘本，以充分展现其无字绘本的叙事艺术。

关键词：无字绘本；大卫·威斯纳；《海底的秘密》；无字绘本叙事

一

大卫·威斯纳自幼跟随母亲学蜡笔画和手工制作，其科学家父亲亦竭力培养其艺术天赋。他热衷于无字书的创作，喜欢用纯粹的画面营造视觉空间，用视觉讲述故事。他最擅创作无字绘本，希望读者读图以发现故事，即便不识字的人亦能读懂。在他看来，主动参与阅读能激发读者的兴趣和想象力。文字的沉默既让图画有更广阔的表现空间，又赋予作品一种安静、神秘的梦幻感。迄今，威斯纳共创作出版 10 余部无字绘本。他曾 6 获凯迪克奖：《疯狂星期二》《三只小猪》和《海底的秘密》分获 1992

年、2002 年和 2007 年凯迪克金奖；《梦幻大飞行》（*Free Fall*，1988）、《7 号梦工厂》（*Sector 7*，1999）和《华夫先生》（*Mr. Wuffles*，2013）则分获 1989 年、2000 年和 2014 年凯迪克银奖。另外，其作品尚有《飓风》（*Hurricane*，1990）、《1999 年 6 月 29 日》（*June 29，1999*，1992）、《滴水兽的夜晚》（*Night of the Gargoyles*，1994）、《艺术与马克斯》以及《机器人宝宝》（*Robobaby*，2020）等。

何为无字绘本（wordless picture book）？林敏宜[①]、陈海泓[②]等认为，无字绘本有图而无文，完全以图来叙述故事。而邱琬贞、郝广才、彭懿、朱自强和佩里·诺德曼等则认为，无字绘本是一种没有或有极少文字的绘本，以图画构建故事框架，再由读者完成故事叙事。无字绘本似早期的电影默片，用图演绎一个完整的故事。故其中的图画极具解说性，方能让读者透过画面看懂故事。[③] 概而论之，无字绘本可分两类：完全无字的绘本和几乎无字的绘本。[④] 其实，即便完全无字的绘本也并非真的无字，因绘本的封面、扉页、书名、作者和出版社等皆为文字。因此，准确地说，无字绘本指绘本内页中完全无字（如《梦幻大飞行》《7 号梦工厂》《海底的秘密》）或含有少许文字（如《疯狂星期二》《华夫先生》）。即便有少许文字，但文字并不具备叙事潜力。比如，《疯狂星期二》中文版仅 4 句话，而英文版仅 9 个英文单词及若干省略号。中文版文字曰："星期二晚上 8 点左右⋯⋯""午夜 11 点 21 分⋯⋯""凌晨 4 点 38 分⋯⋯""另一个星期

---

① 林敏宜：《图画书的欣赏与应用》，台北：心埋出版社股份有限公司 2000 年，第 41—42 页。

② 陈海泓：《无字图画书和录影带对儿童故事推论的影响》，《国立编译馆馆刊》2004 年第 2 期，第 51—63 页。

③ 彭懿：《世界图画书——阅读与经典》，南昌：二十一世出版社 2006 年，第 59—61 页。

④ Jalongo, Mary Renck. "Using Wordless Picture Books to Support Emergent Literacy." *Early Childhood Education Journal*, 2002 (29), pp. 167–177. Serafini, Frank. "Exploring Wordless Picture Books." *The Reading Teacher*, 2014 (1), pp. 24–26.

二晚上 7 点 58 分……"这些文字点出特定时刻，颇似数据之罗列，并无叙事功能。即便删除这些文字，绘本中的图画亦构成一个完整的叙事。当然，若图文结合进行解读，绘本的意义则更为深刻。这些时刻烘托出夜晚紧张而神秘的气氛，从而深化图画叙事的意义。因此，无字绘本并非完全无文字，而是以图画弱化甚至消解文字叙事，通过一系列相互关联的图画叙述一个完整的叙事。①

　　大卫·威斯纳无字绘本的主题多样，每一个绘本即一个新主题。《梦幻大飞行》以梦境为主题，描绘小男孩梦中的情景。《疯狂星期二》以青蛙飞行为主题，表现疯狂星期二晚种种离奇的故事。《海底的秘密》以发现海底秘密为主题，讲述小男孩捡到海底相机并发现其中的秘密，又通过相片发现海底与相机漂流的秘密。《1999 年 6 月 29 日》以空降巨型蔬菜事件为主题，讲述该事件与小女孩霍利·埃文斯的关系。《7 号梦工厂》以想象力为主题，讲述小孩的想象力被成人接受而最终改变世界。《艺术与马克斯》以绘画创新为主题，讲述马克斯的绘画探险。另外，其有字绘本的主题亦各不相同：《飓风》以飓风天气为主题，描述飓风到来时的情景、院中刮倒的树及其引起孩子与猫咪的幻想。《三只小猪》以家为主题：三只小猪经历了"步步惊心"的游历后，赶走恶狼而得以安居。《机器人宝宝》以未来家庭为主题，绘本的场面虽混乱却充满温暖。

　　大卫·威斯纳的无字绘本充满奇思妙想，梦幻而神秘，有时甚至到了匪夷所思的地步。《疯狂星期二》中有无数青蛙在夜色中乘坐在颇像阿拉伯神毯的荷叶上飞翔。《1999 年 6 月 29 日》中的巨型蔬菜从天而降。《海底的秘密》中漂洋过海的神奇相机和照片等创造出了广阔的超现实空间，创意奇妙，令人惊讶。《7 号梦工厂》中的云朵皆有生命，漫天鱼形状云朵

---

① 彭懿：《世界图画书——阅读与经典》，南宁：接力出版社 2011 年，第 61 页。

的神奇景象是一种超现实的想象。在《三只小猪》中，三只小猪集体出逃，竟逃到故事之外的空白世界，并一起肢解、拆毁《鹅妈妈童谣》（Mother Goose）和《武士屠龙》（Hercules）。绘本重构了逃出故事的五个主人公齐心协力又回到《三只小猪》故事里的家中，将狼赶走，最后过上幸福的生活。绘本将故事与故事外的空间、虚构与现实等结合起来，不仅打破了人们固有的思维模式，也颠覆了人们传统的阅读习惯。《艺术与马克斯》则酷似我国的《神笔马良》和约翰逊（Crockett Johnson，1906—1975）《阿罗有支彩色笔》（Harold and the Purple Crayon，1955）中画笔可描画世界成真的创意。威斯纳发挥其奇妙的想象力，其画笔不仅能画出、构建出真实的活生生的世界，也能拆毁这个"美丽的新世界"。在威斯纳的无字绘本中，画面线条澄净，色彩精细，充满不可思议的奇幻与想象，看似逼真写实，因而拥有梦幻般的特质。其无字绘本可谓美国乃至全世界超现实风格绘本之杰作。

无字绘本是一种依靠图画模态来表达故事与观念的文学形式，也是一种跨国界、跨族群、跨性别与跨年龄的绘本形式。它摆脱了文字的制约和干涉，为探索阅读的世界打开了一扇窗户。不同读者对同一无字绘本故事的解读或领悟不尽相同，故而充分体现出无字绘本无穷的艺术魅力。无字绘本是一种独特的文学创意，它不仅挑战读者的理解力，还激活读者的想象力和创造力，从而使绘本小说成为一种既可读又可写的艺术文本。

二

如果说莫里斯·桑达克的《野兽国》是想象的杰作，大卫·威斯纳《疯狂星期二》乃虚构之佳构，那么，《海底的秘密》则使人相信这是一个更为真实的世界。《海底的秘密》融合现实与超现实两个不同时空的画面景象。该绘本有两个叙述视角，即男孩和海底相机。二者相互补充相互说明，形成一个跨越时空的立体景观。其情节设置巧妙而复杂，故事中的多条隐含"线索"更能激起读者的想象力、理解力和创造力。海底相机中的照片是一种叙事策略，它令读者相信这个超现实世界的存在。就时间而言，据照片人物的着装可推断出：相机的历史可追溯到一百年以前；就空间而言，相机拍摄的海底世界是一个神秘而奇幻的空间，充满不可思议的情景。相机在全世界的游历则为绘本提供了超越时空的图像，并为绘本解读提供了无限的可能性。

　　无字绘本中的文字既已失去叙事潜力，那么，图画乃成唯一的叙事媒介或模态。恰如彭懿所言，无文字叙述线，图画乃成叙述故事的主线。① 在无字绘本中，图画通过精心的设计、安排、组构来讲述故事，极具衔接性和叙事性。无字绘本最大限度地发挥了图画的叙事功能和表现力，依靠图画内在的叙事功能来架构情节，叙述故事，不仅充分表达作者的创作意图与思想，还让读者在读图时产生无限的想象空间。曾获凯迪克大奖的舒尔维兹（Uri Shulevitz, 1935—　）曾说，真正的绘本小说主要或全用图画讲故事。若需文字，文字亦作辅助之用。"只有当图画无法表现时，才需要用文字来讲述。"② 松居直认为，无字绘本虽无文字却有故事和语言。如果说文×图=绘本，那么，图×图=无字绘本。

　　与其他绘本小说一样，无字绘本也由护封、封面、前环衬页（蝴蝶页）、扉页（书名页）、正文（内文页）、后环衬页和封底组成。下文拟从封面封底的玄机，环衬、前奏和扉页的铺垫，跨页的张力以及电影镜头的叙事性等四方面探析威斯纳无字绘本的叙事艺术。

---

① 彭懿：《世界图画书——阅读与经典》，南昌：二十一世纪出版社 2008 年，第 50 页。

② 转引自阿甲：《帮助孩子爱上阅读——儿童阅读推广手册》，上海：上海少年儿童出版社 2007 年，第 68 页。

（一）封面封底的玄机

培利·诺德曼和梅维丝·莱莫（Mavis Reimer，1954— ）在《阅读儿童文学的乐趣》（*The Pleasures of Children's Literature*，1992）的开篇说："封面是我们对书进行预测最重要的来源。"[①]威斯纳无字绘本的封面、封底往往避开正文中的图而单独创作，且他擅于围绕主题以图画来叙说故事。这些绘本的封面几乎都做到了主题突出，重点鲜明，且有的还暗藏玄机，巧妙地制造惊奇，引起关注或提出疑问，引导读者去阅读并发现绘本中的奥秘。

《海底的秘密》的封面（见图 4-1）由两种鱼类组成，大面积的红色与小面积的绿色形成鲜明的对比，色相与冷暖之间皆形成对比，画面引人入胜，极具视觉张力。绘本的秘密尽在封面之中，还在封面的"正中位置"。封面的正圆乃海底机械鱼之眼，它是能折射反光的镜片，其镜片上可清晰目见那台呈现海底秘密的水下照相机，而该相机正是贯穿全书始终的"关键"。它在封面的巧妙出现，可让读者领略绘本内文故事的发展。

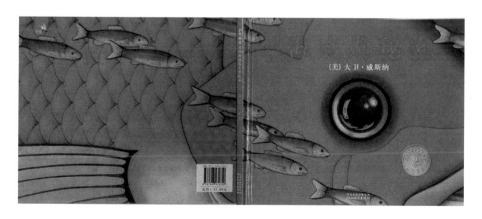

图 4-1　《海底的秘密》封面与封底

① 转引自彭懿：《世界图画书——阅读与经典》，南昌：二十一世纪出版社 2008 年，第 12 页。

可见，在尚未翻开前，海底的秘密就早已隐藏在封面中了。《1999 年 6 月 29 日》的封面是装着蔬菜的气球漂浮于空中，此乃美国女孩埃文斯的"蔬菜秧苗发射升空"科学实验。巨型蔬菜为何从天而降呢？原来这天外星人的厨房发生意外，这些巨型蔬菜便朝地球飞来。封面就已揭示出内文页中的主题。《疯狂星期二》的封面（见图 4－2）是一

图 4－2 　《疯狂星期二》封面

个俯视的夜间钟楼场景，画面边角的莲叶上露出爪印痕迹，气氛甚是诡异。原来星期二晚 8 点左右很疯狂，青蛙皆成精而能飞翔。封面避"实"而就"虚"，传达出夜晚诡异的气氛和神秘的意境，给读者巨大的想象与创造空间，激发读者旋即打开绘本去阅读的欲望。

同样，大卫·威斯纳无字绘本的封底亦不重复内文页中的画面，而是将故事结尾延续到故事外的封底之上。在绘本中，常见的结尾有三：一是闭合式结尾，如桑达克的《野兽国》；二是开放式结尾，如我国金波（1935— ）和西班牙哈维尔·萨巴拉（Javier Zabala, 1962— ）的《我要飞》（*I Want to Fly*, 2015）；三是悬念式结尾，如大卫·威斯纳的《海底的秘密》。《海底的秘密》的封底与封面合为一个跨页（见图 4－1）——海洋生物。这个特殊的跨页呈现的是一条红色的巨型海底机械鱼，封面是鱼头，正中是鱼眼，而封底则是部分鱼身，且其旁跟随有 10 余条其他鱼类。因此，该封底给读者留下的是一个悬念。《三只小猪》的封底图（见图 4－3）亦非从内页中截选，而是另外创作的。这幅图里描绘的是傍晚炊

图4-3 《三只小猪》封底

烟袅袅的情景。这个画面延续了故事最后一页"从此，他们全都过上幸福生活"的内容。画外却可见一只猫咪的头、四只爪子和尾巴，但其身体却隐藏在画的后面。这只猫咪为绘本的主题增添了一种"玄妙"之感，还有更深的寓意：故事虽已结束，却尚有其他事情可能发生。这又进一步拓展了读者的想象力，从而将读者引向绘本之外，就像三只小猪飞出画面一样。

（二）环衬、前奏页和扉页的铺垫

环衬，是连环衬页的简称。它是封面与书芯之间的衬纸，通常一半粘在封面背后，一半是活动的，因其两页相环而名环衬，或形象地称之为"蝴蝶页"。书前一张叫前环衬，书后一张叫后环衬。前后环衬的作用均在于加固书籍的封面与内芯、内芯与封底。大卫·威斯纳无字绘本中的环衬平凡而简单，通常是采用与故事吻合的纯色纸，为绘本故事的展开做铺垫，含蓄而隐晦，体现一种渐进的魅力。总体而言，大卫·威斯纳绘本的环衬大多不具备传情达意的功能。《疯狂星期二》的前后环衬都是单纯的暗黄色纸，故事从一只黄色青蛙开始，也到这只青蛙结束。其颜色与绘本主角青蛙的颜色一致。《7号梦工厂》的环衬是单纯的暖灰色纸，在颜色上与绘本整体色调协调。有些环衬则在封面和正文之间起到承前启后的作用，如《海底的秘密》的前后环衬看似平淡无奇，只是带着均匀杂点的土黄色纸。然而，该绘本的前环衬（见图4-4）与扉页相接而成一个跨页，后环衬则与正文相接而成另一个跨页。绘本正文始于海滩，又结束于海滩。前后环衬的土黄色接近海滩颜色，联系封面上"海底的秘密"，我们很容易就将"海滩色的环衬"和"海底""秘密"等联系起来。环衬在视觉和情节上皆以渐进的方式为正文的展开做了铺垫。可见，大卫·威斯纳绘本中的环衬看似简洁单一，实则精巧含蓄，非常值得品味。

在绘本中，环衬之后和扉页之前编排一页前奏画面，似书籍之序跋或引言，像音乐之序曲或前奏。大卫·威斯纳绘本中的前奏画面是内页结构的组成要素，它与扉页画面皆具有传情达意的叙述性，或提示人物或营造意境，为正文埋下伏笔。《7号梦工厂》的前奏画面提示主角的出场，交代小男孩爱画鱼，为正文故事展开做好准备。《1999年6月29日》的前奏画

图4-4 《海底的秘密》前环衬

面是从俯视角度表现封面内容，扉页则采用远视角度来描绘封面的内容，逐步强化遍布天地的气球装置，进一步提出疑问并激发读者的好奇心。《梦幻大飞行》的前奏画面是一张地图，而这张地图却贯穿故事始终，并现于扉页，亦反复出现在正文之中。《艺术与马克斯》的前奏画面是一个远景，表现小蜥蜴马克斯在辽阔的戈壁滩上狂奔，点出主角与故事发生的背景。随后的扉页则是一个跨页，镜头拉近，可清晰看到马克斯奔向正在专心画肖像的画家亚瑟。于是，故事就此展开。《疯狂星期二》的前奏画面用三幅特写描绘魔法青蛙开始飞起时的情景，渲染出非常神秘的气氛。扉页是令人感觉美丽而静谧的莲花，围绕其周围的则是莲叶。正是莲叶产生的不可思议的魔法，才使青蛙得以自由飞行。可见扉页在整个绘本中的重要作用。《海底的秘密》的前奏画面描绘一男孩在海边沙滩拿着铁锹和绿色塑胶桶"寻宝"。扉页（见图 4-5）则排满数十样"奇珍异宝"，有海星、海螺、贝壳、莲蓬、圆规、钱币、钥匙、羽毛、螺钉、螺帽和指南针，甚至还出现《三只小猪》中的小猪形象等。若联系前奏画面看，则可确定扉页上的这些杂物实乃男孩在海边淘到的宝贝。它们还提供了其他重要的信息，如男孩热爱探索，热衷于发现，还痴迷于收集奇异之物。

图 4-5　《海底的秘密》扉页

（三）跨页的张力

跨页是绘本小说中常用的一种构图方式，指用两页或多页来表现一幅完整的图画。1987 年，大卫·威斯纳与妻子合作的第一本绘本《被施咒的龙》（*Loathsome Dragon*）就有 14 个跨页。正是这个绘本的成功，才使其踏上无字绘本的创作之路。对大卫·威斯纳而言，跨页似乎已成为他绘本创作之一大特点。《梦幻大飞行》有 13 个跨页，《1999 年 6 月 29 日》和《三只小猪》各有 12 个跨页，《疯狂星期二》有 10 个跨页，《海底的秘密》有 8 个跨页，《华夫先生》《艺术与马克斯》中也有跨页，有字绘本《飓风》等亦然。

大卫·威斯纳绘本的画面甚是精美，给人以油画般的感觉。他很少用文字，即便有文字，亦使之成为画面的一部分。其故事极富想象力，令人脑洞大开。或许，这应归功于他所受的影响。超现实主义画家胡安·米罗、萨尔瓦多·达利、雷内·马格利特（René Magritte，1898—1967）、乔治·德·基里科（Giorgio de Chirico，1888—1978）等是其师法的对象。因此，大卫·威斯纳借用超现实主义手法，用跨页对故事中的奇思妙想进行叙事。天空中的巨型蔬菜（《1999 年 6 月 29 日》）和夜空中飞行的青蛙（《疯狂星期二》）等令人联想到马格利特的奇幻画作《天降》（Golconda，1953）。《三只小猪》乘坐纸飞机飞出画面，构建了一个如梦境般的魔幻世界。《华夫先生》将物体以并置方式由近及远排列于空中，近大远小的安排使画面仿佛无边无际。这就拓宽了画面的空间，给人以妙不可言的魔幻之感。似乎只有跨页，方能表现其超现实主义的妙想奇思。

《海底的秘密》共有 8 个跨页：封面与封底组成一个跨页，前环衬与扉页相连而成一跨页，后环衬与正文相接成又一跨页，以及内文 5 个跨页（第 2—3 页、第 6—7 页、第 12—13 页、第 24—25 页与第 32—33 页）。第一个跨页是海滩场景。跨页左边有两个男孩坐在海滩遮阳伞下的沙滩椅上读书，身后是铁锹，旁边有一台望远镜和一台显微镜。右面则是绘本的主角——一个男孩。他俯卧沙滩，用一个放大镜在观看一只寄居蟹。其旁可见 3 只桶，桶内装有如海星等海洋动植物。透过画面，还可见远处海滩的情景和大海。第二个跨页是男孩发现海底相机的场景。（见图 4-6）男孩坐在沙滩上，两手撑地，吃惊地看着被海浪冲上沙滩的照相机。桶和铁锹分别倒于男孩的两侧，而相机旁则有一只螃蟹和几根海草。第三个跨页是海底鱼群图。这是海底相机拍摄的第一张照片：一群巨大的红鱼和其他鱼群，其中竟然还"潜伏"着一条机械红鱼。第四个跨页上有 5 幅照片，男孩通过显微镜观看照片后发现不同种族的孩子的照片。前 4 幅照片中的孩子各自手中拿着一张不同照片，第 5 幅中的男孩虽未手拿照片，但其身后却有几位淑女和绅士，这也构成另一幅画面。第五个跨页是一个海底世界。有巨大的红色章鱼，许多美人鱼和巨大的植物城堡。在画面右边，则可目见那台海底相机。

跨页的构图与场景甚是宏大，适合表现全景图，如《飓风》中的大场景几乎全用跨页来表现。同样，澳大利亚华裔陈志勇（Shaun Tan，1974— ）《抵岸》（*The Arrival*，2006）用 9 个跨页全景图来展现户外的壮观景象，

图 4-6　男孩发现海底相机

如鳞次栉比的城市房屋、高远的天空、浩瀚的海洋、战争场面和野外场景等。安野光雅在其"旅之绘本"（旅の絵本）系列中亦采用大跨页来展现不同地域的美丽风景。与现实主义的表现手法不同的是，大卫·威斯纳采用超现实主义手法，用分解、综合、重叠、交错方式将梦境与现实融为一体，使画面看似荒谬却又有内在的关联。《梦幻大飞行》中有 13 个跨页表现小男孩做梦的过程。若将它们连接起来，则颇似中国传统绘画的巨幅长卷。画面呈现出的散点式构图，既可整体观赏，亦可展开局部进行欣赏。（见图 4－7）在《1999 年 6 月 29 日》中，跨页中的红色辣椒大如陨石，飘浮于空中。相较于这些巨大的辣椒，地上的人类何其渺小，真可谓"寄蜉蝣于天地，渺沧海之一粟"（宋·苏轼《赤壁赋》）也。这种超现实主义组神秘而怪诞，给人强烈的震撼，且又有一种飘浮的诗意之美。抽象表现主义先驱杰克逊·波洛克（Jackson Pollock，1912—1956）曾在帆布上随意泼溅颜料，洒出的流线创造出神奇的效果。大卫·威斯纳亦借鉴其绘画风格，在《艺术与马克斯》中的跨页上进行喷涂颜料的表演，竭尽夸张之能事，却取得了令人震惊的艺术效果。

《疯狂星期二》中的 10 个跨页则非常具有戏剧性，在 3 幅并列的分隔

图 4-7　《梦幻大飞行》（跨页）

小图说明一只狗在追逐青蛙之后，出现一群青蛙反追狗的大跨页。这种戏剧性场景令人惊叹。若将前后页的内容颠倒便产生出戏剧性的冲突；同时，画幅的大小更增添了视觉效果，令人啧啧称奇。《三只小猪》中的12个跨页突破了时空限制，小猪可自由出入画中的空间，既可从传统故事中逃出，也可进入其他时空，还可将别的时空主角带出，甚至还能在画面外的空白世界里游荡，最后带着其他故事中的主角回到自己故事的时空里，真可谓穿越时空之典范。这样的时空完全超越了绘本的画面，只有跨页才具有如此超现实的表现力。

（四）电影镜头的叙事性

"视角是构图的一个最富于戏剧性变化的因素，它积极配合主题，让故事的视觉语言变得跌宕起伏。"[1] 大卫·威斯纳运用类似电影镜头的变化视角和图画序列来表现故事情节，讲述故事和传达思想。他借鉴电影镜头中的推、拉、摇、移等视觉语言变换叙事角度，根据特定的叙事线索，利用构图、分镜和排版等达到连续的叙事效果，从而使绘本成为一部纸上电影。[2] 除了平角构图——视点与画面主体水平，他还采用俯角、仰角和鸟瞰视角等多种视角对绘本画面进行构图。

俯角构图，即从上往下看的构图角度，画面有纵深感和层次感，还有一种纵观全局的视觉效果。如《海底的秘密》[3] 第4幅图（见图4-8），男孩在沙滩挖掘时，一个大浪扑来，将其卷入海里。在此，威斯纳采用俯角构图将画面分成两个镜头。又如第14幅图（即海底相机中的第4张照片），相机位于乌龟的左上方，俯视角度拍摄展现了神奇的海底世界，烘托出绘本的神秘氛围。海龟背上有众多的海螺，似一栋栋小房子组成的城

① 彭懿：《世界图画书——阅读与经典》，南昌：二十一世纪出版社2008年，第46页。
② 姚佩：《读图时代背景下儿童绘本叙事的游戏性研究》，《出版广角》2019年第11期，第58—60页。
③ 大卫·威斯纳：《海底的秘密》，石家庄：河北教育出版社2020年。

市。这些房子中有戴着头罩穿着
蓝色制服的外星人，在海马引导
下参观海底世界。同样，《梦幻
大飞行》中也有俯角构图，描绘
大卫梦中游历城堡的宏伟神奇。
俯角构图所产生的纵深效果和丰
富的层次感不仅增强了画面的视
觉冲击力，还使画面具有更加生
动的透视感。

图 4-8　男孩与海浪

　　大卫·威斯纳也采用仰角构图，即视点从下往上的构图。仰视构图具
有广视角、大畸变、大透视等效果，因此，这种构图极具视觉张力，也更
有艺术感染力。《海底的秘密》第 13 幅图，即相机中的第 3 张照片，是一
个河豚热气球。它带着一个方形篮筐和小鱼离开海面，飞向天空。仰角构
图使画面更为简洁，也突出了作为主体的气球。比较而言，《飓风》中的
仰角构图更具视觉冲击力。（见图 4-9）在大仰角构图中，被锯的树占据

图 4-9　《飓风》（仰角构图）

主要画面，这就突出了大人锯掉孩子们"幻想树"的恶行。在画面中，两个男孩则位于图左角，弱小而无助。在视觉上，这种大与小、多与少的呈现方式，突出了故事的矛盾冲突，增强了画面的立体感和视觉感染力，从而也使画面具有更强的艺术表现力。

大卫·威斯纳还采用鸟瞰视角构图，即从高处向下，颇似鸟类在空中俯瞰地面的视角。这种视角可提供一个广阔的全景视野，展现更多细节与整体布局。鸟瞰构图从宏观的广角度交代事件的场景或环境，往往满页构图，画面宏大。在《飓风》中，鸟瞰构图描绘飓风次日清晨，男孩们在院里发现被飓风刮倒树木时的情景。画面似从天上往下看，场景一览无遗，巨树横陈。《1999 年 6 月 29 日》的鸟瞰构图宏观地表现巨型蔬菜的运输状况。威斯纳采用灵活而多变的视角构图，使其绘本在视觉上更有趣味也更刺激，极大地增强了绘本的视觉魅力和艺术张力。

除叙事视角外，大卫·威斯纳还将电影蒙太奇手法融入绘本创作之中。《疯狂星期二》开篇，他借鉴电影蒙太奇技巧，运用不同小图，表现故事情节。其绘本页面形式越来越多样化，除大场景或全景的跨页整图外，各种方框分割的小图逐渐增多。这些不同类型的小图共同参与绘本叙事。小图类似电影镜头的取景，从大远景、远景、中景到特写和大特写等灵活调配，再加上多变的视角，对场景和角色等进行重点描述。在《海底的秘密》中，一页少则 2 幅图，最多竟有 13 幅图。根据内容或表现的不同，绘本单页往往由大小不同的小图、大小相同的小图和图中有图等组成在逻辑或因果上相互联系的画面。

大小不同的小图，指在绘本单页中出现外形上比例、大小不一的小图。或因画面内容多、场面广，需用诸多小图进行表现；或似电影之镜头、漫画之画格张弛有度地表现故事情节。这些小图根据绘本所表现的内容与情感，进行差别化的叙事。《海底的秘密》第 4 页由 4 个大小不同的小图组成，分别采用远景、中景、近景和特写等镜头描绘男孩在海边的系列动作，为故事的展开做铺垫。（见图4-10）在远景中，海滩与海水各占一半，相接处隐约可见许多人。小男孩位于画面正中，扛着铁锹提着桶走在沙滩上，旁边有一只海鸟。中景仍是海滩与海水平分画面，男孩俯身细看一只螃蟹。近景则是男孩跪坐在沙滩垫上，头扭向左侧，看着远处的大海。他右手拿着一个放大镜，前面还有一只小小的寄居蟹。特写是男孩侧卧沙滩在仔细观察螃蟹的头部。图上可见男孩的嘴、鼻子和左眼以及他的一根手指在逗

图4-10　海滩"寻宝"

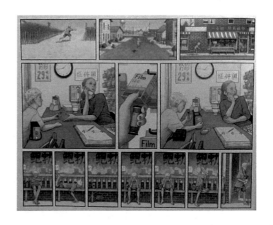

图4-11　冲印照片

弄螃蟹，而螃蟹则高举一螯。这4幅取景各不相同的图引出了下文——男孩捡到海底相机。第10页（见图4-11）则由3排13幅小图组成：最上3幅图描写男孩从海滩跑步到照相馆的过程，男孩飞奔的动态画面非常生动。中间3幅讲述男孩从相机中拿出胶卷交给店主冲洗，又买了一个同型号的胶卷并装入相机。这个细节为相机之后的漂流做了铺垫。最下一排凡7幅图，其中6幅描写男孩在焦急等待之中。在固定的背景中，通过男孩

在座椅上不同的动作表现其焦虑情绪。这种同一场景连贯的画面，表现为前后画面的场景一致，连贯前后画面即能读懂绘本情节。他在座椅上或仰坐或俯卧，或淘气地仰卧座椅下，或双手支颐而故作沉思状，或侧坐椅上而欠身转头看着照相馆内的情况。这一系列动作各不相同，既揭示男孩在等待中的无聊，也说明他内心的焦急。在第 7 幅图中，男孩拿着冲洗好的照片冲出照相馆的大门。大卫·威斯纳采用多格漫画形式，使绘本看似电影的分镜头脚本，一格又一格的画面串联起来，故事就"动"了起来，亦使绘本人物"活"了起来。

大卫·威斯纳自如地运用全景、中景、近景等来表现人物、事物和地点，然而，表现最为淋漓尽致的则是其绘本中的人物特写或大特写。诚如史蒂文·卡茨（Steven D. Katz，1950—　）所言，"眼睛、嘴巴和耳朵常被单独拍成大特写，这通常是为了推动故事中特别的情节发展"。[1]《海底的秘密》第 11 页（见图 4-12）有 4 幅小图，一幅比一幅大，似镜头放大

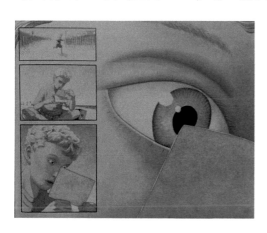

图 4-12　"观照"吃惊

的过程，从远到近，由小而大，突出表现男孩拿到相片后，越看越好奇的情景。左上是一幅中景，男孩拿着刚洗的照片奔向沙滩。左中是一幅近景，男孩坐在沙滩上浏览照片。左下是一幅特写，男孩吃惊地看着照片。威斯纳对男孩眼睛和眼神的刻画

---

[1]　史蒂文·卡茨：《电影镜头设计：从构思到银幕》，井迎兆，王旭锋，译. 北京：北京联合出版公司 2015 年，第 121 页。

非常生动而形象，揭示出男孩的吃惊表情。右边则是男孩眼睛的大特写，占据画面的三分之二，同时，大特写的眼睛前还有照片背面的一部分。这就给故事制造出了悬念：他到底看见了什么？他为何会如此吃惊？在接下来的翻页中，冲印的 12 张照片便一一呈现了出来。第 23 页（见图 4-13）中有 3 幅大小不同的小图：上面一幅近景最大，男孩俯身跪坐在沙滩垫上，左手支颐，头部侧向右边，似在与画外的读者交流；他右手拿着放大镜，镜下方是刚冲洗好的一沓照片；他身后则是桶、铁锹、一台显微镜以及其他物品。左下角是一台显微镜对准照片的特写，而右下角则是男孩右眼正对目镜的大特写。在大特写中，男孩右眼的眼睑和眉毛都清晰可见，目镜质感似可乱真。《艺术与马克斯》以及其他几乎所有绘本中皆有诸多类似的异形小图。这些小图也构成画面连贯叙述故事的情节，颇似电影镜头推进的方式。

　　大小相同的小图，指绘本单页出现多个外形比例、大小一致的小图。它们并列描述故事情节，似文学之排比；或是情节的分解动作，似电影分

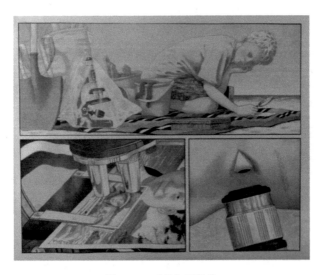

图 4-13　"微" 观照片

镜头或漫画格的分隔小图。在《海底的秘密》① 中，男孩扔掉相机后，就出现了 4 页平行分割的画面，第 30、35 页各均分 4 个长方形小图，第 31、34 页各均分为 3 个长方形小图。这 4 页按时间顺序叙述了照相机在大海中的奇妙之旅：水下相机在海浪中翻滚，被乌贼带走，又被大鱼衔于口中带入深海。奇遇一群海马后，相机又在海中独自漂流。当它无意中浮出水面时，却被一只鹈鹕叼走；鹈鹕食之无味，便弃之于海；随后，相机又随一群海豚踏上了更为奇妙的旅程。相机漫随汹涌的波涛而行，漂流经过了日本、火山岛，还曾到过南极；又不知漂过了多少海岛，最后被冲上了一个沙滩。就在远处的沙滩上坐着一位年轻女士。这些并列的连贯画面为绘本故事情节的叙述增色不少，且通过这种类似语文排比句的形式加强了叙事的力量。至此，海底相机的大海之行似已结束，然而，相机的下一段奇妙旅行却即将开始。大卫·威斯纳通过水下相机被捡和被扔回海中再次重构了另一个时空，使这种消失后再复现的过程成为可能。与此类似的是，《三只小猪》将二维与三维世界结合，小猪从平面的故事画中逃走，它们平面的身体图形也变成了立体的图形。可见，绘本中的小图大多按时间顺序，通过图画参与故事的叙述和建构。水下相机漂流的历程亦遵循时间顺序，穿越不同空间而漂流上另一个海滩。小图呈现出多变的空间形态，当这些小图再按时间顺序连接之后，它们就构成故事的情节线并推动故事情节的发展，从而积极地建构绘本小说的完整意义。

图中有图，指绘本单页中的小图嵌入大图。这种构图或因情节内容的多个空间交错，如《三只小猪》因情节的需要，几乎所有内页皆图中有图；或为丰富绘本之可读性，将解说或特写嵌入大图，如《疯狂星期二》中青蛙飞入房子的跨页，在大画幅宁静月夜的整体环境中嵌入三幅小图，以描

---

① 大卫·威斯纳：《海底的秘密》，石家庄：河北教育出版社 2020 年。

述青蛙飞入的具体细节——似身穿披风的超人，从窗户或烟囱一飞而入。《7 号梦工厂》中的跨页大图中也嵌入诸多小图，大图烘托气氛或展现宏大规模，而小图则表现具体细节。《海底的秘密》有 7 幅照片，即 6 幅带黑框的照片和 1 幅跨页的照片。这些照片穿越时空，具有宏阔的视域。小图之嵌入大图则是一种更为自然的植入或融合，如第 11、17、19 和 24 幅图皆如此。在第 11 幅图（见图 4-14）中，男孩右手拿着刚冲洗的一沓照片，第一张是下一页的画面——章鱼一家；其左手拿着的则是上一个跨页的照

图 4-14　男孩海边欣赏照片

图 4-15　黑发小女孩

片——海底红鱼与红色的机械鱼。大卫·威斯纳通过第 11 幅图将前后画面连接起来，使这些不同空间呈现出连续的叙事性。在第 17 幅图（见图 4-15）中，一黑发女孩手拿一沓照片望着镜头微笑，照片中的人又拿着一张照片，更小的照片中的人又拿着一张照片。第 19、24 幅图亦如此，照片中有小照片，小照片中有更小的照片……即照片中嵌入小照片，小照片中又嵌入更小的照片，如此循环，这种嵌入构图极具视觉震撼力，也产生一种无限延伸的戏剧性效果。

　　大卫·威斯纳绘本中的线条澄净，色彩精湛，往往充满着不可思议的梦幻色彩，却又透露出某种合理性和真实性。其绘本画面总有一根线串联其间[1]，一幅幅画面组合成一个流畅、生动的故事线，体现出极强的叙事性。他在平角、俯角、仰角和鸟瞰等不同视角之间切换画面，不仅增强绘本的视觉效果，且为表现故事主题或刻画人物起到重要的作用。他还灵活运用电影中的蒙太奇和电影镜头的取景方式，交替使用大特写、特写、近景、中景和远景等进行构图，表现并推动故事情节的发展，将不同的画面组合或连接起来构建新的故事意义。因此，其绘本的电影银幕感和镜头感向来得到学界的公认。大卫·威斯纳喜用图画、色彩、空间等元素创作如梦似幻的画面，既丰富读者的视觉阅读体验，又使读者有一种穿越时空之感。

---

[1]　彭懿：《世界图画书——阅读与经典》，南昌：二十一世纪出版社 2008 年，第 2 页。

第三节　布莱恩·塞兹尼克
《造梦的雨果》的图文双线叙事

　　布莱恩·塞兹尼克的《造梦的雨果》是一部虚构与真实融合的绘本小说，其中多种模态相互融合，达到极高的艺术水平并产生出人意料的艺术效果。《造梦的雨果》既受黑白默片的启迪而创作，亦是关于电影大师乔治·梅里爱及其电影的故事。它采用独特的图文双线叙事手法，即图与文各自独立又相互联系，共同参与并完成一个完整的故事。3D 电影《雨果》与绘本小说总体上保持一致，体现出二者之间的互媒与互文关系。电影的视觉盛宴虽然可喜，但绘本小说却给人更多的思索与再创作的空间。

　　关键词：布莱恩·塞兹尼克；《造梦的雨果》；图文双线叙事；绘本小说与 3D 电影

一

　　布莱恩·塞兹尼克生于新泽西州东布朗斯维克，毕业于世界顶尖的艺术设计学院——罗德岛设计学院（Rhode Island School of Design，RISD）。其绘本小说充满设计感，故事性强，极具艺术力和情感张力。其作品是绘本亦是小说，更是独异的艺术品。塞兹尼克酷爱四处旅行，为其作品搜集资料，如为绘制《霍金斯的恐龙世界》（*The Dinosaurs of the Waterhouse Hawkins*，2001），他曾专门到英国一游。为创作《造梦的雨果》，他曾三次专程前往巴黎调研。其余时间，他则住在纽约布鲁克林或加利福尼亚的圣地亚哥。塞兹尼克最著名的莫过于其"造梦的雨果"系列绘本，或曰"雨果三部曲"：《造梦的雨果》、《寂静中的惊奇》（*Wonderstruck*，2011）和《奇迹之屋》（*The Marvels*，2015）。"雨果三部曲"被誉为"纸上电影"，采用绘本＋小说的艺术表现形式，此种叙事风格在世界图书界或绘本界可谓千载独步。

　　《造梦的雨果》是绘本亦是小说，也颇像电影。显然，《造梦的雨果》深受法国导演克莱尔（René Clair，1898—1981）电影《巴黎屋檐下》（*Sous les toits de Paris*，1930）的影响。绘本的文字之间穿插着精美的铅笔画、历史照片和电影剧照，它们共同讲述一个有关雨果的奇幻故事。《寂静中的惊奇》讲述两个年纪相仿但相隔 50 年的班和萝丝的故事。1927 年，天生聋哑的萝丝为她崇拜的一女演员来到美国自然历史博物馆；1977 年，因雷击失聪的班丧母后为寻找父亲也来到博物馆。班在此遇见了老年萝丝，原来萝丝乃其奶奶。萝丝一直在制作博物馆的纽约模型，而她的儿子（班的父亲）的每个人生足迹都藏在这个模型里。布莱恩·塞兹尼克打破常见的创作模式而采用双线叙事之法：文字讲述班的故事，图画刻画萝丝的经历。简洁的文字和近 240 幅炭笔素描展示出寂静之美，表达对听障者寂静世界的尊敬和关怀，再现了一段惊心动魄的寻爱之旅。那些静美的炭笔素描生动而传神，特别是描写博物馆的诸多图片，令人叹为观止。图与文形成两条故事线，双线并行结构或许给人以错觉，误以为两个故事是平行的，但直至结尾我们才猛然发现这两个故事是一个完美的结合体。《奇迹之屋》以图文交织的叙述方式呈现一个家族跨越一个多世纪的命运：一个故事用近 400 页的连续图画讲述一家五代人从船难幸存者到演员世家的历程。到第五代时，里昂·奇迹被逐出剧院舞台，剧院发生大火，里昂生死不明，图画在高潮中戛然而止。另一个故事则纯以文字叙述，即约瑟对舅舅居住的那栋维多利亚老屋的探索与发现之旅。

奇迹家族史从 1766 到 1900 年，凡 135 年；文字故事则从 1990 年讲述到 2007 年，约一个世纪之后，约瑟逃到伦敦，希望能与舅舅亚伯特·夜莺一起生活。最后，约瑟发现了舅舅的秘密，并为之而骄傲。双线叙事在文字部分汇合，最后又以图画形式结束全书，首尾衔接，互相呼应，形成一个完整的故事圈。

布莱恩·塞兹尼克和芭芭拉·克利（Barbara Kerley，1960— ）的《霍金斯的恐龙世界》曾获 2002 年美国凯迪克银奖；二人合作的《惠特曼：写给美国的诗句》（*Walt Whitman: Words for America*，2004）获 2004 年塞柏特荣誉奖及美国《纽约时报》最佳插画奖。2007 年，《造梦的雨果》被评为《纽约时报》最佳绘本、《出版人周刊》最佳图书、《洛杉矶时报》最佳童书等。《纽约时报》视之为继《哈利·波特》（*Harry Potter*，1997—2007）后最为出色的儿童作品。它不仅荣获 2007 年美国鹅毛笔奖（The Quills Awards）[①]，还斩获 2008 年凯迪克金奖。2011 年，《造梦的雨果》被改编成电影，名曰《雨果》。该片获第 84 届奥斯卡金像奖 11 项提名，最终夺得 5 项大奖——最佳音效剪辑、最佳音响效果、最佳视觉效果、最佳美术指导和最佳摄影。《寂静中的惊奇》亦被改编为同名电影，入围 2017 年戛纳电影节金棕榈奖（Golden Palm Award）。《奇迹之屋》获 2017 年格林纳威大奖（Kate Greenaway Medal）。布莱恩·塞兹尼克还曾获得德克萨斯蓝帽奖、罗德岛儿童图书奖和克里斯多福奖等众多大奖。

迄今，布莱恩·塞兹尼克或是第一位创作出篇幅最长的绘本小说大师。传统英文绘本一般在 20—48 页之间，且基本为双数，其中 32 页最是传统和标准。21 世纪的凯迪克金奖绘本大多如此，但《如果你想当总统》

---

① 鹅毛笔奖乃美国的文学奖项，每年颁发给最具启发性和最有趣的著作，故被誉为出版界的奥斯卡奖。

与《寻找维尼》均为 56 页，《火车头》有 64 页。绘本小说也有一些如传统文字小说的长篇大作，如克里斯·韦尔的《吉米·科瑞根：地球上最聪明的小子》英文版 382 页（中文版 380 页），莎塔碧的《我在伊朗长大》英文版 352 页（中文版 348 页），戴维·斯摩尔的《缝不起来的童年》英文版 336 页（中文版 329 页），等等。然而，与塞兹尼克相比，这些作品只能算是"小巫"，在篇幅方面未免有些相形见绌。其《造梦的雨果》英文版竟长达 533 页（中文版为 504 页）。"雨果"系列另外两部卷帙浩繁的绘本小说均超 600 页：《寂静中的惊奇》英文版 608 页（中文版 640 页），《奇迹之屋》英文版 640 页（中文版 672 页）。上述对比可发现，布莱恩·塞兹尼克确实是长篇绘本小说大家，至今无人能出其右。在后语言时代的 21 世纪，绘本小说已从传统走向现代，从单一走向多元。同时，其篇幅亦紧随时代发展而成为名副其实的"大部头"作品。

二

作为篇幅最长的绘本小说之一，《造梦的雨果》颇似一部电影。它是虚构与真实结合的文学作品，其中诸多媒介或模态相互融合而达到极高的艺术水平，表现出多种模态融合的艺术效果。《造梦的雨果》采用图文双线叙事，二者既各自独立又相互联系，乃成一种图文交融之文本形式。

《造梦的雨果》创作灵感源自盖比·伍德（Gaby Wood，1971—　）的《爱迪生之夜：探寻机械生命的神奇历史》（*Edison's Eve: A Magical History of the Quest for Mechanical Life*，2002）。该作品讲述人类如何制造机器，其设计用线条表现机器的构造，这对塞兹尼克的影响甚巨。另一灵感来源则是乔治·梅里爱（Georges Méliès，1861—1938）的影片。梅里爱曾收集过机器人并研究过自动机，后来他将机器人捐赠给巴黎一家博物馆，机器人却因锈蚀而被丢弃或毁坏。布莱恩·塞兹尼克说："我想象有个小孩在垃坂堆里发现了那些机器，于是有了雨果和这个故事。"① 塞兹尼克耗 10 年心血创作出这部绘本小说，他将梅里爱的真实生平故事与电影剧照穿插其中，表达他对这位表现主义电影先驱、科幻片之父的崇敬之意。

在传统绘本中，绘画多为艺术之媒材。21 世纪，绘本小说中的艺术媒材越来越丰富，包括油画、版画、粉画、摄影、蜡笔画、水墨画、水彩画和数码绘画等。例如，丹·桑塔特（Dan Santat，1975— ）获 2015 年凯迪克金奖的作品《小白找朋友》（*The Adventures of Beekle: The Unimaginary Friend*，2014）就运用水彩、蜡笔、电脑等相结合的多种绘画技法，画面根据情节而用不同技法，画面的色调、背景色和绘画技法也随主人公心情与环境而变化，每一幅画面皆能产生令人惊艳的视觉体验。《造梦的雨果》亦然，包括素描、剧照、创意图、火车事故图以及电影或舞台设计草图等。该绘本小说中有 158 幅图，除塞兹尼克为影片或舞台设计的 7 幅草图（第 266—279 页）、8 幅剧照和 1 幅事故图（第 362—363 页的蒙帕纳斯火车站事故图）外，其他 142 幅皆为素描，其中包括雨果之父画的 4 幅机器人及机械设计草图（第 52—59 页）和塞兹尼克据梅里爱作品而作的 2 幅创意画（第 240—241 页和第 368—369 页）。

《造梦的雨果》分两部，各 12 章。布莱恩·塞兹尼克运用其独创的图文叙事手法，即图与文双线并行的叙事手法。第 1 章以图开始以文结束，第 3、4 章以文开始以图作结，第 10 章为纯文字，其他各章均以文开始以文结尾。第 2 部 12 章全以文开始，除第 10 章以图结尾和第 12 章为纯文字外，其余各章均以文结尾。第 2 部第 12 章后是 6 幅图像。所有图片皆采用底片般的黑色外框，框住内文页（图画页和文字页），中文版的文字页则用双线矩形框住。绘本中共有如电影分镜头般的 158 幅黑白跨页图。绘本

---

① 布莱恩·塞兹尼克：《造梦的雨果》，黄觉，译. 南宁：接力出版社 2017 年，第 496 页。

属"翻页的艺术"，强调图画之间的连续性，通过连续的图画串联起一个完整的故事，图文彼此独立却又相互交融。《造梦的雨果》大多采用"文—图—文"双线叙事的循环模式。全书 24 章采用图文并行的叙事手法，每章图画与文字的多寡根据故事情节或叙事内容而有所不同，除第 1 部第 10 章"笔记本"和第 2 部第 12 章"上发条"无图外，其余各章的图画从 1 幅到 26 幅不等，如第 1 部第 1 章"贼"中有 26 幅图而居首。另外，第 2 部第 12 章后是 6 幅太阳图，由近及远的镜头将太阳从大到小、从亮到暗地推出，最后几乎融入炭笔的黑色画面之中。全书共 26159 个英文单词，每章字数多寡虽不如图画数量之显著，却也随故事的需要而酌情变化。

在双线叙事中，图与文各自成为故事的一部分，共同参与叙事。如果说"文已尽而意有余"（南朝·钟嵘《诗品》）或"言有尽而意无穷"（南宋·严羽《沧浪诗话》）体现的是语言意味之无穷，那么，《造梦的雨果》中文字的意味则体现在其与图画结合所产生之"意"。正如彭懿所言，绘本是"透过图画与文字这两种媒介在两个不同的层面上交织、互动来讲述故事的一门艺术"①。玛丽亚·尼古拉杰娃（Maria Nikolajeva, 1952—　）与卡洛尔·斯科特（Carole Scott）的《绘本的力量》（*How Picturebooks Work*, 2006）将绘本小说中的图文关系分 5 类：对称（symmetrical）、互补（complementary）、扩充或增强（expanding or enhancing）、复调或对位（counterpointing）、各自叙述或双叙法（sylleptic）。② 就 5 种图文关系而言，几乎所有绘本小说或部分或全部都有所体现，甚至超越这 5 种关系。《造梦的雨果》亦然。就绘本小说的结构而言，《造梦的雨果》的结构或叙事模式皆是对称的：两部分均为 12 章，每部均有一章为纯文字，且几乎各章

---

① 彭懿：《世界图画书——阅读与经典》，南昌：二十一世纪出版社 2008 年，第 10 页。

② Nikolajeva, Maria & Carole Scott. *How Picturebooks Work*. New York: Routledge, 2006, p. 12.

皆采用文—图—文的叙事模式。

　　所谓"各自叙述或双叙法"，指绘本小说中的图、文在同一个文本空间之中，却分别讲述着各自的故事。总体上是在叙述同一个故事，但图与文并不总是形成完全对应的关系，而是彼此交叉、映照或对比而产生戏剧性的矛盾与冲突。图与文竞相争艳而又彼此呼应，二者交相辉映而别开生面。最终图画叙事与文字叙事相交或汇合成一个完整的故事。这颇似"一语双叙"（syllepsis）的修辞手法——一个词同时与两个及两个以上的词发生关系，形成两种不同的含义：本义（所指意义）和转义（比喻意义），既使语言生动活泼，又有语句凝练或诙谐幽默的效果。在《造梦的雨果》中，图与文在各自叙述故事之中交相呼应，形成双线叙事以突出故事的主题。底片般的黑色外框，框住文字页和图画页，一如默片的字幕卡，沉稳而厚重。图与文结合，若电影中的默片。在绘本小说的翻页之间，电影镜头般剪接的画面在一帧一帧地播放，构成鲜活而紧凑的故事节奏，讲述着一个完整而有趣的故事。

　　第 1 章"贼"以 21 幅素描开篇，采用"图—文—图—文—图—文"双线叙事模式，即图与文交替叙事。且全书以图开篇以文结尾的仅此一章。开篇 21 幅素描是自上而下、由远而近、由小变大的黑白素描，似电影镜头般展现在读者眼前，使读者有一种进入电影般的"代入感"（Sense of Substitution）。由远而近不断推近镜头，从跨页的太阳到第 3 幅巴黎全景，从房屋、街道、行人到车辆，从巴黎蒙帕纳斯火车站（Gare de Paris-Montparnasse）到大钟，最后定格在车站大钟背后的雨果。第 8 幅是雨果的特写。第 9、10 幅图是火车站内部景象，第 11—14 幅是雨果进入通风口，准备进入玩具店偷玩具。第 15—16 幅图从雨果视角展现玩具店老板乔治·梅里爱的位置，再推近到他的环境、状态和神态。第 17 幅图乃梅里爱的特写，第 18 幅图则是梅里爱炯炯有神的眼睛的大特写（见图 4 – 16），其瞳

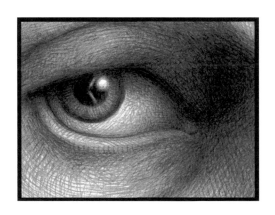

图 4-16 乔治·梅里爱之眼

图 4-17 雨果钟后窥视

孔中映现出一个大钟。黑白灰的画面突出了梅里爱传奇的眼神，揭示其内心的情感，也将他与故事中的大钟和雨果联系起来。第 19 幅图显示大钟时间是 1：25，第 20 幅图是分针指向 5 的特写，5 字上分明有一只眼睛。第 21 幅图显示雨果躲在火车站大钟的后面，窥视着玩具店内的情况（见图 4-17）——梅里爱爷爷与伊莎贝尔正在谈话。21 幅图画叙事展现出了故事的环境、氛围、时间、人物和事件等，酷似一部电影默片在叙述故事。随后是两页（第 46—47 页）的文字叙述：雨果藏在大钟后面，偷看玩具店的内部情况，因为他"需要那些玩具"①。同时，他看见玩具店爷爷和一个与他年龄相仿的小女孩争吵。之后，女孩合上书本，跑开了。在伊莎贝尔的特写后，又是两页文字叙述——雨果从通风口进入，伸手去拿玩具发条。突然一个声响，老爷爷抓住了他。雨果将兜里十几件东西掏出来。最后，将他自己的破旧笔记本也掏了出来。老爷爷"打开本子翻看，翻到

---

① 布莱恩·塞兹尼克：《造梦的雨果》，黄觉，译. 南宁：接力出版社 2017 年，第 47 页。

一页突然停住了"①。接着是
4 页机器人设计图,从设计部
件与机器人(见图4−18)逐
渐到机器人特写。从文字叙
述来看,4 幅设计图应是那个
笔记本上的。随后又是两页
文字叙述——老爷爷骂雨果
是"贼",并问他从哪儿偷的
笔记本,是谁画的设计图。

图4−18　机器人设计图1

雨果说这不是偷的,却并未说出是谁画的。最后雨果离开了玩具店。

　　综上,可将第 1 章26 幅图和 6 页文字归纳如下:21 幅图(时间、地
点、人物)——2 页文字(玩具店内情况)——1 幅图(伊莎贝尔特
写)——2 页文字(雨果偷玩具被抓)——4 页图(笔记本上的机器人设
计图)——2 页文字(雨果与老爷爷的冲突)。26 幅图构成单独的图画叙
事,而 6 页文字也构成独立的文字叙事。双线叙事在平行中也有交叉和融
合,如第一次文字叙述与第 20、21 幅图形成呼应,第 21 幅图(见图 4−
17)是雨果在大钟后偷窥店内的情况,他看见爷爷与小女孩。文字叙述还
提供了其他更为详细的信息,如爷爷与小女孩在争吵,小女孩和雨果年龄
相仿,又如女孩争吵后就离开了。第二次文字叙述雨果偷玩具时被当场抓
住并交出一个笔记本,然而,前后却并没有图画对这一场景进行描写。图
文虽各行其是,但"笔记本"却引出了随后的图画叙事。4 幅机器人设计
图就源自笔记本,图画叙事上承文字叙事而交叉融合在一起。第三次的文
字又构成单独的文字叙事,而无关乎图画或图画叙事。在第 1 章中,3 位

① 布莱恩·塞兹尼克:《造梦的雨果》,黄觉,译. 南宁:接力出版社 2017 年,第 51 页。

主人公都在图画和文字中逐一亮相：雨果——一位极具天赋的小偷男孩，伊莎贝尔——一位父母双亡后被乔治爷爷和让娜奶奶收养的小女孩，乔治·梅里爱（玩具店爷爷）——一位落魄的电影魔术大师。第二次和第三次文字叙述中的笔记本既是一个悬念，也为整个故事情节的发展埋下了伏笔。

其实，在图文双线叙事中必然体现出复调或对位叙事的特点。复调（polyphony）或对位（counterpoint）本是音乐术语，指各自独立的声部交织、层叠，构成一段完整乐曲。两个及两个以上声部同时进行，既相关又有区别；各声部各自独立，却又和谐统一为一个整体，彼此形成和声关系。复调手法可丰富音乐的形象，突出声部的独立性，达到前后呼应、此起彼伏的音乐效果。音乐中的复调以对位法创作为主。所谓对位法，指将两个及两个以上有关却独立的旋律合成一个单一的和声结构，而每个旋律又保持其线条或横向的旋律特点。类似复调的音乐，图与文像一部作品中的两个声部，以两种声音叙说着同一个故事。图、文叙事之间有交叉重叠，偶有背离或矛盾，其相互背离或矛盾之处构成一种戏剧性的张力。《造梦的雨果》中的两个"声部"——图画讲述着图画的故事，文字则叙说着文字的故事。绘本小说包含三种故事，即文字的故事、图画的故事和二者结合后的故事。① 当然，图与文的交叉融合更有助于推动故事的发展，更能揭示出图 - 文故事的整体意义。

与第 1 部第 1 章相对比的是，第 2 部第 1 章"签名"中有 5 页文字叙述，却只有 1 幅画。它采用"文—图—文"的叙述模式，即 1 页文字——1 幅图——4 页文字。第一次文字承接第 1 部第 12 章最后一幅画——一支

---

① 培利·诺德曼，梅维丝·莱莫：《阅读儿童文学的乐趣》，刘凤芯，吴宜洁，译. 台北：天卫文化图书股份有限公司 2009 年，第 351 页。

火箭飞进月球人眼睛的图。
此乃雨果修好的机器人画出
的一幅画，雨果认识这幅图，
"这就是他父亲儿时最喜欢的
那部电影里的场景"①。这信
息来自他父亲，但机器人并
未画完，机器人"签下了一个
名字"②。于是，第 246—247
页的"乔治·梅里爱"的签名

图 4-19　机器人签名

图（见图 4-19）就出现了。第二次文字叙述如下：雨果修好机器人后，用
伊莎贝尔的钥匙上了发条。因此，雨果想知道是谁给她钥匙的。于是，他跟
随到伊莎贝尔的家，还不小心夹伤了手指。原来，钥匙是让娜奶奶给伊莎贝
尔的。二人将机器人画的图给让娜奶奶看，奶奶让他们不要在乔治爷爷面前
提及此事，因为她想保护乔治·梅里爱。雨果与伊莎贝尔见到这个签名后方
知玩具店爷爷就是乔治·梅里爱本尊。书中用梅里爱原名，并将其真实故事
和电影剧照穿插于绘本之中。梅里爱从小就表现出绘画天赋与表演才华。他
曾愿花两万法郎购买卢米埃尔的电影机，不幸的是，他却被拒之门外。于
是，他潜心研究，最终制造出他自己的摄影机，还申请了专利。他在自己的
庄园建造了一个摄影棚，致力于研究特技摄影。他用停机再拍的特技拍摄
《灰姑娘》（*Cendrillon*，1899），创造了南瓜变马车、灰姑娘身上破旧衣服变
绚丽晚礼服的精彩镜头。他还创造了多次曝光、慢动作、快动作、叠化、倒
拍、淡出和淡入等特技摄影技巧。他首次透过玻璃鱼缸拍摄水下场景。其短

---

① 布莱恩·塞兹尼克：《造梦的雨果》，黄觉，译. 南宁：接力出版社 2017 年，第 245 页。
② 布莱恩·塞兹尼克：《造梦的雨果》，黄觉，译. 南宁：接力出版社 2017 年，第 245 页。

片既有仙境般的镜头又有令人恐怖的场景，他因此被誉为魔幻大师。其《月球旅行记》 （*A Trip to the Moon*，1902） 就根据凡尔纳 （Jules G. Verne，1828—1905） 和威尔斯 （Herbert G. Wells，1866—1946） 两部小说改编而成。在此，"签名"图与文字叙事这两个"声部"有交织也有重叠，有互补也有扩充，制造出了一种"复调"的叙事效果。

三

在《造梦的雨果》中，魔术与机械装置成为小说的重要主题，也将表演艺术与魔术融入"造梦"的年代。这关乎乔治·梅里爱的生平往事。他曾在父母鞋厂工作，后来买下魔术剧场而成魔术师。他曾亲手制作魔术用的机械装置和拍摄电影的摄影机，旨在"造梦"。在第 2 部第 4 章"造梦"中，雨果来到电影学院借阅热内·塔巴尔 （René Tabard） 的《造梦：最早的电影》 （*The Invention of Dreams: The Story of the First Moveis Ever Made*，1930）。该书第 1 页就论及 1895 年最早放映的电影《火车进站》 （*L' Arrivée d' un train en gare de La Ciotat*），而在绘本小说第 329 页是文字，下一页就出现一幅火车进站的照片 （见图 4-20）。《火车进站》画面造就了电影史上第一个奇观。他一页一页地翻看，"看见了他一直在寻找的东西"[1]，即一支火箭飞进月球人眼睛的图。这是他父亲最喜欢的电影《月球旅行记》

图 4-20　《火车进站》剧照

---

[1]　布莱恩·塞兹尼克：《造梦的雨果》，黄觉，译. 南宁：接力出版社 2017 年，第 333 页。

中的一个标志性场景。拍摄者正是乔治·梅里爱。《月球旅行记》讲述一群探险者到月球，与月球人大战一场，最后俘获一个月球人并带回地球。在人类尚不能飞上天空的年代（莱特兄弟于 1903 年才首次成功驾机升空），梅里爱的电影却率先使人类进入了宇宙，将探月的恢宏图景呈现于世人眼前。人类能登上月球，或许应感谢乔治·梅里爱及其电影吧。梅里爱"最早向人们揭示电影不一定反映真实生活。他很快就意识到，电影能够捕捉梦想"①。为了"捕捉梦想"，他创造了多次曝光、慢动作、快动作、叠化、倒拍、淡出和淡入等各种摄影特技。他将魔术技法与电影镜头完美地融合在一起，让电影成为一种令人瞠目结舌的"光影魔法"。雨果之父也曾说，他看电影时的感觉似在光天化日之下看见自己的梦。② 对于梅里爱和雨果之父而言，电影就是在为平淡而忙碌的人们"造梦"。而雨果则通过父亲最爱的电影来追忆和怀念父亲，因此，电影之于雨果又何尝不是在"造梦"呢？

当热内·塔巴尔及其弟子登门拜访梅里爱时，让娜奶奶很是生气。于是，塔巴尔就讲了一个故事：他小时，兄长是木匠。梅里爱常雇他干活。塔巴尔也跟着来到摄影棚，他还记得太阳从玻璃窗照进来时，摄影棚就像童话故事里的宫殿。一天，梅里爱对他说："你想不想知道你睡着的时候梦是从哪里来的？看看四周吧，这就是造梦的地方。"③（见图 4−21）如果说卢米埃尔是纪实片先驱，那么，梅里爱则是科幻片创始人。作为电影界的先驱，乔治·梅里爱最早揭示出这样一个事实：电影不一定反映真实生活，却能捕捉梦想。

在第 2 部中，普罗米修斯（Προμηθεύς）之画贯穿故事始终，且将 3

---

① 布莱恩·塞兹尼克：《造梦的雨果》，黄觉，译．南宁：接力出版社 2017 年，第 336—337 页。
② 布莱恩·塞兹尼克：《造梦的雨果》，黄觉，译．南宁：接力出版社 2017 年，第 370 页。
③ 布莱恩·塞兹尼克：《造梦的雨果》，黄觉，译．南宁：接力出版社 2017 年，第 367 页。

图 4-21　造梦之地

图 4-22　普罗米修斯

个主人公（梅里爱、雨果和伊莎贝尔）连接在一起。第 4、6、11 章均出现与普罗米修斯相关的文字叙述，而图画则只有 1 幅（第 326—327 页）（见图 4-22）。如果说普罗米修斯是偷盗天神之火给人间带来温暖的"造梦人"，那么，梅里爱则通过创造电影奇迹成为人间的"造梦人"。在第 2 部第 4 章"造梦"中，当雨果来到电影学院的图书馆时，二楼房屋中央的一幅巨大的普罗米修斯画吸引了他的目光。他虽喜欢，却并不明白画中的含义。绘本文字的下一页就展现出这幅图画。在第 6 章"目标"中，爷爷病后，雨果与伊莎贝尔在玩具店时，她拿出《希腊神话》（Ελληνικη μυθολογία）阅读，其中有奥林匹斯山、奇美拉和凤凰、普罗米修斯的故事等。普罗米修斯用泥造人，又从天神处偷火种送给人类。"原来，普罗米修斯是贼。雨果突然想起在电影学院图书馆里看到的那幅油画。画面上的人一手擎着一团火，好像是从上界偷了火焰，另一只手射出光，仿佛在放电影。雨果想，也许那幅画里的也算一种普罗米修斯吧，只是这个普罗米修斯从天神那里偷来火种，创造了电影。"① 文字讲述后，则出现一幅图——雨果与伊莎贝尔读《希腊神话》（第 354—355 页）。在第 11 章"魔术师"中，法国电影学院邀请梅里爱参加其生平及作品纪念晚会。他到电影学院后，要去看他年轻时画的普罗米修斯。梅里爱把魔术带入了电影，但他却对晚会上的人说："你们是真正的造梦人。"② 电影，不仅能记录往昔那些闪闪发光的动人时刻，也能激发我们丰富的想象力和创造力而为未来造梦。

四

　　布莱恩·塞兹尼克在《造梦的雨果》中开创性地将绘本、小说与电影三者奇妙地融合在一起，产生一种文字阅读与视觉欣赏交融的奇特效果。绘本小说是图画与文字相乘的综合艺术，集视读于一体；电影则是一种表演艺术，集视听于一体。绘本小说以图为主、文为辅进行叙事，而电影则用影像叙事。作为艺术的呈现，绘本小说与电影颇有相通之处。电影通过画面运动（推、拉、摇、移、升、降等）、视角变化（俯、仰、平、斜等）和景别不同（远、全、中、近、特等）的镜头画面，展现人物之间的关系和环境氛围的变化，从而制造出立体的画面效果。绘本小说借鉴这些电影镜头或其他的电影技巧，绘制出具有强烈画面感的画面，因此，绘本小说可谓是一部纸上电影。塞兹尼克的这部绘本小说借电影灵感而创作，其中有很多电影镜头式的画面表达，故《造梦的雨果》是一部与电影极有因缘的绘本小说。

　　《造梦的雨果》是布莱恩·塞兹尼克受黑白默片的启迪而创作的，这从绘本小说中那些黑白的铅笔素描便可推知。该作品也是关于电影艺术大

① 布莱恩·塞兹尼克：《造梦的雨果》，黄觉，译. 南宁：接力出版社 2017 年，第 352—353 页。
② 布莱恩·塞兹尼克：《造梦的雨果》，黄觉，译. 南宁：接力出版社 2017 年，第 476 页。

师乔治·梅里爱及其电影的故事，不仅讲述梅里爱的真实生平故事，还将其电影剧照穿插在绘本之中。塞兹尼克用 158 幅图和 26159 个英文单词进行图文并行叙事。可见，绘本小说具有跨媒介转化的潜力。台湾绘本作家几米（1958—　）认为绘本转化为不同电子媒介时，科技赋予创作者更多的空间感。马丁·斯科塞斯（Martin Scorsese，1942—　）曾说，电影先驱梅里爱及其影片《月球旅行记》这个故事本身就具有极强的电影性。而《造梦的雨果》似童话却又与现实相关联，故他决定将其搬上银幕。[①] 2011年，斯科塞斯借助现代科技之力，将这部绘本小说改编成一部片长 126 分钟的 3D 电影，名曰《雨果》（Hugo）。电影改编是一种互文甚至跨互文的创作，故历来有许多绘本小说被改编成电影后，绘本小说与电影在叙事过程中形成"我中有你，你中有我"的相互融合的互文关系。《雨果》以其精湛的视觉效果而闻名，其中的 3D 技术增强了视觉冲击力，使观众沉浸在奇妙的机械世界之中。这部以 3D 技术呈现的奇幻冒险电影，不仅以其感人的故事情节和深刻的主题著称，还因其卓越的拍摄手法和视觉效果而备受赞誉。《雨果》被视为《阿凡达》（Avatar，2009）后真人 3D 电影又一里程碑式的杰作，是斯科塞斯致敬梅里爱及早期电影的"一封情书"。2012 年，该片荣获第 84 届奥斯卡金像奖 11 项提名，最终夺得 5 项大奖。

　　在第 1 部第 12 章"信息"中，雨果修好的机器人画了一幅火箭飞进月球人眼睛的图（见图 4-23）。此乃雨果之父最爱看的电影《月球旅行记》中的一个代表性的镜头[②]。梅里爱通过叠印、遮盖、移动摄影和多次曝光等特殊手法，奇迹般地制作了一部不到 12 分钟的科幻电影《月球旅行记》，从而打开了科幻电影的大门。在电影史上，梅里爱开创了特技电

---

① 陈文颖：《从绘本小说到 3D 电影——论电影〈雨果〉的人物塑造》，《学术论坛》2018 年第 5 期，第 77—82 页。

② 布莱恩·塞兹尼克：《造梦的雨果》，黄觉，译. 南宁：接力出版社 2017 年，第 301 页。

图 4-23　一支火箭飞进了月球人的眼睛

影与艺术的融合，被视为世界第一位"影院魔术师"。他是电影特技先驱，开创了世界第一个摄影棚，采用布景技术，制造令人惊讶的视觉效果，使电影成为另一种魔术。他一生创作 500 余部电影，现存 200 余部。其代表作有《天文学家之梦》（*The Astronomer's Dream*，1989）、《日蚀》（*The Eclipse Courtship of the Sun and Moon*，1907）、《仙女国》（*Kingdom of the Fairies*，1903）等。然而，梅里爱年逾六旬时，一战爆发，他失去了电影事业和财富。于是，他隐姓埋名到火车站开了一家玩具店。实际情况是，1928 年新闻记者发现了他，尊之为电影先驱。而在绘本中，一个 12 岁的孤儿、守钟人雨果通过一个机器人与之关联起来。绘本小说既写雨果的成长故事，亦写梅里爱以及早期电影的故事。这幅图是梅里爱《月球旅行记》中最经典的一个镜头。"故事到这里就讲完了。……大幕落下，我们隐入黑暗。但是另一个故事开始了，因为故事后面还有故事。这个故事要带我们到月亮上去。"① "一支火箭飞进了月球人的眼睛"这个意象，在绘本抑或在电影中，都具有主题般的意义。绘本小说描写乔治·梅里爱传奇

---

① 布莱恩·塞兹尼克：《造梦的雨果》，黄觉，译. 南宁：接力出版社 2017 年，第 242 页。

的人生及其电影，也描写了其他早期的电影，如卢米埃尔兄弟的《火车进站》、查理·卓别林（Charlie Chaplin，1889—1977）的《寻子遇仙记》（*The Kid*，1921）等。因此，《造梦的雨果》是一部关于电影的电影，也是布莱恩·塞兹尼克向乔治·梅里爱以及其他早期电影先驱的致敬，更是一部献给早期默片的崇高礼物。

如果说《造梦的雨果》中的图文融合是一部纸上电影默片，那么，3D 电影就是现实而立体的有声电影。二者在故事结构、人物关系与故事情节等方面是一致的。斯科塞斯钟爱原著，故其电影改编亦力求忠实和复原。即便在拍电影时，他也随身带上《造梦的雨果》。为设法复制塞兹尼克书中那些电影镜头式的叙事经验，斯科塞斯毫不犹豫地按绘本小说中的镜头感来安排分镜。电影中的场景大多尊崇原著将图像融入故事的表现手法。二者之间形成互媒与互文关系。电影改编运用绘本小说中的图画、文字和故事情节等来设定视听因素，借电影配乐以激起情感共鸣。绘本小说有两条故事线：明线讲述雨果的故事，暗线叙述乔治·梅里埃的生平故事；电影亦按这两条故事线推进。布莱恩·塞兹尼克用绘本小说向梅里爱致敬，而斯科塞斯则用影片抒发其对电影艺术的挚爱及其对这位充满想象力的电影大师、"法国电影第一人"梅里爱的怀念之情。在拍摄中，斯科塞斯重建梅里爱的玻璃摄影棚，用 3D 影像呈现梅里爱的"造梦"之地。他不仅还原梅里爱的拍片场景，还放映其默片来致敬这位大师。

《雨果》开篇运用计算机图形学（computer graphics，CG）复现了 20 世纪 30 年代巴黎的街景与绿幕①前实景人物拼贴的长镜头，呈现出 20 世纪 30 年代巴黎的原貌。3D 技术为影片赋予了视觉上的沉浸感与立体感，

---

① 蓝幕、绿幕皆拍摄特技镜头之背景幕布，演员于蓝幕或绿幕前表演，摄影机拍摄画面后，在电脑中处理，处理掉背景之蓝色或绿色，换之以所需的背景。

将观众带入电影中的巴黎火车站和机械世界。这一组 50 秒的数字镜头从俯瞰巴黎全景，到埃菲尔铁塔与火车站等标志性建筑的全景，再进入火车站内部，镜头的节奏渐快，穿过人群，现出车站大厅上的大钟，最后穿过时钟旋转的齿轮缝隙定格在大钟后面的雨果，凸显其眼神与表情。这一组长镜头是利用数字技术制作而成的：1830 年的巴黎全景是数字建模仿真，演员穿行于火车站是在绿幕前的表演，虚拟摄影机则模拟传统摄影中纪实长镜头的数字合成。随后，镜头从雨果的视线推进到玩具店中的老爷爷，直到其眼睛特写及其瞳孔中的大钟，然后镜头又转回到雨果躲藏的大钟。这一组镜头营造出一种复古的情怀，赋予巴黎梦境般的质感，与早期电影"造梦"母题甚是契合。（见图 4-24）怀旧气息的色调、胶片般的质感和早期电影的质感等皆渲染出颇具奇幻气息的色彩。这组 50 秒的镜头动用了 1000 台计算机，时间正是 1895 年卢米埃尔兄弟执导的纪录电影《火车进站》的片长。这好似用最先进的技术重拍《火车进站》一般，但最重要的是，斯科塞斯通过惊人的视觉表现力表达了他对早期电影的怀念，以及通过这部 3D 电影来表达对电影先驱们的敬意。

图 4-24 《雨果》剧照 1

斯科塞斯在古稀之年首拍 3D 电影《雨果》，并以此作为重现早期电影艺术的献礼之作。在技术上，该片对电影的视觉效果极具启发意义，既具有高度的艺术性与技巧性，又给人以假乱真的幻觉。以往的 3D 电影虽呈现立体化场景，给观众带来画面的纵深感，如观摩微缩景观般真实与再现，又如片中物体的运动方向从画面迎向观众等。然而，斯科塞斯却颠覆了经典 3D 电影的拍摄方法。他赋予了 3D 电影全新的理念，他将三维影像作为电影叙事的手段，如片头 2 分钟的镜头交代出故事的地点、时间与人物。镜头跟随拍摄对象移动，借镜头的景深使所有动态画面呈现出逼真的 3D 立体效果。他用最先进的数字摄影机带领观众穿梭于巴黎火车站的站台、候车室、熙来攘往的人群当中，穿行于狭窄的管道之间，穿越于运动中的精巧而复杂的钟表齿轮与机械零件之中，从而串联起一个个场景，以演绎出一个精彩绝伦的故事。

比较而言，布莱恩·塞兹尼克在绘本中营造出的则是一种黑白老电影般的感觉。他利用翻页原理使图像呈现出动态感，其初衷在这部 3D 电影中得到了完美的诠释。绘本小说着力表现机械的圆润之美，如火车站内部建筑的门顶山墙全是半圆形或弧形，火车站的大钟也是圆形的；在第 52—59 页的机械设计图中，机械部件虽是几何造型却圆润可爱，机器人的面部也朗润饱满，线条优美，表情生动，眼睛深邃而充满智慧。（见图 4-25）同样，雨果父亲钟表店中的各种钟表、精密齿轮以及其他零部件也大多是圆形的，就连桌上用来装钟表配件的盒子也是圆形的。（见图 4-26）在电影中，巴黎火车站的屋顶、立柱、扶手、吊灯、窗框等坚固而美观，似一座建筑艺术的城堡。大钟内部的机械构造虽复杂，但雨果穿行于齿轮之间的镜头却井然有序。雨果好似与火车站和大钟内部的机械等融为一体。随着故事的发展，电影中的机器人颜色从银白色到锈蚀的铜色再到银白色，这似也说明它历经的沧桑巨变，如凤凰涅槃般得到了重生。绘本中的大钟

图 4-25　机器人设计图 2

图 4-26　雨果之父的钟表店

（第 19 幅图）在电影中也数次复现，乃典型的欧洲复古风格，只是在绘本中它是黑白素描，而电影中的大钟则是仿旧铜色，庄重而典雅。在绘本小说中，雨果及其父亲等皆融身于这些精美而圆润的机械之中，甚至成为机械的一部分。雨果的住所和机械人的世界皆充满童话般的色彩与幻想，营造出一个充满奇迹和魔力的世界。而电影用镜头语言体现出绘本小说中的圆润之美，亦创造了一个 3D 电影的崭新世界。

在人物对白方面，电影也基本与绘本小说保持一致，有些甚至直接援用绘本小说的原文。热内·塔巴尔小时曾到梅里爱的摄影棚去玩，梅里爱对他说："你想不想知道你睡着的时候梦是从哪里来的？看看四周吧，这就是造梦的地方。"① 这段台词完全取自绘本小说，既突出主题又体现出梅里爱的语言特点。

电影和绘本小说是两种不同的艺术形式，二者必然存在一定的差异。在某种程度上，3D 电影《雨果》对绘本小说的情节、人物安排、细节和场景等皆有所变更，或删除书中的一些元素，或添加一些情节，或突出一些场景的戏剧性，或弱化一些场景的表现力，有时甚至忽略不计。电影是

---

① 布莱恩·塞兹尼克：《造梦的雨果》，黄觉，译. 南宁：接力出版社 2017 年，第 367 页。

一种通过运动或动态画面及声音来呈现的视听艺术形式。电影中一帧帧连续的动态画面更具叙事功能与表现功能，也更易被观众接受和理解。电影影像以其普及性、直观性、形象性、娱乐性和及时性为观者提供了精彩绝伦的视觉盛宴。

乔治·梅里爱的出场在绘本小说和电影中都精彩万分。其出场皆从雨果视角切入，雨果自通风管道而入，窥视玩具店和梅里爱，从玩具店全景到中景再到梅里爱的特写，最后到梅里爱眼睛的大特写等，电影与绘本小说是完全一致的。此后，梅里爱翻看笔记本时，眼睛停留在一幅画上——一个坐着写字的机器人。此处，绘本小说连续 4 幅画逐渐放大，似电影在推近镜头；而在电影中，机器人设计图的页码更多，梅里爱在翻页时，机器人似乎也动了起来，从侧面转向正面。在梅里爱翻动笔记本的过程中，镜头随时捕捉其面部微妙而传神的表情变化。这个电影化改动既揭示出电影诞生之秘密，也暗示了梅里爱的身份。因此，电影的动态画面比绘本小说更具视觉表现力。下一个场景在绘本小说和电影中也是同中有异。在绘本小说第 2 部 "衣橱" 中，雨果和伊莎贝尔在衣橱中找到一个盒子，里面有数百张图画。"所有的画都精美绝伦，全都是乔治·梅里爱的作品。"[①]可绘本小说中只有 7 幅（第 266—279 页），而电影在 61 分钟处，梅里爱的手稿从盒中飞出，在空中漫天飞舞。3D 电影呈现出一幅幅图画在雨果的眼前缓慢飘过的动态画面，也呈现出绘本中的巨龙吐火、仙女张开翅膀等运动画面。这一张张幻化成梅里爱老电影中的真实影像，配合 3D 的立体效果，自银幕轻盈飘零，既表现了一位父亲（斯科塞斯）给女儿讲故事时饱满的爱意妙趣，也表现了一位电影人对前辈拓路者的诗意深情。

在绘本第 2 部 "拜访" 中，在热内·塔巴尔来的前一晚，雨果梦见了

---

① 布莱恩·塞兹尼克：《造梦的雨果》，黄觉，译. 南宁：接力出版社 2017 年，第 265 页。

36 年前蒙帕纳斯火车站一次可怕的事故：火车进站，刹车失灵，火车出轨，冲过护栏，横扫车站，撞坏了两条人行道，又甩出火车站的窗外，把窗玻璃砸得粉碎。[①] 其实，这是蒙帕纳斯火车站发生的真实事故，绘本所用照片也是真实的。（见图 4-27）

图 4-27　蒙帕纳斯火车站事故

电影在 83 分到 84 分 25 秒时展现了这一场景。与绘本不同的是，电影以 3D 呈现这一真实事故，立体而逼真，充分展现了奇观电影（Spectacle Movies）所具有的无穷魅力。在某种程度上，电影借助 3D 技术也重现了卢米埃尔兄弟《火车进站》的视觉魅力。此可视为是对《火车进站》的敬意吧！

　　在绘本小说中，书店老板拉比斯让雨果独自去电影学院图书馆借阅热内·塔巴尔的《造梦：最早的电影》。而在电影中，雨果与伊莎贝尔一起去，并在此处遇见塔巴尔。雨果与伊莎贝尔翻阅此书时，书中一幕幕电影仿佛穿越时空，将光影照射在他们脸上，串联起电影的历史，重写电影之初的伟大神话。电影用约 8 分钟时长来进行表现：电影学院图书馆中密集高耸的廊柱、极深的景深等皆产生极佳的立体效果。随后，切换到浅景深，虚化所有背景，突出主体。二人在翻阅《造梦：最早的电影》时，穹顶的光线放映出卢米埃尔兄弟的《火车进站》（1895），路易斯·卢米埃尔的《工厂大门》（*Les portes de lusine*，1895），梅里爱的《月球旅行记》、

---

① 布莱恩·塞兹尼克：《造梦的雨果》，黄觉，译. 南宁：接力出版社 2017 年，第 361 页。

《管弦乐队成员》（*Le mélomane*，1903）和《仙女国》，以及卓别林的《寻子遇仙记》等早期著名默片片段，烘托出影片的主题。在此，电影使情节更生动，更有助于表达两个孩子的友谊和执着的探索精神。

　　电影乃一种可视性的影像文化，必追求屏幕画面上视觉之完美表现，以期吸引观众，增强感染力和影响力。这正是 3D 奇观电影的宗旨。绘本第 2 部第 11 章"魔术师"的文字叙述甚是简单，主要是法国电影学院邀梅里爱参加其生平及作品纪念晚会；图片也仅是 4 部电影的 4 幅剧照（第 468—475 页）。然而，电影却用了约 8 分钟时间让梅里爱回顾其电影生涯，再用约 4 分钟时间剪切放映其 10 部电影，以此表达对梅里爱的敬意。同时，绘本对于雨果被车站巡警追逐的叙述也比较简略，而电影对这两场追逐戏却甚是用心。第一次追逐从 7 分 15 秒持续到 9 分 18 秒。雨果在玩具店被抓后，老爷爷叫他离开。他欲要回自己的笔记本，故而不愿离开。此时，老爷爷大声说要叫车站巡警。巡警闻声而来，还带着一条猛犬。雨果从玩具店夺路而逃，穿过人群，跑回去给大钟上发条。第二段追逐持续近 8 分钟（从 106 分到 113 分 30 秒），雨果从巡警办公室逃跑，直到梅里爱将其从巡警手中救出。在巡警追逐的过程中（108 分 35 秒到 109 分 40 秒），雨果曾挂在大钟的指针上，再缓慢挪动身体，滑落窗台，最后转危为安。（见图 4-28）这个场景是对哈罗德·劳埃德（Harold Lloyd，1893—1971）早期默片《最后安全》（*Safety Last*，1923）的致敬。劳埃德挂于大钟表盘上（见图 4-29）的镜头是实景拍摄，是摄影机与胶片合力完成的。而《雨果》中的特效镜头则利用现代科技来实现，虚拟摄影机围绕人物多角度拍摄，数字技术将演员"挂"于钟楼之上，营造出极致的 3D 效果。虽有助于人物塑造，却略显用力过猛。

图 4-28 《雨果》剧照 2　　　　　　　图 4-29 《最后安全》剧照

　　斯科塞斯虽努力挖掘原作的精华，却也错过一些能使人物更为立体化的细节。与 3D 电影相比，绘本小说《造梦的雨果》自有其独特的优势。在与伊莎贝尔争吵中，雨果的手被门夹伤。此时，梅里爱一病不起，玩具店没法再开。雨果选择开门营业，挣钱给梅里爱治病。此乃其成长历程中浓墨重彩的一笔。然而，电影却一放而"过"。与电影相比，绘本中的伊萨贝尔更有血有肉。她爱看书，也爱看电影；她能用发夹开门，还带雨果去看电影。电影却改编成雨果带她去电影院，此前，她甚至未曾看过电影。这种改动虽是改编者有意为之，却有违绘本小说的初衷。电影动态地呈现出梅里爱的图画（前文已有论述），然而，梅里爱对该场面的反应却大相径庭。在绘本小说中，其反应是从不解到冲过去欲撕图画，再到不相信是自己的作品，最后边抽泣边叨念说："一只空盒子，一片干涸的海洋，一个迷路的怪物，什么也没有，什么也没有，什么也没有……"① 绘本小说揭示出梅里爱情感的渐变过程，细腻而令人动容。然而，电影中的梅里爱却责怪说："我那么信任你，你就这样来报答我。你太残忍了，太残忍了。"两相比较，绘本小说对于梅里爱的处理似更符合情理，自当更胜一筹。

---

① 布莱恩·塞兹尼克：《造梦的雨果》，黄觉，译. 南宁：接力出版社 2017 年，第 281 页。

与电影相比，绘本小说中的梅里爱和雨果的形象更为立体化。雨果对于机器人的感情很复杂，且有一个变化过程。他爱机器人，恳求父亲修好它。父亲葬身于博物馆大火之后，他对此深感自责。后来，他被克劳德伯伯收养。在逃离的路上，他经过火灾的废墟前，看见那个破损的机器人。几经犹豫，他才决定将机器人搬回住处，并决定修好它，至少不会让机器人自己那么孤独。此后，他参照父亲生前研究机器人时画下的设计图进行修复。而在电影中，机器人是遗弃在博物馆的阁楼里，其父发现后，直接搬回家。当伯伯告诉他父亲火灾罹难时，雨果一直在修那个机器人。之后，他抱着机器人跟伯伯到了火车站。两相比较，电影对机器人的处理似不如绘本能很好地揭示雨果的心路历程及其失怙后的孤独、痛苦和思念。又如，电影从 50 分到 54 分钟处，雨果修好的机器人画出了“一支火箭飞进了月球人的眼睛”并在右下角签上“乔治·梅里爱”之名。而在绘本小说中，第 240—241 页是“一支火箭飞进了月球人的眼睛”图，第 246—247 页才是签名。与电影相比，绘本小说对图画的处理更突出“乔治·梅里爱”的签名。因此，从故事情节而言，绘本小说的这种签名处理似更有表现力，亦更切合小说的主题。

有些情节或细节在绘本小说中是不可或缺的，然而，电影中却有些曲解，或未能很好地诠释，甚至是阙如。比如，梅里爱拿走雨果的笔记本后，他在翻阅时所说的话。绘本曰：“见鬼了……，我就知道他们早晚会找到这儿来。”① 而电影却只闻“见鬼”二字。从感情色彩而言，电影对绘本的理解似不够细腻。再如，在绘本第 1 部第 3 章中，雨果雪夜跟随梅里爱到他家，欲拿回笔记本。雨果故意跺脚，梅里爱对他说：“别再用鞋跟敲地面……”然后，他自语道：“让雪盖住一切，所有的脚步都没有声音，

---

① 布莱恩·塞兹尼克：《造梦的雨果》，黄觉，译. 南宁：接力出版社 2017 年，第 60 页。

这个城市就安稳了。"① 此乃梅里爱内心深处的呼喊。他进门前还对雨果说："你不知道靴子后跟敲地的声音会把鬼魂招来吗？你是不是想让鬼魂缠上呀？"② 自言自语乃其情绪与心理的反映，可窥见其内心世界的冰山一角。然而，电影没有这个细节或场景。

绘本小说与电影对有些场景的表现角度也各不相同。在绘本小说中，梅里爱没收了雨果的笔记本，威胁要烧成灰，后来真的将一手帕包递给雨果。雨果接过手帕包，立刻就明白了。"他哽咽着，含泪解开那个结。"③ 但同时，雨果发现一件怪事，"老爷爷的眼里似乎也有泪光"④。电影表现了哭泣的雨果和眼含泪光的梅里爱，但发现泪光的视角却不是来自雨果。再如，绘本详细交代了笔记本的来龙去脉，如雨果数次欲要回笔记本，老爷爷都不给他。最后是伊莎贝尔偷出还给了雨果。而电影则着重表现雨果和梅里爱对于笔记本的情感。与绘本小说相比，电影也增加了一些细节，如 44 分 50 秒处，雨果和伊莎贝尔在车站被巡警盘问，伊莎贝尔给巡警朗诵罗赛蒂（Christina G. Rossetti，1830—1894）的诗歌。在 64 分钟处，拉比斯先生将《罗宾汉》（*Robin Hood*）一书送给雨果。这个细节也是绘本小说中没有的。3D 电影还增添了一些类型片中的流行元素，如追逐的场面，又如车站巡警古斯塔沃与卖花女莉塞特的爱情、弗里克老人和咖啡店老太的黄昏恋，以及暴力和凶杀等。电影是一种消费文化，更注重视觉的形象性，与绘本小说相比，其人物是动态的，更能满足观众的视觉消费。电影也是一种大众文化，电子媒介和对相关产品的再生产与再加工具有关键作用。电影追求娱乐和消遣，令观众娱乐正是大众文化之特征。电子媒介和

① 布莱恩·塞兹尼克：《造梦的雨果》，黄觉，译. 南宁：接力出版社 2017 年，第 83 页。
② 布莱恩·塞兹尼克：《造梦的雨果》，黄觉，译. 南宁：接力出版社 2017 年，第 95 页。
③ 布莱恩·塞兹尼克：《造梦的雨果》，黄觉，译. 南宁：接力出版社 2017 年，第 131 页。
④ 布莱恩·塞兹尼克：《造梦的雨果》，黄觉，译. 南宁：接力出版社 2017 年，第 134 页。

娱乐内容相互结合，使大众文化充分视像化，因为"电影不是让人思索的，它是让人看的"①；观众沉浸于那些稍纵即逝却斑斓夺目的画面之中，产生强烈的视觉快感②。电影结尾时，伊莎贝尔开始写有关雨果的故事；而在绘本小说中，则是雨果长大后通过自己造的机器人来完成的。这部奇观电影融入了深刻的人性主题和人文思考。因此，在叙事上，电影《雨果》比原著更为圆满，既充满温情，又更有人文情怀。

自诞生以来，电影经历了从无声到有声，从黑白到彩色，从 CG 技术到 3D 技术的广泛使用。电影不断地创造新的视觉景观，持续地冲击我们的视听神经，带来了一场又一场全新的视觉革命和感官效果。阿扎纳维西于斯（Michel Hazanavicius, 1967—　）导演的《艺术家》（*The Artist*, 2011）以黑白默片形式回忆 20 世纪 20 年代电影从无声到有声之历史。《艺术家》是对默片艺术之讴歌礼赞，更是现代人与默片的邂逅与重逢。如果说《艺术家》用过去的艺术风格隐喻当下现实，那么，3D 电影《雨果》则用最新的数字技术重现昔日的巴黎，探访电影浪漫主义之父乔治·梅里爱的传奇人生。如果说电影是一个造梦的机器，那么，斯科塞斯或许已找到了发动这台造梦机器的钥匙。数字 3D 特效技术不仅呈现出实景拍摄无法达到的视觉效果，还使观众展开想象的翅膀造出自己的美梦。《雨果》既有对特效大师梅里爱的缅怀，又探索 3D 电影技术可表现的无限可能性。作为视觉艺术，绘本小说和电影艺术各擅其长，各臻其妙。二者的完美结合不仅强调文学艺术和电影艺术之间的联系，亦将创造出人类未来的"弥天大梦"。

---

① 乔治·布鲁斯东：《从小说到电影》，高骏千，译. 北京：中国电影出版社 1982 年，第 51 页。

② 尼尔·波兹曼：《娱乐至死》，章艳，译. 桂林：广西师范大学出版社 2004 年，第 120 页。

第四节　戴维·斯摩尔
《缝不起来的童年》的自传绘本叙事

戴维·斯摩尔是不幸的，也是幸运的。《缝不起来的童年》是一部以其童年亲身经历创作的自传绘本小说。正如奈杰尔·汉密尔顿（Nigel Hamilton, 1944—　）所言，真实的生平故事更可信也更重要，比虚构人物更具启发意义。①《缝不起来的童年》以图为主、文为辅并按时间顺序叙述斯摩尔不幸的童年。它既是斯摩尔个体生命的记录与诠释，亦是其心灵世界这一"微观宇宙"②的自我展示和创伤疗愈。在此意义上而言，其自传对于人类的自我认知与自我超越亦不无启迪意义。

关键词：戴维·斯摩尔；自传绘本小说；《缝不起来的童年》；自传绘本叙事

一

戴维·斯摩尔，生长于美国底特律。幼时沉迷于绘画，大学主修戏剧，直到21岁后才正式转向画家一行。在密歇根韦恩州立大学获得美术学士学位后，又获耶鲁大学艺术硕士学位。他曾于艺术院校任教多年，并长期为《纽约客》《纽约时报》《华盛顿邮报》等做艺术编辑。1981年，他

---

① Hamilton, Nigel. *Biography: A Brief History*. London: Harvard UP, 2007, p. 238.

② Marcus, Laura. "The Face of Autobiography." Julia Swindells, ed. *The Uses of Autobiography*. London: Taylor & Francis, 1995, p. 14.

出版第一部绘本小说《尤拉莉亚和跳跳头》（*Eulalie and the Hopping Head*）。此后，斯摩尔创作了 40 多部绘本小说，其中他与妻子斯图尔特（Sarah Stewart，1939—　）共同创作的《园丁》（*The Gardener*，1996）荣获 1997 年凯迪克银奖和克里斯多福奖；《那么，你想成为总统吗?》（*So You Want to Be President?* 2000）获 2001 年凯迪克金奖；《老鼠和他的孩子》（*The Mouse and His Child*，2001）荣膺插画家学会金牌奖。其自传绘本小说《缝不起来的童年》入围 2009 年美国国家图书奖最终提名，并成为《纽约时报》年度畅销书排行榜绘本小说类第一名。《缝不起来的童年》出版之时，斯摩尔已 64 岁。显然，数十年的时间早已抚平了他童年的创伤。

戴维·斯摩尔自幼生活于一个极不健康的家庭：外祖母罹患精神病，喜怒无常；母亲是同性恋，性格粗暴；父亲是放射科医生，回家后最大乐趣是一人在地下室练习拳击，猛击沙袋；兄长在自己房间打鼓，锣鼓喧天；戴维则静静地卧床生病。出生以来，他的鼻窦和消化系统问题不断，父亲坚信照射 X 光可治愈其疾病，遂给他做了 400 余次放射治疗，却导致 14 岁的斯摩尔患上了喉癌。声带切除后，他失去了声音，脖子上还留下了永远也抹不去的疤痕。这一切给他本已压抑的内心带来无法磨灭的创伤。戴维·斯摩尔陷入精神崩溃的边缘，但在心理医生的干预下，他认清了母亲不爱自己的事实，也重拾了生活的信心和勇气，逐渐走出那悲惨的童年阴影，最终找到其心灵的寄托——绘画。

二

传记绘本小说（autographics / graphic autobiography / autobiography comics）是真实生平经历之图像记录，即由作者、自述者、参与者或见证者自述生平经历或事迹而写绘的作品。它是以真实人物或事件、战争历史、家族记忆等为蓝本创作的绘本小说。传记绘本小说注重真实性，即以真实的生活经历或事件为原型，用绘本来表现，但在具体的写绘过程中，亦可进行适当的艺术夸张。从作者与书中主人公关系的角度观之，传记绘本小说可分三类：自传绘本小说、他传绘本小说和半自传绘本小说。

第一，自传绘本小说，即作者是经历者，如斯皮格曼的《鼠族》、莎塔碧的《我在伊朗长大》、斯摩尔的《缝不起来的童年》、中国李昆武（1955— ）和法国欧励行（1964— ）的《从小李到老李》（*La vie d'un chinois en 12 tableaux*，2009）[①] 等皆以作者的亲身经历和事件等为基础而创作。第二，他传绘本小说，即作者为旁听者、旁观者或见证者，如伊曼纽尔·吉贝尔（Emmanuel Guibert，1964— ）的《阿兰的战争》（*La Guerre d'Alan*，2000）、《阿兰的童年》（*L'enfance d'Alan*，2012）和《摄影师》（*Le Photographe*，2003—2006）等便如是。第三，半自传绘本小说，作者以著名人物生平而创作的知识普及类绘本小说。例如，有书至美出版社（Book & Beauty）出版的"向大师致敬"系列。或作者偏于幻想、神话传说类的绘本小说，如中国叶露盈以纯手绘画风而全新演绎的《兰亭序》（2020），又如日本谷口治郎（谷口ジロー，1947—2017）的《卢浮宫的守护者》（*Les Gardiens du Louvre*，2014）以全彩手绘画讲述一个发生于卢浮宫的乡愁故事。

其实，自传绘本小说是从回忆录到绘本回忆录，再到传记绘本小说发展而来。回忆录古已有之，20 世纪七八十年代，许多绘本小说家开始有意识地创作长篇非虚构绘本小说。对历史事件、人物传记、个人成长的真实性描绘成为绘本小说中的一个新兴类型。美国传统回忆录从文字进入绘本而形成绘本回忆录（graphic memoir）。绘本回忆录乃一种纪实绘本小说，即基于真实人物或事件而创作的绘本小说。它可分为三类：游记绘本小

---

① 法文版名为《一个中国人的一生》。

说、报告文学绘本小说和传记绘本小说。① 绘本回忆录的特点是多媒介化、多模态化和多主题化。它们以多格图画构成，图画有少量文字，但仅为补充之用。绘本回忆录在自我与历史的回望中，关怀生命，关注现实，探究社会现实问题。因此，绘本回忆录极具文学性和超越性，乃成一种寓意深刻的严肃文学。1972 年，贾斯汀·格林（Justin Green，1945—2022）的《宾基·布朗与圣母玛利亚相遇》（*Binky Brown Meets the Holy Virgin Mary*）被视为美国第一部自传绘本小说。1976 年，哈维·皮卡尔（Harvey Pekar，1939—2010）的自传绘本小说《美国的荣耀》（*American Splendor*）描述其生活与周遭的社会百态。② 同年，威尔·艾斯纳的《与上帝的契约》据自己的生活经历创作了一部由 4 个短篇汇集而成的绘本作品，引发美国绘本界的激烈震荡。此后，他又创作了自传绘本小说《到暴风中心》（*To the Heart of the Storm*，1991）。1992 年，斯皮格曼的《鼠族》荣获普利策奖，不仅推广了绘本小说这一新的文学形式，还使自传绘本小说得到严肃文学的认可。

　　21 世纪，自传绘本小说成为绘本界创作的新宠。2006 年，吉莉安·惠特利克（Gillian Whitlick，1953—　）在《现代小说研究》（MFS）中撰文首次提出了"传记绘本小说"（autographics）概念。这是绘本中一种独特的生活叙事美学。③ 2008 年，她将传记绘本小说定义为用多种技术、模式与材料绘制而成的生活叙事。④ 此后，自传绘本小说的题材和样式更加丰

---

① 张晶晶：《纪实类图像小说的类型与真实性初探》，《今传媒》2021 年第 8 期，第 82—85 页。

② McCloud, Scott. *Reinventing Comics: How Imagination and Technology Are Revolutionizing an Art Form*. New York: Harper, 2000, p.44.

③ Whitlick, Gillian. "Autographics: The Seeing 'I' of the Comics." *Modern Fiction Studies*, 2006 (4), pp.965 −979.

④ Whitlick, Gillian & Anna Poetti. "A Self-Regarding Art." *Biography: An Interdisciplinary Quarterly*, 2008 (1), pp.v-xxiii.

富多样，叙事深度不断加深，文类探索日益加宽。法国伊曼纽尔·吉贝尔的《阿兰的战争》展示老兵阿兰的二战记忆。伊朗莎塔碧的《我在伊朗长大》以"两伊战争"等事件为背景，展示其成长经历以及蕴含其中的伊朗历史与文化。该绘本小说将自传绘本小说推向一个高峰。英国阿尔·戴维森（Al Davison，1960—　）的《螺旋笼子》（*The Spiral Cage*，2002）用文字和图片记录其由于天生脊柱裂而引发的一连串故事。克雷格·汤普森（Craig Thompson，1975—　）的《毯子》（*Blankets：A Graphic Novel*，2003）乃其童年与初恋的回忆，描绘青春的创伤和成长的苦涩。琳达·巴里（Lynda Barry，1956—　）的《美好时光要了我的命》（*The Good Time Are Killing Me*，1988）基于其自身经历，描述不同种族儿童随年纪增长互相疏离的故事。2002 年，她称《一百个恶魔》（*One Hundred Demons*）为虚构的自传绘本小说，内容大胆创新，令人脑洞大开，她因此而成为当代非主流绘本的教母。2004 年，斯皮格曼的《在没有双塔的阴影中》（*In the Shadow of No Towers*）根据其亲身经历，用图表回忆录的形式创作。米丽娅姆·卡廷（Miriam Katin，1942—　）的《我们靠自己》（*We Are on Our Own*，2006）是一部关于浩劫的自传绘本小说，其中充满作者童年的创伤与对信仰的质疑。2006 年，艾莉森·贝克德尔的《悲喜交家：一个家庭的悲喜剧》（*Fun Home：A Family Tragicomic*）围绕她与父亲的故事，描述她的童年岁月。该作品被《时代周刊》评为年度十佳图书。丹尼·格雷戈里（Danny Gregory，1960—　）的《每日琐事》（*Everyday Matters*，2007）讲述其与妻子的悲惨遭遇以及重拾信心的故事。戴维·斯摩尔的《缝不起来的童年》通篇用压抑的灰色笔调，描绘破碎的童年给他带来的心灵创伤。日本细川貂貂（ほそかわてんてん，1969—　）的《丈夫得了忧郁症》（*My SO Has Got Depression*，2011）根据她与丈夫望月昭的真实经历撰写而成。另外，还有法国雅克·塔蒂（Jacques Tardi，1946—　）的《战俘营回忆录：1680 天》（*Moi René Tardi, prisonnier de guerre au Stalag IIB*，2012）、以色列鲁图·莫丹（Rutu Modan，1966— ）的《遗产》（*The Property*，2013）和阿萨夫·哈努卡（Asaf Hanuka，1974— ）的《现实主义者》（*The Realist*，2010）等自传绘本小说。

　　绘本回忆录的研究始于 20 世纪 90 年代。21 世纪以降，相关研究越来越成为学界研究的热点。近年来，《现代小说研究》特刊（*The Special Issue of Modern Fiction Studies*）和《传记》（*Biography*）① 成为绘本回忆录的研究重地。贾里德·加德纳（Jared Gardner，1966— ）的《自传绘本传记，1972—2007》（"Autography's Biography, 1972 – 2007"，2008）一文首次系统梳理了美国传记绘本小说的发展史。② 惠特利克和安娜·波莱蒂（Anna Poletti）的《一种自我关注的艺术》（"A Self-Regarding Art"，2008）一文全面探讨了绘本回忆录的发展历程、主题与历史、社会问题以及新模式与新媒体的结合等。她们还对传记绘本小说的概念进行界定，这为绘本回忆录作为一个独立的文学类别提供了重要的理据。③ 希拉里·楚特不仅肯定了自传绘本小说图画叙事研究的价值④，还强调其中图画叙事的见证力量⑤。在 21 世纪的视觉文化中，自传绘本小说从"读"转向"看"，且图和文产生的双重审美效果是一种前所未有的阅读体验。图画也跨越国家、民族和文化等障碍，成为一种通用的"语言"。就跨媒体传播而言，自传

① 1978 年，美国夏威夷大学创办西方第一份传记研究刊物《传记》，开启一个新的学术研究领域。此后，传记理论和批评渐成独立的话语体系，在当代国际学术研究领域占有一席之地。

② Gardner, Jared. "Autography's Biography, 1972−2007."*Biography*, 2008 (1), pp. 1−26.

③ Whitlick, Gillian & Anna Poletti. "A Self-Regarding Art."*Biography: An Interdisciplinary Quarterly*, 2008 (1), pp. v-xxiii.

④ Chute, Hillary. "Comics as Literature? Reading Graphic Narrative."*PMLA*, 2008, (2), pp. 452−465.

⑤ Chute, Hillary. "Witness: The Texture of Retracing in Marjane Satrapi's *Persepolis.*"*Women's Studies Quarterly*, 2008 (1−2), pp. 92−110.

绘本小说的图画优势使之更易转化为动画、电影、短视频等文化产业，进而推动相关产业链的快速发展。①

三

绘本小说的图文叙事旨在探讨严肃的文学主题。② 自传绘本小说亦然，且以严肃文学的精神品格去挖掘人性和人类的生存困境。《鼠族》《我在伊朗长大》等通过描写主人公的生存状态来揭示战争对于人们的创伤性影响。《缝不起来的童年》则是一部令人惋惜和深感痛苦的童年回忆录，它以直击人心的图画和敢于自我剖析的勇气打动读者。与艾莉森·贝克德尔的抗争相比，戴维·斯摩尔的童年无疑是沉默的，且其童年所经历和承受的一切令人不寒而栗。但他能将自己如此不堪的童年经历展现出来，其勇气可嘉，其叙述令人动容。那些未曾讲述的昔日伤痕与创伤，那段黑白无声的童年记忆，在经历半个世纪之后，终于在这部自传绘本小说中以暗灰色的笔调呈现在世人眼前。此时，戴维·斯摩尔已 64 岁。斯摩尔满怀悲悯之情，他在作品最后以隐喻方式表达对家人、对每一个深受苦难却不为人所知的个体生命的宽容与关怀。或许，在内心深处，他已然走出了那段童年的阴影，已然与昔日的一切达成了和解。从此，他成为一个全新的自我，开启另一段别样的人生之旅。韩国洪渊植（홍연식，1971—　）的《马当家的饭桌》（마당씨의식탁，2015）也提及不愉快的亲子关系，理解虽不同却也有共同点：试图理解和尊重，最终达成谅解。《阿兰的战争》亦提到作者与家人的关系：因继母不尊重阿兰而使之怨恨，但最后阿兰和

---

① Quesenberry, Krista & Susan Merrill. "Life Writing and Graphic Narratives." *Life Writing*, 2016 (1), pp. 80 –85.

② Weiner, Stephen. *Faster than a Speeding Bullet: The Rise of the Graphic Novel*. New York: NBM Publishing, 2003, p. 58.

家人之间的关系得到改善。

《缝不起来的童年》是一部深刻而动人的自传绘本小说，看似一部电影，读如一首诗歌。与《造梦的雨果》中图文双线叙事不同的是，《缝不起来的童年》以图为主、文为辅并按时间顺序进行叙事。该绘本小说凡 5 部分，即 6 岁时、11 岁时、14 岁时、15 岁时和几年前。另外，还有 3 幅配有文字的照片：父母照各一和斯摩尔 6 岁时的照片。斯摩尔为何要给其作品取名《缝不起来的童年》？这个问题令人深思。斯摩尔一出生就患有鼻窦与消化系统疾病。其父是放射科医生，相信 X 光能治愈儿子之病，遂给他做了 400 余次的放疗，导致斯摩尔 14 岁时患上了癌症。两次手术使他失去甲状腺和一个声带，脖子上缝合的伤口则成为他一生的痛。知晓实情后，他开始了逃学、无证驾驶等叛逆行为。15 岁时，心理医生道出了真相："你妈妈不爱你。"① 斯摩尔还发现妈妈是同性恋。16 岁时，他搬出家独自生活和学习。他从此全身心地投入绘画之中。30 岁时，斯摩尔成为纽约一所大学的美术教授。是年，母亡。父亲再婚后，过上了幸福美满的生活。

与语言文字相比，《缝不起来的童年》中的图画表达更为直观，也更令人震撼。贡布里希（E. H. Gombrich, 1909—2001）曾说："图像的唤起能力优先于语言……"② 传记绘本小说是一种图文交叉融合的文本，图与文两种模态紧密配合，图很少脱离文字的补充，但仍有纯图的空间表达，即画格中只有景物，表示场景或时间的转换，而无人物亦无语言。此即电影之空镜，如小津安二郎（おづ やすじろう，1903—1963）《晚春》（Late Spring，1949）中花瓶的空镜头，爱森斯坦（Sergei M. Eisenstein，1898—

① 戴维·斯摩尔：《缝不起来的童年》，廖美琳，译. 北京：人民文学出版社 2017 年，第 255 页。
② E. H. 贡布里希：《图像与眼睛——图画再现心理学的再研究》，范景中等，译. 南宁：广西美术出版社 2013 年，第 94 页。

1948）《波坦金战舰》（*Броненосец Потёмкин*，1925）第三幕哀悼水手瓦库林楚克开场的几个连续空镜头（大海、雾港、船只、浮标、翔鸥和波光等）。其实，电影和电视剧开头常用空镜来交代环境，即故事的发生地。这些空镜并不空，而是起到序幕的作用，成为剧情的一部分，旨在吸人眼球，或酝酿情绪。这种空镜也广泛用于中长篇绘本小说之中。空镜是一种"只现物、不现人"的特殊艺术表现手法，常用来交代环境、背景、时空，抒发人物情绪，表现人物内心世界，或表达主题思想。它具有暗示、说明、象征和隐喻等功能，是表达思想内容、叙述故事情节、抒发情感的重要手段。《缝不起来的童年》大量运用空镜这种电影语言来烘托环境或气氛，进一步为绘本小说的主题服务。绘本小说开篇就是 10 幅空镜，第 11 幅图方出现 6 岁的戴维趴在地上画兔子的情景。① 吉尔·德勒兹（Gilles Deleuze，1925—1995）在《弗朗西斯·培根——感觉的逻辑》（*Francis Bacon*：*Logique de la sensation*，1981）中说："不是要表现可被看见的东西，而是要让东西可以被看见……绘画的职责被定义为将一些看不见的力量变成看得见的尝试。"② 10 幅空镜图由远而近、从大到小地交代戴维 6 岁时生活的环境或氛围。第 1 幅图的工厂及高耸入云且正在冒烟的烟囱展现了 20 世纪中叶工业化的底特律市，随后 5 幅图呈现出市区的建筑和街道。第 7—11 幅图将镜头转向戴维生活的家中——从大门到室内逐一呈现出来。这些空镜展示了戴维童年生活的环境，也暗示了他童年的沉默与孤独。

空镜既可渲染环境气氛，更可创造情感空间以达到借景抒情的目的。空镜通过形象的画面，引人联想，从而烘托和揭示人物的内心世界与感情变化。在获悉妈妈不爱他的真相后，戴维伤心地哭了。随后，绘本小说用

---

① 戴维·斯摩尔：《缝不起来的童年》，廖美琳，译. 北京：人民文学出版 2017 年，第 11—13 页。
② 吉尔·德勒兹：《弗朗西斯·培根——感觉的逻辑》，董强，译. 桂林：广西师范大学出版社 2007 年，第 59 页。

19 幅雨水图（见图 4 - 30）来表现其内心情感的变化。这些雨水呈现出不同的形态，或直或斜，或大或小，或是户外雨景，或为窗前之雨，有些还呈现出雨水及其溅起的水泡，第 18、19 幅则表现雨水过后的涟漪。这是雨水，更是戴维的泪水；这些沉默的画格令人不禁潸然泪下，悲从中来。这些雨水图通过具体的形象将戴维的眼泪具象化，更是借景抒情，揭示出戴维内心真实的情感体验。同样，戴维 14 岁首次手术前一晚，他辗转反侧而难以入眠。此时，绘本小说用了 5 幅空镜（第 161—162 页）。所有图的底色皆乌黑一片，第 1 幅尚可见些许亮光，第 2—4 幅则是一个似圆月的亮光在逐渐变小，到最后一幅则是完全漆黑的画面。（见图 4 - 31）在睡前、护

图 4-30　雨横风狂

图 4-31　渐入黑暗

士给戴维注射以助他睡眠。对戴维而言，这些空镜显示他进入睡眠的过程。空镜的时间感是模糊的，它是一瞬，亦可以是无限甚至是永远。就读者而言，空镜似不受人物或情节的影响，而是让读者去感受或体会绘本小说中人物的情绪。

　　除空镜外，绘本小说还采用分镜、重复画面和特写（包括大特写）等来表现人物性格，揭示绘本小说的主题意义。分镜（storyboard）源自电影，绘本称之为"分格"——将画面按一定逻辑分成小格，确保绘本的可读性与可理解性。"画格与画格之间的上下或者左右的间格与空白，既是区别画格的隔间，也是前后画格的连接。阅读漫画，就是要在空白里面，建构足以串联个别画格的叙事逻辑。"① 一般而言，无格子，绘本就难以成立。绘本小说通过时间关系、空间布局、因果联系等去解读图像，弥补文字叙述之不足，基于视觉而建立图像叙事的层次感和立体感。经典格子形式是 3×3 的九宫格，不规则格子亦很是多见。总体而言，稳定的矩形格子最为常见。早期漫画严格分格，且多为矩形，每格似电影的一个镜头，故曰分镜。时下绘本小说中的分格虽有诸多突破或出格，但分格仍如电影分镜般不可或缺。在《缝不起来的童年》中，图画基本上都采用传统漫画的分格画法，每页图画都在 1—9 个画格之间。晚上，妈妈带戴维去医院接爸爸，戴维想到走廊去玩。绘本小说用了 91 个分镜来表现戴维的天真和童趣。他来到空无一人的走廊，先是十几个分镜描写他或推着或坐着轮椅玩；随后是 30 多个分镜绘出他乘坐电梯到 4 楼去玩；又用许多分镜描写他将 4 楼当溜冰场溜冰，还见到实验室瓶中的小人。这些分镜大多是有框分格，但也有无框分格，如第 39—40 页共有 5 个无框分格。其实，绘本小说中有 180 余幅无框图画，如 "妈妈有点咳嗽……"（第 15 页）、父亲练拳与哥哥打鼓（第 17 页）、戴维生病（第 19 页）（见图 4-32）②、戴维画兔（第 49 页）并学爱丽丝的怪异举动（第 62、63 页）、戴维在外祖母家梦境 10 幅（第 103—105 页）、父母不顾戴维脖上肿块而疯狂购物（第 142—143 页）、戴维二次手术后发现只有一条声带 3 幅（第 183—184 页）、脖子缝合线 3 幅（第 191 页）、噩梦 12 幅（第 196—200 页）、失去声带后的困惑 12 幅（第 220—223 页）、戴维面对母亲责骂时他想说却说不出话（第 234 页）（见图 4-33）、无框雨水 4 幅（第 259 页、第 264—266 页）、母亲被发现是同性恋后的表情（第 273 页）、告知戴维癌症真相后的父亲（第

---

① 　W. J. T. 米歇尔：《图像理论》，陈永国，胡文征，译. 北京：北京大学出版社 2006 年，第 15 页。

② 　《缝不起来的童年》所有插图皆引自英文原著，请参 David Small. *Stitches: A Memoir*. New York and London: W. W. Norton & Company, 2010.

287 页)、戴维的鼻窦（第 288）、与小伙伴栖身的破房子（第 300 页）、父母在一起（第 301 页）、戴维画画（第 302 页）、戴维开车尖叫（第 303 页）等。框构成图画的中心与边缘，使画的内外形成一种张力。框亦可解构绘画的中心和边缘，使绘画的内与外形成对立。框将观者的视觉注意力引向画的内部世界（虚构性的），以构建故事"内在虚构"的意义，因为框以虚构的边界提示观者，框外现实世界的眼之所见与框内的内部世界所主导的视线完全处于不同的空间。第 19 页的父亲回家独自打沙袋与哥哥击鼓，均无格子，从而将读者的视线引向画面外的世界，不仅将读者变成了观者，还将观者变成了听者。若用画格将戴维生病图画框住，我们定认为此乃纯属虚构的故事，而无框之画则将我们的视线延伸到画面外，进而与戴维的生活环境及其坎坷的一生联系起来。再看看第 234 页的无框图（见图 4-33），此图强烈的震撼力令人吃惊不已。面对母亲一再责骂，戴维虽想辩解，却因失去了声带而几乎说不出话。若用传统格子框住，这个图或许只是虚构的画面而已。然而，无框的"狮吼"图却比声音更有力量，不仅

图 4-32　戴维生病

图 4-33　无声的反抗

能穿越时空，更能穿透我们的心灵。如果说电影或电影的分镜尚有银幕或屏幕作为界限隔断与真实世界的联系，那么，绘本小说的分格则以分格框将读者引向绘本小说的故事之内。比较而言，绘本小说中那些无分格框的图画既可构建故事的图画意义，又可让读者跳出故事的限制走向更广阔的时空，从而构建更为立体的故事意义。

重复画面常表现重点，渲染情绪，极具戏剧张力。《缝不起来的童年》中有许多重复镜头或画面，但这些重复画面大多是变化中的重复，即背景、人物、神情等基本相同或相似却又有所变化。这种变中求不变，不变中求变的灵活构图使画面更为生动，亦更能揭示人物的行为、思想和心理变化。6岁时，戴维在医院电梯中玩耍的20余画面（第31—34页）描写了他乘电梯的全过程：摁电梯，铃声后进入电梯，电梯中等待，铃声后走出电梯等。这些画面背景基本相同，戴维的形象亦然，只是略有动作的不同，如双手倒剪或置于两侧或交叉于胸前，眼睛或平视或侧视或仰视等。这些基本相同的重复画面表现出戴维对于电梯的好奇心理。但给人印象最深的则是第204—205页的10幅重复画面。（见图4-34）戴维私自进入父母的卧室，从母亲写给外祖母的信中发现自己患的是癌症。此处，前5图与后5图从不同角度绘制，但10个画格中的眼神说明戴维深感意外，如此重要之事，父母却并未告诉他。时间仿佛静止一般，令人有窒息之感。与上述有变化的重复图画不同的是，绘本小说第220—221页和第240—241页上有4幅完全一样的图，用以描绘戴维的梦境。仔细阅读，却仍能发现同中之异。前者无文字，而后者却配有文字说明——"当你重复做相同的梦时，有一点很奇怪，那就是：相同的东西无论梦到多少次，它总能让你大吃一惊。"[1]（见图4-35）这说明戴维时常"重复做相同的梦"，着实令

---

[1] 戴维·斯摩尔：《缝不起来的童年》，廖美琳，译. 北京：人民文学出版社2017年，第240页。

图4-34　发现真相

人"大吃一惊"。

　　绘本中的特写画面颇似电影特写镜头，常占满画格或整个页面，甚至是跨页。特写不仅可刻画人物形象，更能揭示人物的内心活动与内心情感。它通过线条和形象刺激感官，产生极强的感染力与共情性。《缝不起来的童年》中有许多脸部特写，尤其是戴维的特写或大特写。如兔子医生告诉他妈妈不爱他后，医生和戴维共有9幅大特写（第255—256、258页）。1、3、5是医生的大特写，2、4、6则是戴维的大特写。医生说出真相后，戴

图 4-35　重复之梦

维表示不解；医生再次确认后，戴维反驳说："你怎么可以这样说?"① 这 6
幅都是眼睛的大特写，其目的是通过眼神传达出真相，以及戴维从不信到
怀疑再到相信的心路历程。第 258 页的 3 幅图则是戴维闭上双眼在低头沉
思，终丁相信兔子医生说出的真相，于是他泪下如雨。(见图 4-36)

　　最触目惊心的特写莫过于第 190 页戴维脖子上缝合的伤痕。(见图 4-
37) 第 191 页是连续 3 个伤痕缝合线的大特写，或斜或横的缝合线清晰可

———————————

①　戴维·斯摩尔：《缝不起来的童年》，廖美琳，译. 北京：人民文学出版社 2017 年，第 256 页。

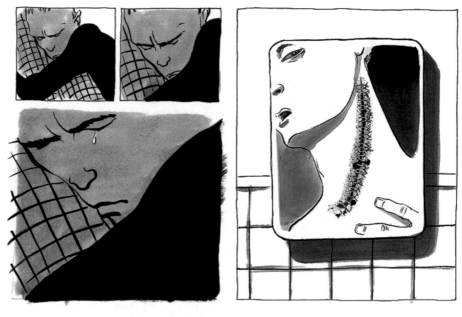

图 4-36　伤心落泪　　　　　　　图 4-37　脖子上缝合的伤痕

见，可谓骇心动目。绘本小说中还有许多脸部或眼睛的大特写，如妈妈不得已而带戴维去看病的特写（第 122 页）以及妈妈说花在他身上的钱都是打水漂的 3 幅特写（第 233 页）等，皆说明妈妈对儿子的冷漠和无情。妈妈被发现是同性恋时的特写则是一种极为复杂的表情，也间接揭示出她内心的苦闷与挣扎。（第 273 页）父母拒不告诉戴维患癌症的 10 幅特写（第 236—238 页）多是俯视角度，表情愤怒而冷酷，阴郁而恐怖，令人窒息，让人心悸。

　　在《缝不起来的童年》中，"缺失的眼睛"（Absent Eyes）贯穿绘本始终，既凸显绘本小说的主题也推动故事的发展，更揭示出戴维童年创伤的真正原因。伊拉娜·拉金（Ilana Larkin）曾论及这一意象。[①] 戴维父母与

---

① Larkin, Ilana. "Absent Eyes, Bodily Trauma and the Perils of Seeing in David Small's *Stitches*." *American Imago*, 2014 (2), pp. 183−211.

图 4-38　缺失的眼睛(《缝不起来的童年》)

外婆等的眼睛大多是缺失的，在远景、中景或近景，甚至特写中，他们的眼睛都是缺失的。（见图 4-38）然而，在一些特殊的场合或情景中，他们的眼睛却突然冒出来了。可见，戴维·斯摩尔是故意而为之的。比如，妈妈眼睛出现在其训斥戴维之时（第 122、225、233 页）、在其聚会最开心之时（第 113 页）、疯狂购物之时（第 140 页）、在其以为戴维会因癌症而死亡之时（第 172—174 页）、在被发现是同性恋之时（第 273 页）及其病逝前（第 307 页）；父亲眼睛出现在其说出"是我让你得了癌症"之时（第 287 页）；父母眼睛同时出现，则在二人拒绝告诉戴维患癌症的真相之时（第 236—238 页）。在关键节点戴维父母之眼的出现，一是表明其父母心中仍存一份慈爱之心，二是说明戴维对父母彼时的环境与心情的理解，从而为他最后与父母的和解并走出童年创伤的阴影做了很好的铺垫。

与双目齐全相比，绘本小说中"缺失的眼睛"委实是一个贯穿全文的意象。它对于该绘本小说具有极其重要的隐喻意义。就此而言，这颇似北美最著名的漫画理论家斯科特·麦克劳德著作《理解漫画》（*Understanding Comics: The Invisible Art*, 1994）① 中的讲述者。他戴眼镜却不见其眼睛。麦

---

① McCloud, Scott. *Understanding Comics: The Invisible Art*. New York: HarperCollins, 1994.

克劳德省略眼睛这一细节，旨在突出其作为讲述者而非参与者的形象。（见图4-39）戴维父母、外祖母等出场皆戴着眼镜，而大多时间却都是空空的镜框或镜架。显然，这与《理解漫画》中的讲述者完全不同，他们"缺失的眼睛"具有象征意义甚至是隐喻意义——冷漠无情。他们皆是戴维成长中的阴影，他们自私而冷漠，毫不关爱戴维。他们看不到戴维的需求，无视其病痛。在绘本小说中，关心戴维的狄龙夫人（第112—117页）和告诉他真相的兔子医生（第255—256页）等都是

图4-39　缺失的眼睛（麦克劳德《理解漫画》）

有眼睛的。戴维的眼睛也一直清晰可见。可见，绘本中眼睛之有无委实是一种艺术表现，更加凸显"缝不起来的童年"的主题。

　　在自传绘本小说中，可直接排入真实照片，也可以绘画照片的形式出现。马丁·雷蒙曼（Martin Lemelman，1950—　）在其《孟德尔的女儿》（*Mendel's Daughter*，2006）中融入家人生活照来描述二战期间的真实故事。艾迪·坎贝尔（Eddie Campbell，1955—　）的《亚历克》（*Alec: The Years Have Pants*，2009）用图与照片相结合来体现真实性。彭磊（1976—　）的《北海怪兽》（*Peking Monster*，2006）也将照片融入绘本，并使照片成为亮点。日本谷口治郎的《遥远的小镇》（*Distant Town*，1998）则用绘画照片增加绘本的真实性，给人身临其境之感。照片不仅反映时代特征，对阐述特定的故事情节起到不可替代的作用，还可增加真实的阅读体验。《缝不

起来的童年》最后用了 3 幅带文字介绍的照片：母亲、父亲的照片和戴维 6 岁照（第 327—329 页）。照片不仅是记录人生岁月中一个瞬间的图像，也可揭示人生的历史，尤其是当照片与文字结合之时。《缝不起来的童年》面世时，戴维已 64 岁了。半个世纪的时光早已抚平了他内心的创伤，因此，他敢于直面曾经悲惨的童年伤痛。正因如此，他也完全走出了那段不堪回首的创痛，开启了人生的另一段新征程。正如狄尔泰（Wilhelm Dilthey，1833—1911）所言，每个生命自有其意义。每一个被记住的当下皆有一种内在价值，并经由记忆的联结与整体意义相联系。个体存在感是独特的，不能用概念认知来衡量。它以自己的方式呈现历史的世界。① 曾经对妈妈的怨恨，皆化作了理解与和解，并融入妈妈的这张照片之中。他在照片旁引用爱德华·达赫伯格（Edward Dahlberg，1900—1977）的诗说："没有人听到她的哭泣；那颗心默默地流着眼泪，不发出一点声响。"② 他也对父亲的一生做了交代：妈妈死后，爸爸再婚幸福，一直活到 84 岁高龄。哥哥虽无照片，却也有文字说明。而戴维从 6 岁走到 64 岁，他走出童年的阴影，迈向了辉煌灿烂的人生。

　　传记绘本小说以画为媒介，却也离不开文字叙述。斯科特·麦克劳德认为，绘本中最常见的是图文相互依存，二者共同表现各自无法单独叙述的故事。③ 传记绘本小说重真实性，而绘本之"绘"却说明图所蕴含的巨大的叙事潜能。图文叙事多为互补互存，使信息更加完整更加真实。传记绘本小说中严肃的主题则在图文互补中体现出独特的真实性、文学性和艺术性。在《缝不起来的童年》中，文字同样重要。文字与图画结合，产生

---

① Dilthey, Wilhelm. *The Foundation of the Historical World in the Human Sciences*（Selected Works, Vol. III）. Princeton: Princeton UP, 2002, p.221.

② 戴维·斯摩尔：《缝不起来的童年》，廖美琳，译. 北京：人民文学出版社 2017 年，第 327 页。

③ 斯科特·麦克劳德：《理解漫画》，万旻，译. 北京：人民邮电出版社 2015 年，第 155 页。

更强大的叙事张力。开篇是 4 页共 17 幅图画，描写主人公生活的环境并引出绘本主人公——戴维及其妈妈。第 1—10 幅空镜图呈现出戴维生活的环境，阴郁而令人窒息，第 11—16 幅图主要呈现戴维趴在地上画兔子的情景，第 17 幅乃其母的侧面像。第 5 页第 1 幅（第 18 幅）是妈妈咳嗽的图画，无画格，配有一个语言气泡——"咳!"画上方的文字曰："妈妈有点咳嗽……"（见图 4-40）美国漫画家朱尔斯·费弗（Jules Feiffer，1929— ）曾说，开篇 4 页后出现这第一行文字，这图与文结合而产生新的叙事之力就说明，戴维·斯摩尔已是一位绘本艺术大师了。伊拉娜·拉金认为，图与文均为独立的交流工具和表达方式，图文皆有其叙事潜力，

图 4-40　妈妈有点咳嗽……

这两种模态结合时便获得一种新的叙事力量。①

　　罗伯特·麦基（Robert McKee，1941—　）曾说："对白的精髓应该是简短对白的快速交流，大段对白和电影美学是对立的。"② 绘本中的对白是对画面的解释，补充画面不能讲清楚的信息。若画面已完成一个清楚的视觉表达，则可省去对白。重要对白往往与故事情节紧密相关，影响情节的发展。对白有助于刻画人物形象，塑造人物性格。妈妈总以命令口吻对戴维说话，如"不要动那些轮椅，不要靠近电梯"③。戴维用手去按自己脖子上的伤口时，妈妈说："别按脖子。""别　碰　它。"④ 此处，"别碰它"三字之间用空格隔开，凸显母亲不耐烦的语气。她也总是责备，如戴维在医院玩耍而忘了自己的鞋时，她责备说没钱给他买新鞋；她责备戴维不好好上学，说为他花钱就是打水漂；她责备戴维读淫秽读物——《洛丽塔》（*Lolita*，1955）。戴维与心理医生的谈话虽可算是一次真正意义上的对话，却仍主要由心理医生主导，并讲出了改变戴维一生的真相："你妈妈不爱你。"⑤（见图 4–41）戴维与爸爸之间有过交流，此次对话仍由父亲主导，对话最后，父亲说："是我让你得了癌症。"⑥（见图 4–42）在这两次真正的语言交流的同时，皆配有体现人物性格之图。心理医生告诉戴维真相一图是一个特写，只见医生诚实不欺的一双大眼睛。语言气泡后以灰色为背景，白色的气泡增加了文字的显著性。父亲告知戴维得癌症的真相图则是

---

① Larkin, Ilana. "Absent Eyes, Bodily Trauma and the Perils of Seeing in David Small's *Stitches.*"*American Imago*, 2014 (2), pp. 183–211.

② 罗伯特·麦基：《故事——材质、结构、风格和银幕剧作的原理》，周铁东，译. 北京：中国电影出版社 2001 年，第 392 页。

③ 戴维·斯摩尔：《缝不起来的童年》，廖美琳，译. 北京：人民文学出版社 2017 年，第 29 页。

④ 戴维·斯摩尔：《缝不起来的童年》，廖美琳，译. 北京：人民文学出版社 2017 年，第 195 页。

⑤ 戴维·斯摩尔：《缝不起来的童年》，廖美琳，译. 北京：人民文学出版社 2017 年，第 255 页。

⑥ 戴维·斯摩尔：《缝不起来的童年》，廖美琳，译. 北京：人民文学出版社 2017 年，第 287 页。

无框的，在深黑色的背景中，白色的语言气泡凸显了文字的力量。

文字留给读者更多的空间遐想，借"语象"而产生"心象"，文字描述或对白可赋予画面更深的韵味。同时，文字符号在漫画中也经常被具象化，经过加工而成为图像的组成部分，从而具有叙事的功能。文字符号的作用，已然超越了单纯依附于图像，图文彼此独立又彼此融合，既达到平衡又偶生冲突，从而使叙事更有层次更富戏剧张力。绘本中的对白是语言，也是一种符号，经常不受文本规范的限制。绘本语言气泡中的字体加粗，字体大小、颜色、风格等既强调对话内容又具有图像意义。《缝不起来的童年》中的文字加粗便如是。如妈妈警告戴维"不要靠近电梯"（第29页）；她带戴维去看病前说："看医生是要花钱的，而钱是这栋房子里最缺的东西！"（第122页）她说花钱在戴维身上是打水漂（第233页）；父

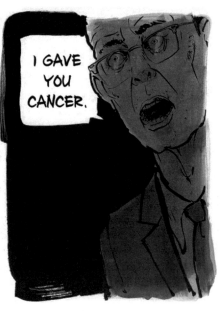

图 4-41　你妈妈不爱你　　　　　　　　图 4-42　是我让你得了癌症

母不告诉戴维患癌症的真相，还理直气壮地说："就这么着了！"（第 238 页）心理医生告诉戴维说他妈妈不爱他时，字体并未加粗，但他随后说的话——"我很抱歉，戴维。这是真的。她不爱你。"（第 255 页）——这些字体是加粗的。在绘本结尾处，戴维并未听妈妈的话去州立精神病院，故绘本最后一页仅一行加粗的字："我没有去。"（第 325 页）

除图文叙事外，《缝不起来的童年》也是有声的。绘本小说用了许多拟声词，既烘托气氛也营造出一种"我在现场"的感觉。拟声词，又称象声词、摹声词、状声词，指用来模拟声音的词语。绘本中的拟声词可突破图文无声的局限性，以增强画面的感染力，更担负起声音叙事的特殊功能。拟声词在画面中的位置、大小、字体等运用皆根据故事情节和画面需要而定。日本绘本还用拟态词，即用文字化声音模拟事物特征之词汇。拟态词常以手绘符号形式出现，是字亦是画。在《缝不起来的童年》中，有近百个拟声词，凡 20 余类。戴维一家四口各有各的表达感情或情绪的方式，第 15 页开始文字叙述时，"妈妈有点咳嗽……"图的前方有一语言气泡——"咳！"且该字的字体加粗。图、文与拟声词三者合一，生动地呈现出妈妈咳嗽的场景，也暗示了妈妈自幼就因身体原因（如多发性心脏病、仅有一个肺正常等）而郁郁寡欢、乖戾难处。妈妈猛地关橱柜门的声音，"砰！""砰！""砰！"（第 15 页）分别出现在 3 格图中，从小变大的文字表明声音亦然。她洗碗碟发出的"哐！""当！""哗啦"（第 188 页）声，也用 3 格图表示，却没有格框。她给戴维"啪"（第 44 页）的一记耳光声，图中还可见妈妈的手和表示声音散开的五角星标志。爸爸在地下室打沙袋的拟声词——10 个"嘭"（第 17 页）从小到大。他抽烟斗发出的"噗噗"（第 168 页）声。他开车冲进松树林荫道发出刺耳的嘶叫声：25 个"吓"（第 188 页）声。哥哥特德则独自在房内打鼓声："咚""咚""咚"（第 17 页）和"砰！""嘭！""叭哒！"（第 188 页）。戴维在医院 4 楼玩耍时，撞倒东西的声音——"乒!""乓!""哐!"（第31页）他等待妈妈回来时时钟11个"滴答"声（第97页）。他第二次手术前时钟的"滴答"声（第175页）。外祖母拖戴维洗手的数十个"嘶"声以及他发出的7个"啊!"声。（第93—94页）还有闹钟"叮"的声音，开关"啪!"的声音，污物碾碎器的"咯吱"声，火机的"咔哒"声，等等。诸多绘本小说家皆擅用拟声词，如美国莉莉·卡瑞（Lilli Carré，1983— ）描绘夜晚一阵风吹过树林，树叶随风飘逝时则用拟声词"Ssshhhh……"。若无拟声词，画面则死寂而了然无味。

有些绘本小说中亦融入音乐元素，使音乐成为绘本小说的组成部分，或烘托环境氛围，或推动故事情节的发展。克莱门特·法布尔（Clément C. Fabre，1980— ）等的自传绘本小说《双面人生》（*Best Friends Forever*，2022）中的奥利弗乃古典音乐家，其中的音乐元素比比皆是。第一章结尾插入贝多芬（Ludwig van Beethoven，1770—1827）《暴风雨奏鸣曲第三乐章》乐谱。若边看绘本边听这段音乐，绘本则似这首时而灵动、时而热烈的经典钢琴曲了。该绘本还引用大量歌词如席琳·迪翁（Celine Dion，1968— ）、乔·达辛（Joe Dassin，1938—1980）和电话乐队（Téléphone）等。这些歌词总是出现得恰到好处，与场景氛围、人物心理密切相连。《缝不起来的童年》中也有音乐元素。（见图4-43）戴维父子用餐时，餐厅正播放着柔美的背景音乐。[1] 若是电影，观众在观看的同时便可听见音乐声。而绘本小说则采用五线谱这种图的形式来表现音乐的乐声。此时的音乐既是一种外部环境的描写，更是父亲内心情感的一种变化。因这次他约儿子吃饭，欲告诉他患癌症的真相。可见，音乐在二人之间起到一种缓冲与润滑的作用。

---

[1] 戴维·斯摩尔：《缝不起来的童年》，廖美琳，译. 北京：人民文学出版社2017年，第280页。

图 4-43　音乐

　　绘本中的色彩是一种独特的模态或媒介，也是一种传达主题的语言。艾莉森·贝克德尔的《悲喜交家》仅用一种颜色——灰绿色。艾莉森爱彩色，而其父则喜素描之黑白色，最后她选用灰绿一色。此种颜色使回忆有一种厚重感，更有一种淡淡的伤感，恰好表达出父女那种微妙的心理和情感。法国雅克·塔蒂的《战俘营回忆录：1680 天》也以灰色为基调，却偶用彩色如开篇的猩红背景、街上红色纳粹旗帜等，表现人物心理与时局之变动。苏格兰汤姆·高尔德（Tom Gauld，1976—　　）《月亮警察》（*Mooncop*，2016）的开篇以蓝色为主调，展示月亮上的景色浪漫而诗意，其色使人平静。莎塔碧的《我在伊朗长大》则用简单线条与黑白对比来叙事，黑色充满力量与神秘气息。黑色线条表现人物与场景时，以大块面黑色突显狭长的白，黑白对比强烈。黑白与线条、构图、意境等完美结合，形成独特的艺术风格。黑白画面有一种至简之美，也描绘出画面的光影、亮度和空间等，其表现形式与故事内容完美结合，真可谓一种黑白艺术。莎塔碧的《梅子鸡之味》（*Poulet aux prunes*，2006）中画面的黑色背景亦成故事基调，更暗示一种压抑、孤寂、忧伤和回忆的氛围。《缝不起的童年》也是有色彩的，却颇有些与众不同。该绘本与彩色绝缘，通篇皆用灰色调，笔触颇似中国的水墨画。其灰色调有一种压抑之感，暗示戴维内心深处的无助与痛苦，更有一种难以言说的悲戚之色。家中每个人的脸上都有一种无法形容的愤怒与厌倦，他们是一家人，却因缺乏爱和理解而愁云满面。故事伊始，一幅灰暗的远景，远处一浓烟弥漫的工厂高耸空中，画面中间留白少许，使人顿陷压抑与痛苦之中。在艺术形式上，戴维·斯摩尔将阴影运用到极致，灰白色调的极简"水墨风"与作品悲凉的主题达到高度一致。远景、中景、特写或大特写等皆灰暗无光，这种色调揭示出绘本人物压抑的情感。

《缝不起来的童年》描写戴维童年的苦难与创伤，《月亮警察》描写的则是月球上的人之孤独。阿德里安·远峰（Adrian Tomine，1974—   ）的《闯入者》（*Killing and Dying*，2015）讲述了六种孤独，剖析现代人的精神图景。自传绘本小说既是个人的回忆录，也记录并反映时代的真实状况。《缝不起来的童年》通过对作者不堪的童年往事的回忆来记录美国 20 世纪 50 年代那段盲目相信科学的岁月。彭磊的《北海怪兽》则展现了从 20 世纪 70 年代末以来的各种潮流和文化的变迁。这些融记忆、记录于一体的自传绘本小说也记录下社会生活与时代环境。因此，戴维·斯摩尔的自传绘本小说是个人的也是社会的，是私人的也是公众的，更是历史和文化的一部分。

第五章　21 世纪美国小说的副文本叙事

　　文学研究历来重视正文本而忽视副文本。本章对副文本叙事所做的研究，虽不敢奢望弥补传统文学研究之不足，但至少可提供一种参考或启示。热拉尔·热奈特提出副文本概念以来，迄今尚无统一界定。可见，副文本是一个具有弹性而宽泛的定义。概而论之，围绕正文本的所有资料皆可视为副文本。副文本是小说文本的重要组成部分。语言抑或非语言副文本皆是多模态的，故副文本叙事可称作多模态副文本叙事（multimodal paratextual narrative）。小说封面是一种副文本，而封面上的图像、色彩、布局、排版与构图等构成的副文本叙事，也是一种封面多模态叙事。同样，小说文本中的红笔圈点、标点偏离或变异、字体加粗等非语言模态既属副文本范畴，又是小说多模态文体的组成部分。故它们构成的叙事可称为副文本叙事或多模态文体叙事（multimodal stylistic narrative）。如果说正文本直接构建故事情节和创建故事世界，那么，副文本则构成辅助的叙事线，并与正文本一起构建小说的完整意义。

第一节　副文本与副文本叙事

　　法国的热拉尔·热奈特提出副文本概念以来，副文本的定义一直处于发展变化之中。一般而言，凡围绕正文本的边缘性或补充性资料或辅助性文本因素（包括文学文本外的领域等）皆可视为副文本。副文本理论已成为一种文学批评方法，而其概念的开放性则为研究副文本叙事打开了新的思路。副文本理论早已从文学扩展到其他学科领域（如翻译、经济学年报和医学报告等），呈现出跨学科纵深发展的趋势。21 世纪，副文本研究范式的转向对"挖掘多模态创新发展模式"[①] 大有裨益，更为多模态叙事研究带来了全新的视角。

　　关键词：副文本；副文本理论；副文本叙事

一

　　副文本（paratext）是文本的构成要素，亦是进入正文本阐释的门槛，实为一种阐释的引线和阈限。副文本是围绕正文本的，是书籍必不可少的元素。[②] 副文本与正文本皆文本的重要组成部分，二者同存共生、相互交融，一起构建文本的意义。[③] 利用副文本理论研究 21 世纪美国小说中的副

---

① 雷茜：《超学科视域下的多模态话语创新研究模式探索》，《外语教学》2023 年第 1 期，第 39—45 页。

② Genette, Gérard. *Paratexts: Thresholds of Interpretation*. Trans. Jane E. Lewin. Cambridge: CUP, 1997, p. 1.

③ 许德金：《类文本叙事：范畴，类型与批评框架》，《江西社会科学》2010 年第 2 期，第 28—36 页。

文本叙事，既可为文学研究提供新的理论视角与方法，又能为阐释文本和研究叙事开辟一片新的天地。

副文本，又译类文本或准文本，乃法国文艺理论家热拉尔·热奈特首先提出的概念。1982 年，他在《复写文本》（*Palimpsests: Literature in the Second Degree*）中提出跨文本性五要素，副文本乃其理论之支撑。1987 年，其副文本理论在《门槛》（*Seuils*）中走向成熟。此乃热奈特整合文学的内、外部研究而提出的一种文学批评新方法，不仅影响读者阅读和作品接受①，还影响文学研究与文学批评。1997 年《副文本：阐释的门槛》（*Paratexts: Thresholds of Interpretation*）的英文译本面世后，副文本概念及其理论才引发学界的关注。热奈特副文本概念包括出版商信息（版次、出版社及出版时间等）、作者名、书名、插图、献辞与题词、题记、序言交流情境、原序、其他序言、内部标题、注释、公共外文本与私人外文本等。②其实，副文本远非上述 13 种，凡围绕正文本的边缘性或补充性资料或"辅助性文本因素"皆可视为副文本③。

副文本可分内文本（peritext）与外文本（epitext）。前者包括出版商信息、作者名、书名、插图、献辞、致谢、题词、前言、原序、其他序言、小标题、注释、致谢以及书的物质信息如版式、纸张、分段和字体等。后者包括公共外文本（出版讯、采访录、已出版的回忆录等）和私人外文本（日记、随笔、口头语、个人通信等）。④热拉尔·热奈特曾说，副文本并

---

① Kovala, Urpo. "Translations, Paratextual Mediation and Ideological Closure." *Target*, 1996 (1), pp. 119–147.

② Genette, Gérard. *Paratexts: Thresholds of Interpretation*. Trans. Jane E. Lewin. Cambrigde: CUP, 1997, p. 1.

③ Genette, Gérard. "The Proustian Paratexte." *Substance*, 1988 (2), pp. 63–77. Genette, Gérard. "Introduction to the Paratext." Trans. Marie Maclean. *New Literary History*, 1991 (2), pp. 261–272. 金宏宇：《中国现代文学的副文本》，《中国社会科学》2012 年第 6 期，第 170—183 页。

④ Genette, Gérard. *Paratexts: Thresholds of Interpretation*. Trans. Jane E. Lewin. Cambridge: CUP, 1997, p. 4–5.

非一个界定明晰的范畴，而是一个富有弹性的空间。副文本以实体或非实体形式呈现，既可附加于文本（内副文本），亦可与文本分开（外副文本）。① 热奈特的副文本概念有巨大的言外之力（illocutionary force），或说明作者的意图或阐释文本的文类属性，甚至提供建议等。② 盖达·阿姆斯特朗（Guyda Armstrong）在考察 1620 年乔万尼·薄伽丘（Giovanni Boccaccio，1313—1375）《十日谈》（Decamerons，1348—1353）首个英文全译本不同版本的副文本后，阐明了该书的物质特征影响英美读者对原作的塑造，并授予域外文本某种权威性。故他将副文本分为三类：组织性副文本、视觉副文本与编辑副文本。③ 许德金则从副文本出现的位置、文本功能和叙事功能等进行分类。按出现位置，副文本可分外文本（现于正文本外的副文本要素）与内文本（现于正文本内，如图形、符号、括号或注释等）。外文本还可再分为前副文本与后副文本。前者包括前言、扉页和目录等，后者包括附录、后记等。就文本功能而言，副文本可分三类，即功能性副文本（前言、后记与评论等）、工具性副文本（目录、索引等）和信息类副文本（出版信息、作者署名等）。据叙事功能，副文本可分叙事类副文本和非叙事类副文本；叙事类副文本还可再分为显性叙事副文本（书封上的叙述评论）和隐性叙事副文本（文本内的副文本叙事等）。④ 英国学者瓦莱丽·佩拉特（Valerie Pellatt）将内文本再分为言语性内文本和非言语性内文本，既有解释、定义和补充背景信息等诸多作用，又可提供有关学者、

① Batchelor, Kathryn. *Translation and Paratexts*. London：Routledge, 2018, p. 12.

② Maloney, Edward J. "Footnotes in Fiction: A Rhetorical Approach."Columbus: The Ohio State University, 2005, p. 3.

③ Armstrong, Guyda. "Paratexts and Their Functions in Seventeenth-Century English 'Decamerons'."*The Modern Language Review*, 2007 (1), pp. 40-57.

④ 许德金：《类文本叙事：范畴、类型与批评框架》，《江西社会科学》2010 年第 2 期，第 28—36 页。

译者和评论者的观点或态度。非言语性内文本指视觉效果，包括插图、书封、字体、段落和页面布局等格式因素。① 2018 年，凯瑟琳·巴切勒（Kathryn Batchelor）在《翻译与副文本》（*Translation and Paratexts*）一书中指出，凡与文本接受相关的元素皆可视为副文本。② 她还将副文本扩展到文学文本外的其他领域——从纸质到电子，从静态到动态，从文学到非文学等，其副文本的开放性为副文本研究开辟了新思路与新领域。

弗吉尼亚·皮格纳格诺利（Virginia Pignagnoli）则提出"副文本 2.0"（paratexts 2.0）版本。显然，其 2.0 版本将数字或电子等因素纳入其中，拓宽且丰富了热拉尔·热奈特的副文本概念和理论。其副文本分两类：物质性内副文本（material peritexts）与电子类外副文本（digital epitexts）。前者包括非常规的字体、颜色、布局、封面、形象、图解和绘画等；后者包含作者为支持其（文本）叙事正式制作或发布，且独立于印刷文本外的数字要素，如作家在网站、博客、中转站和社交平台发布的电子因素。在文本功能方面，物质性内副文本包括叙事性与合成性。前者体现在故事层面，而后者则突出叙事的虚构合成成分。电子类外副文本包括交互参照、增强性和社交性。③ "副文本 2.0"版本拓展了热拉尔·热奈特的副文本类型学，它将印刷媒体中的非常规因素以及更多的副文本元素，如视觉因素、数字文本授权和叙事交流互动等皆纳入副文本批评体系，为重新讨论数字时代文学叙事的作者身份、作者与读者的关系奠定了基础，也为文学批评开辟了另一片蔚蓝的天空。

---

① Pellatt, Valerie. "Introduction." Valerie Pellatt, ed. *Text, Extratext, Metatext and Paratext in Translation*. Newcastle: Cambridge Scholars Publishing, 2013, p. 1−8.

② Batchelor, Kathryn. *Translation and Paratexts*. London: Routledge, 2018, p. 46.

③ Pignagnoli, Virginia. "Paratextual Interferences: Patterns and Reconfigurations for Literary Narrative in the Digital Age."*Narratology*, 2015 (5), pp. 102−119.

二

1997 年，热拉尔·热奈特的《副文本：阐释的门槛》英文版出版以来，英美学者开始研究其副文本理论，并拓展其理论视阈。此后，英美学者将副文本理论应用于当代媒体和多媒体文本研究，其代表有研究媒介副文本的格奥尔格·斯坦尼泽科（Georg Stanitzek）、研究小说中的脚注的爱德华·马勒内（Edward J. Maloney），以及多萝茜·伯克（Dorothee Birke）与伯斯·克里斯特（Birth Christ）、彼得·韦茨（Peter Waites）和弗吉尼亚·皮格纳格诺利等其他学者。[①]

在国内学界，副文本理论已经历三个阶段，即从引介到发展再到重构。有学者发掘副文本叙事理论在叙事诗学体系中的理论地位，或副文本理论对于阐释文本的叙事诗学价值。[②] 许德金等在引介的同时，还建构了副文本叙事理论框架。[③] 赵毅衡提出了自己的副文本概念，他在《论"伴随文本"——扩展"文本间性"的一种方式》一文中将正文本外的文本称伴随文本，并分六种：副文本、型文本、前文本、元文本、超文本和次文本，还阐述了伴随文本与主文本的互动生成关系。[④]更为重要的是，我国学者提出了建构副文本叙事批评框架和副文本叙事交流情景。许德金关注副

---

① Stanitzek, Georg. "Texts and Paratexts in Media."Trans. Ellen Klein. *Critical Inquiry*, 2005 (32), pp. 102–119. Maloney, Edward J. "Footnotes in Fiction: A Rhetorical Approach."Columbus: The Ohio State University, 2005.

② 刘晓燕：《诗学体系的追逐者——热奈特副文本叙事理论的学术源流考略》，《广东外语外贸大学学报》2021 年第 2 期，第 61—69 页。朱桃香：《副文本对阐释复杂文本的叙事诗学价值》，《江西社会科学》2009 年第 4 期，第 39—46 页。

③ 许德金，蒋竹怡：《西方文论关键词：类文本》，《外国文学》2016 年第 6 期，第 112—121 页。

④ 赵毅衡：《论"伴随文本"——扩展"文本间性"的一种方式》，《文艺理论研究》2010 年第 2 期，第 2—8 页。

文本要素及其文本性，也关注副文本叙事。通过与文本叙事相互对照，他构建了副文本叙事批评框架以及副文本叙事交流情景。其副文本叙事批评框架是：副文本通过显性副文本叙事（其他形式、功能）与隐性副文本叙事（具体形式、功能）参与正文本叙事，二者共同构建文学的文本意义。副文本叙事交流情景则指作者、出版者、评论者等通过正文本与副文本及其叙事呈现给读者。[①] 在此基础上，陶晶则提出副文本－文本共生叙事概念，并构建了副文本－文本共生叙事交流情景与副文本－文本共生（叙述）批评框架。该理论的提出是对热拉尔·热奈特副文本叙事理论的补充和发展。副文本－文本共生叙事批评框架强调副文本叙事与文本叙事之间的互动与转换，以及显性副文本叙事与隐性副文本叙事对文本叙事的独特作用。副文本叙事和文本叙事既相互独立自成体系，又交互作用同生共荣。陶晶还提出将其理论用于翻译和新媒体等其他研究，拓宽叙事的新领域，为叙事理论研究提供新的批评视角与解读窗口。[②]

热拉尔·热奈特曾用副文本理论研究普鲁斯特的《追忆逝水年华》和詹姆斯·乔伊斯的《尤利西斯》等文本。他将副文本纳入叙事研究，为分析小说叙事提供了一种新的批评工具和方法。在我国外国文学批评实践中，有许德金、周雪松对于《女勇士》（*The Woman Warrior*, 1976）、马惠琴对于《黑王子》（*The Black Prince*, 1973）、蔡志全对于《作者，作者》（*Author, Author*, 2004）、梁红艳对于《赎罪》（*Atonement*, 2001）等的副

---

① 许德金：《类文本叙事：范畴、类型与批评框架》，《江西社会科学》2010 年第 2 期，第 28—36 页。
② 陶晶：《类文本－文本共生叙事：概念、叙事交流情景与批评框架构建》，《江西社会科学》2019 年第 1 期，第 60—67 页。

文本研究。① 金宏宇从序跋论、题辞论、图像论、注释论、广告论和笔名论等六方面研究中国现代文学中的副文本，并肯定副文本的多重价值。② 许德金、梁丹丹将副文本理论用于自传批评，强调副文本叙事对于自传的作用。③ 另外，还有郭建飞对影视作品与数字媒体中的副文本研究④。

最初，副文本理论用于研究英美文学作品，分析纸质文学中的副文本要素及现象。此后，该理论逐渐用于其他国家文学和翻译研究，甚至用于经济学年报和医学报告的研究。目前，国内学界的副文本研究已从文学转向语言、翻译等领域，呈现出明显的跨学科研究趋势，其中翻译的副文本研究成为新兴热点和研究前沿。王雪明、杨子对注释的类型学与功能分析，为中国典籍外译提供了启示和借鉴。耿强则提出加强翻译副文本对中国文学走出去的应用价值的研究。⑤

其实，就副文本理论建构抑或批评实践而言，热拉尔·热奈特的研究或批评范畴均限于纸质书本。为适应 21 世纪新媒体与新数字语境下新叙事

---

① 许德金，周雪松：《作为类文本的括号——从括号的使用看〈女勇士〉的文化叙事政治》，《外国文学》2010 年第 2 期，第 48—56 页。马惠琴：《边缘的声音：小说〈黑王子〉的类文本特征分析》，《外国文学》2012 年第 6 期，第 72—78 页。蔡志全：《副文本视角下戴维·洛奇的〈作者，作者〉研究》，《国外文学》2013 年第 3 期，第 114—150 页。梁红艳：《副文本的原叙述阐释——基于〈赎罪〉副文本的分析》，《长春理工大学学报（社会科学版）》2020 年第 2 期，第 147—151 页。

② 金宏宇：《文本周边——中国现代文学副文本研究》，武汉：武汉大学出版社 2014 年。金宏宇：《现代文学副文本的史料价值》，《北京社会科学》2014 年第 2 期，第 36—40 页。

③ Xu, Dejin & Liang Dandan. "Paratextual Narrative and Its Functions in *We Three*."*Neohelicon*, 2016 (1), pp. 89–104.

④ 郭建飞：《影视作品及数字媒体文本——类文本共生叙事研究》，《西南民族大学学报（人文社会科学版）》2020 年第 6 期，第 162—167 页。

⑤ 王雪明，杨子：《典籍英译中深度翻译的类型与功能——以〈中国翻译话语英译选集〉（上）为例》，《中国翻译》2012 年第 3 期，第 103—108 页。耿强：《翻译中的副文本及研究：理论、方法、议题与批评》，《外国语》2016 年第 5 期，第 104—112 页。

形式研究的需要，副文本理论研究与批评也发生了诸多转向与范式转移，即从内文本转向外文本（尤其是当代媒体外文本），从印刷书本转向多媒体、多模态新媒体等。诚如彼得·韦茨所言，副文本逐渐演变成一种跨媒体跨平台建构文本范式的实践方法，因此，副文本的概念及其理论应随时代的发展而做出相应的变化。① 与此同时，电影、教学法、幻想小说、同人小说（Fan Fiction）②、数字文本和网络媒体等的副文本研究也日渐升温。③ 德国学者多萝茜·伯克与伯斯·克里斯特提出副文本的三大功能——解释性、商业性与导航性，还将文学副文本拓展到数字副文本以及其他相关的研究领域。④

　　副文本伴随正文本而存在，所有副文本及其叙事皆为正文本及其叙事服务。于作者或读者而言，副文本是连接文本及其叙事的"门槛"与"廊桥"，亦是开启解读和阐释的一扇窗户。传统的文学研究聚焦正文本，而忽视对副文本的研究。副文本叙事研究弥补了传统文学研究之不足。因此，副文本理论为研究副文本叙事提供了一种新的理论和方法。目前，副文本理论已然超越了文本叙事本身，将作者、出版商、读者皆纳入新的虚构与现实的交互叙事交流之中，因此，副文本理论为我们开启了又一个文本叙事批评及多模态叙事研究的新视窗。

---

① Waites, Peter. "On the Boundaries of *Watchmen*: Paratextual Narratives across Media. "Uppsala: Uppsala University, 2015, p. 17.

② 同人小说，指利用原有的漫画、动画、小说及影视作品中的人物、情节或背景等进行二次创作之小说，多以网络小说为载体。

③ Gross, Melissa & Don Latham. "The Peritextual Literacy Framework: Using the Functions of Peritext to Support Critical Thinking." *Library & Information Science Research*, 2017 (2), pp. 116–123.

④ Birke, Dorothee & Birth Christ. "Paratext and Digitized Narrative: Mapping the Field. " *Narrative*, 2013 (1), pp. 65–87.

第二节　小说封面的多模态叙事

封面乃纸质书籍之副文本，由多种模态组成并参与正文本意义之建构。小说封面对于作家作品、出版发行、媒体宣传、阅读阐释，乃至书籍历时之版本考察等皆有重要的意义。21世纪美国小说的封面更加注重不同模态之间及其与文本的协同作用。小说人物、自然植物、犬或鸟类、历史事件和抽象艺术等皆可作为封面的主要图像。封面中的不同模态（图像、文字、色彩、布局等）协同整合成副文本叙事，参与正文本叙事并共同建构小说的文本意义。

关键词：小说封面；副文本；多模态叙事；共建文本意义

一

封面，亦称封皮、书皮、书衣、书面、书封或外封等，其功用最初在保护书芯或起装饰之用。具体而言，封面包括标题（副标题）、作品名、作者名、图像、出版商或徽标等。狭义而言，封面仅指封一；广义而言，封面包含封一、封二、封三、封四、书脊和勒口。[①] 封面是展示书籍内容之窗，不仅承载以书名、作者名和出版商为核心的重要信息，还具有审美功能和收藏价值。封面可奠定小说的基调或暗示故事中的人物或情节。封

---

① 童翠萍：《书衣翩翩——我看文艺图书的封面设计》，《中国图书评论》2003年第12期，第61—63页。

面给人的第一印象至深，使人见而难忘，有时可决定读者对文本的解读方向①。封面是引领读者进入文本的第一座哨所，也是读者阅读与阐释的引线，或诠释和理解文本的触媒。如果说"书中自有颜如玉"，那么，书封就是这个美女的杏脸桃腮。好的封面如春花秋月，吸人眼球，给人留下至美的第一印象，更有指向与点睛之功用。好的封面既能传递书中的深刻意义，又可反映相应的社会与文化背景或社会需求。

书之封面从何而来？考之于史，我国古代竹简在每册正文前添加两片空白竹片，名曰赘简，无字亦无图，此乃我国书封之肇端。② 具体而言，封面在我国最早可追溯至商末的简牍。在西方古典时期，书籍多用皮革包裹，书封仅有书名，书脊亦偶有作者之名。中国造纸术和印刷术传入西方后，尤其是 1440 年德国约翰内斯·古腾堡发明铅合金活字印刷术而引发媒体革命，极大地推动了西方印刷业和传播业的发展。在书籍史上，最初的印刷图书是没有封面的。在 1475—1478 年间，图书封面方始出现。③ 在热拉尔·热奈特看来，1825 年《伏尔泰全集》（*Voltaire's Complete Works*）之刊行才首开印刷书籍使用封面之先河。④ 书籍封面一旦出现便逐渐发展壮大，以至于终成印刷书籍不可或缺的元素。封面是副文本却并非附属品；封面是一种"有意味的形式"⑤，是文学文本的有机组成部分。闻一多（1899—1946）认为，"美的封面""不专指图案的构造，连字体的体裁、

---

① 惠海峰：《社会、小说与封面：〈鲁滨孙飘流记〉儿童版的封面变迁》，《外国文学》2013 年第 5 期，第 58—67、158 页。

② 刘巍：《当代长篇小说作品封面的图像表达与功能变迁》，《文艺争鸣》2013 年第 7 期，第 126—131 页。

③ 石芳芳：《"随风而逝"三十年——〈飘〉的三个封面解读》，《编辑学刊》2009 年第 3 期，第 85—88 页。

④ Genette, Gérard. *Paratexts: Thresholds of Interpretation.* Trans. Jane E. Lewin. Cambridge: CUP, 1997, p. 23.

⑤ 克莱夫·贝尔：《艺术》，周金环，马钟元，译. 北京：中国文联出版公司 1984 年，第 4 页。

位置、面积、表现的方法，都是图像的主体元素"。① 封面的多模态性，决定封面的色、线、字、形、结构与运动等组合成不同的形式美，表征小说文本所蕴含的景外之景、象外之象的"意味"。

伴随 21 世纪图像化与多模态化的发展，封面对于作家作品、出版发行、媒体宣传、阅读阐释，乃至书籍历时之版本考察等皆有重要意义。多模态文体学家尼娜·诺加德认为，作为小说最重要的副文本，封面成为小说再版之见证者，故而亦是小说历时研究的第一手资料。② 2011 年，朱利安·巴恩斯（Julian Barnes，1946—　）以小说《终结之感》（*The Sense of an Ending*，2011）成功问鼎布克奖（Booker Prize / Man Booker Prize）③。他在发表获奖感言时，曾专门致谢封面设计者苏珊娜·迪恩（Suzanne Dean）。可见，封面对于文学作品能否折桂世界级文学大奖也具有一定的作用。

由多种模态构成的封面从属于正文本，却又具有相对的独立性。作为最重要的副文本，封面是纸质文学作品的有机组成部分，也参与小说文本意义的生成与建构。④ 凯思琳·奥康奈尔（Kathleen C. O'Connell）认为，与其说封面是商业工具，倒不如说它是文学与文化交织的综合艺术。她主张从图像、文字、色彩与印刷版式等多模态视角研究封面的表意功能及其

---

① 闻一多：《闻一多青少年时代诗文集》，昆明：云南人民出版社 1983 年，第 73 页。

② Nørgaard, Nina. "Multimodality and Stylistics." Michael Burke, ed. *The Routledge Handbook of Stylistics*. London and New York: Routledge, 2014, pp. 471-484.

③ 布克奖乃当代英语小说界之最高奖项，亦是世界文坛影响最大的文学大奖之一。此奖始于 1969 年，每年颁发一次。初仅英国、爱尔兰及英联邦国家英文原创作家可入围参评。2014 年起，凡英文写作之作家皆可参评。

④ 赵毅衡：《符号学原理与推演》，南京：南京大学出版社 2011 年，第 142 页。刘巍：《当代长篇小说作品封面的图像表达与功能变迁》，《文艺争鸣》2013 年第 7 期，第 126—131 页。

与小说文本的关系。① 目前，学界集中于文学作品正文本的解读或阐释，而忽视包括封面在内的副文本多模态研究。所幸的是，世界的图像化与多模态化发展将文学中这些"边缘群体"也纳入了文学研究和文学批评。因此，封面的多模态研究必将丰富文学研究的内容，还能拓宽文学研究的视域。

<h2 style="text-align:center">二</h2>

人的脸虽因民族、人种、遗传基因等各具特色，却仍具有维特根斯坦（Ludwig Wittgenstein，1889—1951）的"家族相似性"（Family Resemblance）。封面亦然。有学者从类型学视角将封面分为演示性、隐喻性和象征性三类。② 若以类型学观之，似难以显示每个封面中不同模态以及模态组合对于正文本的生成和建构作用。通览书籍的封面，我们仍可发现其"家族相似性"，即封面组成元素与封面功能颇为相似。前者包括标题（副标题）、作品名、作者名、图像、出版商或徽标等；后者或隐喻或阐释，或认知或预叙，或与正文本互文等。与正文本无关的封面，好比没有灵魂的人的脸，不仅毫无美感可言，更令人生厌。一般而言，哲学或学术性著作的封面多抽象且多含隐喻或象征之义。文学作品的封面多具象且与正文本之间形成互文关系。传记文学作品多以传主为封面，如美国戴尔·卡耐基（Dale Carnegie，1888—1955）的《林肯传》（*Lincoln the Unknown*，1932）、英国马丁·吉尔伯特（Martin Gilbert，1936—2015）的《丘吉尔：语言的力量》（*Churchill：The Power of Words*，2012）、加拿大康拉德·布

---

① O'Connell, Kathleen C. "Young Adult Book Cover Analysis."Wilmington: University of North Carolina at Wilmington, 2010, p. 23.

② 刘巍：《当代长篇小说作品封面的图像表达与功能变迁》，《文艺争鸣》2013 年第 7 期，第 126—131 页。

莱克（Conrad Black，1944—　）的《罗斯福传：坐在轮椅上转动世界的
巨人》（*Franklin Delano Roosevelt：Champion of Freedom*，2003）等皆如此。
小说封面的风格与特色七彩纷呈，却也离不开与正文本之间千丝万缕的联
系。总体而言，21 世纪美国小说的封面以人物或代表人物特征的身体，或
以自然植物或动物，或以历史事件，或以抽象艺术等图像作为封面的主要
内容，再结合文字、色彩、布局、排版、结构等其他模态呈现出多姿多彩
的景观，但无论何种封面，皆与小说正文本密切相关。

　　封面可用小说人物或人物局部的身体部位为主要图像，再辅以文字、色
彩、布局、排版等形成其独特的封面多模态叙事。苏珊·桑塔格在 2000 年荣
获美国国家图书奖的小说《在美国》[①] 中
讲述了波兰裔女演员玛琳娜的人生之旅：
她被视为波兰的舞台皇后与民族希望。
人过中年，她却与丈夫、儿子移居美国。
在乌托邦梦想破灭后，她克服语言障碍，
重返舞台，成为美国演艺新宠。小说封
面（见图 5-1）就以女主玛琳娜的背影
特写为图像，再配上白色的作者名 Susan
Sontag 和书名 In America。背景色与玛琳
娜头发、发饰、肤色和服装的颜色非常
协调。作者名最为显著，似有意为之。
这背影既与玛琳娜相关，又给读者留下
令人遐想的巨大空间。乔纳森·萨福
兰·弗尔的小说《特别响，非常近》

图 5-1　苏珊·桑塔格《在美国》
英文封面

---

① Sontag, Susan. *In America*. London: Penguin Classics, 2009.

（人民文学出版社 2012 年版）则以小说人物奥斯卡为封面图像，而米夫林（Houghton Mifflin）2005 年英文版则以一只红色的手为封面图像。① 笔者曾专文从色彩、图像、字体等模态及其协同作用等方面对中英文两个版本的封面进行对比分析，并得出如下结论：两版尺短寸长，就隐喻而言，英文版封面更精炼形象，内涵更为深刻；而中文版封面更具写实性，直白而具体。② 与《特别响，非常近》英文版用手的特写作为封面不同的是，我国作家莫言《檀香刑》③ 2013 年英文版封面（见图 5-2）则用中国传统戏曲人物脸谱作为封面：长黑须遮盖嘴部，人物只露一只眼睛，其眼仁黑白分明，看似忧郁而绝望。封面的色彩对比强烈，且相互呼应。小说名"SANDALWOOD DEATH: A Novel"是白色，与"WINNER OF THE NOBEL PRIZE IN LITERATURE"形成呼应；作者名"Mo Yan"是红色的，又与红色的脸谱相互照应；黑眼仁与黑发、黑胡须相互观照。封面图像与小说人物吻合：为妻儿报仇，孙丙聚众反抗德国侵略者，却终被施以极刑——"檀香刑"。而朱诺·迪亚斯的《奥斯卡·瓦奥短暂而奇妙的一生》④ 则更为简洁，仅两种颜色——红色和黑

图 5-2　莫言《檀香刑》英文封面

---

① Foer, Jonathan Safran. *Extremely Loud and Incredibly Close*. Boston: Houghton Mifflin, 2005.

② 李顺春：《〈特别响，非常近〉中英封面之多模态对比分析》，《江苏理工学院学报》2020 年 3 期，第 13—18 页。

③ Mo Yan. *Sandalwood Death: A Novel*. Norman: U of Oklahoma P, 2013.

④ Diaz, Junot. *The Brief Wondrous Life of Oscar Wao*. New York: Penguin Publishing Group, 2008.

色。一个红色的侧面头像，位于封面右上四分之一处。小说名 "The Brief Wondrous Life of Oscar Wao" 是黑色的，分四排，而作者名"Junot Diaz" 占一排。二者占满整个封面。封面正中偏左是红色的 "A Novel"，而右下方的 "Author of Drown" 也是红色的。就该封面而言，红色相互之间形成对比与呼应，而黑色的书名则以其单词数量、音节和排列形成其内在的构成与呼应。

以鸟类作为封面的图书甚多，尤其是那些关于鸟类的图书，如《鸟的感官》（*Bird Sense: What It's Like to Be a Bird*，2012）、《鸟类的天赋》（*The Genius of Birds*，2016）、《神奇的鸟类》（*Extraordinary Birds*，2013）等中文译本皆以某种极具代表性的鸟作为封面，① 而《我们迷人的鸟：猫头鹰》（*Owls: Our Most Charming Bird*，2015）、《乌鸦》（*Crow*，2003）等则分别用猫头鹰和乌鸦为封面②。若小说以鸟类作为封面，那么，这封面上的鸟必与小说内容或主题极为相关。美国后品钦时代代表理查德·鲍尔斯的《回声制造者》③ 以沙丘鹤为封面图像，且封面背景为深蓝色。（见图 5-3）在深蓝色背

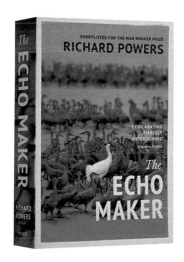

图 5-3　理查德·鲍尔斯《回声制造者》英文封面

① 蒂姆·伯克黑德，卡特里娜·范·赫芬：《鸟的感官》，沈成，译. 北京：商务印书馆 2017 年。珍妮弗·阿克曼：《鸟类的天赋》，沈汉忠，李思琪，译. 南京：译林出版社 2019 年。保罗·斯维特：《神奇的鸟类》，梁丹，译. 刘阳，审订. 重庆：重庆大学出版社 2017 年。

② 马特·休厄尔：《我们迷人的鸟：猫头鹰》，苏澄宇，译. 长沙：湖南美术出版社 2018 年。博里亚·萨克斯：《乌鸦》，金晓宇，译. 南京：南京大学出版社 2019 年。

③ Powers, Richard. *The Echo Maker*. New York: Vintage Books, 2021.

景中，可见千万只沙丘鹤，由近而远，渐渐模糊。近处沙丘鹤中有一只特立独行，完全是本色出演——白色，而其他沙丘鹤皆融入蓝色的背景之中。小说名"The ECHO MAKER"及评语"'EXHILARATING...FIERCELY ENTERTAINING' Sebastian Faulks"皆为白色，三者形成呼应。位于封面顶部的是"SHORTLISTED FOR THE MAN BOOKER PRIZE"和作者名"RICHARD POWERS"，二者皆黑色，且各占一行。在深蓝色背景衬托下，黑色的显著性大，其次是白色，故小说名和那只白色的沙丘鹤以及作者名最先吸引读者的眼球。鲍尔斯创作的灵感源自他偶见沙丘鹤一年一度迁徙的壮观景象。小说之名《回声制造者》指沙丘鹤，因为印第安人认为，沙丘鹤能发出响亮的声音，故称之为"回声制造者"。译者认为沙丘鹤是该小说中最富于启迪意义的鸟类。① 小说凡5部，每部皆以描写沙丘鹤开始：沙丘鹤降落在2月的普拉特河的河面上；50万只沙丘鹤开始穿越大陆的迁徙；印第安人、澳洲原住民、古希腊和日本皆有关于沙丘鹤的传说；沙丘鹤带小鹤回迁时短暂停留于10月的普拉特河；沙丘鹤能遗传远古的记忆等。因此，沙丘鹤乃成贯穿全书的主要意象，将主要人物马克、卡琳、韦博、罗伯特和丹尼尔等联系在一起。这个沙丘鹤封面图预叙了小说情节之发展。詹姆斯·麦克布莱德《上帝鸟》的封面底色则是浅蓝色的，4只上帝鸟奋力飞向天空，最后一只还拖着沉重的镣铐。4只上帝鸟和镣铐形成一个反S形，镣铐固定在右下角，上帝鸟则戴着镣铐向左上角飞去，故整个封面极富动感。（见图5-4）就封面颜色而言，上帝鸟有黑白红三色，镣铐是铁灰色，小说名"上帝鸟"和"我们都曾被命运左右，但从不曾失去自由。""詹姆斯·麦克布莱德著""郭雯译"皆为黑色，而"James

---

① 理查德·鲍尔斯：《回声制造者》，严忠志，欧阳亚丽，译. 南京：译林出版社2009年，第1—10页。

图5-4　詹姆斯·麦克布莱德
《上帝鸟》中文封面

McBride" "The Good Lord Bird" 则为深蓝色。在封面中，黑色、蓝色各自相互呼应。就封面文字而言，"上帝鸟"最具显著性；就封面图像而言，4 只上帝鸟及其镣铐最突出也最醒目。上帝鸟乃贯穿整部小说的中心意象，其实，上帝鸟是一种黑白相间、夹杂红色羽毛的啄木鸟。因此，该封面具有丰富的象征意义。上帝鸟"黑白两色，还有一圈红色"①。黑白象征黑人与白人之联系，他们同处一片蓝天。而上帝鸟羽毛中的红色则代表流血与暴力。上帝鸟代表解放黑人而获得自由的信念。约翰就义前再次将羽毛送给亨利，使之"成为自由之人"②。"小说反复呈现上帝鸟的意象，凸显了唤醒黑人、增加黑人革命意识、完善废奴运动的重要性"③。就在布朗被执行绞刑时，上帝鸟再一次盘旋在黑人教堂之上。

唐娜·塔特《金翅雀》中、英文版封面颇为相似，两版封面正中图像都是那只贯穿小说始终的金翅雀。④ 这就是卡雷尔·法布里蒂乌斯名画中的那只金翅雀。封面中间撕出一个锐角三角形，露出包裹在里面的画——金翅雀。虽不见画的全貌，却可目睹金翅雀的头、胸和抓住木制圆环的爪子，还隐约可见鸟下方的喂食器。两版封面的颜色、布局、排版、开本等

① 詹姆斯·麦克布莱德：《上帝鸟》，郭雯，译．上海：文汇出版社 2017 年，第 20 页。

② 詹姆斯·麦克布莱德：《上帝鸟》，郭雯，译．上海：文汇出版社 2017 年，第 20 页。

③ 李巧慧：《〈上帝鸟〉：通向黑人自由的道路》，《外国文学动态研究》2017 年第 2 期，第 52—60 页。

④ 唐娜·塔特：《金翅雀》，李天奇，唐江，译．北京：人民文学出版社 2016 年。Tartt, Donna. *The Goldfinch*. New York: Little, Brown and Company, 2014.

基本相同。或许英文版封面完美得难以超越，故而中文版几乎直接拷贝而用之。然而，细细端详，中、英文版封面仍有诸多不同之处。如英文版封面（见图 5－5）仅在"金翅雀"上下方各印上手写体的书名"The GOLDFINCH"与作者名"DONNA TARTT"，整个画面显得干净整洁。中文版封面（见图 5－6）则在图像上方印有中文书名"金翅雀"以及作者与译者之名，图像下方仍保留英文手写书名与作者名，只是字体更小。最下面则印有出版社名及其社标。封面颜色虽偏淡，却与金翅雀的栗褐色和黄色非常协调一致。中文版封面上"金翅雀"是金黄色的宋体字，而英文版封面上的"The GOLDFINCH"却是黑色，就色彩搭配而言，中文版似更胜一筹。

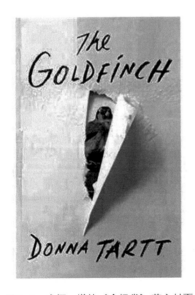

图 5-5　唐娜·塔特《金翅雀》英文封面

图 5-6　唐娜·塔特《金翅雀》中文封面

　　作为人类忠实的朋友，狗与人类可谓同伴物种（companion species），故狗作为小说封面图像很是可爱喜人。杰丝米妮·瓦德的《拾骨》[1] 与西格丽德·努涅斯的《朋友》皆以狗作为小说封面。《拾骨》[2] 共 12 章，以一家人躲避 12 天飓风为叙事框架，描写家庭之爱、对抗困境的团结力量。小说以飓风为主线，以比特犬琪娜生产开头，以伊旭成为母亲结束。琪娜不仅成为这家人生活中的一部分，也是贯穿故事情节的一条重要线索。琪娜与伊旭一家共度卡特里娜飓风，颇似诺亚方舟（Noah's Ark）和《吉尔伽美什史诗》（*The Epic of Gilgamesh*）中的情节，具有人类普适性的生存经验与人类终极关怀意味。故事最后，琪娜虽在飓风中走失，但一家人相

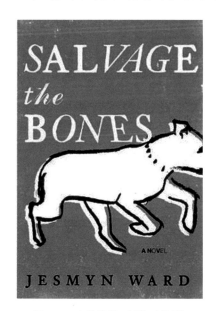

图 5-7　杰丝米妮·瓦德《拾骨》
英文封面

信能找到它。小说以比特犬琪娜为封面（见图 5-7），既可调控读者的期待视野，又与小说文本紧密相关，更传达出狗与小说人物之间的关系。封面底色是深绿色，而黑色线条勾勒出比特犬琪娜的形状，狗身为纯白色；同时，狗脖上的项圈则呈现黑色的点状，因此，黑色的点、线与白色的面就构成了一条主题犬。狗的白色身躯与白色的小说名 "SALVAGE the BONES" 形成呼应；黑色线条又与黑色的作者名 "JESMYN WARD" 和 "A NOVEL" 相互呼应。书名三词各占一排，居封

---

① 　salvage 意为拯救，bones 为骨肉，译为《拯救骨肉》似更契合小说主题。

② 　Ward, Jesmyn. *Salvage the Bones*. New York: Bloomsbury Press, 2011.

面上部，且字体排列中 SALVAGE 和 BONES 均大写，意在突出此二词。但封面上最突出的则是琪娜，黑线白面极具视觉冲击力。从其动作观之，琪娜似在奔跑，即平面的图像给人以动态之感。再仔细端详，琪娜右眼可见，而其吻部则在画面之外。而中文版《拾骨》封面（见图 5-8）①的底色则是纯黑色，其上可见一双黑白色的眼睛。封面上有中文书名《拾骨》、作者名和译者名，同时也保留了英文书名和作者名，且皆为白色。另外，还提

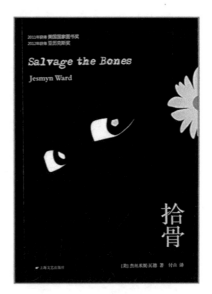

图 5-8　杰丝米妮·瓦德《拾骨》中文封面

供了获奖信息和出版社名。在色彩对比上，中文版封面上白色的中、英文与白色的眼仁相互呼应，而黑色的眼珠则与黑色的底色协调一致。两相比较，英文版的封面图像似更切合小说主题，而中文版封面的图像不够清晰，其与小说的互文性似缺乏逻辑联系。

　　同样，《朋友》②也以一只狗为封面图像。（见图 5-9）在作品封面上，一只巨型的大丹犬占据主要位置，其故事情节更是围绕大丹犬展开，且除大丹犬"阿波罗"外，其他主要人物都没有姓名，这足以表现动物在该小说中的重要性。封面底色由红黄蓝绿四色组成，蓝色色块居中，其他三色围绕四周，制造出一种立体效果。大丹犬位于中下方，呈坐姿状，故其高度略占封面的三分之一。书名"THE FRIEND"居上方，作者名"SIGRID

---

① 杰丝米妮·瓦德：《拾骨》，付垚，译．上海：上海文艺出版社 2014 年。

② Nunez, Sigrid. *The Friend*. New York: Riverhead Books, 2018.

NUNEZ"位于中下方。文字皆白色，与下方的白色斑点的大丹犬形成呼应。小说中的叙述者"我"乃女作家，其好友（也是其导师、曾经的情人）突然自杀，留下一条巨型大丹犬。出于同情大丹犬与思念友人，"我"收留了阿波罗。后来，阿波罗年迈，"我"便与大丹犬搬到一海边木屋，故事以"我"与大丹犬在海边的生活结束。若对照小说主题和故事情节，用大丹犬阿波罗作为封面的意义就不言自明了。

　　如果说一切皆可入诗，那么，世界万物咸可作书籍之封面。作为最具文学性的小说封面也总是呈现出百花齐放的景观。鲍尔斯小说《树语》① 的封面图像（见图 5-10）就完全呈现出了小说的主题。其实，overstory 指森林树冠层之树叶，或构成森林树冠之树木群。故小说又译《上层林冠》。此乃有关一个树木与创造森林生态的故事。小说着眼于非人类自

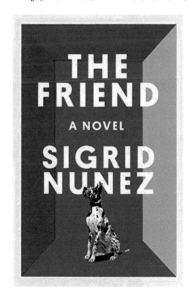

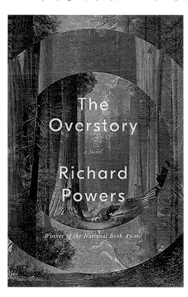

图 5-9　西格丽德·努涅斯　　　　　图 5-10　理查德·鲍尔斯
《朋友》英文封面　　　　　　　　《树语》英文封面

---

① Powers, Richard. *The Overstory*. New York: W. W. Norton & Company, 2018.

然的视角，详述其生活经历。上层林冠（overstory）与下层植被（understory）形成对比。小说人物处于灌木丛生的下层植被，真正主角是树——在他们头顶上，四肢伸展的上层林冠[1]。此乃一部对树木充满敬意之书，亦是一部生态寓言，似英国大卫·米切尔（David Mitchell, 1969— ）的《云图》（*Cloud Atlas*, 2004），将并列式叙事结构与一首宏伟的树的赞歌巧妙结合在一起。在鲍尔斯看来，书封亦是小说重要的一环。[2] 故其小说特重封面的构成。《树语》的封面图像是一幅画着巨木森林的古典油画。三个圆弧将画面分成四部分。远观之，圆弧似树的年轮；近视之，画面切割成圆形，圆心的树木茂盛，隐约可见蓝色天空。第二圆环似镜像，倒映出圆心中的大树与天空画面。封面呼应小说结构，似一个寓言的同心环，鲍尔斯将小说人物围绕巨大的红杉这个中心点展开叙述，而这些人物只占红杉众多年轮里的几个环而已。与上层林冠形成鲜明对比的是，隐约可见两个骑着马的人，而人与马极小，甚至还不如一棵倒下的树木二分之一高。这种对比亦表明人与马处于与下层植被相似的地位。与书名一样，封面也聚焦树而非书中人物。鲍尔斯聚焦生态自然，传达其颠覆人类中心主义的图像意识。就文字的位置而言，书名在上，作者名在下，但二者均位于中心圆之中。在视觉上，书名与作者名极具视觉显著性。封面中的多模态与正文本的关系至为密切。小说以 20 世纪 90 年代美国西海岸木材战争为背景，从树的时间尺度叙事，围绕 8 个家族 9 位不同人物的 9 条故事线展开，描述他们与树木的关系。鲍尔斯精心打造，将树融入副文本（封面、目录、插图等）、小说结构与主题之中，让读者在副文本和结构中见树。可见，普利策文学奖颁奖献词确为的论：《树语》巧妙的叙述结构如故事核心的

---

[1] Kingsolver, Barbara. "Into the Woods." *The New York Times Book Review*, 2018-04-15 (1).

[2] Burn, Stephen J. "An Interview with Richard Powers." *Contemporary Literature*, 2008 (2), pp.163-179.

树木般开枝散叶、伸展出天篷般的冠顶，其中呈现的奇妙与相互关联的世界映现了森林中人类的生活。

　　该书的封面似一幅绝美的秋日高树图。这种秋色浪漫且唯美，其色彩是感性的又是理性的，有一种成熟的风韵与沉静，甚至有一种空灵而洒脱的禅韵。这种秋色是诗歌也是绘画，更是流动的音乐。其静美超凡脱俗，给人一种豁达而洒脱、明净而恬静的美感。在如阳光般的色彩中，树林漏出些许蓝色的天空，如年轮般的圆环映射出空中蓝色之影。此时，林冠上之蓝色天空与圆环中的蓝色天空形成对比与呼应。中心圆环最下方则是白色的马与人。这白色与同为白色的书名 "The Overstory" 和作者名 "Richard Powers" 又形成呼应。作者名下方的 "Winner of the National Book Award" 也是白色。整体观之，秋色图与白色文字形成对比，同时，各自又形成呼应关系。图像、文字、色彩与构图等多种模态共同构成了这幅封面 "树语图"。

　　与之不同的是，科伦·麦凯恩《转吧，这伟大的世界》的封面则以一个重大历史事件为封面——菲利普·珀蒂（Philippe Petit，1949—　）在双子塔楼之间走钢丝。钢丝是走钢丝之道具，却是小说中的重要意象，更是小说主题的重要表现。在英文版封面上（见图 5-11）[1]，一人拿着平衡杆行走于细细的钢丝上，钢丝下方是纽约全景图。封面整体采用对角线构图，纽约城完全在对角线上，城市最顶端（封面右上角）有一根钢丝横陈，如此布局有一种立体感、延伸感和运动感。小说题目 "LET THE GREAT WORLD SPIN" 分 4 行排列，且几乎占满封面上半部分。而横陈的钢丝和走钢丝者则位于 "LET THE" 和 "GREAT" 两行之间，从上往下观之，全纽约皆在其下方，似乎给人一种 "眩晕感"——感觉这世界真的在

---

①　McCann, Colum. *Let the Great World Spin: A Novel*. New York: Random House, 2009.

旋转呢。作者名"COLUM McCANN"位于右下角。封面还提供了其他信息，如戴夫·艾格斯（Dave Eggers，1970— ）的评价"There's so much passion and humor and pure life force on every page that you'll find yourself giddy, dizzy, overwhelmed."以及关于作者的其他信息（AUTHOR OF ZOLI AND DANCER）。中文版封面（见图5-12）①构图完全"借用"英文版封面的布局，还保留了英文题目和作者名，并将书名置于封面顶部。若仔细对比，中文版封面亦有诸多不同之处，如增加了中文书名、作者译名和译者名。在封面亦印有戴夫·艾格斯的评论："居然让一个爱尔兰人，写出了一部关于纽约的伟大小说。《转吧，这伟大的世界》每一页都充满激情、幽默和纯粹的生命力，让你眼花缭乱，目眩神迷。"若将两版封面进行对

图5-11 科伦·麦凯恩
《转吧，这伟大的世界》英文封面

图5-12 科伦·麦凯恩
《转吧，这伟大的世界》中文封面

---

① 科伦·麦凯恩：《转吧，这伟大的世界》，方柏林，译. 济南：山东文艺出版社2013年。

比，则可发现该评价的内容有所添加。中文版封面也提供了不同于英文版封面的信息，如"美国国家图书奖、都柏林国际文学奖获奖作品"和出版社名。另外，中、英文版封面还有一个很大的区别，即英文版封面还有小说副标题 A NOVEL，而中文版封面却阙如。正如英文版版权页所言，此乃一虚构作品。除熟知的历史与公众人物外，所有事件、对话、人物等皆出自作者的想象。凡涉及真实的历史或公众人物及其环境、事件与对话亦纯属虚构。[1] 从封面标题来看，麦凯恩强调该小说之虚构性，虽然他以1974年8月7日菲利普·珀蒂在世贸双塔之间走钢丝为背景。他在"作者后记"中说："我在本小说中记载了此次事件，小说中其他事件及人物均属虚构。"[2] 可见，副标题旨在突出和强调小说的虚构性。与英文版相比，中文版封面既保留了英文标题和作者名，同时又添加了中文小说名、作家名和译者名。故就文字安排而言，中文版似更丰富多变。中文版封面虽完全采用英文版的构图，但中文版封面的留白更多，更有空间感。

　　《转吧，这伟大的世界》以历史事件与历史人物为封面，预示小说内容与之形成互文。小说虚实结合，以法国人菲利普·珀蒂1974年8月7日在世贸双塔之间走钢丝为主线，串联起10多位纽约底层人民的现实生活。小说封面又与珀蒂自传《抵达云端》（*To Reach the Clouds*，2002）、凯迪克金奖绘本小说《高空走索人》、纪录片《走钢丝的人》（*Man on Wire*，2008）和电影《云中行走》（*To Walk the Clouds*，2014）等形成一个更为宽广的互文性网络。

　　21世纪，图像化与多模态化乃成普遍的文化现象。小说封面由图像、

---

[1]　McCann, Colum. *Let the Great World Spin: A Novel*. New York: Random House, 2009.

[2]　科伦·麦凯恩：《转吧，这伟大的世界》，方柏林，译. 北京：人民文学出版社2010年，第431页。

文字、色彩、形状、布局和印刷版式等多种模态组成，又与小说内容协同①。封面是一种副文本，也是多种模态综合的产物或多模态意义的整合体。这些多模态组合成"有意味的形式"②，构成一种副文本叙事，与小说正文本产生互文与互动关系，并参与正文本的意义生成与构建。由多种模态组成的小说封面"是读者进入文本的理想门径，是窥见文本意义的绝好窗口，是剖读文本的绝佳切口"③，也是凝练小说主题的多模态文学艺术，更是小说文本意义生成的有机组成部分。

---

① 雷茜，张德禄：《格林海姆·洛雷拼贴小说〈女性世界〉两版封面的多模态文体对比研究》，《当代外语研究》2015 年第 9 期，第 20—26 页。

② 克莱夫·贝尔：《艺术》，周金环，马钟元，译. 北京：中国文联出版公司 1984 年，第 4 页。

③ 曾洪伟，曾洪军：《西方文论著作封面图像研究》，《编辑之友》2015 年第 5 期，第 93—98 页。

第三节　乔纳森·萨福兰·弗尔
《特别响，非常近》的多模态文体叙事

　　《特别响，非常近》中的红笔圈点、标点偏离或变异、字体排印（如字体、字号、加粗、空格、行距与字距）等区别性特征既属于副文本范畴，又体现出多模态的文体特征。这些语相特征是多模态叙事的重要组成成分①，故与文字、图像及颜色等其他符号模态一起构建小说的主题和文本意义。这些独特的文体乃叙事的组成部分，本节尝试从多模态文体学与叙事结合的视角分析它们对于小说文本意义的建构作用，故名之曰"多模态文体叙事"。

　　关键词：《特别响，非常近》；红笔圈点；标点偏离；字体排印；多模态文体叙事

一

　　文体学（stylistics）源于古希腊和古罗马，多用于修辞学与文学评论。随着语言学的发展，文体学渐成一门单独学科，且是介于语言学、文艺学、心理学、美学等之间的综合性边缘学科。20 世纪 60 年代以来，现代文体学流派（形式、文学、功能、认知与文化等流派）迅速发展。文体学研究渐从文学语篇拓展到非文学语篇（新闻、广告等）。在 21 世纪，文体

---

① 申丹：《文体学和叙事学：互补与借鉴》，《江汉论坛》2006 年 3 期，第 62—77 页。

学研究向多模态方向发展。亨利·威多森（Henry G. Widdowson，1935——）认为，文学文体学从语言视角研究文学文本，是连接文学评论与语言学的有效方式。^① 在杰弗里·利奇（Geoffrey Leech，1936—2014）看来，文体学是语言学与文学研究的融合点。^② 文学文体学融合文学评论与语言学，其研究对象是文学文本，而研究方法是语言学。传统文体学旨在研究语言模态而忽视非语言模态。因此，为研究文学中的非语言模态如字体、布局、图像、颜色等是如何参与文本意义建构的多模态文体学应运而生。^③

多模态文体学始于英国文体学家丹·麦金太尔（Dan McIntyre）。2008年，他提出多模态文体学研究的新方法，并分析伊恩·麦克莱恩（Ian McKellen，1939——）的电影剧本《理查三世》（*Richard III*，1995）的多模态文体效果。^④ 多模态文体学概念则是南丹麦大学（University of Southern Denmark）的尼娜·诺加德在2010年首次提出的，她还将之延伸到语言外的模态与媒介。^⑤ 多模态文体学是一个崭新的文体学分支，它是文体学和符号学理论结合的产物。^⑥ 文体学和符号学的结合，可将对文学文本以及其他文本的分析从只分析语言扩展到其他可产生意义的所有符号，如

① Widdowson, Henry G. *Stylistics and the Teaching of Literature*. London: Longman, 1975, p. 3.

② Leech, Geoffrey N. *A Linguistic Guide to English Poetry*. London: Longman, 1969. pp. 1−2.

③ 雷茜：《多模态功能文体学理论建构中的几个重要问题探讨》，《外语教学》2018年第2期，第36—41页。

④ McIntyre, Dan. "Integrating Multimodal Analysis and the Stylistics of Drama: A Multimodal Perspective on Ian McKellen's *Richard III*." *Language and Literature*, 2008 (17), pp. 309−334.

⑤ Nørgaard, Nina. "Multimodality: Extending the Stylistic Toolkit." Dan McIntyre & Beatrix Busse, eds. *Language and Style*. Basingstoke: Palgrave, 2010, pp. 433−448.

⑥ Nørgaard, Nina, Rocío Montoro & Beatrix Busse. *Key Terms in Stylistics*. London: Continuum, 2010, p. 30. Nørgaard, Nina. "Multimodal Stylistics: The Happy Marriage of Stylistics and Semiotics." Steven C. Hamel, ed. *Semiotics: Theory and Applications*. New York: Nova Science Publishers Inc., 2011, pp. 255−274.

排版、布局、视觉图像和颜色等。[①] 她还研究了弗尔《特别响，非常近》中的印刷版式、布局和图片等多模态文体特征[②]，并指出印刷文学作品中的图像、色彩、布局和印刷版式等皆参与文学作品的意义建构，封面、纸张等物质媒介亦是多模态文体分析的对象[③]。可惜她并未对封面、纸张等的多模态文体特征进行深入研究。印刷作品中的字体大小、文字布局、色彩以及图像等皆与语言文本互动，参与文学作品意义的建构，因此，我们应研究不同模态以及它们与语言模态之间的协同关系。她也指出，电影文学、戏剧文学、网络文学等语类亦属多模态文体学研究的范畴。其实，现代文体学研究已从文学延伸到任何形式的语篇，故多模态文体学研究理应包括文学与非文学语篇或文本。

多模态文体学可分两类：多模态功能文体学和多模态认知文体学。第一类以冈瑟·R. 克雷斯和凡·利文为代表，二人研究文学文本中的图像、字体、布局、色彩等非语言模态及其意义生成，并提出"视觉语法"理论，从而奠定了多模态文体学的理论基础。"视觉语法"包含图像语法、字体区别性特征系统、页面布局与排版、颜色理论等内容。此后，凡·利文专门研究了字体语法和颜色的文体特征。[④] 在国内，张德禄和穆志刚综合考察图文模态的特点（语境一致性、意义互补性和模态独立性）后，提

---

① Nørgaard, Nina. "Multimodal Stylistics: The Happy Marriage of Stylistics and Semiotics." Steven C. Hamel. *Semiotics: Theory and Applications*. New York: Nova Science Publishers, Inc. , 2011, pp. 225−274.

② Nørgaard, Nina. "Multimodality and the Literary Text: Making Sense of Safran Foer's *Extremely Loud and Incredibly Close*." Ruth Page. *New Perspectives on Narrative and Multimodality*. London and New York: Routledge, 2010, pp. 115−126.

③ Nørgaard, Nina, Rocío Montoro & Beatrix Busse. *Key Terms in Stylistics*. London: Continuum, 2010, p. 30.

④ Kress, Gunther R. & Theo van Leeuwen. *Reading Images: The Grammar of Visual Design*. London: Routledge, 1996. van Leeuwen, Theo. "Typographic Meaning." *Visual Communication*, 2005 (2), pp. 137−143. van Leeuwen, Theo. *The Language of Color: An Introduction*. London: Routledge, 2011, pp. 1−10.

出多模态功能文体学分析框架。雷茜和张德禄在该理论基础上增加印刷版式、布局和色彩模态等多模态功能文体分析路径。① 此后，多模态功能文体学从静态逐渐转向动态多模态语篇或文本的研究。第二类则利用认知语言学理论研究文学与非文学语篇中所有模态在意义建构与解读过程中的前景化特征，以及他们是如何被读者认知的。在乔治·莱考夫（George Lakoff,1941— ）和马克·约翰逊（Mark Johnson，1949— ）隐喻思维性与概念性的基础上，查尔斯·福塞维尔等将隐喻研究扩展到多模态领域，从语言转向非语言模态的语篇表征，并指出创造新奇多模态隐喻的文体取向。② 多模态认知文体学的研究重点是多模态语篇的意义建构和多模态文体的读者认知，使用最多的理论是隐喻理论，主要研究广告语篇与文学语篇。《多模态隐喻》（Multimodal Metaphor，2009）一书将广告、漫画、音乐、电影和手势语等作为研究对象，从不同角度分析多模态隐喻的文体效应。艾莉森·吉本斯在认知诗学的框架内研究多模态文学语篇：利用文本世界理论研究小说《特别响，非常近》中语言如何构建一个假设的文本世界，利用指示认知理论研究小说《VAS》如何使读者产生阅读中的双重定位，并用概念整合理论与概念隐喻理论研究小说如何将虚构世界和真实感受整合并产生新的主题意义。③ 比较而言，国内的多模态认知文体学尚

① 张德禄，穆志刚：《多模态功能文体学理论框架探索》，《外语教学》2012 年第 3 期，第1—6 页。雷茜，张德禄：《格林海姆·洛雷拼贴小说〈女性世界〉两版封面的多模态文体对比研究》，《当代外语研究》2015 年第 9 期，第 20—26 页。

② 赵秀凤：《概念隐喻研究的新发展——多模态隐喻研究——兼评 Forceville & Urios-Aparisi〈多模态隐喻〉》，《外语研究》2011 年第 1 期，第 1—10 页。Forceville, Charles & Eduardo Urio-Aparisi, eds. Multimodal Metaphor. Berlin: de Gruyter, 2009, p. 4.

③ Gibbons, Alison. Multimodality, Cognition, and Experimental Literature. London and New York: Routledge, 2012, pp. 86–166.

在起步阶段，但雷茜建构的多模态小说认知模型甚有创意。[①]

作为文体学发展的新学科，多模态文体学系统分析语言模态与诸如字体、布局、图像、色彩、声音、印刷版式等多种模态的特征，以及各种模态之间的协同关系。它重点关注模态形式与主题意义之间的关联。[②] 凯蒂·威尔斯（Katie Wales，1946—　　）的《文体学辞典》（*A Dictionary of Stylistics*，1989）将文体界定为对形式之选择、写作或口语中有特色之表达方式。文体学界普遍如此界定，却较为笼统。因此，申丹提出更为具体的建议：文体是对语言形式的选择，是写作或口语中有特色的文字表达方式。[③] 无论是威尔斯抑或申丹所论及的文体，皆关乎语言模态，而忽略了非语言模态。

保罗·辛普森（Paul Simpson，1959—　　）在《文体学》（*Stylistics*，2004）[④] 一书中提出"叙事文体学"概念，用以同时涵盖对语言特征与叙事结构的研究。这个创举很是大胆，却使文体学失去其自身的特点，被叙事学取而代之。我国学者也提出"叙述文体学"概念，即融合叙事学与文体学分析技巧，使二者互为观照、优势互补。[⑤] 然而，其理论仍围绕时间结构、空间形式和视角等展开，文体学仍被淹没在叙事学之中。文体学和叙事学是两个有较强生命力的交叉学科，二者可"互补和借鉴"。如果说叙事学中的话语是表达故事的方式，那么，文体则是表达故事的重要组成部分。文体学探讨的是"文本的效果和技巧"[⑥]，即分析多模态文本中的排

① 雷茜：《格林海姆·洛雷拼贴小说〈女性世界〉人物认知研究——多模态认知文体学视角》，《北京第二外国语学院学报》2017年第6期，第57—68页。

② Nørgaard, Nina. "Multimodality: Extending the Stylistic Toolkit." Dan McIntyre & Beatrix Busse. *Language and Style*. New York: Palgrave Macmillan, 2009, pp. 433–448.

③ 申丹：《文体学和叙事学：互补与借鉴》，《江汉论坛》2006年3期，第62—77页。

④ Simpson, Paul. *Stylistics*. London and New York: Routledge, 2004.

⑤ 徐有志，贾晓庆，徐涛：《叙述文体学与文学叙事阐释》，上海：上海外语教育出版社2020年。

⑥ Toolan, Michael J. *Language in Literature: An Introduction to Stylistics*. London: Arnold, 1998, p. 6.

版、字体、布局、特殊标点等完全体现小说独特文体对于文本的效果和建构作用。申丹亦指出，"小说的艺术形式包含文字技巧和结构技巧这两个不同层面，文体学聚焦于前者，叙事学则聚焦于后者"。她还提出，"在新世纪里，我们希望在国内看到更多的既借鉴西方经验，又有中国特色的跨学科研究，以克服单一学科的局限性"。① 本节所探讨的多模态文体叙事或是一个"鲁莽"的尝试吧！！

二

中国古代小说评点强调小说家"有意作文"，亦鼓励读者进行深入解读。乔纳森·萨福兰·弗尔在《特别响，非常近》中使用红笔圈点作为一种创作手法，其中 168 处红笔圈点是有意为之的。用红笔圈点出的文字揭示出小托马斯与父亲的关系，也使他更深入地了解父母一生的创伤与痛苦。红笔圈点是一种副文本，并成为小说之文体特征。红笔圈点与其他模态如黑色的文字、白色的纸张以及排版布局等都产生强烈的视觉效应，有助于我们了解这种文体特征对于小说文本意义的建构作用。

《特别响，非常近》② 中的红笔圈点共 168 处：第 1 章"咋回事？"有 1 处，第 10 章"为何我不在你身边"（奥斯卡爷爷的第 3 次叙事）有 167 处。在第 1 章中，奥斯卡之父（小托马斯）边看《纽约时报》边用红笔在上面画圈来标出错误。报上有一篇关于一失踪女孩的文章，他便用红笔圈出"不会停止搜索"③。一是指不会停止搜索失踪女孩的下落；二是为奥斯卡"求锁"埋下伏笔。老托马斯离家出走的 40 年，不停给儿子写信，第

---

① 申丹：《文体学和叙事学：互补与借鉴》，《江汉论坛》2006 年 3 期，第 62—77 页。

② Foer, Jonathan Safran. *Extremely Loud and Incredibly Close*. Boston: Houghton Mifflin, 2005.

③ 乔纳森·萨福兰·弗尔：《特别响，非常近》，杜先菊，译. 北京：人民文学出版社 2012 年，第 10 页。

10 章是其唯一寄给儿子的信。小托马斯一边阅读这封信一边用红笔圈点出 167 处。红笔圈点的文字共 79 处，短则一个词、短语或书名，如 "演员" "布尔乔亚" "母亲" "难民" "火光" "烟消" "阿尔卑斯山" "奥沙茨难民营" "《变形记》" 等；长则一个句子，如："你的爱，不可能超过对你失去了的东西的爱。"（第 212 页）"我怀孕了。" "请你喜出望外。"（第 214 页）"只要我还在思考，我就还活着。"（第 218 页）"生命比死亡可怕。" "我爱我们的孩子。"（第 219 页）"因为无需解释的原因，你给我留下了很深的印象。"（第 219 页）"我失去了一个孩子。" "我太害怕失去我爱的东西，所以我拒绝爱任何东西。"（第 220 页）其中，"《变形记》" "按部就班地从容地" "黑色的水" "母亲" 等均红笔圈点两次。

　　一般而言，自动化或规约化的书面文字难以令人感受其审美潜能，故作者通过违反语言常规使之 "非自动化" 或 "突出"①。在小说中，红笔圈点的单词、短语、句子和标点符号等不仅使人耳目一新，还使这些圈点内容 "前景化"（foregrounding），甚至产生一种陌生化（unfamiliarization）的奇特效果，增加感觉的难度与时间的长度②。

　　乔纳森·萨福兰·弗尔的这种创作手法与中国古代文学中的评点颇为相似。评点，又称圈点之学，是由文字形式的评语和符号形态的圈点构成。③ 评点是中国古代小说批评的主要形式。"圈点" 源于句读，唐代已较为普遍。文学评点之 "圈点" 则始于南宋而盛于明清。中国古代评点基本以圈（精华、字眼）、点（精华、字眼）、抹（处置）、截（分段）4 种符号为主，而符号的含义多指向字句章法和行文立意。中国古代文学圈点的

---

① Traugott, Elizabeth C. & Mary L. Pratt. *Linguistics for Students of Literature*. New York: Harcourt Brace Jovanovich, 1998, p. 31.

② 张隆溪：《二十世纪西方文论述评》，北京：生活·读书·新知三联书店 1986 年，第 75 页。

③ 龚宗杰：《符号与声音：明代的文章圈点法和阅读法》，《文艺研究》2021 年第 12 期，第 52—64 页。

功用有二：1）句读之用；2）标出文中警拔之处。有圈点以来，评点符号"○"一直未变，历来用之标注佳句。评点促进了中国古代文学的发展，如李贽（1527—1602）、金圣叹（1608—1661）、毛宗岗（1632—1709）、张竹坡（1670—1698）、脂砚斋（1716—1967）等人的评点涵盖小说的文体特征、文本思想、人物特征、叙事风格与创作解读等，从而形成中国古代的小说批评理论。小说评点不仅有利于深度挖掘作品的思想与内涵，更有利于中国文学理论的形成与发展，对中国文学创作、文学研究与发展皆有非常重要的作用。中国文学批评中的朱笔圈点必嵌入字里行间方能产生批评意义，乔纳森·萨福兰·弗尔小说创作中的红笔圈点亦然。《特别响，非常近》中的红笔圈点必参与小说文本意义的构建，方能形成其文体特征。与中国古代的评点相同的是，弗尔的圈点也是红色的，不同之处则是弗尔全无文字评论。

米夫林出版公司 2005 年版中的红笔圈点采用的是彩色印刷（见图 5-13、图 5-14）①，而人民文学出版社 2012 年版②则用下划线表示。比之于英文版，中文版缺少了红色模态的显著性。中国的圈点之学将作者、批评者与读者紧密地联系在一起，影响文学阅读与理解，亦具有指引阅读行为的社会文化功能，更有发扬中国文学思想的作用。近人唐文治（1865—1954）曾说："圈点者，精神之所寄。学者阅之，如亲聆教者之告语也。"③强调了圈点对于阅读的引导作用。与之相似的是，乔纳森·萨福兰·弗尔在小说创作中的红笔圈点不仅引导读者理解与阐释，更因有多种符号模态的融合而构建出更丰富的文本意义。

---

① Foer, Jonathan Safran. *Extremely Loud and Incredibly Close*. Boston: Houghton Mifflin, 2005.

② 乔纳森·萨福兰·弗尔：《特别响，非常近》，杜先菊，译. 北京：人民文学出版社 2012 年。

③ 唐文治：《国文经纬贯通大义》，王水照，编：《历代文话》（第 9 册），上海：复旦大学出版社 2007 年，第 8243—8244 页。

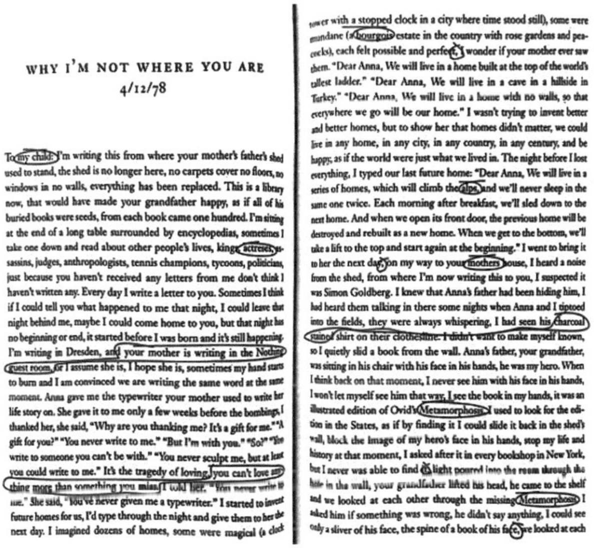

图 5-13　红笔圈点 1

图 5-14　红笔圈点 2

在《特别响，非常近》中，小托马斯用红笔圈点出其不解之处、拼写错误以及他欲强调之处，或给他印象深刻之处。对他而言，这封来自父亲

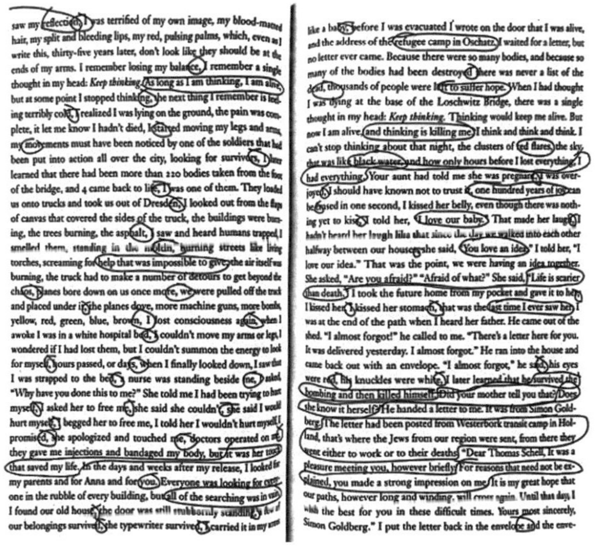

的信使他深感困惑。信开头说"给我的孩子"这个称谓直接，但他却深感突兀，因他从未见过父亲，此前亦从未收到过父亲的来信。"我的孩子"是他，还是另有其人？"母亲"一词圈点两次，这表明他对信中说的"你母亲"有些不解。"你母亲在无事的客房里写……"（第212页）这是指母亲在纽约居住的客房。"第二天……在我去你母亲家的路上……"（第213页）则指母亲在德累斯顿的家。小托马斯出生以来与父从未谋面，故他对父亲所说的不同地点的"母亲"一词难以理解。同样，他对信中提及的"我爱我们的孩子"（第219页）、"你外公的声音"（第219页）和"我失去了一个孩子"（第220页）等均疑惑不解。有些红笔圈点的内容则是他不懂或从未听说过的，如"布尔乔亚"（bourgois）、"阿尔卑斯山"（Alps）、"奥沙茨难民营"（refugee camp in Oschatz）等。还有少数则是拼写错误的单词，如演员（actresse）、难民（refugies）等。[1] 也有红笔圈点出需要突出或强调的内容，如"我怀孕了。"（第214页）"请你喜出望外。"（第214页）"《变形记》"（第213页）、"按部就班地从容地"（第214—215页）、"黑色的水中"（第216页）、"我爱你，你的父亲"（第220页）等。有些则是经典名言金句，如："你的爱，不可能超过对你失去了的东西的爱。"（第212页）"生命比死亡可怕。"（第219页）"因为无需解释的原因，你给我留下了很深的印象。"（第219页）"我太害怕失去我爱的东西，所以我拒绝爱任何东西。"（第220页）

在这封信中，小托马斯还用红笔圈出88处问题标点符号，包括逗号、冒号、文字加标点和标点加文字等。若对比阅读，则可发现中、英文版中红笔圈点的标点符号略有差异：英文版有1处冒号、87处逗号；而中文版

---

[1] 英文版可见拼写错误，请参 Jonathan Safran Foer. *Extremely Loud and Incredibly Close*. Boston: Houghton Mifflin, 2005, p. 208, p. 211.

除1处冒号外，87处逗号中有2处变成了句号。"You've got to find the car-nivores""Shoot every things"[1] 后均用逗号，中文版 "你得找到那些食人动物""见一个杀一个"（第216页）后均用句号。文字加标点的有 "给我的孩子:"（第212页）、"她说:'我怀孕了。'"（第214页）"跳动着,"（第215页）、"平衡的,"（第218页）、"腿和胳膊,"（第218页）、"寻找幸存者,"（第218页）等；也有标点加文字的，如 "……四个幸存者，我是其中一个"（第218页）等。[2]

　　标点符号（punctuation marks）乃辅助语言文字之符号，亦是书面语的有机组成部分。标点表示停顿、语气、词语的性质或作用，其作用不亚于语言文字。标点是一种重要的表达意义关系的语相手段，正常情况下是不可或缺的。标点按作用可分点号和标号。点号分句中点号（冒号、分号、逗号和顿号）与句末点号（分号、问号和感叹号）。标号则标明词或句之性质或作用，如括号、引号、破折号、书名号、省略号等。标点符号是一种 "非语言符号"[3]，也是一种典型的语言视觉模态。它不仅已成为一个独立的语言系统[4]，更是纸质印刷作品不可或缺的模态。郭沫若（1892—1978）曾说，文无标点如人之无眉目。爱伦·坡亦认为，句意虽佳，若用错标点，语句之力量、神韵和内涵丧失过半。

　　在《特别响，非常近》中，红笔圈点的几乎全是逗号，这些圈点的意义何在？在汉语或其他大部分语言中，逗号的使用频率最高，而英文中逗号的使用频率则较弱。许多红笔圈点的标点似不合常规，即在该用句号或分号处，文中用的却是逗号；在不该用逗号处，却用冒号或其他标点。此

---

[1]　Foer, Jonathan Safran. *Extremely Loud and Incredibly Close*. Boston: Houghton Mifflin, 2005, p. 213.

[2]　红笔圈点的文字加标点和标点加文字均用下划线标示。

[3]　潘继成:《标点修辞赏析》，北京：商务印书馆2005年，第10页。

[4]　Nunberg, Geoffrey. *The Linguistics of Punctuation*. Stanford: CSLI Publications, 1990, p. 9.

即标点偏离或变异，即违反常规。逗号，将句子切分为意群，表示小于分号大于顿号之停顿。甚至，在我国还存在"一逗到底"的作文现象。逗号的典型作用是标示高于词，低于并列句中的小句的语相单位。然而，逗号偏离或变异便成为一种突出的手段，在其语境中产生特殊的文体效果。查尔斯·狄更斯（Charles Dickens，1812—1870）的《董贝父子》（*Dombey and Son*，1848）曾用逗号标示音节便是一显例："我，的，小，朋，友，好，吗？我，的，小，朋，友，好，吗？"（How，is，my，lit，tle，friend？How，is，my，lit，tle，friend？）逗号将每个音节隔开且皆重读，每个音节的时间相同，似音乐之节拍。从小说的上下文语境观之，狄更斯旨在模拟闹钟发出的滴答声。

在《特别响，非常近》中，这封书信开头的标点就偏离了英文的常规。"给我的孩子"后是冒号。汉语正确无误，但在英文的语境中，书信称谓后一般用逗号。当然，美国正式信函中也存在偶用冒号的例子。就私人信函而言，起首处该用逗号却用了冒号，这就违反了标点常规，即标点偏离或变异之表现。第 10 章凡 9 页（第 212—220 页），其中第 215 页圈点逗号 17 个，第 216 页 29 个，第 218 和 219 页各 15 个。从第一波到第二波空袭，逗号圈点渐多，尤其是第 216 页中的第二波空袭。红笔圈点的逗号几乎出现在老托马斯对于德累斯顿空袭的叙述（即 214—220 页）之中：那晚九点半，空袭警报响了。人们关掉家里的灯，"蜂拥进了防空洞，我在台阶上等着，我在想着安娜。"（第 214 页）飞机扔下红色火焰，"为即将到来的一切照亮了夜空，我独自在街上，红色火焰在我四周落下，成千上万束，我知道某种无法想象的事情要发生了，我在想着安娜，我喜出望外。"（第 214 页）汉语中的逗号常连接多个小句，而英语中的逗号则连接两个小句。若是多个小句，则常用分号连接。若是一个完整句子则用句号。英语逗号更多用于并列分句之间、罗列事物的词语之间、直接限定同

一名词的修饰语之间、独立成分两边、非限定性同位语、定语或定语从句
前面、状语或状语从句之间等。第二波空袭开始后，从"我往安娜家去的
路上，第二波空袭开始了……我听见了那个婴儿沉默的呼喊。"（第 215—
216 页）连续半页叙述凡 46 个标点符号，除 1 个冒号、1 个顿号和 1 个句
号外，该句中共有 43 个逗号，且其中有 15 个逗号是红笔圈点出来的。随
后，老托马斯叙述动物园野兽四散奔逃，他帮忙枪杀了许多动物的场景。
仅 216 页上红笔圈点的标点就有 29 个（27 个逗号和 2 个句号）。老托马斯
伤得很厉害，遂被车拉出了德累斯顿。"他们把我们装在卡车上拉出了德
累斯顿……我问：'你为什么要这么对待我？'"① 这一引文中间有 37 个标
点，其中顿号、冒号、双引号和问号各 1 个，其余皆为逗号。其中 8 个圈
点乃文字加逗号如"沥青，""混乱，""底下，""知觉，""床上，"等，或
逗号加文字如"棕色的，我有一次失去知觉"等，或文字加逗号加文字如
"飞机再一次向我们俯冲，我们被拉出卡车"等。在医院中，有医生和护
士照顾他。

　　她说我一直想伤害自己，我请她把我放开，她说她不能，我告诉
她我不会伤害自己，我保证，她对我道歉，她摸摸我，医生给我动了
手术，他们给我打针，包住了我的身体，但救了我的命的还是她的
抚摸。②

　　上述引文有 10 个逗号，其中就圈点了 7 个。这些红笔圈出的逗号本应

①　乔纳森·萨福兰·弗尔：《特别响，非常近》，杜先菊，译. 北京：人民文学出版社 2012 年，第
　　218 页。
②　乔纳森·萨福兰·弗尔：《特别响，非常近》，杜先菊，译. 北京：人民文学出版社 2012 年，第
　　218 页。

用句号或分号，却"一逗到底"。单个标点的象似性程度低、任意性高，但标点叠用却深具象似性，"对应于心理状态或概念结构"①。这种连续的逗号偏离或变异不仅产生一种文体效应，还揭示出了老托马斯的"心理状态"。

在有些小说文本中，不是逗号过多，而是几无标点。标点是一种语相手段，没有标点是对常规之偏离，连续无标点则成为一种语相突出的手段。比如，在现代或后现代小说中，无标点似一条绵延不断的河流，似一段无节奏变化的文字链，如人的意识般流动。詹姆斯·乔伊斯《尤利西斯》的最后一章描写莫莉·布鲁姆的内心独白，40多页仅有两个句号，如行云流水，一泻千里。有学者称这种标点残缺为残缺艺术。② 标点变异或偏离，或超常规的重复使用等手段可表情达意，最初仅为语项之间的串联成分，当其变异或偏离之时就已然融入了语相，而成为文本意义的一部分。艾米莉·狄金森诗歌中的破折号与首字母大写，E. E. 卡明斯诗歌中字母小写、独特的换行及其视觉诗（visual / concrete poem）皆如是。违反常规的标点可使文学作品的思想感情更深邃也更耐人寻味，从而增添作品的艺术魅力。乔纳森·萨福兰·弗尔连续使用逗号，完全偏离其常规用法，可称之为"逗号粘连或逗号误用"（comma splice or comma fault）。其用法并非错误，而是作者有意为之的一种特殊的文体手段，从而产生一种特殊的艺术效果。比如，恺撒大帝（Julius Caesar，前102或前100—前44）曾说："I came, I saw, I conquered."③ 在英文中，此处的逗号乃成一种文体方式，表明恺撒的征服能力。逗号使三句连贯更为紧密，其停顿时间

---

① 储泽祥：《标点符号的象似性表现》，《湖南师范大学社会科学学报》2000年第1期，第85—88页。

② 周晔，孙致礼：《以残传残，以缺译缺——从〈尤利西斯〉看"残缺"艺术手法及传译手段》，《外语与外语教学》2009年第6期，第46—50页。

③ 拉丁原文是"Veni, vidi, vici."。

短而有力，且逗号使最后一句成为强调的中心。同样，在老托马斯对德累斯顿大轰炸的描写中，逗号的连续使用不仅使其叙述的时间更紧凑，更重要的是，这能表明他叙述的心情急切——欲在最短时间内将所发生的一切叙述清楚，以便让儿子明白。总体而言，逗号偏离或变异乃成弗尔的一种创作手法，甚至成为其小说的一种文体风格。若从认知视角观之，作为一种模态的逗号亦是一种显化的认知思维方式。因此，逗号既有语法功能，又有语篇、概念和交际功能，还有传达情感和表达思想等诸多功能。这些突出的语相符号——逗号——既是形式，也是内容。它们既与正文本以及其他各种模态一起构建小说的整体意义，又在一定程度上颠覆性地丰富了小说的主题意义。

三

字体排印（typography）的英文源自希腊语 typos（敲打，引申为符号与象征）与 graphia（以线条刻画，引申为书写），可释为"书写而来的文字、符号"。书写、版式、编排和印刷乃其核心。热拉尔·热奈特认为排版——字体选择及其页面排列方式是将文本形塑成一本书的行为。[1] 可见，排版对物质形态的书籍之重要性。字体排印涉及字体、字号、行距、字间、栏宽、标点、印刷、版面以及选纸、装帧等内容，可谓人类印刷传播时代的文化符号。字体排印随时代变迁而不断进化，凡是与文字相关的元素如字体设计、排版印刷、空间、构图和色彩等安排组织与创造的活动，皆属字体排印范畴。[2] 字体排印乃平面设计理论最重要的内容，故西方喻之为"二维的建筑"。

---

[1]　Genette, Gérard. *Paratext: Thresholds of Interpretation*. Trans. Jane E. Lewin. Cambridge: CUP, 1997, p. 34.

[2]　高秦艳：《文字设计的身份转换与图形语言建构研究》，中国美术学院博士学位论文 2017 年，第 57 页。

　　字体排印在诸多方面与语相学颇为相似。语相学是研究书写、排版符号与书写系统的科学。① 语相突出表现为某些标记符号的高频率出现，标记符号、空间或顺序的非规则性或有标记性的运用。② 刘世生认为，语相学研究字体、标点、特殊符号、大小写、斜体、单词排列、空间排列等字位系统之偏离形式。③ 语相关乎文体，诸多作家采用语相手段表达用常规方式难以获得的特殊效果或意义。语相学涉及标点符号、大小写、斜体、空间排列等内容变体，旨在表达特殊的意义和彰显语言的魅力。突出或变异的、具有文体价值的语相特征（graphological features），是一种重要的文学艺术手段和技巧，不仅能产生令人震撼的视觉效果，还能构成小说"只此一家，别无分店"的文体风格。它们共同加强和突出小说的主题意义与艺术效果。

　　语相是视觉符号的意义编码，是自然语言符号的外在展现，故属副语言符号系统，即副文本。字体、字号、斜体、黑体、粗体、大小写、非常规排版等使纸质书籍具有鲜明的多模态文体学意义。在克雷斯和凡·利文看来，纯文字文本亦是多模态的，因印刷文字有颜色、字体、斜体、大小、粗细、弯曲、排列（横向、纵向、独特排列）等视觉效果，凡此皆参与文本意义的建构。他们将这些特征称作字体的"区别性特征"，具有文字构形学意义。④ 徐德荣等称之为文字的"突出语相"，有艺术美感且能满足读者求异求新求奇的心理。⑤

---

① Trumble, William R. & Angus Stevenson. *A Shorter Oxford English Dictionary*. Shanghai: SFLEP, 2004, p. 1141.语相乃视觉符号的语义编码，而语相学指整个书写系统，如标点符号、分段、拼写等。

② 张德禄：《语相突出特征的文体效应》，《山东外语教学》1995 年第 2 期，第 1—5 页。

③ 刘世生：《文体学概论》，北京：北京大学出版社 2006 年，第 86—98 页。

④ van Leeuwen, Theo. "Towards a Semiotics of Typography." *Information Design Journal*, 2006 (2), pp. 139–155.

⑤ 徐德荣，何芳芳：《论图画书文字突出语相的翻译》，《外语研究》2015 年第 6 期，第 78—82 页。

　　在《特别响，非常近》中，文字的"区别性特征"主要表现在字体小一号、加粗、空格等方面。小说扉页上的献词、《纽约时报》上的声明（第 10 页）、奥斯卡与霍金之间的书信、奥斯卡之父的电话留言、奥斯卡冒充妈妈给老师的信（第 51 页）、奥斯卡妈妈与医生之间的交谈（第 207、208、210 页）等皆比文本中正常字体小一号。① 这些文字的区别性特征表明它们起着突出或强调，补充或解释等不同的作用。

　　父亲不幸罹难后，奥斯卡在两年时间里给霍金写了 5 封信，请求当他的门徒。5 封信分别位于第 1、5、9、13 和 15 章，在奥斯卡叙述的 9 章中就占 5 章。可见，他与霍金之间的书信来往对于小说结构的意义是不可或缺的。在第 1 章中，奥斯卡读完《时间简史》后，就写信请求做霍金的门徒：

　　　　亲爱的斯蒂芬·霍金，

　　　　　　我能当你的门徒吗？

　　　　　　　　谢谢，

　　　　　　　　　奥斯卡·谢尔②

　　霍金很快就回信了，这令奥斯卡很是开心，并欲用塑封机将这个"美妙得难以形容的东西"③ 保存起来。霍金在奥斯卡"求锁"的每个关键时刻，回复了 4 封内容一模一样的信。这种重复似乎是不必要的，然而，通

---

① 英文版或用斜体或用比文本正常字体小一号的字。若无特别注释，文中以中文版为依据。

② 乔纳森·萨福兰·弗尔：《特别响，非常近》，杜先菊，译. 北京：人民文学出版社 2012 年，第 12 页。英文版为斜体，此处以仿宋体表示。

③ 乔纳森·萨福兰·弗尔：《特别响，非常近》，杜先菊，译. 北京：人民文学出版社 2012 年，第 12 页。

览全书则可发现乔纳森·萨福兰·弗尔如此安排自有其用意。重复是为了强调或突出某种情感，以至于成为弗尔有意为之的一种创作手法，从而形成一种文体特征。这4封重复的回信均出现在奥斯卡人生的每一个关键时刻，不仅给奥斯卡以希望和勇气，还见证了奥斯卡的成长历程，从而传达出一种存在的价值与意义。与前4封回信不同的是，第5封回信充满对奥斯卡的鼓励和期许。霍金邀请奥斯卡去剑桥一观，还希望他"有一个光明前程"。他愿为奥斯卡开路，因为致力于科学是"一种非常有意义的生活，一种美好的生活"。霍金在这封信最后说道："这个时刻是这么美丽。太阳正低，疏影正长，空气正冷正清。你要再过五个小时才会醒来，但我不禁感觉到，我们正在分享这个清爽美丽的早晨。"① 这颇像一首抒情诗，美丽而动人。

奥斯卡父亲留下的5条电话留言，前4条分别位于第1、3、7、9章，均在奥斯卡的叙述中；第5条则放在第14章，在爷爷最后一次叙述中。在英文版中，5条电话留言皆斜体，而中文版则用更小一号的字体标示。最初，奥斯卡将父亲的电话留言藏了起来，一直未告诉母亲。他绝对不能让妈妈听到留言，因为保护她乃其存在的最大理由。于是，他将父亲的电话留言转换成莫尔斯密码，制成项链送给妈妈。最后，他终于向爷爷说出了实情。或曰留言是其父仍然活着的换喻（metonymy）。② 从结构看，5条留言亦贯穿小说始终而成为小说结构的一部分，同时，也串联起奥斯卡与父亲、母亲以及他和爷爷之间的关系。无论是斜体抑或小一号字体，其作用皆在于突出或强调，使之区别于其他文字，从而增加其显著性。

---

① 乔纳森·萨福兰·弗尔：《特别响，非常近》，杜先菊，译. 北京：人民文学出版社2012年，第317—318页。

② Bird, Benjamin. "History, Emotion and the Body: Mourning in Post-9/11 Fiction." *Literature Compass*, 2007 (3), pp. 561−575.

同样，字体加粗亦具有前景化或突出的作用。在第 3 章 "古戈尔普勒克斯中"，奥斯卡见救护车经过，于是突发奇想：救护车可根据病人情况，在车顶上闪出 "不要着急！不要着急！" "不严重！不严重！" "很严重！很严重！" "永别了！我爱你！永别了！我爱你！"（第 72—73 页）以便让他们的亲人或朋友知道他们的病情。中文版采用宋体加粗，居中，且前后各空一行；英文版则全用大写，加粗，居中，前后各空一行。两版的排版相似，通过加粗、居中和加大前后行距，突出奥斯卡的奇思妙想。中文版中的第 5 条电话留言也是字体加粗。（第 290 页）（见图 5-15）而在英文版中，这条留言则全是大写，却并未加粗。（见图 5-16）① 作为一种模态，字体加粗或英文大写也是一种突出的语相特征。据凡·利文的字体 "区别性系统" 特征，选择普通字体或加粗字体属 "字重" 概念，"字体

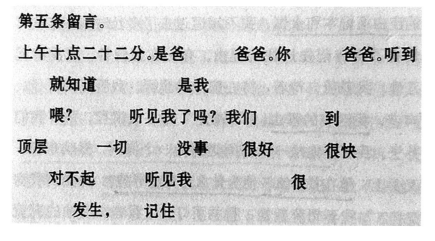

图 5-15　第五条中文电话留言

---

① 图 5-16 引自 Jonathan Safran Foer. *Extremely Loud and Incredibly Close*. Boston: Houghton Mifflin, 2005, p. 280.

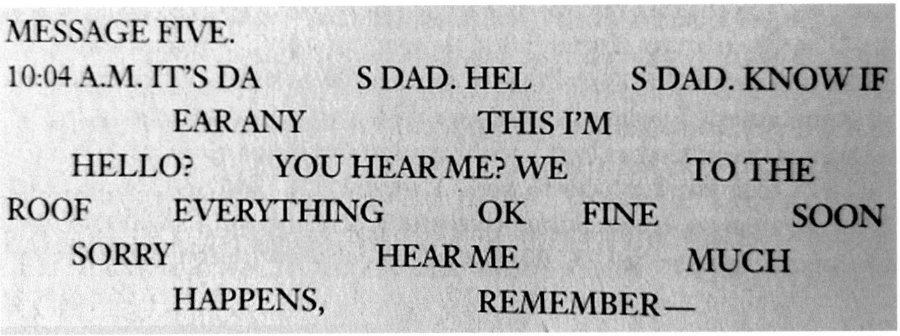

```
MESSAGE FIVE.
10:04 A.M. IT'S DA        S DAD. HEL        S DAD. KNOW IF
        EAR ANY              THIS I'M
    HELLO?      YOU HEAR ME? WE              TO THE
ROOF    EVERYTHING      OK    FINE          SOON
SORRY            HEAR ME            MUCH
        HAPPENS,          REMEMBER—
```

图 5-16　第五条英文电话留言

加粗可以达到凸显的效果，同时可以隐喻概念意义和人际意义，粗体字表达'大胆''坚定''结实'和'重要'的意义①。与文字的常规用法相比，加粗字体或英文大写能更好突显其语相特征，从而使前景化语言特征形成一种文体效果，有益于主题与文本意义的构建。

在理查德·鲍尔斯的《回声制造者》中，加粗多在段首第一句，如第 1 部 16 句、第 2 部 7 句、第 3 部 13 句、第 4 部 11 句和第 5 部 4 句。若通览第 1 部（第 1—110 页）段首加粗的句子，那么，小说中的时间、地点、人物和事件等便一览无余了。"夜幕来临，沙丘鹤纷纷降落。"② 这开篇加粗的第一句就点名了故事发生的时间和贯穿全书的主要意象——沙丘鹤。"住院两周之后，马克坐起来，开始呻吟。"（第 23 页）"医护专业人员围在他身边。"（第 38 页）"最初，他身处不知名的地方，后来，他不在那里了。"（第 47 页）"重复。咔咔。可基罗基。咔咔啦啦。"（第 56 页）这些加粗的句子表明车祸后马克·施卢特在医院的情况及其病情。"弟弟需要她。"（第 5 页）"她坚持给马克朗读：他能够做的就是这件事。"（第 57 页）姐

---

① 张德禄，贾晓庆，雷茜：《英语文体学重点问题研究》，北京：外语教学与研究出版社 2015 年，第 251 页。

② 理查德·鲍尔斯：《回声制造者》，严忠志，欧阳亚丽，译. 南京：译林出版社 2009 年，第 3 页。

姐卡琳在医院照顾弟弟马克。"在出现医院那糟糕的一幕之后，她去了丹尼尔那里。"（第60页）卡琳在最无助时只能求助于丹尼尔，二人的关系不言自明。"卡琳无法解释这几周是怎么过去的。"（第80页）卡琳照顾弟弟所承受的压力及其心情，以及她对车祸的困惑。"卡琳拽着丹尼尔来到北线公路上。"（第100页）车祸就发生在北线公路上，故卡琳拽着丹尼尔到事故发生地，希望能找出车祸的原因。这种语相特征不仅起到使这些段首句子前景化的作用，还揭示出小说人物之间的关系，并推动故事情节的发展。

《回声制造者》叙事精湛，悬念巧妙，有一种哥特小说般的神秘气氛，如卡琳接到马克出车祸的神秘电话，又如她发现一张留在马克病床上的神秘字条，等等。在这部小说中，还有一些加粗的句子位于段落中间，有些句子中间还有加粗的词语。小说5部的标题分别是卡琳在医院里发现的那张字条上的5行字。马克·施卢特车祸受伤住进乐善医院后，姐姐卡琳在马克床边发现一张字条。字迹歪歪扭扭，难以辨认，似一个世纪前移民的潦草字迹。在中文版第11—12页的字条上有一逗号，字号不变，其中"微贱无名""今晚""上帝""你""活着"皆加粗。（见图5-17）而英文版（Vintage Books，2021）则采用首字母大写，其中"No One""Tonight""GOD""You""Live"皆如此，而GOD则全大写。（见图5-18）这颇似艾米莉·狄金森诗歌首字母大写的语相特征。另外，中、英两版中的标点亦略有不同。中文版中间有一逗号，末尾无句号；而英文版则仅在末尾有一句号。

大卫·梅钦（David Machin，1966— ）指出，印刷版式的语篇意义常通过字样和字号等版式形式来实现①。这些加粗的词语或首字母大写更

---

① Machin, David. *Introduction to Multimodal Analysis.* London: Hodder Arnold, 2007, pp, 89-90.

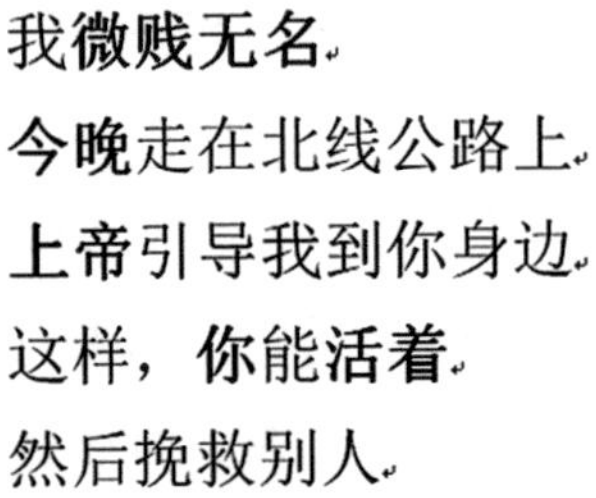

我微贱无名，
今晚走在北线公路上，
上帝引导我到你身边，
这样，你能活着，
然后挽救别人。

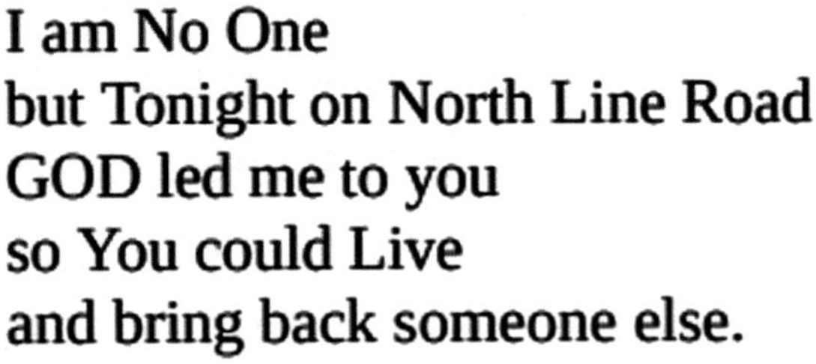

I am No One
but Tonight on North Line Road
GOD led me to you
so You could Live
and bring back someone else.

图 5-17　中文字条　　　　　　　　　　图 5-18　英文字条

进一步突出了小说的神秘性。正是这张匿名字条，贯穿了小说的始终——其上的每一句话作为小说各章的标题依次出现。而且，鲍尔斯直到最后才揭示出字条的作者是谁，堪称欧·亨利式的结尾。

与字体加粗不同的是，《回声制造者》每部开篇的引语内容皆用黑体标示，第 1、3、5 部引自洛伦·艾斯利（Loren Eiseley，1907—1977）的《无尽旅程》（*The Immense Journey*，1957）、《夜色国度》（*The Night Country*，1971），第 2、4 部引自利奥波德（Aldo Leopold，1887—1948）的《沙郡年记》（*A Sand County Almanac*，1949），皆用黑体。而英文版中的引语则无此语相特征。因此，中文版引语的黑体字起到突出或强调的作用。鲍尔斯引用生态学著作，呼应故事主线，突出小说的生态主题。例如，《沙郡年记》乃大地伦理学与深层生态学名著，其作者利奥波德被誉为"现代环境伦理学之父"。丹尼尔爱读《沙郡年记》，他视之为环护"圣经"，还介绍给马克，马克又推荐给巴巴拉。另外，小说中还出现薇拉·凯瑟（Willa Cather，1873—1947）取材于内布拉斯加大草原的生态名著的《我的安东尼亚》（*My Antonia*，1918）。小说末尾，韦伯也在读《我的安东尼亚》，这就与开篇沙丘鹤的迁徙首尾呼应，更加突出了小说的生态意识。

同样，空格的超常规使用既是一种语相特征，也是一种文体特征。英文单词与单词之间若无空格，则难以识读。故词与词之间的空格乃英文之标准格式。作为清晰的物理线索，词与词之间的空格用以标记词的边界，从而将文本中的词分割成一个个独立单元。词间空格为识别词汇提供了明显的视觉线索，亦能引导读者的眼睛运动，有助于阅读与理解。若删除词间空格，用字母、数字或其他符号替代，这就违反了语言常规，还干扰阅读速度和理解。在《特别响，非常近》中，奥斯卡父亲第 5 条电话留言中的空格很是超越常规。句与句之间的空格基本正常，但词与词之间却时常出现 4—10 个空格的情况。（见图 5-15、图 5-16）这些空格完全违背了语言常规的用法而产生偏离或变异，但这种变异却自有其用意和交际的目的。在前 4 个电话留言中，词间与句间空格皆正常，而这最后一条留言则一反常态。这种空格变异呈现出前景化的文体特征，更突出奥斯卡父亲面对灾难时的焦急心情，以及他不愿让儿子担心的心理状态。

与之相比，在奥斯卡奶奶叙述的 4 章（4、8、12、16）中，句与句之间均有两个空格，即凡句号、问号、感叹号等点号后均如此。虽说一或两个空格皆可，但一个空格是最为普遍。在整部小说中，唯有奥斯卡奶奶叙述的章节如此。这种高频出现且偏离常规的空格就构成了小说中的另一突出语相。句间空格的超常安排与运用还体现在奥斯卡妈妈与医生的交谈中。在第 9 章 "幸福，幸福" 中，奥斯卡周二去见费恩医生。他将听诊器放在门上听妈妈与医生的谈话，却仅能听见断续的话语（第 207、208、210 页）。奥斯卡听不见的内容全用空格标示。（见图 5-19、图 5-20）①

---

① 图 5-20 引自 Jonathan Safran Foer. *Extremely Loud and Incredibly Close*. Boston: Houghton Mifflin, 2005, p. 204.

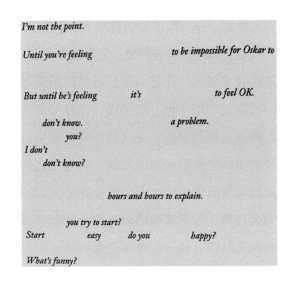

图 5-19　中文对话　　　　　　　　　　　图 5-20　英文对话

　　断续的对话中全是空格，这些空格将奥斯卡未能听见的话省略掉，既是乔纳森·萨福兰·弗尔创作的一种表现手法，又成为其文体风格的一部分。而在奶奶第一次叙事中，她曾收到一封信件。信封上虽没有名字，她还是打开了。她看见信中很多词语被删除了。中文版用 × 标示删除的文字，而英文版则用 X 表示所删内容。这些用 × 表示删除的内容是一种无言的表达，也是一种省略，更是一种空格的变异。它们与其他模态一起构建小说的主题与文本意义。

结　语

　　如果说20世纪的视觉文化改变了我们的社会与文化，甚至改变了我们对世界的理解和认知，那么，21世纪的多模态时代则全方位地改变了我们对世界的思维方式。图像转向乃后语言与后符号时代对于图像的重新发现，是将视觉认知与视觉阅读作为一种认知世界的方式。随着电影、电视、电脑及网络等传媒之兴盛，多模态叙事已渗入文学、教育、政治、文化以及日常娱乐等各个方面。阿莱斯·艾尔雅维茨（Ales Erjavec，1951—　）说："无论我们喜欢与否，我们自身在当今都已处于视觉成为社会现实主导形式的社会。"① 作为一种后语言的再发现，以视觉为代表的多模态叙事，与语言一起参与小说文本意义的建构，构成小说中的多模态故事世界（multimodal storyworlds）；还参与人类的本质建构，重构人类社会的认知图景与关系地图。正如赵宪章所言：" '文学与图像' 或将成为21世纪文学理论的基本母题。"②

　　多模态叙事是后经典叙事 "裂变" 出的一种新型叙事。"多模态文学"（2008）、"多模态小说"（2009）和 "多模态叙事"（2009）概念提出以

---

① 阿莱斯·艾尔雅维茨：《图像时代》，胡菊兰，张云鹏，译. 长春：吉林人民出版社2003年，第5—6页。

② 赵宪章：《 "文学图像论" 之可能与不可能》，《山东师范大学学报（人文社会科学版）》2012年第5期，第20—28页。

来，文学中的多模态叙事研究仅有十四五年的短短历史。在历史的长河中，这颇似苏东坡"叹隙中驹，石中火，梦中身"（宋·苏轼《行香子·述怀》）般短暂。所幸者，已有学界大咖"筚路蓝缕，以启山林"（《左传·宣公十二年》），如艾莉森·吉本斯、沃尔夫冈·哈勒特、戴维·赫尔曼、尼娜·诺加德以及玛丽－劳尔·瑞安等皆有开创之功。在文学领域中，多模态叙事是一种跨学科、跨媒介、跨文类、跨国界和交叉融合的新型叙事。因此，本书将语象叙事、图像叙事、（绘本小说的）绘本叙事和副文本叙事（包括多模态文体叙事）等皆纳入多模态叙事范畴进行论述。

语象叙事是一种多模态叙事，指"视觉再现的文字再现"或"视觉或图像再现的语言再现"。在古希腊时，语象叙事乃一种修辞技巧；文艺复兴时，它成为一种文体风格；逮至 1965 年，它则成为一种文学理论。21世纪美国小说对于静态艺术（照片、摄影、静物画、雕塑等）和动态艺术（实验短片和家庭电影等）的语象叙事将历史和现实、虚构与真实相结合，既揭示人物之关系或内心世界，又推动小说情节的发展，还进一步深化小说的主题。小说对于这些视觉艺术品的文字再现使文学艺术化，亦使艺术文学化。

图像叙事也是一种多模态叙事，它以图像方式进行叙事。其研究对象是带插图的小说，或曰插图本小说（illustrated fiction）。欧美的书籍插图源于插图本《圣经》，而小说中的图像叙事则可追溯到劳伦斯·斯特恩的《项狄传》。这对 20 世纪下半叶以降的美国小说创作产生巨大的影响。就插图而言，其影响以乔纳森·萨福兰·弗尔的《特别响，非常近》为最。该小说中的 63 幅插图成为小说文本的组成部分，其单幅图像叙事与系列图像叙事皆与文字互文而形成图－文复调叙事，共同建构小说文本的整体意义。而珍妮弗·伊根的《恶棍来访》则采用语言、图像、图示与图标等多媒体结合的 PPT 叙事。小说第 12 章用萨莎之女艾莉森·布莱克制作的 76

张 PPT 主要记录林肯对于音乐休止符的热爱。PPT 叙事是将图像、图示与图标等与文字以及其他模态结合的多模态叙事。这种多媒体构成的 PPT 叙事丰富了文学叙事，或将成为数字媒体时代的文学创作新形式。

绘本叙事指以图为主、文为辅以及其他模态共同完成的叙事形式，其研究对象是绘本小说。在 21 世纪，欧美绘本小说的地位几可与文字小说等量齐观。完全依靠图画叙事的无字绘本亦属多模态叙事范畴。无字绘本以大卫·威斯纳为代表，其《海底的秘密》充分体现出无字绘本的视觉魅力与艺术张力。布莱恩·塞兹尼克的《造梦的雨果》采用独特的图文双线叙事，即图与文各自独立又相互联系，二者共同完成雨果的虚构故事与电影大师乔治·梅里爱的真实故事。同时，改编的 3D 电影《雨果》是动态的，与静态的绘本小说既互媒又互文，从而体现出各自的艺术特色。《造梦的雨果》属他传绘本小说，且有诸多虚构成分，而戴维·斯摩尔《缝不起来的童年》则是自传绘本小说，且几无虚构的元素。《缝不起来的童年》以图为主、文为辅并按时间顺序叙事，其空镜、分镜、重复画面与特写等集合电影镜头与绘本特色，揭示人物的性格与内心世界，更揭示出绘本小说的主题意义。而贯穿绘本小说始终的意象——缺失的眼睛——则极具隐喻和象征意义。同时，文字与其他模态亦参与绘本叙事并建构整体的意义。

副文本乃一种新的文学批评方法，由不同副文本构成的副文本叙事是一种多模态叙事。广义而言，正文本以外的所有文本皆可视为副文本。21 世纪以降，副文本理论从文学扩展到其他学科而成一个跨学科之概念。小说封面是多种模态组合而成的副文本，故 21 世纪美国小说的封面无论以何种图像为主要内容，皆结合文字、色彩、布局、排版、结构等形成封面多模态叙事，参与文本意义的建构。《特别响，非常近》中的红笔圈点，标点偏离或变异，字号、加粗和空格等区别性文本特征是副文本也是小说多模态文体的组成部分。它们参与小说多模态叙事，并与正文本以及其他非语言模态一起构建小说的故事世界。

　　文学思想是文学在社会文化中的价值体现，更是国家主流意识形态与价值观之组成部分。① 文学批评则是文学欣赏的最高层次，又对文学创作与文学理论产生巨大的影响力。② 21 世纪美国小说的多模态叙事研究既是一种文学批评，也是一种价值观的体现。在深入剖析小说文本的同时，本书还融入了诸多中国文化、文学与文艺理论等元素，体现出本土的价值观与世界观。

　　21 世纪以降，文学研究的后批判转向既强调文本的能动性，又呼唤文学研究的科学化，即引入科学方法，其中以对语言学方法的借鉴为甚，尤以叙事学最为典型。③ 其实，罗曼·雅各布森（Roman Jakobson，1896—1982）在 1958 年的国际文体学研讨会上就提出，文学研究应关心语言学问题，否则就 OUT 了。④ 有学者指出，语言学乃母科学，可引入文学分析之中。⑤ 索绪尔将语言学视为一门科学，同样，以语言学建构的叙事学亦然。叙事学即"叙事的科学"（science of narrative）。因此，叙事研究一直表现出对"语言学的钦羡"⑥，如列维－斯特劳斯（Claude Levi-Strauss，1908—2009）、罗兰·巴特和热拉尔·热奈特等皆如此。巴特认为，语言

---

① 李维屏：《美国文学思想史》，上海：上海外语教育出版社 2018 年，第 V 页。

② 叶冬：《20 世纪美国文学思想的观念谱系与发展研究》，《湖南师范大学社会科学学报》2022 年第 3 期，第 128—136 页。

③ 尚必武：《语言学方法的引入与文学研究的科学性诉求》，《外语与外语教学》2023 年第 3 期，第 52—62 页。

④ Jakobson, Roman. "Concluding Statement: Linguistics and Poetics. "Thomas Albert Sebeok. *Style in Language*. Cambridge, MA: MIT Press, 1960, pp. 350−377.

⑤ Suleiman, Susan. "The Place of Linguistics in Contemporary Literary Theory. "*New Literary History*, 1981 (3), pp. 571−583.

⑥ 傅修延：《中国叙事学》，北京：北京大学出版社 2015 年，第 2 页。

学方法适合文学研究的科学性诉求。① 从经典叙事到后经典叙事，我们可发现语言学对叙事学的明显影响。叙事学钦羡语言学，而语言学钦羡自然科学，其目的是借鉴科学方法。②

传统的话语分析、文体学、修辞学、语用学等皆属语言学范畴，语言模态乃其关注和研究的唯一对象。然而，21 世纪的多模态转向催生出了多模态话语分析、多模态文体学、多模态修辞学、多模态语用学等学科。它们仍属语言学领域，但其研究对象却从语言模态扩大到非语言模态，甚至从静态模态（图像、颜色、排版、布局、字体字号、标点符号等）延伸到动态模态（声音、音乐、动漫、影视等）。如果说新批评派成为一大文学批评流派与其引入语言学研究方法大有关联，那么，多模态叙事借用语言学相关理论与方法作为他山之石，或可开辟出一块新的研究空间。

2009 年，戴维·赫尔曼提出多模态叙事概念后，文学中的多模态叙事研究便拉开了序幕。多模态叙事呈现出跨学科、跨媒介、跨文类、跨国界以及交叉融合等特点。因此，多模态叙事除借鉴上述语言学相关理论外，还借鉴了视觉语法理论和语相学等，以及图像学、互文性、副文本和跨媒介等其他理论。本书稽考和钩沉相关的概念、理论及其历史，并在这些理论的基础上，主要研究 21 世纪美国小说的语象叙事、图像叙事、（绘本小说的）绘本叙事和副文本叙事（包括多模态文体叙事）。

本书以语言学及其他相关理论为工具，在文本细读的基础上阐释 21 世纪美国小说的多模态叙事。随着时代发展，文学研究从传统方法转向现代

---

① 罗兰·巴特：《叙事作品结构分析导论》，张寅德编：《叙述学研究》，北京：中国社会科学出版社 1989 年，第 4—5 页。

② 尚必武：《语言学方法的引入与文学研究的科学性诉求》，《外语与外语教学》2023 年第 3 期，第 52—62 页。

的技术方法，更加注重文学研究的工具与方法。① 然而，任何工具或方法都是为文学研究和文学批评服务的。用语言学抑或其他理论、诗学或是科学方式解读与阐释文学作品，最重要的仍是小说文本，即对文本的解读与阐释乃文学研究与文学批评之旨归。优秀的批评家既要具备理论创新能力，更要有对文学作品的领悟与阐释能力。因此，一切从文本出发，实乃文学研究和文学批评之极则。②同时，本书亦尝试提出一些新的概念或术语，如多模态副文本叙事、多模态文体叙事等，以期为多模态叙事研究添一些砖加几片瓦。

法国哲学家布莱兹·帕斯卡尔（Blaise Pascal，1623—1662）在《思想录》（*Les Pensées: Sur La Religion Et Sur Quelques Autres Sujets*，1670）中曾说："人只不过是一根苇草，是自然界最脆弱的东西，但它是一根能思想的苇草。"③ 20 世纪，这根"能思想的苇草"或许会陷入本雅明式的忧郁性沉思。21 世纪是一个多模态的时代。视觉素养（visual literacy）④ 既是作家与批评家必备的本领，亦是读者甚至是每个个体必备的一种能力。视觉素养乃一种跨学科概念，关乎自我能力（self-competencies）、社会能力（social competencies）与教育能力。它包括辨别与理解视觉对象之含义，在特定空间内有效地创作动态或静态的视觉对象，理解并欣赏视觉作品以及在心中想象物体的视觉特征等。⑤ 因此，在 21 世纪，这根"能思想的苇草"应培养自己的视觉素养，提升自己对文学艺术的鉴赏与审美能力，方

① van Peer, Willie. "The Inhumanity of the Humanities."Jan Auracher & Willie van Peer. *New Beginnings in Literary Studies*. New Castle: Cambridge Scholars Publication, 2008, pp. 1−21.
② 吴义勤：《文学批评如何才能成为"利器"?》，《文艺研究》2022 年第 2 期，第 10—15 页。
③ 布莱兹·帕斯卡尔：《思想录》，钱培鑫，译. 南京：译林出版社2010 年，第 120 页。
④ 视觉素养，指个体获取、解释、评价，以及使用和创造图像、视觉媒介等视觉对象之能力。
⑤ Wagner, Ernst & Diederik Schönau. *Common European Framework of Reference for Visual Literacy-Prototype*. Münster and New York: Waxmann, 2016, pp. 102−103.

能以开放的心态去拥抱这个多模态的世界，从而透过世间的表象进入内核去阅读和思考。在此，本书或可"捐一臂之力，使小人有黄钟大吕之重"（宋·黄庭坚《代人求知人书》）。

21 世纪美国小说具有跨学科、跨媒介、跨文类、跨国界和交叉融合等特点，亦具有"跨文化、跨文明、跨语言、跨宗教的文本内涵，为当代文学与政治互生关系的写照"[①]，更是多模态甚至是超模态（hypermodality）[②]的缩影。雷茜在《超学科视域下的多模态话语创新研究模式探索》一文中提出超学科的多模态研究，旨在创新多模态叙事分析，以及推动人文社会科学与其他科学之协同发展。[③] 本书既是文本内部的一种叙事研究，又可为文学与其他学科的多模态叙事研究提供参考与借鉴。

[①]　杨金才等：《新世纪外国文学发展趋势研究》，王守仁，主编：《战后世界进程与外国文学进程研究》（第四卷），南京：译林出版社 2019 年，第 21 页。

[②]　根据神经理论，多模态理论有两种风格，即跨模态与超模态。杰伊·L. 莱姆基（Jay L. Lemke）的超模态概念则指超媒体（如网络）中的语言、图像和声音等体现的意义互动。请参 Jay L. Lemke. "Travels in Hypermodality." *Visual Communication*, 2002 (3), pp. 299–325.

[③]　雷茜：《超学科视域下的多模态话语创新研究模式探索》，《外语教学》2023 年第 1 期，第 39—45 页。

参 考 文 献

一、英文文献

（一）英文学术著作

Alber, Jan & Fludernik, Monika. *Postclassical Narratolgy: Approaches and Analyses*. Columbus: The Ohio State UP, 2010.

Auracher, Jan & Willie van Peer. *New Beginnings in Literary Studies*. New Castle: Cambridge Scholars Publication, 2008.

Baetens, Jan & Hugo Frey. *The Graphic Novel: An Introduction*. Cambridge: CUP, 2015.

Bal, Mick. *Narratology: An Introduction to the Theory of Narrative*. Trans. Christine van Boheemen. Toronto: Toronto UP, 1985.

Baldry, Anthony & Paul Thibault. *Multimodal Transcription and Text Analysis: A Multimedia Toolkit and Coursebook*. London: Equinox, 2006.

Batchelor, Kathryn. *Translation and Paratexts*. London: Routledge, 2018.

Berenson, Bernard. *Aesthetics and History*. New York: Doubleday & Company, 1948.

Buckingham, Willis J. *Emily Dickinson's Reception in the 1890s: A Documentary History*. Pittsburgh: U of Pittsburgh P, 1989.

Burke, Michael. *The Routledge Handbook of Stylistics*. London and New York: Routledge, 2014.

Caruth, Cathy. *Trauma: Explorations in Memory*. Baltimore: John Hopkins UP, 1995.

Chatman, Symour. *Coming to Terms: The Rhetoric of Narrative in Fiction and Film*. Ithaca: Cornell UP, 1990.

Cheeke, Stephen. *Writing for Art: The Aesthetics of Ekphrasis*. Manchester: Manchester UP, 2008.

Chute, Hillary. *Why Comics? From Underground to Everywhere*. New York: HarperCollins, 2017.

Cowart, David. *Don DeLillo: The Physics of Language*. Athens: U of Georgia P, 2002.

Currie, Mark. *Postmodern Narrative Theory*. New York: St. Martin's Press, 1998.

Curtius, Ernst R. *European Literature and the Latin Middle Ages*. New York: Pantheon Books, 1953.

Dilthey, Wilhelm. *The Foundation of the Historical World in the Human Sciences*. Princeton: Princeton UP, 2002.

Erll, Astrid & Ansgar Nünning. *A Companion to Cultural Memory Studies*. Berlin and New York: Walter de Gruyter, 2010.

Fischer, Barbara K. *Museum Mediations: Reframing Ekphrasis in Contemporary American Poetry*. New York: Routledge, 2006.

Fludernik, Monika. *Towards a "Natural" Narratology*. London: Routledge, 1996.

Forceville, Charles & Eduardo Urios-Aparisi. *Multimodal Metaphor*. Berlin: de Gruyer, 2009.

Genette, Gérard. *Figures of Literary Discourse*. Trans. Marie-Rose Logan. New York: Columbia UP, 1982.

Genette, Gérard. *Paratexts: Thresholds of Interpretation*. Trans. Jane E. Lewin. Cambridge: CUP, 1997.

Gibbons, Alison. *Multimodality, Cognition, and Experimental Literature*. London: Routledge, 2012.

Gravett, Paul. *Graphic Novels: Everything You Need to Know*. New York: HarperCollins, 2005.

Groensteen, Thierry. *Comics and Narration*. Trans. Ann Miller. Jackson: UP of Mississippi, 2011.

Hagstrum, Jean H. *The Sister Arts: The Tradition of Literary Pictorialism and English Poetry from Dryden to Gray*. Chicago: The U of Chicago P, 1958.

Hamel, Steven C. *Semiotics: Theory and Applications*. New York: Nova Science Publishers, 2011.

Hamilton, Nigel. *Biography: A Brief History*. London: Harvard UP, 2007.

Hatcher, Anna. *Essays on English and American Literature*. Princeton: Princeton UP, 1962.

Heffernan, James A. W. *Museum of Words: The Poetics of Ekphrasis from Homer to Ashbery*.

Chicago: The U of Chicago P, 1993.

Heinen, Sandra & Roy Sommer, eds. *Narratology in the Age of Cross-Disciplinary Narrative Research*. Berlin: de Gruyter, 2009.

Herman, David. *Narratologies: New Perspectives on Narrative Analysis*. Columbus: The Ohio State UP, 1999.

Herman, David, et al. *Routledge Encyclopedia of Narrative Theory*. London: Routledge, 2005.

Herman, David. *Basic Elements of Narrative*. Oxford: Wiley-Blackwell, 2009.

Herman, David. *The Cambridge Companion to Narrative*. Cambridge: CUP, 2007.

Herman, Judith L. *Trauma and Recovery*. New York: Basic Books, 1992.

Horstkotte, Silke & Nancy Pedri. *Experiencing Visual Storyworlds: Focalization in Comics*. Columbus: The Ohio State UP, 2022.

Jewitt, Carey. *The Routledge Handbook of Multimodal Analysis*. London and New York: Routledge, 2009.

Jones, Garys & Eija Ventola. *From Language to Multimodality: New Developments in the Study of Ideational Meaning*. London: Equinox, 2008.

Karpeles, Eric. *Le Musée Imaginaire de Marcel Proust*. Paris: Thames & Hudson, 2009.

Kindt, Tom & Hans-Harold Müller. *What Is Narratology? Questions and Answers regarding the Status of a Theory*. Berlin: de Gryuter, 2003.

Knoblauch, Hubert. *PowerPoint, Communication and the Knowledge Society*. Cambridge: CUP, 2013.

Kovacs, George & C. W. Marshall. *Classics and Comics*. Oxford: Oxford UP, 2011.

Kress, Gunther R. & Theo van Leeuwen. *Reading Images: The Grammar of Visual Design*. London: Routledge, 1996.

Kress, Gunther R. & Theo van Leeuwen. *Multimodal Discourse: The Modes and Media of Contemporary Communication*. London: Edward Arnold, 2001.

Kress, Gunther R. Multimodality: *A Social Semiotic Approach to Contemporary Communication*. London: Routledge, 2010.

Krieger, Murray. *Ekphrasis: The Illusion of the Natural Sign*. Baltimore: John Hopkins UP, 1992.

Lagerroth, Ulla-Britta, et al. eds. *Interarts Poetics: Essays on the Interrelations of the Arts and Media*. Amsterdam: Rodopi, 1997.

Leech, Geoffrey N. *A Linguistic Guide to English Poetry*. London: Longman, 1969.

Levenston, Edward A. *The Stuff of Literature: Physical Aspects of Texts and Their Relation to Literary Meaning*. New York: SUNY Press, 1992.

Machin, David. *Introduction to Multimodal Analysis*. London: Hodder Arnold, 2007.

Massumi, Brian. *Semblance and Event: Activist Philosophy and the Occurrent Arts*. Cambridge: MIT Press, 2011.

McCloud, Scott. *Reinventing Comics: How Imagination and Technology Are Revolutionizing an Art Form*. New York: HarperCollins, 2000.

McCloud, Scott. *Understanding Comics: The Invisible Art*. New York: HarperCollins, 1994.

McIntyre, Dan & Beatrix Busse. *Language and Style*. Basingstoke: Palgrave, 2010.

Nikolajeva, Maria & Carole Scott. *How Picturebooks Work*. New York: Routledge, 2006.

Nørgaard, Nina, Rocio Montoro & Beatrix Busse. *Key Terms in Stylistics*. London: Continuum, 2010.

Nørgaard, Nina. *Multimodal Stylistics of the Novel: More than Words*. New York and London: Routledge, 2019.

Norris, Sigrid. *Analyzing Multimodal Discourse: A Methodological Framework*. London: Routledge, 2004.

Nunberg, Geoffrey. *The Linguistics of Punctuation*. Stanford: CSLI Publications, 1990.

O' Gorman, Daniel & Robert Eaglestone. *The Routledge Companion to Twenty First Century Literary Fiction*. New York: Routledge, 2019.

O' Halloran, Kay L. *Multimodal Discourse Analysis*. London and New York: Continuum, 2004.

Oittinen, Riitta. *Translating for Children*. New York and London: Garland Publishing, Inc. , 2000.

Olson, Greta. *Current Trends in Narratology*. Berlin: de Gruyter, 2011.

Page, Ruth. *New Perspectives on Narrative and Multimodality*. London and New York: Routledge,

2009 / 2010.

Pellatt, Valerie. *Text, Extratext, Metatext and Paratext in Translation*. Newcastle: Cambridge Scholars Publishing, 2013.

Persin, Margaret. *Getting the Picture: The Ekphrastic Principle in Twentieth-Century Spanish Poetry*. London: Associated UP, 1997.

Phelan, James. *Living to Tell about It: The Rhetoric and Ethics of Character Narration*. Ithaca: Cornell UP, 2005.

Pollin, Burton R. *Images of Poe's Works: A Comprehensive Descriptive Catalogue of Illustrations*. New York: Greenwood, 1989.

Porter, Abbott H. *The Cambridge Introduction to Narrative*. Cambridge: CUP, 2002.

Rimmon-Kenan, Shlomith. *Narrative Fiction: Contemporary Poetics*. London and New York: Routledge, 2002.

Royce, Terry D. & Wendy L. Bowcher. *New Directions in the Analysis of Multimodal Discourse*. London: Lawrence Erlbaum Associates, 2007.

Ryan, Marie-Laure. *Narrative across Media: The Languages of Storytelling*. Lincoln: U of Nebraska P, 2004.

Sager, Laura M. *Writing and Filming the Painting: Ekphrasis in Literature and Film*. Amsterdam: Rodopi, 2008.

Saintsbury, George. *A History of Criticism and Literary Taste in Europe from the Earliest Texts to the Present Day*. New York: Blackwood and Sons, 1902.

Salisbury, Martin & Morag Styles. *Children's Picturebooks: The Art of Visual Storytelling*. London: Laurence King Publishing, 2012.

Schneck, Peter & Philipp Schweighauser. *Terrorism, Media, Ethics of Fiction: Transatlantic Perspectives on Don DeLillo*. New York and London: Continuum, 2010.

Schwarcz, Joseph H. *Ways of the Illustrator: Visual Communication in Children's Literature*. Chicago: American Library Association, 1982.

Scollon, Ron & Suzanne W. Scollon. *Intercultural Communication: A Discourse Approach*. Oxford:

Blackwell Publishers Ltd. , 1995.

Sebeok, Thomas Albert. *Style in Language*. Cambridge, MA: MIT Press, 1960.

Simpson, Paul. *Stylistics*. London and New York: Routledge, 2004.

Sontag, Susan. *A Barthes Reader*. New York: Hill and Wang, 1982.

Sozaian, Ozden. *The American Nightmare: Don DeLillo's Falling Man and Cormac McCarthy's The Road*. Bloomington: Author House, 2011.

Spencer, Bernard. *Complete Poetry, Translations & Selected Prose of Bernard Spencer*. Tarset: Bloodaxe Books, 2011.

Stein, Daniel & Jan-Noël Thon. *From Comic Strips to Graphic Novels: Contribution to the Theory and History of Graphic Narrative*. Berlin: de Gruyter, 2013.

Steiner, Wendy. *Pictures of Romance: Form against Context in Painting and Literature*. Chicago: The U of Chicago P, 1988.

Steve, Miller. *Developing and Promoting Graphic Novel Collections*. New York: Neal-Schuman, 2005.

Swindells, Julia. *The Uses of Autobiography*. London: Taylor & Francis, 1995.

Tabachnick, Stephen E. *The Cambridge Companion to the Graphic Novel*. Cambridge: CUP, 2017.

Todorov, Tzvetan. *Grammaire du Décaméron*. The Hague: Mouton, 1969.

Toolan, Michael J. *Language in Literature: An Introduction to Stylistics*. London: Arnold, 1998.

Traugott, Elizabeth C. & Mary L. Pratt. *Linguistics for Students of Literature*. New York: Harcourt Brace Jovanovich, 1998.

Trumble, William R. & Angus Stevenson. *A Shorter Oxford English Dictionary*. Shanghai: SFLEP, 2004.

van Leeuwen, Theo. *The Language of Color: An Introduction*. London: Routledge, 2011.

Versluys, Kristiaan. *Out of the Blue: September 11 and the Novel*. New York: Columbia UP, 2009.

Wagner, Ernst & Diederik Schönau. *Common European Framework of Reference for Visual Literacy-Prototype*. Münster and New York: Waxmann, 2016.

Wagner, Peter. *Icons-Texts-Iconotexts: Essays on Ekphrasis and Intermediality*. Berlin and New

York: Walter de Gruyter, 1996.

Webb, Ruth. *Ekphrasis, Imagination and Persuasion in Ancient Rhetorical Theory and Practice*. Surrey: Ashgate, 2009.

Weiner, Stephen. *Faster than a Speeding Bullet: The Rise of the Graphic Novel*. New York: NBM Publishing, 2003.

Widdowson, Henry G. *Stylistics and the Teaching of Literature*. London: Longman, 1975.

Williams, William Carlos. *Autobiography*. New York: New Directions, 1956.

（二）英文学术论文

Armstrong, Guyda. "Paratexts and Their Functions in Seventeenth-Century English 'Decamerons'. "*The Modern Language Review*, 2007 (1), pp. 40−57.

Atchison, S. Todd. "'Why I Am Writing from Where You Are Not': Absence and Presence in Jonathan Safran Foer's *Extremely Loud and Incredibly Close*. "*Journal of Postcolonial Writing*, 2010 (46), pp. 359−368.

Bartsch, Shadi & Jas Elsner. "Introduction: Eight Ways of Looking at an Ekphrasis. "*Classical Philology*, 2007 (1), pp. i−vi.

Biberman, Efrat. "On Narrativity in the Visual Field: A Psychoanalytic View of Velazquez's *Las Meninas*. "*Narrative*, 2006 (14), pp. 237−251.

Bird, Benjamin. "History, Emotion and the Body: Mourning in Post−9/11 Fiction. "*Literature Compass*, 2007 (3), pp. 561−575.

Birke, Dorothee & Birth Christ. "Paratext and Digitized Narrative: Mapping the Field. "*Narrative*, 2013 (1), pp. 65−87.

Bruhn, Siglind. "A Concert of Painting: 'Musical Ekphrasis' in the Twentieth Century. "*Poetics Today*, 2001 (3), pp. 551−605.

Burn, Stephen J. "An Interview with Richard Powers. "*Contemporary Literature*, 2008 (2), pp. 163−179.

Camus, Cyril. "Neil Gaiman's *Sandman* as a Gateway from Comic Books to Graphic Novels. "*Studies in the Novel*, 2015 (3), pp. 308−318.

Chute, Hillary. "Comics as Literature? Reading Graphic Narrative." *PMLA*, 2008 (2), pp. 452−465.

Chute, Hillary. "Witness: The Texture of Retracing in Marjane Satrapi's *Persepolis*." *Women's Studies Quarterly*, 2008 (1−2), pp. 92−110.

Codde, Philippe. "Philomela Revisited: Traumatic Iconicity in Jonathan Safran Foer's *Extremely Loud and Incredibly Close*." *Studies in American Fiction*, 2007 (2), pp. 241−254.

Cunningham, Valentine. "Why Ekphrasis?" *Classical Philology*, 2007 (1), pp. 57−71.

DeRosa, Aron. "Analyzing Literature after 9/11." *Modern Fiction Studies*, 2011 (3), pp. 607−618.

du Plooy, H. J. G. "Narratology and the Study of Lyric Poetry." *Literator*, 2010 (3), pp. 1−15.

Foster, John. "Picture Books as Graphic Novels and Vice Versa: The Australian Experience." *Bookbird: A Journal of International Children's Literature*, 2011 (4), pp. 68−75.

Francis, James A. "Metal Maidens, Achilles's Shield and Pandora: Beginnings of 'Ekphrasis'." *American Journal of Philology*, 2009 (1), pp. 1−23.

Friedman, Susan S. "Towards a Transnational Turn in Narrative Theory: Literary Narratives, Traveling Tropes and the Case of Virginian Woolf and the Tagores." *Narrative*, 2011 (1), pp. 1−32.

Gardner, Jared. "Autography's Biography, 1972−2007." *Biography*, 2008 (1), pp. 1−26.

Genette, Gérard. "Introduction to the Paratext." Trans. Marie Maclean. *New Literary History*, 1991 (2), pp. 261−272.

Genette, Gérard. "The Proustian Paratexte." *Substance*, 1988 (2), pp. 63−77.

Gibbons, Alison. "Multimodal Literature 'Moves' Us: Dynamic Movement and Embodiment in *VAS: An Opera in Flatland*." *HERMES-Journal of Language & Communication Studies*, 2008 (41), pp. 107−124.

Goldhill, Simon. "What Is Ekphrasis for?" *Classical Philology*, 2007 (1), pp. 1−19.

Gross, Melissa & Don Latham. "The Peritextual Literacy Framework: Using the Functions of Peritext to Support Critical Thinking." *Library & Information Science Research*, 2017 (2), pp. 116-123.

Heffernan, James A. W. "Ekphrasis and Representation." *New Literary History*, 1991 (2), pp. 297-316.

Herman, David. "Story Logic in Conversational and Literary Narratives." *Narrative*, 2001 (2), pp. 130-137.

Jalongo, Mary Renck. "Using Wordless Picture Books to Support Emergent Literacy." *Early Childhood Education Journal*, 2002 (29), pp. 167-177.

Julavits, Heidi. "Jennifer Egan." *BOMB*, 2010 (112), pp. 82-87.

Kovala, Urpo. "Translations, Paratextual Mediation and Ideological Closure." *Target*, 1996 (1), pp. 119-147.

Larkin, Ilana. "Absent Eyes, Bodily Trauma and the Perils of Seeing in David Small's *Stitches*." *American Imago*, 2014 (2), pp. 183-211.

Lemke, Jay L. "Travels in Hypermodality." *Visual Communication*, 2002 (3), pp. 299-325.

Lundquist, Sara. "Reverence and Resistance: Barbara Guest, Ekphrasis and the Female Gaze." *Contemporary Literature*, 1997 (2), pp. 260-286.

Maoro, Aaron. "The Languishing of the Falling Man: Don DeLillo and Jonathan Safran Foer's Photographic History of 9/11." *Modern Fiction Studies*, 2011 (3), pp. 584-606.

McGann, Jerome. "Emily Dickinson's Visible Language." *The Emily Dickinson Journal*, 1993 (2), pp. 40-57.

McGlothlin, Erin H. "No Time like the Present: Narrative and Time in Art Spiegelman's *Maus*." *Narrative*, 2003 (2), pp. 177-198.

McIntyre, Dan. "Integrating Multimodal Analysis and the Stylistics of Drama: A Multimodal Perspective on Ian McKellen's *Richard III*." *Language and Literature*, 2008 (17), pp. 309-334.

O' Englis, Lorena, et al. "Graphic Novels in Academic Libraries: From *Maus* to Manga and Beyond." *Journal of Academic Librarianship*, 2006 (2), pp. 173-182.

Oittinen, Riitta. "Where the Wild Things Are: Translating Picture Books." *Meta: Translators'*

Journal, 2003 (1−2), pp. 128−141.

Pignagnoli, Virginia. "Paratextual Interferences: Patterns and Reconfigurations for Literary Narrative in the Digital Age. "*Narratology*, 2015 (5), pp. 102−119.

Quesenberry, Krista & Susan Merrill. "Life Writing and Graphic Narratives. "*Life Writing*, 2016 (1), pp. 80−85.

Richardson, Brian. "Recent Concepts of Narrative and the Narratives of Narrative Theory. " *Style*, 2000 (2), pp. 168−175.

Rosand, David. "Ekphrasis and the Generation of Images. "*Arion: A Journal of Humanities and Classics*, 1990 (1), pp. 61−105.

Rosen, Christine. "The Image Culture. "*The New Atlantics*, 2005 (10), pp. 27−46.

Rudrum, David. "From Narrative Representation to Narrative Use: Towards the Limits of Definition. "*Narrative*, 2005 (2), pp. 195−204.

Scott, Grant F. "Copied with a Difference: Ekphrasis in William Carlos Williams' *Pictures from Brueghel.* "*Word & Image*, 1999 (1), pp. 63−75.

Serafini, Frank. "Exploring Wordless Picture Books. "*The Reading Teacher*, 2014 (1), pp. 24 −26.

Sommer, Roy. "Beyond (Classical) Narratology: New Approaches to Narrative Theory. "*European Journal of English Studies*, 2004 (1), pp. 3−11.

Spiegelman, Art. "Commix: An Idiosyncratic Historical and Aesthetic Overview. " *Print*, 1988 (42), pp. 61−73, 195−196.

Spitzer, Leo. "The ' Ode on a Grecian Urn', Or Content vs. Metagrammar. "*Comparative Literature*, 1955 (7), pp. 230−252.

Stanitzek, Georg. "Texts and Paratexts in Media. " Trans. Ellen Klein. *Critical Inquiry*, 2005 (32), pp. 102−119.

Stewart, Garrett. "Painted Readers, Narrative Regress. "*Narrative*, 2003 (2), pp. 125−176.

Stewart, Jack. "Ekphrasis and Lamination in Byatt's *Babel Tower.* "*Style*, 2009 (4), pp. 494 −516.

Suleiman, Susan. "The Place of Linguistics in Contemporary Literary Theory." *New Literary History*, 1981 (3), pp. 571-583.

Updike, John. "Mixed Messages." *The New Yorker*, 2005 (4), p. 138.

van Leeuwen, Theo. "Towards a Semiotics of Typography." *Information Design Journal*, 2006 (2), pp. 139-155.

van Leeuwen, Theo. "Typographic Meaning." *Visual Communication*, 2005 (2), pp. 137-143.

van Peer, Willie. "Typographical Foregrounding." *Language and Literature*, 1993 (1), pp. 49-61.

Webb, Ruth. "Ekphrasis Ancient and Modern: The Invention of a Genre." *Word & Image*, 1999 (1), pp. 7-18,

Whitlick, Gillian & Anna Poetti. "A Self-Regarding Art." *Biography: An Interdisciplinary Quarterly*, 2008 (1), pp. v-xxiii.

Whitlick, Gillian. "Autographics: The Seeing ' I' of the Comics." *Modern Fiction Studies*, 2006 (4), pp. 965-979.

Xu, Dejin & Liang Dandan. "Paratextual Narrative and Its Functions in *We Three*." *Neohelicon*, 2016 (1), pp. 89-104.

（三）英文学位论文

Atchison, Steven T. "The Spark of the Text: Toward an Ethical Reading Theory for Trauma Literature." Greensboro: UNCG, 2008.

Bourbonnais, Alissa S. "Choreographing Memory: Performance and Embodiment in Multimodal Narrative." Seattle: University of Washington, 2016.

Jahn, Manfred. "Poems, Plays and Prose: A Guide to the Theory of Literary Genres." Cologne: University of Cologne, 2002.

Maloney, Edward J. "Footnotes in Fiction: A Rhetorical Approach." Columbus: The Ohio State University, 2005.

O' Connell, Kathleen C. "Young Adult Book Cover Analysis." Wilmington: University of North Carolina at Wilmington, 2010.

Sadokierski, Zoë. "Visual Writing: A Critique of Graphic Devices in Hybrid Novels, from a Visual Communication Design Perspective. "Sydney: University of Technology Sydney, 2010.

Wagoner, Elizabeth A. "Interpreting the Multimodal Novel: A New Method for Textual Scholarship. "Kent: Kent State University, 2014.

Waites, Peter. "On the Boundaries of *Watchmen*: Paratextual Narratives across Media. "Uppsala: Uppsala University, 2015.

（四）英文会议论文

Melnichuk, Tatiana & O. Melnichuk. "Verbal and Visual Semantic Strategies in the Multimodal Narrative of a Graphic Novel. "*3rd International Multidisciplinary Scientific Conference on Social Sciences and Arts SGEM*, 2016, pp. 1235−1242.

（五）英文报纸文章

Charles, Ron. "Book Review of *A Visit from the Goon Squad*. "*The Washington Post*, 2010−06−16 (10).

Kingsolver, Barbara. "Into the Woods. "*The New York Times Book Review*, 2018−04−15 (1).

（六）英文网页文章

Bastian, Jonathan. "Goon Squad Ushers in an Era of New Perspectives. "April 19, 2011. http://www. npr. org/2011/04/19/135546674/.

Kakutani, Michiko. "A Boy's Epic Quest, Borough by Borough. "*The New York Times*, March 22, 2005. http://query. nytimes. com/gst/fullpage. html.

Patrick, Bethanne. "A Visit from the Power Point Squad. " May 11, 2011. http://www. shelf-awareness. com/issue. html?issue =1461#m.

Siegel, Harry. "Extremely Cloying & Incredibly False. " April 20, 2005. http://www. nypress. com/article-11418-extremely-cloying-incredibly-false. html.

二、中文文献

（一）中文学术著作

E. H. 贡布里希：《图像与眼睛——图画再现心理学的再研究》，范景中等，译. 南宁：广西美术出版社 2013 年。

J. 希利斯·米勒：《解读叙事》，申丹，译. 北京：北京大学出版社 2002 年。

W. J. T. 米歇尔：《图像理论》，陈永国，胡文征，译. 北京：北京大学出版社 2006 年。

奥博利·比亚兹莱：《比亚兹莱：最后的通信》，张恒，译. 北京：新星出版社 2010 年。

阿尔布雷特·丢勒：《版画插图丢勒游记》，彭萍，译. 北京：中国人民大学出版社 2004 年。

阿甲：《帮助孩子爱上阅读——儿童阅读推广手册》，上海：上海少年儿童出版社 2007 年。

阿莱斯·艾尔雅维茨：《图像时代》，胡菊兰，张云鹏，译. 长春：吉林人民出版社 2003 年。

艾莉森·吉本斯：《多模态认知诗学和实验文学》，赵秀凤，徐方富，译. 北京：外语教学与研究出版社 2022 年。

保罗·M. 莱斯特：《视觉传播：形象载动信息》，霍文利，译. 北京：中国传媒大学出版社 2003 年。

保罗·斯维特：《神奇的鸟类》，梁丹，译. 刘阳，审订. 重庆：重庆大学出版社 2017 年。

本杰明·富兰克林：《穷理查年鉴》，刘玉红，译. 上海：上海远东出版社 2003 年。

彼得·伯克：《图像证史》，杨豫，译. 北京：北京大学出版社 2008 年。

博里亚·萨克斯：《乌鸦》，金晓宇，译. 南京：南京大学出版社 2019 年。

曹波：《人性的推求：18 世纪英国小说研究》，北京：光明日报出版社 2009 年。

布莱兹·帕斯卡尔：《思想录》，钱培鑫，译. 南京：译林出版社 2010 年。

陈鼓应：《老庄新论》，上海：上海古籍出版社 1992 年。

戴卫·赫尔曼：《新叙事学》，马海良，译. 北京：北京大学出版社 2002 年。

蒂姆·伯克黑德，卡特里娜·范·赫劳：《鸟的感官》，沈成，译. 北京：商务印书馆 2017 年。

莪默·伽亚谟：《鲁拜集》（插图本），郭沫若，译. 北京：人民文学出版社 1958 年。

费尔迪南·德·索绪尔：《普通语言学教程》，高名凯，译. 北京：商务印书馆 1996 年。

弗雷德里克·詹姆逊：《快感：文化与政治》，王逢振，译．北京：中国社会科学出版社
　　1998 年。

傅修延：《中国叙事学》，北京：北京大学出版社 2015 年。

顾铮：《西方摄影文论选》，杭州：浙江摄影出版社 2003 年。

豪·路·博尔赫斯：《作家们的作家》，倪华迪，译．昆明：云南人民出版社 1995 年。

黑格尔：《美学》（第三卷 上册），朱光潜，译．北京：商务印书馆 1997 年。

吉尔·德勒兹：《弗朗西斯·培根——感觉的逻辑》，董强，译．桂林：广西师范大学出版
　　社 2007 年。

金宏宇：《文本周边——中国现代文学副文本研究》，武汉：武汉大学出版社 2014 年。

金元浦：《文学解释学》，长春：东北师范大学出版社 1997 年。

克莱夫·贝尔：《艺术》，周金环，马钟元，译．北京：中国文联出版公司 1984 年。

莱辛：《拉奥孔——论画与诗的界限》，朱光潜，译．北京：商务印书馆 2015 年。

雷吉斯·德布雷：《媒介学引论》，刘文玲，陈卫星，译．北京：中国传媒大学出版社
　　2014 年。

李重光：《音乐理论基础》，北京：人民音乐出版社 1980 年。

李润生：《多视角美术赏析》，北京：人民美术出版社 2001 年。

李维屏：《美国文学思想史》，上海：上海外语教育出版社 2018 年。

林敏宜：《图画书的欣赏与应用》，台北：心理出版社股份有限公司 2000 年。

刘世生：《文体学概论》，北京：北京大学出版社 2006 年。

罗伯特·麦基：《故事——材质、结构、风格和银幕剧作的原理》，周铁东，译．北京：中
　　国电影出版社 2001 年。

罗钢，顾铮：《视觉文化读本》，桂林：广西师范大学出版社 2004 年。

罗兰·巴特：《明室——摄影纵横谈》，赵克非，译．北京：文化艺术出版社 2003 年。

马丁·海德格尔：《林中路》，孙周兴，译．上海：上海译文出版社 2014 年。

马特·休厄尔：《我们迷人的鸟：猫头鹰》，苏澄宇，译．长沙：湖南美术出版社 2018 年。

玛丽－劳尔·瑞安：《故事的变身》，张新军，译．南京：译林出版社 2014 年。

玛丽亚·尼古拉杰娃，卡洛尔·斯科特：《绘本的力量》，李继亚，译．上海：华东师范大

学出版社 2018 年。

南曦：《绘本之道——欧美儿童绘本的功能性研究》，武汉：武汉出版社 2016 年。

尼尔·波兹曼：《娱乐至死》，章艳，译. 桂林：广西师范大学出版社 2004 年。

尼古拉斯·米尔佐夫：《视觉文化导论》，倪伟，译. 南京：江苏人民出版社 2006 年。

诺曼·布列逊：《语词与图像——旧王朝时期的法国绘画》，王之光，译. 杭州：浙江摄影
    出版社 2001 年。

欧文·潘诺夫斯基：《视觉艺术的含义》，傅志强，译. 沈阳：辽宁人民出版社 1987 年。

潘继成：《标点修辞赏析》，北京：商务印书馆 2005 年。

培利·诺德曼，梅维丝·莱莫：《阅读儿童文学的乐趣》，刘凤芯，吴宜洁，译. 台北：大
    卫文化图书股份有限公司 2009 年。

佩里·诺德曼：《说说图画：儿童图画书的叙事艺术》，陈中美，译. 贵阳：贵州人民出版
    社 2018 年。

彭懿：《世界图画书——阅读与经典》，南宁：接力出版社 2020 年。

浦安迪：《中国叙事学》，陈珏，译. 北京：北京大学出版社 1996 年。

钱锺书：《管锥编》（第二册），北京：中华书局 1986 年。

乔治·布鲁斯东：《从小说到电影》，高骏千，译. 北京：中国电影出版社 1982 年。

乔治·普莱：《普鲁斯特的空间》，张新木，译. 上海：华东师范大学出版社 2015 年。

让-弗朗索瓦·利奥塔：《话语，图形》，谢晶，译. 上海：上海人民出版社 2011 年。

尚必武：《当代西方后经典叙事学研究》，北京：人民文学出版社 2014 年。

申丹，韩加明，王丽亚：《英美小说叙事理论研究》，北京：北京大学出版社 2005 年。

申丹，王丽亚：《西方叙事学：经典与后经典》，北京：北京大学出版社 2010 年。

史蒂文·卡茨：《电影镜头设计：从构思到银幕》，井迎兆，王旭锋，译. 北京：北京联合
    出版公司 2015 年。

斯科特·麦克劳德：《理解漫画》，万旻，译. 北京：人民邮电出版社 2015 年。

松居直：《幸福的种子》，刘涤昭，译. 南昌：二十一世纪出版社 2013 年。

松居直：《我的图画书论》，郭雯霞，徐小洁，译. 上海：上海人民美术出版社 2009 年。

苏珊·朗格：《情感与形式》，刘大基，傅志强，周发祥，译. 北京：中国社会科学出版社

1986 年。

托尼奥·赫尔舍:《古希腊艺术》,陈亮,译. 北京:世界图书出版公司 2013 年。

瓦尔特·本雅明:《机械复制时代的艺术品》,王才勇,译. 北京:中国城市出版社 2002 年。

王安,罗怿,程锡麟:《语象叙事研究》,北京:科学出版社 2019 年。

王弼:《周易注》,北京:中华书局 2011 年。

王守仁:《战后世界进程与外国文学进程研究》(第四卷),南京:译林出版社 2019 年。

王水照:《历代文话》(第 9 册),上海:复旦大学出版社 2007 年。

闻一多:《闻一多青少年时代诗文集》,昆明:云南人民出版社 1983 年。

谢宏声:《图像与观看》,桂林:广西师范大学出版社 2012 年。

徐有志,贾晓庆,徐涛:《叙述文体学与文学叙事阐释》,上海:上海外语教育出版社
    2020 年。

杨仁敬:《美国后现代派小说论》,青岛:青岛出版社 2004 年。

伊哈布·哈桑:《后现代的转向》,刘象愚,译. 台北:时报文化企业出版有限公司 1993 年。

伊兹拉·庞德:《庞德诗选:比萨诗章》,黄运特,译. 桂林:漓江出版社 1998 年。

余凤高:《插图中的世界名著》,上海:上海古籍出版社 2002 年。

袁晓玲:《桑塔格思想研究:基于小说、文论与影像创作的美学批判》,武汉:武汉大学出
    版社 2010 年。

叶维廉:《中国诗学》,北京:生活·读书·新知三联书店 1992 年。

詹姆斯·费伦,彼得·J. 拉比诺维茨:《当代叙事理论指南》,申丹等,译. 北京:北京大
    学出版社 2007 年。

詹姆斯·费伦:《作为修辞的叙事——技巧、读者、伦理、意识形态》,陈永国,译. 北京:
    北京大学出版社 2002 年。

张德禄,贾晓庆,雷茜:《英语文体学重点问题研究》,北京:外语教学与研究出版社
    2015 年。

张隆溪:《二十世纪西方文论述评》,北京:生活·读书·新知三联书店 1986 年。

张寅德:《叙述学研究》,北京:中国社会科学出版社 1989 年。

赵宪章,顾华明:《文学与图像》(第五卷),南京:江苏教育出版社 2017 年。

赵毅衡：《符号学原理与推演》，南京：南京大学出版社 2011 年。

珍妮弗·阿克曼：《鸟类的天赋》，沈汉忠，李思琪，译．南京：译林出版社 2019 年。

周宪：《视觉文化读本》，南京：南京大学出版社 2013 年。

（二）中文学术论文

保罗·维迪奇：《侧耳倾听，流光低吟：美国当代作家珍妮弗·伊根访谈》，廖白玲，译．《译林》2012 年第 2 期。

蔡志全：《副文本视角下戴维·洛奇的〈作者，作者〉研究》，《国外文学》2013 年第 3 期。

陈海泓：《无字图画书和录影带对儿童故事推论的影响》，《国立编译馆馆刊》2004 年第 2 期。

陈义颖：《从绘本小说到 3D 电影——论电影〈雨果〉的人物塑造》，《学术论坛》2018 年第 5 期。

程锡麟：《〈夜色温柔〉中的语象叙事》，《国外文学》2015 年第 5 期。

储泽祥：《标点符号的象似性表现》，《湖南师范大学社会科学学报》2000 年第 1 期。

但汉松：《〈拍卖第四十九批〉中的咒语和谜语》，《外国文学评论》2007 年第 3 期。

段军霞：《"视觉文化"背景下的叙事艺术——以〈三个农民去舞会〉为例》，《安阳工学院学报》2016 年第 5 期。

冯德止，邢春燕：《空间隐喻与多模态意义建构》，《外国语》2011 年第 3 期。

耿强：《翻译中的副文本及研究：理论、方法、议题与批评》，《外国语》2016 年第 5 期。

龚宗杰：《符号与声音：明代的文章圈点法和阅读法》，《文艺研究》2021 年第 12 期。

郭建飞：《影视作品及数字媒体文本 – 类文本共生叙事研究》，《西南民族大学学报（人文社会科学版）》2020 年第 6 期。

郝富强：《〈到灯塔去〉中的语象叙事》，《广西科技师范学院学报》2019 年第 2 期。

胡壮麟，董佳：《意义的多模态构建——对一次 PPT 演示竞赛的语篇分析》，《外语电化教学》2006 年第 3 期。

胡壮麟：《PowerPoint——工具，语篇，语类，文体》，《外语教学》2007 年第 4 期。

胡壮麟：《社会符号学研究中的多模态化》，《外语教学与研究》2007 年第 1 期。

黄立鹤：《多模态修辞学的构建与研究——兼论修辞学与语用学的连接》，《当代语言学》2018 年第 1 期。

黄立鹤：《多模态语用学视域下的言语行为与情感因素：兼论在老年语言学中的应用》，《当代修辞学》2019 年第 6 期。

黄修齐：《意境与视觉形象的巧妙结合——谈卡明斯的图案诗》，《外国文学研究》1991 年第 4 期。

惠海峰：《社会、小说与封面：〈鲁滨孙飘流记〉儿童版的封面变迁》，《外国文学》2013 年第 5 期。

金宏宇：《现代文学副文本的史料价值》，《北京社会科学》2014 年第 2 期。

金宏宇：《中国现代文学的副文本》，《中国社会科学》2012 年第 6 期。

康长运，唐子煜：《图画书本质特点研析》，《大学出版》2002 年第 2 期。

劳瑞·安德森：《战争是现代艺术的最高形式》，甘文平，译. 《外国文学》2002 年第3 期。

雷茜，张德禄：《格林海姆·洛雷拼贴小说〈女性世界〉两版封面的多模态文体对比研究》，《当代外语研究》2015 年第 9 期。

雷茜：《超学科视域下的多模态话语创新研究模式探索》，《外语教学》2023 年第 1 期。

雷茜：《多模态功能文体学理论建构中的几个重要问题探讨》，《外语教学》2018 年第 2 期。

雷茜：《格林海姆·洛雷拼贴小说〈女性世界〉人物认知研究——多模态认知文体学视角》，《北京第二外国语学院学报》2017 年第 6 期。

李巧慧：《〈上帝鸟〉：通向黑人自由的道路》，《外国文学动态研究》2017 年第 2 期。

李顺春，王维倩：《〈坠落的人〉中的语象叙事》，《当代外国文学》2021 年第 1 期。

李顺春：《〈特别响，非常近〉中英封面之多模态对比分析》，《江苏理工学院学报》2020 年 3 期。

李顺春：《唐·德里罗〈坠落的人〉中的图像审美观照》，《当代外国文学》2018 年第 1 期。

李战子：《多模式话语的社会符号学分析》，《外语研究》2003 年第 5 期。

李自修：《杰弗里·尤金尼德斯访谈录》，《当代外国文学》2004 年第 1 期。

梁红艳：《副文本的原叙述阐释——基于〈赎罪〉副文本的分析》，《长春理工大学学报（社会科学版)》2020 年第 2 期。

刘巍：《当代长篇小说作品封面的图像表达与功能变迁》，《文艺争鸣》2013 年第 7 期。

刘晓燕：《诗学体系的追逐者——热奈特副文本叙事理论的学术源流考略》，《广东外语外贸大学学报》2021 年第 2 期。

龙迪勇：《"出位之思"与跨媒介叙事》，《文艺理论研究》2019 年第 3 期。

龙迪勇：《从图像到文学——西方古代的"艺格敷词"及其跨媒介叙事》，《社会科学研究》2019 年第 2 期。

龙迪勇：《空间叙事本质上是一种跨媒介叙事》，《河北学刊》2016 年第 6 期。

龙迪勇：《图像叙事：空间的时间化》，《江西社会科学》2007 年第 9 期。

陆涛：《图像与传播——关于古代小说插图的传播学考察》，《江西社会科学》2011 年第 11 期。

吕江建，许洁：《图像小说：概念考辨、类型属性与发展实践》，《出版发行研究》2019 年第 7 期。

马惠琴：《边缘的声音：小说〈黑王子〉的类文本特征分析》，《外国文学》2012 年第 6 期。

牟连佳，李丕贤：《演示软件对课堂文化的重要作用与影响》，《高教论坛》2010 年第 7 期。

欧荣，柳小芳：《"丽达与天鹅"：姊妹艺术之间的"艺格符换"》，《外国文学研究》2017 年第 1 期。

欧荣：《说不尽的〈七湖诗章〉与"艺术符换"》，《英美文学研究论丛》2013 年第 1 期。

潘建伟：《论艺术的"出位之思"——从钱锺书〈中国诗与中国画〉的结论谈起》，《文学评论》2020 年第 5 期。

庞曦，唐若甫：《让音乐充满幽默感和惊喜——利夫·奥韦·安兹涅斯专访》，《音乐爱好者》2005 年第 4 期。

钱兆明：《艺术转换再创作批评：解析史蒂文斯的跨艺术诗〈六帧有趣的风景〉其

    一》，《外国文学研究》2012 年第 3 期。

尚必武：《从"两个转向"到"两种批评"——论叙事学和文学伦理学的兴起、发展

    与交叉愿景》，《学术论坛》2017 年第 2 期。

尚必武：《什么是"叙事"？概念的流变、争论与重新界定》，《山东外语教学》2016 年

    第 2 期。

尚必武：《叙事学研究的新发展——戴维·赫尔曼访谈录》，《外国文学》2009 年第

    5 期。

尚必武：《语言学方法的引入与文学研究的科学性诉求》，《外语与外语教学》2023 年

    第 3 期。

申丹：《文体学和叙事学：互补与借鉴》，《江汉论坛》2006 年 3 期。

石芳芳：《"随风而逝"三十年——〈飘〉的三个封面解读》，《编辑学刊》2009 年第 3

    期。

谭捍卫：《漫谈西方视觉诗》，《文艺理论与批评》2006 年第 1 期。

谭君强，陈芳：《叙事学的文化研究与审美文化研究》，《江西社会科学》2009 年第

    4 期。

谭敏：《迷失在时间里的人生——评詹妮弗·伊根的新作〈恶棍来访〉》，《外国文学动

    态》2011 年第 4 期。

陶晶：《类文本 – 文本共生叙事：概念、叙事交流情景与批评框架构建》，《江西社会

    科学》2019 年第 1 期。

童翠萍：《书衣翩翩——我看文艺图书的封面设计》，《中国图书评论》2003 年第

    12 期。

王安，程锡麟：《西方文论关键词：语象叙事》，《外国文学》2016 年第 4 期。

王红阳：《卡明斯诗歌"l（a"的多模态功能解读》，《外语教学》2007 年第 5 期。

王慧宁：《绘本的概念界定及中日现代绘本溯源》，《太原师范学院学报（社会科学

    版）》2009 年第 1 期。

王建会：《"难以言说"与"不得不说"的悖论——〈特别响，非常近〉的创伤叙事分析》，《外国文学》2013 年第 5 期。

王维倩：《论〈特别响，非常近〉的图像叙事》，《湖南科技大学学报（社会科学版）》2015 年第 5 期。

王雪明，杨子：《典籍英译中深度翻译的类型与功能——以〈中国翻译话语英译选集〉（上）为例》，《中国翻译》2012 年第 3 期。

吴义勤：《文学批评如何才能成为"利器"？》，《文艺研究》2022 年第 2 期。

谢慧贞：《浅谈图像小说与青少年阅读》，《台湾图书馆管理季刊》1999 年第 1 期。

徐德荣，何芳芳：《论图画书文字突出语相的翻译》，《外语研究》2015 年第 6 期。

许德金，蒋竹怡：《西方文论关键词：类文本》，《外国文学》2016 年第 6 期。

许德金，周雪松：《作为类文本的括号——从括号的使用看〈女勇士〉的文化叙事政治》，《外国文学》2010 年第 2 期。

许德金：《类文本叙事：范畴、类型与批评框架》，《江西社会科学》2010 年第 2 期。

许洁：《图像小说：概念考辨、类型属性与发展实践》，《出版发行研究》2019 年第 7 期。

杨金才：《21 世纪外国文学研究新视野》，《湖南科技大学学报（社会科学版）》2015 年第 1 期。

杨金才：《论新世纪美国小说的主题特征》，《深圳大学学报（人文社会科学版）》2014 年第 2 期。

姚佩：《读图时代背景下儿童绘本叙事的游戏性研究》，《出版广角》2019 年第 11 期。

叶冬：《20 世纪美国文学思想的观念谱系与发展研究》，《湖南师范大学社会科学学报》2022 年第 3 期。

叶子：《恶棍休止符 ——评 2011 年普利策获奖小说〈恶棍来访〉》，《外国文学动态》2012 年第 5 期。

余小梅，耿强：《视觉文本翻译研究：理论、问题域与方法》，《外语与外语教学》2018 年第 3 期。

曾桂娥：《创伤博物馆——论〈特响、特近〉中的创伤与记忆》，《当代外国文学》

2012 年第 1 期。

曾洪伟，曾洪军：《西方文论著作封面图像研究》，《编辑之友》2015 年第 5 期。

占跃海：《敦煌 257 窟九色鹿本生故事画的图像与叙事》，《艺术百家》2010 年第 3 期。

张德禄，穆志刚：《多模态功能文体学理论框架探索》，《外语教学》2012 年第 3 期。

张德禄：《多模态论辩修辞框架探索》，《当代修辞学》2017 年第 1 期。

张德禄：《语相突出特征的文体效应》，《山东外语教学》1995 年第 2 期。

张昊臣：《多模态》，《外国文学》2020 年第 3 期。

张晶晶：《纪实类图像小说的类型与真实性初探》，《今传媒》2021 年第 8 期。

张瑞华：《书写 "9·11" "图像事件"：〈特别响，非常近〉的图像叙事》，《南京师范
　　大学文学院学报》2016 年第 2 期。

张伟：《符号、辞格与语境——图像修辞的现代图式及其意指逻辑》，《社会科学》
　　2020 年第 8 期。

张新军：《叙事学的跨学科线路》，《江西社会科学》2008 年第 10 期。

张征：《多模态 PPT 演示教学与学生学习绩效的相关性研究》，《中国外语》2010 年第
　　5 期。

章柏成：《输入强化在多模态 PPT 演示中的实现》，《重庆交通大学学报（社科版）》
　　2009 年第 6 期。

赵宪章：《"文学图像论" 之可能与不可能》，《山东师范大学学报（人文社会科学
　　版）》2012 年第 5 期。

赵宪章：《语图互仿的顺势与逆势：文学与图像关系新论》，《中国社会科学》2011 年
　　第 3 期。

赵宪章：《语图叙事的在场与不在场》，《中国社会科学》2013 年第 8 期。

赵秀凤：《概念隐喻研究的新发展——多模态隐喻研究——兼评 Forceville & Urios-
　　Aparisi〈多模态隐喻〉》，《外语研究》2011 年第 1 期。

赵毅衡：《论 "伴随文本" ——扩展 "文本间性" 的一种方式》，《文艺理论研究》
　　2010 年第 2 期。

周敏：《"我为自己写作" ——唐·德里罗访谈录》，《国外文学》2016 年第 2 期。

周晔，孙致礼：《以残传残，以缺译缺——从〈尤利西斯〉看"残缺"艺术手法及传译手段》，《外语与外语教学》2009 年第 6 期。

朱丽田，宋涛：《论西尔维娅·普拉斯的绘画诗》，《艺术生活》2020 年第 6 期。

朱桃香：《副文本对阐释复杂文本的叙事诗学价值》，《江西社会科学》2009 年第 4 期。

朱永生：《多模态话语分析的理论基础与研究方法》，《外语学刊》2007 年第 5 期。

（三）中文学位论文

高秦艳：《文字设计的身份转换与图形语言建构研究》，中国美术学院博士学位论文 2017 年。

林茜：《唐娜·塔特成长小说的视觉性研究》，广西大学硕士学位论文 2022 年。

李震红：《唐·德里罗小说中的危机主题研究》，苏州大学博士学位论文 2016 年。

聂宝玉：《图像文化探索：詹妮弗·伊根作品叙事研究》，河南大学博士学位论文 2015 年。

（四）中文报纸文章

康慨：《在〈糖果屋〉里，共享记忆一劳永逸地消灭了隐私》，《中华读书报》2022 年 4 月 27 日，第 4 版。

乔纳森：《每一个故事，都在寻找讲述它的形式》，《北京青年》2012 年 8 月 4 日，第 29 版。

（五）中文网页文章

《畅销小说〈金翅雀〉中的名画清单》，2016 - 04 - 25. https://blog.sina.com.cn/s/blog_5fbef8b70102w7aj.html.

《普利策奖得主珍妮弗·伊根：晚上做梦时人人都是小说家》，2019 - 02 - 26. https://www.sohu.com/a/297657215_260616.

《浅论俄尔弗斯与欧律狄刻神话的文学意义》，2020 - 09 - 21. https://www.gcores.com/articles/128879.

《现代图画书自诞生以来的百余年，经历了怎样的历史？》，2021 - 11 - 10. https://baijiahao.baidu.com/s?id=1716010017263575967&wfr=spider&for=pc.

《一张白纸的可能性》，2012 - 07 - 03. http://www.eeo.com.cn/2012/0703/229292.shtml.

灵石：《主题与变奏：俄尔弗斯与欧律狄刻神话的四个版本——维吉尔、奥维德、里尔克和米沃什》，2015 - 04 - 12. https://www. douban. com/note/493679569/? _ i = 0477530aBjkWZr.

尚必武：《图像与文本互构故事世界：绘本小说潮》，《中国社会科学报》，2012 - 03 - 30. http://sscp. cssn. cn/xkpd/wx_ 20167/201203/t20120330_ 1121400. html.

石剑峰：《〈特别响，非常近〉出版比电影感人》，《东方早报》，2012 - 06 - 06. http://ent. sina. com. cn/s/u/2012 - 06 - 06/09313650020. shtml.

附　　录

附录一　插图一览表

第二章插图	
图2-1　理查德·德鲁《坠落的人》（2001）	图2-10　扬·凡·戈因《江口的帆船》（1640）
图2-2　多萝西娅·兰格《移民母亲》（1936）	图2-11　弗兰斯·哈尔斯《快活的酒徒》（1630）
图2-3　乔治·莫兰迪《静物》（1951）	图2-12　弗兰斯·哈尔斯《手持骷髅的少年》（1626）
图2-4　乔治·莫兰迪《静物》（1957）	图2　13　伦勃朗《解剖课》（1632）
图2-5　托马斯·钱伯斯《暴风雨中的船》（1936）	图2-14　范德珀尔《一个场景：代尔夫特的爆炸》（1654）
图2-6　阿德里安·科特《三个欧楂和一只蝴蝶》（1705）	图2-15　维米尔《代尔夫特的风景》（1660—1661）
图2-7　1876年费城世博会展出美国自由女神手臂	图2-16　卡雷尔·法布里蒂乌斯《自画像》（1645）
图2-8　阿诺·布雷克《俄尔弗斯和欧律狄刻》（1944）	图2-17　卡雷尔·法布里蒂乌斯《金翅雀》（1654）
图2-9　小彼得·布鲁盖尔《城镇之外：在冬天结冰的河面溜冰、打高尔夫的农民》（1621）	

(续表)

第三章插图			
图3-1	斯蒂芬·霍金的电视剧照	图3-12	爸爸在露台上烧烤鸡肉
图3-2	劳伦斯·奥立弗扮演的哈姆莱特手持骷髅剧照	图3-13	5月14和15日，202-年
图3-3	象眼	图3-14	我们
图3-4	跳跃的猫	图3-15	林肯
图3-5	满墙钥匙	图3-16	现在只有休止符……
图3-6	短胖钥匙	图3-17	我半梦半醒的时候，林肯出现了
图3-7	飞鸟	图3-18	真的结束了
图3-8	纽约夜景	图3-19	延长-长度和难以忘怀的强度
图3-9	纽约星空	图3-20	休止符在时间中的持续存在
图3-10	坠落的人	图3-21	我们站在露台上时，出现了冷场
图3-11	林肯的床就在我的床靠墙的另一侧	图3-22	黑色页
第四章插图			
图4-1	《海底的秘密》封面与封底	图4-23	一支火箭飞进了月球人的眼睛
图4-2	《疯狂星期二》封面	图4-24	《雨果》剧照1
图4-3	《三只小猪》封底	图4-25	机器人设计图2
图4-4	《海底的秘密》前环衬	图4-26	雨果之父的钟表店
图4-5	《海底的秘密》扉页	图4-27	蒙帕纳斯火车站事故
图4-6	男孩发现海底相机	图4-28	《雨果》剧照2
图4-7	《梦幻大飞行》（跨页）	图4-29	《最后安全》剧照
图4-8	男孩与海浪	图4-30	雨横风狂
图4-9	《飓风》（仰角构图）	图4-31	渐入黑暗
图4-10	海滩"寻宝"	图4-32	戴维生病

图 4-11　冲印照片	图 4-33　无声的反抗
图 4-12　"观照"吃惊	图 4-34　发现真相
图 4-13　"微"观照片	图 4-35　重复之梦
图 4-14　男孩海边欣赏照片	图 4-36　伤心落泪
图 4-15　黑发小女孩	图 4-37　脖子上缝合的伤痕
图 4-16　乔治·梅里爱之眼	图 4-38　缺失的眼睛(《缝不起来的童年》)
图 4-17　雨果钟后窥视	图 4-39　缺失的眼睛（麦克劳德《理解漫画》）
图 4-18　机器人设计图1	图 4-40　妈妈有点咳嗽……
图 4-19　机器人签名	图 4-41　你妈妈不爱你
图 4-20　《火车进站》剧照	图 4-42　是我让你得了癌症
图 4-21　造梦之地	图 4-43　音乐
图 4-22　普罗米修斯	
第五章插图	
图 5-1　苏珊·桑塔格《在美国》英文封面	图 5-11　科伦·麦凯恩《转吧，这伟大的世界》英文封面
图 5-2　莫言《檀香刑》英文封面	图 5-12　科伦·麦凯恩《转吧，这伟大的世界》中文封面
图 5-3　理查德·鲍尔斯《回声制造者》英文封面	图 5-13　红笔圈点1
图 5-4　詹姆斯·麦克布莱德《上帝鸟》中文封面	图 5-14　红笔圈点2
图 5-5　唐娜·塔特《金翅雀》英文封面	图 5-15　第五条中文电话留言
图 5-6　唐娜·塔特《金翅雀》中文封面	图 5-16　第五条英文电话留言

(续表)

图 5-7　杰丝米妮·瓦德《拾骨》英文封面	图 5-17　中文字条
图 5-8　杰丝米妮·瓦德《拾骨》中文封面	图 5-18　英文字条
图 5-9　西格丽德·努涅斯《朋友》英文封面	图 5-19　中文对话
图 5-10　理查德·鲍尔斯《树语》英文封面	图 5-20　英文对话

附录二　英文原著与中文译本

一、英文原著

Anderson, Laurie. *Stories from the Nerve Bible: A Retrospective 1972 – 1992*. New York: Harper Perennial, 1993.

Barthelme, Donald. *City Life*. New York: Bantam Books, 1971.

DeLillo, Don. *The Angel Esmeralda: Nine Stories*. New York: Scribner, 2011.

Diaz, Junot. *The Brief Wondrous Life of Oscar Wao*. New York: Penguin Publishing Group, 2008.

Egan, Jennifer. *A Visit from the Goon Squad*. New York: Alfred A. Knopf, 2010.

Egan, Jennifer. *The Candy House*. New York: Scribner's, 2022.

Foer, Jonathan Safran. *Extremely Loud and Incredibly Close*. Boston: Houghton Mifflin, 2005.

Johnson, Adam. *Fortune Smiles*. New York: Random House, 2015.

McCann, Colum. *Let the Great World Spin: A Novel*. New York: Random House, 2009.

Mo Yan. *Sandalwood Death: A Novel*. Norman: U of Oklahoma P, 2013.

Nunez, Sigrid. *The Friend*. New York: Riverhead Books, 2018.

Powers, Richard. *The Echo Maker*. New York: Vintage Books, 2021.

Powers, Richard. *The Overstory*. New York: W. W. Norton & Company, 2018.

Silver, Marisa. *Mary Coin: A Novel*. New York: Plume Books, 2013.

Small, David. *Stitches: A Memoir*. New York and London: W. W. Norton & Company, 2010.

Sontag, Susan. *In America*. London: Penguin Classics, 2009.

Tartt, Donna. *The Goldfinch*. New York: Little, Brown and Company, 2014.

Vonnegut, Kurt. *Breakfast of Champions*. New York: Rosetta Books, LLC. , 2000.

Ward, Jesmyn. *Salvage the Bones*. New York: Bloomsbury Press, 2011.

二、中文译本

保罗·奥斯特：《孤独及其所创造的》，btr，译. 杭州：浙江文艺出版社 2009 年。

保罗·哈丁:《修补匠》,刘士聪,译. 南京:译林出版社 2012 年。

布莱恩·塞兹尼克:《造梦的雨果》,黄觉,译. 南宁:接力出版社 2017 年。

大卫·威斯纳:《海底的秘密》,石家庄:河北教育出版社 2020 年。

戴维·斯摩尔:《缝不起来的童年》,廖美琳,译. 北京:人民文学出版社 2017 年。

杰弗里·尤金尼德斯:《中性》,主万,叶尊,译. 上海:上海译文出版社 2019 年。

杰丝米妮·瓦德:《拾骨》,付垚,译. 上海:上海文艺出版社 2014 年。

科伦·麦凯恩:《转吧,这伟大的世界》,方柏林,译. 北京:人民文学出版社 2010 年。

劳伦斯·斯特恩:《项狄传》,蒲隆,译. 南京:译林出版社 2006 年。

理查德·鲍尔斯:《回声制造者》,严忠志,欧阳亚丽,译. 南京:译林出版社 2009 年。

理查德·鲍尔斯:《树语》,陈磊,译. 南京:江苏凤凰文艺出版社 2021 年。

莉莉·塔克:《巴拉圭消息》,赵苏苏,译. 北京:人民文学出版社 2005 年。

乔纳森·弗兰岑:《自由》,缪梅,译. 海口:南海出版公司 2012 年。

乔纳森·萨福兰·弗尔:《特别响,非常近》,杜先菊,译. 北京:人民文学出版社 2012 年。

裘帕·拉希莉:《解说疾病的人》,卢肖慧,吴冰青,译. 桂林:广西师范大学出版社 2017 年。

苏珊·桑塔格:《在美国》,廖七一,李小均,译. 南京:译林出版社 2018 年。

唐·德里罗:《天使埃斯梅拉达:九个故事》,陈俊松,译. 南京:译林出版社 2015 年。

唐·德里罗:《坠落的人》,严忠志,译. 南京:译林出版社 2010 年。

唐娜·塔特:《金翅雀》,李天奇,唐江,译. 北京:人民文学出版社 2021 年。

唐娜·塔特:《校园秘史》,胡金涛,译. 北京:人民文学出版社 2016 年。

托马斯·品钦:《V.》,叶华年,译. 南京:译林出版社 2003 年。

托马斯·品钦:《万有引力之虹》,张文宇,译. 南京:译林出版社 2011 年。

亚当·约翰逊:《有趣的事实》,董晓娣,译. 北京:中信出版社 2018 年。

詹姆斯·麦克布莱德:《上帝鸟》,郭雯,译. 上海:文汇出版社 2017 年。

珍妮弗·伊根:《恶棍来访》,张立,译. 重庆:重庆大学出版社 2012 年。

朱莉亚·格拉丝:《三个六月》,刘珠还,译. 南京:译林出版社 2007 年。

附录三　2000—2023 年美国普利策小说奖获奖小说一览表

获奖年	作　　家	作　　品
2000	裘帕·拉希莉（Jhumpa Lahiri）	《疾病解说者》 （*Interpreter of Maladies*）
2001	迈克尔·夏邦（Michael Chabon）	《卡瓦利与克雷的神奇冒险》（*The Amazing Adventures of Kavalier & Clay*）
2002	理查德·拉索（Richard Russo）	《帝国瀑布》（*Empire Falls*）
2003	杰弗里·尤金尼德斯（J. Eugenides）	《中性》（*Middlesex*）
2004	爱德华·琼斯（Edward P. Jones）	《已知的世界》（*The Known World*）
2005	玛里琳·鲁宾逊（M. Robinson）	《基列家书》（*Gilead*）
2006	杰拉尔丁·布鲁克斯（G. Brooks）	《马奇》（*March*）
2007	科马克·麦卡锡（Cormac McCarthy）	《路》（*The Road*）
2008	朱诺·迪亚斯（Junot Diaz）	《奥斯卡·瓦奥短暂而奇妙的一生》 （*The Brief Wondrous Life of Oscar Wao*）
2009	伊丽莎白·斯特劳特（E. Strout）	《奥丽芙·基特里奇》 （*Olive Kitteridge*）
2010	保罗·哈丁（Paul Harding）	《修补匠》（*Tinkers*）
2011	珍妮弗·伊根（Jennifer Egan）	《恶棍来访》 （*A Visit from the Goon Squad*）
2012	无	无
2013	亚当·约翰逊（Adam Johnson）	《孤儿领袖的儿子》 （*The Orphan Master's Son*）
2014	唐娜·塔特（Donna Tartt）	《金翅雀》（*The Goldfinch*）
2015	安东尼·多尔（Anthony Doerr）	《所有我们看不见的光》 （*All the Light We Cannot See*）

(续表)

获奖年	作　　家	作　　品
2016	阮清越（Viet Thanh Nguyen）	《同情者》（*The Sympathizer*）
2017	科尔森·怀特黑德（C. Whitehead）	《地下铁道》 （*The Underground Railroad*）
2018	安德鲁·西恩·格利尔（A. S. Greer）	《渐少》（*Less*）
2019	理查德·鲍尔斯（Richard Powers）	《树语》（*The Overstory*）
2020	科尔森·怀特黑德（C. Whitehead）	《镍币男孩》（*The Nickel Boys*）
2021	路易斯·厄德里克（Louise Erdrich）	《守夜人》（*The Night Watchman*）
2022	约书亚·科恩（Joshua Cohen）	《内塔尼亚胡家族》 （*The Netanyahus*）
2023	芭芭拉·金索沃（Barbara Kingsolver）	《恶魔铜头蛇》（*Demon Copperhead*）
	赫尔南·迪亚兹（Hernan Diaz）	《信任》（*Trust*）

附录四　2000—2023 年美国国家图书奖获奖小说一览表

获奖年	作　　家	作　　品
2000	苏珊·桑塔格（Susan Sontag）	《在美国》（In America）
2001	乔纳森·弗兰岑（Jonathan Franzen）	《纠正》（The Corrections）
2002	朱莉亚·格拉斯（Julia Glass）	《三个六月》（Three Junes）
2003	雪莉·哈泽德（Shirley Hazzard）	《大火》（The Great Fire）
2004	莉莉·塔克（Lily Tuck）	《巴拉圭消息》（The News From Paraguay）
2005	威廉·T. 沃尔曼（W. T. Vollmann）	《欧洲中心》（Europe Central）
2006	理查德·鲍尔斯（Richard Power）	《回声制造者》（The Echo Maker）
2007	丹尼斯·约翰逊（Denis Johnson）	《烟树》（Tree of Smoke）
2008	彼得·马修森（Peter Matthiessen）	《暗乡》（Shadow Country）
2009	科伦·麦凯恩（Colum McCann）	《转吧，这伟大的世界》（Let the Great World Spin）
2010	贾米·戈登（Jaimy Gordon）	《暴政之王》（Lord of Misrule）
2011	杰丝米妮·沃德（Jesmyn Ward）	《拾骨》（Salvage the Bones）
2012	路易斯·厄德里克（Louise Erdrich）	《圆屋》（The Round House）
2013	詹姆斯·麦克布莱德（J. McBride）	《上帝鸟》（The Good Lord Bird）
2014	菲尔·克莱（Phil Klay）	《重新派遣》（Redeployment）
2015	亚当·约翰逊（Adam Johnson）	《有趣的事实》（Fortune Smiles）
2016	科尔森·怀特黑德（C. Whitehead）	《地下铁道》（The Underground Railroad）
2017	杰丝米妮·沃德（Jesmyn Ward）	《歌唱不朽地歌唱》（Sing, Unburied, Sing）
2018	西格丽德·努涅斯（Sigrid Nunez）	《朋友》（The Friend）

(续表)

获奖年	作　　家	作　　品
2019	苏珊·乔伊（Susan Choi）	《信任锻炼》（*Trust Exercise*）
2020	游朝凯（Charles Yu）	《唐人街内部》（*Interior Chinatown*）
2021	杰森·莫特（Jason Mott）	《书中地狱》（*Hell of a Book*）
2022	特丝·冈蒂（Tess Gunty）	《兔笼》（*The Rabbit Hutch*）
2023	贾斯廷·托雷斯（Justin Torres）	《黑幕》（*Blackouts*）

后　　记

三易寒暑，方完成国家社科基金项目"21世纪美国小说的多模态叙事研究"（20BWW036）。本书乃此项目之最终研究成果。本书付梓之际，既令吾心甚慰，亦深荷感恩之心。王维倩教授的指导、关心与鼓励令吾铭感五内。李世存教授助吾查阅并下载诸多外文资料，令我感激涕泗。金涛女士读博期间对本项目之加持与助力，亦令人动容。吾之发妻甘正芳女士任劳任怨，使吾超然世间俗务，故而能潜心问学，"以道致远"。

李寒女士乃课题组成员，亦是本书第二作者。除搜集与整理文献资料外，她完成本书17万余字之撰写工作。

吾以为学术论文似篮球赛，或高潮迭起，令人拍案叫绝；或扣人心弦，使人热血沸腾，却终嫌短促，给人意犹未尽之感。学术专著则颇似足球赛，时间虽长，其中却多有闪光之处，或意外之惊喜，个中三昧"可为知者道，难为俗人言也"。

另外，感谢燕山大学出版社董明伟副社长。在我向伊咨询出版事宜时，她推荐并玉成此书在燕大社出版。感谢责编柯亚莉女士付出的辛劳与教正。

齐一居士李顺春于延陵紫阳花园齐一斋